날개 달린
황녀님

날개 달린 황녀님 Ⅲ

박신애 장편 소설

초판 1쇄 찍은 날 § 2015년 12월 24일
초판 1쇄 펴낸 날 § 2015년 12월 31일

지은이 § 박신애
펴낸이 § 서경석

편집책임 § 김현미
편집 § 고승진, 이지연, 이창진, 조현우, 박가연, 한준만

펴낸곳 § 도서출판 청어람
등록번호 § 제387-1999-000006호
등록일자 § 1999. 5. 31
어람번호 § 제8-0059호

주소 § 경기도 부천시 원미구 부일로 483번길 40 서경B/D 3F (우) 14640
전화 § 032-656-4452 팩스 § 032-656-4453
http://www.chungeoram.com
E-mail § chungeorambook@daum.net

ⓒ 박신애, 2015

ISBN 979-11-04-90575-9 04810
ISBN 979-11-04-90065-5 (세트)

Winged 날개 달린 princess

황녀님

III

박신애 지음

도서출판 청어람

목 차

제22화

새로운 식구들

"켈켈켈켈~"

괴상한 웃음소리를 흘리며 마법진을 그리고 있는 이름 없는 마탑의 마법사가 그렇게 얄미워 보일 수가 없었다.

하지만 그보다 더 미운 건 우리 쪽 마법부대 대장님이었다.

기껏 이름 없는 마탑의 마법사를 협상 테이블에 앉혀놨건 만, 얻어낸 이득이 하나도 없었던 것이다.

내가 어리다는 이유를 들먹여 대신 나섰으면 하다못해 내가 쓸 볼펜 한 자루라도 얻어냈어야 하는 거 아닌가.

'흐미, 아까운 거. 그냥 내가 했어야 했어.'

내가 이 세계의 경제는 물론 '마법사'라는 존재에 대해 아 는 게 없어 순순히 물러났던 게 오판이었다.

'게다가 마법부대 대장님이 이름 없는 마탑의 마법사에 비해 불리한 입장이라는 것도 진즉 깨달았어야 했는데……'

마법부대 대장님은 무조건 사야 한다는 조건을 깔고 있었으니, 이름 없는 마탑의 마법사가 거래를 접고 가버리는 건 어떻게 해서든 막아야 했다.

그걸 알아챈 이름 없는 마탑의 마법사는 배짱을 튕겨댔고, 그러다 보니 처음에 이름 없는 마탑의 마법사가 가격을 깎지 못하도록 못 박았던 게 그나마 다행인 상황이 되었다.

만약 가격을 정하지 않고 그냥 흥정에 들어갔다면 마법부대 대장님은 가격을 몇 배로 올려놨을 거다.

'물론 파격 세일가로 사긴 했지만, 아무리 그래도 이건 떨이였잖아! 어떻게 떨이로 사는데 덤이 없냐고오~! 우쒸, 난 이렇게 속이 쓰린데 자기네들은 마냥 즐겁단 말이지!'

내 시선이 무지 따끔따끔했던지 한구석에 모여 지켜보고 있던 마법사들이 슬그머니 시선을 피했다.

그럼에도 불구하고 계속 째려봤더니 결국 마법부대 대장님이 슬그머니 다가와 어색하게 웃어 보였다.

"아기씨, 이번 일을 양해해 주셔서 진심으로 감사드립니다."

이번 일에서 얻어낸 건 단 하나, 마법부대 대원 몇 명이 검은 머리 아이를 나에게 인도하는 모든 과정을 지켜볼 수 있게 되었다는 것뿐이다.

'나에게는 조~금도 필요 없는 거.'

대놓고 볼을 부풀린 채 그를 빤히 바라보자 그가 삐질거리며 말을 덧붙였다.

"그, 그리고 큰 도움이 되어드리지 못해 정말 죄송합니다."

그러자 이쪽을 보고 있었는지 이름 없는 마탑의 마법사가 불쑥 끼어들었다.

"켈켈켈~ 이 몸을 상대하는 게 그리 쉬운 줄 알았느냐? 켈켈켈~"

이 마법사 아저씨 너무 신나 보인다.

본판도 되게 야비하게 생겼는데 저렇게 웃으니 완전 어린이용 영웅 애니메이션에 나오는 사악한 마법사 캐릭터였다.

그것도 적의 수장이 아닌, 수장 밑에서 간살거리는 수하 1.

'엄청 얄미운 캐릭터!'

이름 없는 마탑의 마법사 덕분에 내 표정이 더더욱 안 좋아지자 마법부대 대장님이 얼른 입을 열었다.

"이번 일에 대한 사례는 반드시 해드리겠습니다."

"진짜요?"

"네, 네. 물론입니다. 저희의 능력이 되는 한도 내에서라면……."

순간적으로 내 눈이 번뜩이자 불안했는지 대장님이 조건을 덧붙였지만 상관없었다.

"그러시다면야 뭐. 저도 큰 걸 바라는 건 아니거든요?"

'그럼, 그럼. 내가 그렇게 욕심쟁이는 아니랍니다.'

허공으로 날려 버린 '덤'을 다시 얻게 되었다는 사실에—누가 주든 상관없었으니—표정이 스르르 풀리자, 이름 없는 마탑의 마법사가 손뼉을 짝짝 쳐서 자신에게로 시선을 모았다.

"자아, 그쪽 일도 다 해결되었으면 이제 시작하지."

지금 우리가 있는 곳은 마법부대 대원들이 사용하는 큰 천막 안이었다.

이름 없는 마탑의 마법사가 그 천막 바닥에다가 커다란 공간이동 마법진을 그렸는데, 그걸로 다른 장소에서 대기하고 있는 검은 머리의 아이를 데려와 준다고 한다.

원래는 구매자가 원하는 장소로 이동시켜 주는 거라고 해서 집에서 받으려고 했는데, 마법사가 다른 곳에도 배달가야 해서 지금밖에 시간이 없다고 우기는 바람에 여기서 받게 되었다.

거의 원가로 사는 주제에 바라는 것도 많다고 투덜대니 나도 할 말이 없었던 것이다. 한데 그렇게 오는 아이는 한동안 직사광선을 피해야 한다고 해서 급한 대로 마법부대 대원들의 천막을 잠시 빌린 상황이었다.

천막 안에 옹기종기 모여 있던 사람들이 조용해지자 이름 없는 마탑의 마법사도 똑바로 서서는 오른손에 쥐고 있던 지팡이를 치켜들었다.

그러자 그의 행동에 응답이라도 하듯 우웅 하는 약한 공명음과 함께 바닥에 그려진 마법진에서 빛이 흘러나오기 시작했다.

'역시나, 뭔가 한가락 하는 양반일세.'

그 빛은 마법진 한가운데로 모여들어 응축되면서 점점 진해지더니 어느 순간 파앗! 하고 터졌다.

그 눈부심에 차마 계속 바라보지 못하고 눈을 감았다가 다시 뜨자 빛은 완전히 사라져 있었고, 그 자리엔 내가 전에 봤었던 투명한 구가 놓여 있었다.

"아……."

"호오……."

투명한 구 안에서 웅크리고 있는 검은 머리 아이의 모습을 발견한 사람들은 저마다 낮게 감탄사를 흘려냈다.

"저것이 바로 이름 없는 마탑의 가디언……."

"그 대단하다는 마법 생명체."

근처에 있던 마법사들이 속닥거리는 소리에 피식 웃음을 흘렸다.

'진짜 판타스틱하다니까.'

나는 천막 안으로 들어오기 전, 한 마법부대 대원에게 들은 설명을 떠올리며 속으로 중얼거렸다.

"당연하지요. 이름 없는 마탑의 가디언입니다. 그 가디언이요!"

나와 가장 가까이 있다는 이유로 내 질문을 받은 마법사는 완전히 흥분에 찬 목소리로 다다다 입을 열었다.

"그 가디언이 뭔데요?"

'그렇게 설명하면 어디 알아듣겠냐?'는 기색을 담아 불퉁하게 물었더니 그제야 마법사가 좀 진정한 목소리로 말을 이었다.

"이름 없는 마탑의 가디언은 마법계에서 굉장히 유명합니다. 그도 그럴 것이 최초로 성공한, 그리고 아직까지 유일무이한 호문클루스이니까요."

"호문… 뭐시기?"

발음도 어렵다.

"호문클루스요. 그러니까 자연적으로 탄생한 생명체가 아닌, 마법사들이 인공적으로 만들어낸 생명체를 말합니다."

"헤에~"

나름대로는 대단하다 싶어 감탄한 거였는데, 내 반응이 마법사의 기대에 못 미쳤던 모양이다. 마법사가 떨떠름한 표정으로 다시 설명해 주는 걸 보니 말이다. 그것도 나름 내 눈높이에 맞추려 애까지 써가면서.

"저기, 마법으로 만든 생명체라니까요? 그러니까, 엄마 배속에 있다가 태어난 게 아닌, 마법으로 만들어낸 생명체."

"알아요, 알아들었어요. 마법을 사용해서 만든 인공 생명체라면서요? 놀랍네요."

"아니… 뭐… 그, 그렇죠. 최초인 데다 유일무이하지요. 다른 마탑에서는 아직도 성공 못 하고 있거든요."

"그렇군요."

마법사는 여전한 내 반응에 어색하게 웃어 보였다.

아무래도 그는 내가 크게 놀라워하거나 못 믿겠다고 할 줄 알았나 보다. 그러나 정자와 난자의 존재를 알고, 인공 수정도 알고, 복제 양 돌리도 아는 나로서는 '호오~ 그 정도야?' 라는 느낌이지, '뭐이? 말도 안 돼!!' 정도까지는 아니었다.

덕분에 잔뜩 흥분하고 있던 마법사도 김샌 표정이 되어버렸다.

거기다 나중엔 자신의 말을 내가 제대로 알아들은 건지 의심하는 기색을 보이기까지 해서 나는 슬쩍 말을 돌렸다.

"그나저나 최초인 데다 유일무이한 마법 생명체라니 대단하네요. 그래서 노예매매시장에서 팔리는 건가?"

내 질문에 그는 '별로 대답해 주고 싶지 않지만 어쩔 수 없지' 라는 표정으로 힘없이 입을 열었다.

"단순히 그것뿐이라면 대단한 사람들이 왜 '가디언'이라고 칭하며 서로 구매하려 하겠습니까? 강하면서도 아름답고, 인간 못지않은 지능을 갖췄으면서도 주인에게 맹목적인 충성을 바치는 생명체이기 때문입니다. 그런 생명체를 마법사들이 만들어낸 거죠. 이건 신의 영역에 한 발 내디뎠다는 뜻이자, 여기서 더 나아갈 수 있는 기틀을 마련한 것과 같습니다."

처음에는 힘이 빠져 있더니만 말하다 보니 다시 흥분이 되살아났나 보다.

'신의 영역은 무슨… 그냥 정자, 난자 추출해서 수정시킨 다음 거기다 마법으로 유전자를 변형시켰나 보구만. 하긴 뭐, 그것만으로도 대단한 거긴 하지.'

내가 전에 살던 21세기 지구에서도 '유전자 조작으로 뛰어난 능력을 가지게 되었다'라는 건 아직은 SF 이야기였으니까.

그래도 뭐, 아이가 뛰어난 능력을 가지고 있다니 잘됐다 싶었다.

'대단한 가디언'이라서 아이를 사겠다고 한 건 아니지만, 능력이 있으면 어렵지 않게 북궁에서 머물게 할 수 있을 테니 말이다.

마법사의 말은 계속 이어졌다.

"하나, 이름 없는 마탑에서도 쉽게 만들기는 힘든지 여전히 일 년에 한 기가 나올까 말까 한다더군요. 겉으로 보기에는 인간과 너무나 똑같아 가디언이라는 걸 알려주기 전에는 전혀 알아차릴 수 없다던데, 그런 존재를 이 두 눈으로 직접 보게 되다니……."

정말 멋진 존재를 얻은 거라며 흥분하는 마법사의 말에 나는 그제야 마법부대 사람들이 흔쾌히 천막을 양보해 준 이유를 알아챌 수 있었다.

'어쩐지 마법부대 사람들이 빠릿빠릿하게 움직이더라. 어, 잠깐. 뭐야, 그럼 마법부대 대장님은 나 대신 흥정을 하겠다고 납셔서는 저 좋은 일만 한 거였잖아? 그게 뭐야아~!'

'역시, 다시 생각하니 또 열 받네. 나중에 마법부대 대장님한테는 크게 받아내야겠어.'

"어이 꼬마, 이제는 주인 각인을 해야지."

"네네."

마법사의 부름에 나는 그가 가리키는 곳, 그러니까 검은 머리의 아이가 웅크리고 있는 구 바로 앞에 섰다.

"한 번 더 말해주지만 가디언은 처음 만나는 존재를 주인으로 인식한다. 우리는 그걸 각인이라고 하는데, 각인할 때는 보는 것뿐만이 아니라 냄새를 맡거나 감촉을 느끼기도 해. 그러니 가디언이 뭘 하더라도 밀어내지 말고 가만히만 있으면 되는 거야, 알았지?"

"네에~"

"좋아. 시작하마."

그렇게 말한 마법사가 나와는 반대편인 구의 뒤쪽으로 돌아가서 무언가를 하자 파스스~ 하는 소리와 함께 투명한 구가 꼭대기부터 서서히 사라지기 시작했다. 마치 드라이아이스가 새하얀 연기로 화해 사라지듯이 말이다.

그렇게 구의 중간 부분까지 사라지자 몸을 웅크리고 있던 아이가 뭔가 의아했는지 천천히 고개를 들며 눈을 떴다.

천막 안의 빛이 눈부셨는지 살짝 인상을 찡그리는 가운데 도 천천히 드러난 검은 눈동자가 바로 앞에서 아이를 바라보고 있는 나를 향했다.

"아……."

초점이 맞춰지자 놀랍다는 듯 동그래진 눈이 그렇게 예쁠 수가 없었다.

그와 함께 나도 모르게 속에서부터 그리움과 친근함이 뭉클 치솟아올랐다.

머리색에서부터 친근함을 느끼고 있었는데, 정말 기쁘게도 아이의 눈동자가 검은색에 가까운 짙은 고동색이었던 것이다. 마치 한국인처럼 말이다.

그래서 더더욱 기뻤다.

한국에 대한 그리움은 별로 없다고 생각했는데, 한국인과 비슷한 요소들이 이렇게 반갑다니… 고향이라서 그런 걸까?

그 반가움에 나도 모르게 웃자 아이가 고개를 갸웃거리더니 날 따라 어색하게 배시시 웃는 거였다.

그 순수한 모습이 얼마나 예뻐 보이던지, 꼭 귀여운 강아지 가 눈을 초롱초롱하게 뜨고 바라보는 것 같았다.

덕분에 난 가만히 있으라고 했던 마법사의 말을 무시하고 내가 먼저 손을 뻗으며 입을 열었다.

"이리 와. 착하지?"

내가 내민 손이 의아했던지 처음에는 가만히 바라보고 있던 아이가 손을 다시 한 번 까딱거리자 주춤주춤 무릎을 안고 있던 손을 풀고는 마주 내밀었다.

아이의 손은 계속 액체에 담겨 있었던 탓인지 꽤 차가웠다.

내 손을 맞잡은 아이는 손이 신기했는지 다른 쪽 손까지 내밀어 양손으로 조물락거리다가 킁킁 냄새를 맡아보더니 나중에는 슬쩍 혀를 내밀어 핥기까지 하는 거였다.

'헛! 아까 육포 먹었는데, 그 냄새가 뱄나?'

왠지 찔려서 육포 냄새와 내 냄새를 착각하면 어쩌나 하는 쓸데없는 고민까지 하고 있는데, 아이가 천천히 몸을 일으켜 더 가까이 다가오더니 그대로 날 품에 안고—내가 아이를 귀엽게 여겼지만, 덩치는 나보다 더 컸다—목덜미에 얼굴을 묻고 킁킁대는 것이었다.

그러더니 곧 내가 마음에 들었던지 배시시 웃으며 그대로 자기 얼굴을 부비적거렸다.

그게 또 강아지가 재롱을 부리는 것같이 귀엽게 느껴져 나는 내 어깨 위에 올려진 아이의 머리를 쓰다듬으며 입을 열었다.

"귀여워라~ 그래, 네 이름은 케이로 정했다."

"큭!"

옆에서 아무 소리 못 하고 있던 마법사의 입에서 신음 비스무리한 소리가 터져 나왔지만 신경 안 썼다.

오히려 의아한 듯 고개를 들어 날 바라보는 아이의 손을 잡아 본인을 가리키게 한 채로 천천히 또박또박 입을 열었다.

"케.이."

"케… 이?"

귀여운 녀석이 머리도 똑똑한지 척 알아듣고 잘 따라 했다.

그에 나는 고개를 크게 끄덕이며 다시 입을 열었다.

"케이."

이번에는 아이도 금세 따라 했다.

"케이."

"그래. 케이가 네 이름이야. 앞으로 케이야~ 라고 부르면 '네!' 하고 대답해야 해?"

"케이……."

자기 이름이 무척 마음에 드는 듯 다시금 중얼거리며 배시시 웃는 아이의 모습을 흐뭇하게 바라보는데, 언뜻 시야 한쪽에서 이름 없는 마탑의 마법사가 이마를 짚는 게 눈에 보였다.

그러고 보니 그 마법사가 이름은 가디언이 주인을 완전히 인지한 후 떨어지고 나서 붙여주는 거라고 했던 기억이…….

'뭐, 아무렴 어때? 자기 이름인 줄 알아듣기만 하면 되는 거지.'

벌써 말해 버린 거, 이제 와서 어쩌겠는가.

그때, 케이가 자신을 가리키며 '케이!' 라고 힘주어 말하더니 내 손을 잡아 날 가리키며 반짝이는 눈으로 날 바라보았다.

아까 자신의 이름을 가르쳐 준 방식으로 내 이름을 물어보는 건가 보다.

'아이고~ 이런 응용력까지 있다니~ 똑똑하기도 하지.'

한번 호감을 갖게 되니 뭘 해도 기특하고 예뻐 보인다.

"아.사."

본명은 너무 길었기에 간단한 애칭을 알려주자 금방 따라

했다.

"아사……."

"그래, 그래. 그렇게 부르면 돼."

뭐, 나중에 주변 사람들이 호칭을 좀 고치게 하겠지만, 그래도 케이는 내가 직접 거둔 아이니 아버지나 예쉬처럼 내 이름을 불러줬으면 좋겠다.

내가 맞다는 뜻으로 고개를 끄덕이자 케이가 다시금 내 이름을 중얼거리더니 갑자기 배시시 웃으며 두 팔을 벌려 날 꼬옥 껴안는 것이었다.

"아사~"

거기에 또 다시 부비부비거리기까지.

너무 순수하게 좋아하는 그 모습에 나도 기분이 좋아져 같이 껴안고 비비댔다.

"케이이~"

뭐, 그렇게 케이와 사이가 좋아진 건 좋았는데, 우리가 너무 들러붙어(?) 있었던 모양이다.

"각인이 이렇게 오래 걸리는 거였습니까?"

유모의 목소리에 고개를 들어보니 어째 유모의 눈빛에 못마땅한 기색이 어려 있었다.

"흠, 아마 다 됐을걸?"

"그런데 저 가디언은 왜 계속 아기씨께 붙어 있는 겁니까?"

"제 주인이 그만큼 좋은가 보지 뭐."

그렇지 않아도 뭔가가 거슬리는데, 이름 없는 마탑의 마법사까지 건성으로 대답하자 유모의 눈초리가 파르르 떨렸다.

'사방에다 적을 만들어놓는 게 아무래도 저 마법사 아저씨의 천성인 거 같아.'

이름 없는 마탑의 마법사는 전혀 신경 쓰지 않는 눈치였지만 오히려 그래서 내가 신경이 쓰였다.

"아무래도 가르쳐야 할 게 많겠군요. 일단은 옷부터 입혀야겠지만요."

어째 유모의 목소리가 약간 큰 것이 꼭 나보고 들으라고 하는 것 같다.

'아… 하. 하. 하……'

그제야 나는 지금 내가 어떤 모습을 하고 있는지 깨닫고는 어색한 웃음을 흘렸다.

아무리 10대 초반의 어린 소년이라 해도, 빨가벗은 모습으로 날 품에 안고 있는 모습은 봐주기가 힘들겠지.

케이가 눈을 뜨기 전까진 나도 옷을 입힐 생각을 하고 있었는데, 그 후에 케이가 너무 귀엽게 굴다 보니 깜빡 잊어버렸다.

"자아, 케이?"

나를 껴안고 있는 케이의 팔을 톡톡 두드리며 그를 부르자 케이가 고개를 갸웃거리며 나를 바라봤다.

'어쩜 요렇게 귀엽냐~'

약간 마른 체형의 케이는 소년이 분명했지만, 얼핏 소녀로 오해할 정도로 예쁘장하게 생겼다.

그 얼굴로 커다란 눈동자를 초롱초롱 빛내기까지 하니 원하는 건 뭐든 들어주고 싶을 정도였다.

'아아… 아빠도 나한테 이런 마음인 걸까? 앞으로 더 예쁜

척해야겠다.'

하지만 일단 옷은 입혀야겠기에 나는 케이의 팔을 풀었다.

"케이, 옷 입자."

"아사아~"

나와 떨어지기 싫다는 듯 팔에 힘을 줬지만 난 단호한 표정으로 고개를 저었다.

"넌 옷부터 입어야 해."

"끼잉……."

내 표정에 이대로 있으면 안 된다는 걸 눈치챘는지 케이가 얌전히 팔을 풀었다. 나는 빙그레 웃으며 그의 팔을 토닥여줬다.

"그래, 착하다."

"눈치는 빠른 것 같군요."

자신의 망토를 벗어 들며 다가온 유모는 그건 다행이라는 표정으로 중얼거렸다. 그녀는 우선 내 앞에 무릎을 꿇고 앉아 다친 곳은 없나 살피고 내 얼굴을 닦아준 뒤에야 케이에게 몸을 돌려 망토로 감싸줬다.

케이는 유모가 날 살펴봐 주는 모습을 봐서 그런지 얌전히 망토를 둘러썼지만, 아무래도 불편한 듯 곰지락거렸다.

"흐흐……."

그 모습이 또 귀여워 나도 모르게 요상한 웃음소리를 흘렸더니 유모의 눈꼬리가 올라갔다.

"아기씨, 웃으시는 소리가……."

한데 유모가 잔소리를 끝내기도 전, 케이 또한 헤헤 웃으며 두 팔을 벌려 나에게 다가왔다.

내 기분이 좋아 보이는 데다 자신도 망토를 둘렀으니 이제 다시 나를 안아도 된다고 여겼던 모양인데, 그 전에 유모가 케이의 팔을 잡아 그를 제지했다.

당연히 케이는 유모의 팔을 뿌리치려 했지만, 놀랍게도 유모가 강한 힘으로 누르는 바람에 케이의 시도는 즉각 저지되었다.

"안. 돼!"

그와 함께 엄하게 한마디 하자 케이가 움찔하더니 몸에 힘을 빼는 것이었다.

"끼잉……."

"앞으로는 아기씨를 함부로 껴안으면 안 돼."

순간 케이가 처량한 시선으로 날 바라보았지만 난 케이에게 손을 내밀어주는 대신 유모에게 감탄사를 날렸다.

"오오~ 유모, 대단한데?"

'유모에게 이런 박력이 있을 줄이야.'

"그러게 말이다."

갑자기 내 뒤에서 들려온 말에 고개를 돌리자 언제 다가왔는지 이름 없는 마탑의 마법사가 이제는 얌전히 자리에 앉은 케이를 보며 감탄을 흘렸다.

"한순간에 가디언을 휘어잡다니, 대단해."

진심으로 감탄했는지 가볍게 박수를 치는 마법사에게 유모는 가볍게 웃어 보였다.

"아기씨 주변을 관리하는 자로서 이 정도는 해야지요."

그러면서 유모가 케이의 팔을 놔줬지만 한 번 기가 눌렸던 탓인지 케이는 함부로 움직이지 않았다.

하지만 불안한 기색으로 손가락을 꼼질거리기에 나는 슬며시 케이에게 다가가 괜찮다는 듯 톡톡 두드려 줬다.

그러자 그제야 케이가 안심한 표정을 보였다. 자신이 이러고 있는 게 맞다는 걸 알게 된 듯 말이다.

"흠, 아직 말은 모르지만 그래도 교육은 시작할 수 있겠어요."

"똑똑한 애들이라니까."

이름 없는 마탑의 마법사가 히죽 웃으며 끼어들자 유모가 떨떠름한 표정으로 대꾸했다.

"뭐, 그건 가르쳐 봐야 알겠지만요."

"가르쳐 봐. 그럼 내 말을 인정하게 될걸? 켈켈~"

케이가 똑똑하다고 말해주는 건데, 어째 저 마법사 아저씨의 웃음소리와 같이 들으니 별로 달갑게 느껴지질 않았다.

'이게 바로 웃음의 힘인가?'

그거야 어쨌든 케이가 얌전해지자 나는 천막을 나가려고 했다.

여기서는 마법부대 마법사들의 집요한 시선도 부담스러웠던 데다 슬슬 배도 고파왔기 때문이다.

'그러고 보니 아까 식사도 제대로 못 했었지.'

아무래도 식사는 마음 편한 곳에서 해야 하지 않겠는가.

더불어 다른 애들에게 케이를 소개해 주고 싶기도 해서 아예 예쉬 등등이 있는 곳으로 돌아가려는데, 채 천막을 나서기도 전에 이름 없는 마탑의 마법사가 황급히 나를 말렸다.

"어어, 잠깐만. 얘를 지금 데리고 나가면 안 돼."

"네?"

"이 아이는 지금까지 계속 어두운 곳에서만 머물렀던 아이다. 그런 애가 갑자기 햇빛 아래로 나가면 어떻게 될 것 같냐?"

"아……."

햇빛을 한 번도 받지 못한 애한테 갑자기 빛을 쏘여준다면 피부가 적응을 못 해 트러블을 일으킬 것이다.

"최소 서너 시간 정도는 햇빛을 피해야 한다. 그리고 처음 햇빛을 쏘일 때는 빛이 약한 저녁이나 새벽 시간대를 추천하마."

"음, 음, 그렇군요."

고개를 끄덕여 가며 마법사의 말을 경청하던 나는 문득 머리 한쪽 끝에서 간질거리는 찝찝한 느낌에 고개를 갸웃거렸다.

'으음? 왠지 뭔가를 잊어먹고 있는 느낌인데……?'

그 순간, 마치 내 마음속의 질문에 답변해 주기라도 하듯 한숨 섞인 유모의 말이 들려왔다.

"그렇다면 아무래도 오늘 하루는 여기서 그냥 머물러야 할 것 같군요."

'아… 맞다. 나 오늘 집에 돌아가기로 되어 있었지?'

쾅!

보좌의 팔걸이를 내려치는 큰 소리에 대전에 있던 모든 이가 저도 모르게 움찔거렸다.

"감히! 이 나라의 귀족이라는 인간들이 황명을 어기다니!"

제국 감찰청 청장의 보고를 들은 황제는 평소와 달리 크게 분노했다.

이틀 전, 감찰청 산하 남서부 지부 감찰단이 카르피 자작령에 있는 한 노예상단을 급습했다.

그 노예상단이 황명으로 금지된 이종족 노예를 비밀리에 매매하고 있다는 제보를 받고 출동한 거였는데, 정말 제보대로 이종족 노예들이 매매되고 있었다.

감찰단은 운이 좋게도(?) 그 현장을 제때 잡아 노예상단은 물론, 현장에 있던 많은 귀족까지 모조리 체포할 수 있었다.

"그것도 짐이 친히 내렸던 황명을 어기다니, 이는 짐을 얕잡아보고 우롱하는 것이 아닌가!"

황제의 분노에 찬 일갈에 단 아래 서 있던 귀족들이 일제히 허리를 숙였다.

"망극하옵니다, 폐하."

이 정도로 분노하는 황제는 처음이었기에 귀족들은 움츠러들어 있었다.

낯선 모습이 당황스럽기도 했지만 그의 몸에서 뿜어져 나오는 박력 또한 장난이 아니었던 것이다.

"짐은 이번 일을 결코 묵과하지 않을 것이다. 감찰청장!"

"옛, 폐하. 소신 대령해 있나이다."

황제의 서릿발 같은 부름에 보고를 끝내고 옆으로 물러나 있던 장년의 기사가 단 앞으로 나와 한쪽 무릎을 꿇었다.

"그대에게 명한다. 이번 일을 철저하게 조사하여 관련된 이를 한 놈도 빠짐없이 찾아내도록 하라! 짐이 극악무도한 그놈들에게 친히 엄벌을 내려 황권을 바로 세우리라!"

"천명을 다해 황명을 받드옵니다!"

감찰청장이 깊숙이 고개를 숙이며 큰 소리로 외쳤다.

그러나 황제는 그 절도 있는 모습에도 별 감흥을 받지 못한 듯, 감찰청장이 채 고개를 들기도 전에 보좌를 박차고 일어나 대전을 나가 버렸다.

황제의 모습이 사라지자 귀족들은 그제야 겨우 숨통이 트인 듯 길게 숨을 내쉬며 허리를 폈다.

어떤 이들은 저도 모르게 꽉 쥐고 있던 주먹 안이 축축한 것을 깨닫고 놀랐다.

'여기가 더웠던가?'

하지만 곧 삼삼오오 모여 입을 열기 시작한 귀족들로 인하여 잠깐 들었던 의아함은 잊히고 말았다.

"폐하께서 성노가 크신 모양입니다."

"성노는 무슨. 폐하의 성품을 모르시오?"

"하나 평소보다 크게 성노를 보이시니 말입니다."

"다 쇼인 게지."

그 무리 중에서도 나이 지긋해 보이는 귀족이 가볍게 코웃음을 치며 끼어들었다.

그는 주변 사람들이 의아한 시선을 보내는 걸 쓰윽 둘러본 후 한 톤 낮춘 목소리로 말을 이었다.

"못 들으셨는가? 이번에 체포된 귀족만 수십인데, 그 대부분이 황태자파 귀족이라더군."

그 말에 옆에 있던 다른 귀족이 아는 체하며 말을 받았다.

"저도 들었습니다. 그 때문에 이번 일을 무마하려면 차이슨 공작이 기둥 하나는 뽑아야 할 거라더군요."

현 황제는 어떤 사건이 하나 터지면 사건을 일으킨 귀족에게 적당한(?) 대가를 받고 적당한 선에서 처리해 왔었다.

귀족들과 밀당(?)을 좀 하긴 하지만, 그래도 결국에는 서로 납득할 만한 수준에서 타협을 했으며, 이제는 그런 게 거의 관습화가 되어 있는 상태였다.

때문에 귀족들은 이번 일도 당연히 그렇게 진행될 거라고 여겼다.

"그렇지. 급 높은 이도 상당수라니, 어지간한 정도로는 어려울 게야. 하지만 차이슨 공작이 어디 그리 만만한 사람이던가? 순순히 있는 거 다 내줄 리 없지."

"아~ 그럼 폐하께선 미리 기선 제압을 하신 거군요? '나 지금 엄청 화났으니 알아서 기어라' 이런 식으로?"

"그럴 가능성이 높을 걸세. 이번처럼 많이 얻을 수 있는 기회가 흔치 않을 테니, 이번 기회를 최대한 살려야 하지 않겠는가?"

그 말에 주변에 있던 귀족들은 고개를 끄덕이며 쉽게 납득해 버렸다.

황제의 행동이 귀족들에 의해 쇼로 치부되고 있는 바로 그 시각, 황제 호위기사단 제1팀 팀장이 부단장의 옆구리를 쿡 찌르고 있었다.

"부단장님, 주군께서 왜 저리 저기압이신 겁니까? 이거 꼭 살얼음판을 걷고 있는 심정입니다."

1팀장의 말에 부단장은 길게 한숨을 한 번 내쉬며 대답해

줬다.

"북궁 아기씨의 귀환이 하루 늦춰졌단다."

"네에~? 아니, 왜요?"

항상 평정을 유지해야 하는 황제의 호위기사답지 않게 입을 떠억 벌리며 경악하는 팀장이었지만, 부단장도 그와 같은 심정이었기에 호통을 치는 대신 설명을 이어나갔다.

"나도 아직 자세한 소식은 모른다만, 중간 지점에서 어떤 돌발 상황이 벌어졌나 보더라."

"이 자식들이, 대체 정신을 어디다 뒀기에 돌발 상황 하나 처리를 못 해서 귀환까지 늦추게 만들었답니까?"

"내 말이 그 말이다. 아무래도 이번에 파견 나간 녀석들 군기가 빠진 것 같다. 파견 나간 게 4, 5팀이었지?"

"예, 그렇습니다."

"그래, 돌아오면 특훈받을 준비하라고 그래라. 뿌득~! 내가 친.히. 준비해 둔 거라고 말해주고."

"알겠습니다."

4, 5팀 팀원들은 정~ 말 억울했지만 지금 이 순간 그들을 변호해 줄 사람은 단 한 명도 없었다.

넓은 공간에 갑자기 환한 빛이 터져 나왔다.

빛의 근원지는 바닥에 그려진 커다란 마법진.

거기서 터져 나온 빛이 사라지자 십여 명의 사람이 모습을 드러냈다.

그러자 이때만을 기다리고 있었다는 듯 하나의 그림자가 마법진 안으로 뛰어들어 갔다.

"딸아아아~!"

절절한 외침과 함께 뛰어든 그 그림자는 자그마한 인물을 덥석 안아 들었다.

"우리 딸~ 많이많이 보고 싶었어~ 그동안 고생 많았지?"

"나도 아빠 많이많이 보고 싶었어. 걱정 많이 했지?"

필립은 기쁨에 젖어 한참 동안이나 딸을 꼬옥 끌어안고 자그마한 온기를 만끽했다.

"어디, 얼굴 좀 보자. 다친 데는 없고?"

"응응, 팔팔해."

나도 오랜만에 만나는 아빠의 얼굴이 반가워 활짝 웃으며 씩씩하게 대답했지만, 아빠는 안타까운 표정으로 조심스레 내 뺨에 한 손을 가져다 댔다.

"팔팔하긴, 이렇게 얼굴이 많이 상했는데."

속상한 마음이 절절히 느껴지는 아빠를 바라보며 나는 순간 말을 잊었다.

뭐랄까… 솔직히 그동안 나는 가식적으로 오버하는 면이 조금 있었다.

물론 아빠의 애정에 대한 감사함도 있었지만, 아빠의 말에 맞장구를 치며 호들갑을 떨고 아양을 떨었던 것의 절반 정도는 물주에게 잘 보이려는 계산적인 마음에서 나온 행동이었다.

지금까지는 그런 걸 대수롭지 않게 여겼었는데, 진심이 가득한 아빠의 모습을 보니 여태까지의 내 행동들이 되게 부끄럽고 미안해졌다.

그와 함께 아빠의 따뜻한 품에 안겨 있으니 드디어 집에 돌아온 기분이었다.

어느새 나는 아빠를 진심으로 내 아빠라고, 여기를 내 집이라고 여기게 되었나 보다.

그걸 깨닫자마자 나도 모르게 뭉클한 감정이 마구마구 치솟으며 코끝이 찡~ 해져 왔다.

"우리 딸, 왜 울어? 아이고~ 역시 힘들었지? 울지 마라, 응?"

얼른 감정을 수습하려 했지만, 그보다 먼저 붉어진 눈시울을 알아챈 아빠가 호들갑을 떨어댔다.

눈가를 쓸어주는 아빠의 따뜻한 손길에 나는 얼른 아무렇지 않게 웃어 보였다.

"아우, 아빠도 차암~ 오랜만에 아빠 얼굴을 보니 반가워서 그러지. 고생은 무슨."

"얼굴이 이렇게 핼쑥하구만."

"고생한 것도 없어. 오히려 먹기만 하고 가만히만 있어서 살이 더 쪘을지도 몰라. 아빠야말로 나 걱정하느라 식사도 제대로 못 했지?"

"어디 우리 딸 고생한 것만 할까. 험한 곳에 있으면서도 씩씩하게 잘 버텨줬다. 역시 우리 딸다워."

"아빠가 데리러 올 줄 알고 편하게 있었어."

"크흑~ 우리 아사, 어쩜 이렇게……."

그렇게 다시 아빠의 감탄사가 줄줄이 이어지려는 찰나.

"큼, 큼, 어흐흠~!"

도저히 못 참겠다는 기색이 역력한 커다란 헛기침 소리가 끼어들었다.

"뭐냐!"

감동의 재회를 방해받은 아빠가 버럭 화를 내며 돌아보았지만, 뒤에 있던 나이젤 아저씨는 눈 하나 꿈쩍하지 않았다. 뭐, 나이젤 아저씨가 아빠의 분노를 한두 번 겪어봤어야지.

"폐하, 감동의 재회를 하기에 여기보다 더 좋은 장소는 많습니다. 따뜻한 식사가 마련된 응접실은 어떠신지요?"

나이젤 아저씨의 말에 나는 삐질삐질 웃었다.

너무 감동에 빠져 있다 보니 다른 건 다 잊어버리고 있었던 것이다.

아빠도 그걸 깨달았는지 머쓱한 표정으로 나를 돌아봤다.

"이런, 내 정신 좀 보게. 우리 딸 배고프지? 아빠가 우리 딸을 위해 맛있는 거 많이 준비해 놓으라고 했으니 어서 먹으러 가자. 그동안 맛있는 것도 못 먹었지?"

아빠의 말에 고개를 끄덕이던 나는 케이랑 트래버스를 소개해야 한다는 걸 깨닫고 막 입을 열려고 했는데, 나이젤 아저씨가 뒤에서 손을 젓는 게 보였다.

일단은 여기서 나간 뒤에 하자는 표시였다.

힐끔 뒤를 돌아보니 케이는 유모의 옆에 얌전히 서 있었고, 트래버스도 주눅은 좀 들었지만 그래도 전보다는 좀 안정된 얼굴로 사람들 사이에 서 있었다.

유모가 그 둘을 잘 챙겨줄 거라는 확신이 들자 나는 편히 고개를 끄덕였다.

"아, 참."

하지만 막 그 마법진이 그려진 커다란 방을 빠져나가기 전 나는 또다시 떠오른 어떤 생각에 입을 열었다.

덕분에 날 안고 걸어가던 아빠가 발을 멈췄고, 주변에서 같이 걸음을 옮기던 사람들 또한 모두 발걸음을 멈춰 세웠다.

"응? 우리 딸, 왜?"

"깜빡 잊고 안 했는데."

"뭘?"

"다녀왔습니다, 아빠. 에헤헤~ 나이젤 아저씨도."

왠지 쫌 민망해 웃어버렸더니 아빠가 두 눈에서 감동을 마구마구 뿜어내며 나를 꽉 끌어안았다.

"그래, 그래, 그래애애~ 어서 오너라, 우리 딸~!"

아빠가 감격의 바다에 다시 빠진 덕에 점심 식사는 더 늦어지고 말았다.

덕분에 케이와 트래버스도 그만큼 늦게 소개하게 되었다.

응접실로 불려온 케이와 트래버스의 표정은 완전 딴판이었다.

제대로 된 옷을 차려입은 덕에 미소년으로 탈바꿈한 케이는 응접실에 들어오자마자 내 곁에 오려는 걸 제지당한 탓에 쫌 뾰루퉁한 표정이었다.

그래도 사람들이 시키는 대로 얌전히 있는 게 기특하다. 아마 유모의 교육 덕분이겠지만.

트래버스는 여기 도착했을 때와는 달리 완전 바닥으로 녹아들 것처럼 주눅이 든 채 보기 안쓰러울 정도로 덜덜 떨고 있었다.

'아빠에 대해서 듣기라도 했나?'

그를 안심시켜 주는 말이라도 건네주고 싶었지만, 어째 그 둘을 바라보는 아빠의 표정도 구리구리해 보여 나도 아빠의 눈치만 살피고 있었다.

"흠, 이 녀석이 우리 딸을 하루 늦게 오게 만든 그 범인이라고?"

케이를 턱짓으로 가리키는 아빠의 말에 나는 얼른 입을 열었다.

"응응. 케이라고 해. 이제부터는 내가 데리고 있으려고. 아, 저기는 트래버스라고 하는데 저 사람도 내가 데리고 있을 거야."

내 말에 아빠의 눈썹이 못마땅하다는 듯 꿈틀거리자 나는 황급히 말을 덧붙여 못을 확실히 박았다.

"둘 다 비싼 값을 주고 샀단 말이야. 그러니 절대 환불은 안 해!"

양손을 허리에 얹고 볼을 빵빵하게 부풀리며 단호하게 말하자 그제야 아빠의 얼굴이 좀 누그러졌다.

"흐음, 그닥 쓸모 있어 보이지는 않는다만… 우리 딸이 비싼 값을 주고 샀다니 어쩔 수 없지. 대신 확실히 교육을 시킨다는 조건이다?"

나에게 슬쩍 팔을 벌리며 말하기에 냉큼 상큼한(?) 미소와 함께 아빠의 품에 안기며 고개를 끄덕였다.

"뭐, 교육이 필요하다는 건 인정해."

어차피 처음부터 트래버스와 케이를 여기까지 데려올 수 있었던 것 자체가 아빠가 허락했다는 뜻이었다.

하지만 마지막까지 그들을 바라보는 아빠의 시선에 탐탁지 않아 하는 기색이 있어 나는 이들이 엄청 큰 미운 털이 박혔나 싶어 걱정했었다.

트래버스의 출신을 생각하면 그럴 만도 하지만, 그래도 내가 데리고 온 이들인데 냉대를 받으면 기분이 좋을 리 없었던 것이다.

'근데 케이는 왜? 설마, 하루 늦게 돌아오게 했다고?'

딱 이틀 뒤, 나는 그 이유를 알 수 있었다.

"아니, 이게 누구야? 본 마탑의 전 고객이 아니신가? 이렇게 또 만나게 되다니, 이러다 본 마탑의 단골이 되는 거 아니야?"

"어라, 마법사니임?"

엊그저께 케이를 넘겨받은 이후 다시는 볼 일 없을 거라 여겼던 얼굴을 다시 보게 될 줄 몰랐다. 그것도 며칠 만에 말이다.

반가운 기색을 보이는 이름 없는 마탑의 마법사에게 유모도 살짝 고개를 숙여 인사했다.

"여기서 다시 뵙게 되는군요."

"이야, 이분은 가디언을 단번에 휘어잡았던 그 대단한 여전사가 아니시던가? 그렇게 차려입고 있으니 몰라볼 뻔했어."

칭찬인 건지 놀리는 건지 아리송한 그 말을 유모는 후자로 해석했는지 눈꼬리를 꿈틀거렸다.

"그러게 말입니다. 저도 또 뵙게 되어 놀랐습니다."

"클클클, 나야말로 놀랐지. 설마 이번 제품의 배달지가 전

제품 구매자의 집이었다니 말이야."

책을 읽는 듯한 무미건조한 유모의 말에도 이름 없는 마탑의 마법사는 기분 좋은 웃음을 잃지 않았다.

'아이고… 난감시러라…….'

왠지 이름 없는 마탑의 마법사와 유모 사이에 끼인 기분이라 나는 겸연쩍은 웃음만 흘렸다.

하지만 그럼에도 불구하고 유모는 이름 없는 마탑의 마법사에게 함부로 대하지 못했다.

그는 아빠가 구매한 물품을 배달하러 온 사람이었기 때문이다.

아빠가 준비한 선물이 도착할 거라고 해서 기다리고 있었는데, 설마 그 배달부(?)가 이 마법사일 줄이야.

'거참… 그래서 케이를 봤을 때 아빠 표정이 그렇게 구리구리하셨구만?'

아빠 나름대로 서프라이즈 선물을 준비했는데, 하필 내가 선물 뚜껑을 열기도 전에 선물과 비스무리한(?) 애를 데려왔으니 말이다.

본의 아니게 밥 뜸들이던 중에 김을 빼버린 셈이 되었으니 괜히 미안해진다.

'나중에 아빠 오면 오버 좀 해줘야겠어.'

비슷한 선물이 두 개가 된 셈이었지만, 난 케이의 친구가 생긴 것 같아 내심 잘됐다 싶었다.

겉모습이야 예쉬 또래로 보지만 케이는 며칠 전에 막 세상에 태어난 아이였다.

아직 말과 글은커녕 이 세상에 대해 아무것도 모르는 상황에 주인이라고 있는 애는 자기보다 덩치도 작고 힘도 약해 그닥 도움이 되질 않지, 주위에 포진해 있는 사람들은 엄한 표정으로 이것저것 가르치며 빨리 익히라고 닦달을 하지…….

애가 표현을 제대로 못해서 그렇지 얼마나 스트레스가 많겠는가.

그런 상황에 같은 처지의 친구가 생긴다면 케이에게 큰 힘이 될 것 같았다. 혼자 하는 것보다 누군가가 같이한다면 서로 도움도 되고 위안도 되어줄 수 있을 테니까.

그렇게 기대했는데…….

"크앙~!"

"캬아앙~!"

포효를 터뜨리며 서로 뒤엉켜 치고받는 두 녀석의 모습에 내 기대는 산산이 조각났다.

"이거야 원……. 전생에 원수였나?"

내 기대는 둘째 치고 저 녀석들은 오늘 처음 만났으면서 왜 저리 사생결단을 내려 하는지 모르겠다.

'지금 여기에 아빠가 없길 천만다행이지…….'

이름 없는 마탑의 마법사가 데리고 온 애는 은발 머리의 소녀로, 그때 케이와 같이 있었던 두 가디언 중 한 명이었다.

아빠는 나와 예쉬를 구할 구조대만 보낸 게 아니라, 그 위에서 벌어지는 경매에도 참여했었나 보다.

하여간 소녀는 케이와 마찬가지로 눈을 떠서 나를 주인으로 인식하자마자 사르르~ 웃으며 나를 꼬옥 껴안은 채 내 목덜미에 얼굴을 부볐다.

두 눈을 초승달처럼 휘면서 미소를 짓는 모습이나 갸르릉~
하는 목 울림소리를 내는 것이 케이와는 다른 몰랑몰랑한 귀
여움이 있었다.

그 귀여움을 이겨내지 못한 나는 나도 모르게 두 팔을 뻗어
소녀의 머리를 껴안았다. 소녀는 몸집이 나보다 약간 큰 정도
였기에 껴안는 게 가능했다.

"꺄아~ 얘도 어쩜 이렇게 귀여울까아~ 그래, 그래, 있지,
네 이름은 이제부터 제이야."

왠지 어떤 영화를 떠올리게 하는 이름이었지만, 내 네이밍
센스는 정말 극악이라 이게 최선이었다.

그리고 붙여놓으니 제법 괜찮은 이름처럼 느껴졌고 말이다.

"제이?"

제이가 의아한 표정으로 고개를 갸웃거리자 나는 그녀를 껴
안고 있던 팔을 풀고 좀 떨어졌다.

그러고는 그녀에게 자신의 이름을 정확하게 인식시켜 주려
했는데, 바로 그 순간 마치 이때만을 기다렸다는 듯 케이가 달
려들었다.

그동안 한쪽에서 얌전히 서 있다가 갑자기 움직였기에 어느
누구도 케이를 막지 못했다.

"크아앙~!"

얼마나 화가 났는지 고막이 찡할 정도의 포효를 터뜨리며
쏜살같이 날아들어 제이의 머리채를 잡아채는데, 진짜 인정사
정없었다.

케이에게는 제이가 자신보다 작다거나, 여자라거나 하는 사항들이 아무것도 아닌 모양이었다.

하지만 더 놀라운 건 제이였다.

나보다 겨우 반 뼘 정도 더 큰 키에 몸도 가녀린 제이가 케이에게 머리채를 잡혀 목이 꺾일 뻔했는데도 쓰러져 울먹이기는커녕 외려 두 눈에 쌍심지를 켜는 것이다.

그와 함께 아예 몸을 뒤로 눕혀 텀블링을 해 케이의 손아귀에서 빠져나오더니 그대로 땅을 박차며 케이에게 덤벼들었다.

'쟤… 지금 막 태어난 거 아니었어?'

케이도 케이지만, 제이 또한 자신보다 더 큰 덩치를 가진 남자애를 조금도 무서워하는 기색이 없었다.

덕분에 알몸인 소녀와 입혀놓은 것이 별 소용없게 다 찢어져 너덜너덜해진 넝마를 걸친 소년이 내 앞에서 치고받게 되었다.

케이나 제이가 팔이나 다리를 휘두를 때마다 파공음이 들렸고, 주먹과 손바닥이 맞부딪힐 때면 가죽 북이 터지는 소리가 울렸다.

애들이 이리 달려들고, 저리 피하고 하자 드넓은 응접실의 새하얀 벽은 물론, 심지어는 대리석 벽난로 윗부분과 높은 천장에까지 애들의 발자국이 찍혔다.

한 편의 화려한 액션 영화 같은 광경에 나는 헛웃음을 흘렸다.

"거참… 친구가 생기는 게 그렇게 싫었나?"

딜란은 눈앞의 상황을 바라보며 저도 모르게 한숨을 폭 내쉬었다. 어떤 돌발 상황이 발생할지도 모르니 대비는 하고 있었지만, 설마 저희끼리 치고 박고 할 줄이야.

'하여간 아기씨에 관련된 일은 항상 내 예상을 뛰어넘는다 니까. 그래도 둘 다 실력은 제법 쓸 만하군. 과연 전설급 가디 언이라 이건가? 그나저나 이제 슬슬 말려야……'

슬슬 두 녀석을 제압하려고 타이밍을 재고 있는데, 옆에 있 던 이름 없는 마탑의 마법사가 눈치 없이 끼어들었다.

"클클클~ 두 녀석 다 아주 건강하군."

다른 이들이 황당해하는 게 보이지도 않는지, 저 혼자만 되 게 만족스러워하는 마법사였다.

"가디언들은 원래 저렇게 사이가 안 좋습니까?"

딜란의 질문에 마법사가 어깨를 으쓱해 보였다.

"흐음, 딱히 가디언들끼리 어떤 감정을 공유하지는 않아. 같 이 놔둬도 서로 무시하는 게 보통이지."

"그럼 저 애들은 왜 그러는 겁니까?"

"글쎄? 이런 경우는 나도 처음이라 모르겠군. 저렇게 격렬 하게 서로를 거부할 줄이야. 같은 주인을 섬기는 경우에도 그 럭저럭 잘 지내는 편인데."

의아하다는 듯 고개를 갸웃거리는 마법사가 가증스러워 보 였다. 척 보기에도 주인을 독차지하려고 다투는 게 뻔히 보이 는데 말이다.

"혹시 가디언들은 주인에 대한 독점욕이라도 있는 겁니까? 왜, 애들이 부모 사랑을 독차지하고 싶어 하듯이 말입니다."

딜란이 그렇게 직접적으로 예시를 들어줬음에도 마법사는 고개를 저었다.

"아니. 우리 마탑의 가디언들은 그런 인간적인 감정에 대해선 담백한 편이다. 그러니 이런 상황을 보일 수 있다는 게 신기할 정도야. 음… 아니, 아니다. 아무래도 저 애들은 인간적인 감정을 좀 짙게 타고난 모양인데?"

'나 원, 하고많은(?) 가디언 중에 아기씨께 온 녀석들이 그런 애들일 건 또 뭐람? 가디언은 교환 안 되려나?'

속으로 혀를 차며 딜란은 다시 입을 열었다.

"그럼 이제 어떻게 해야 합니까?"

"으음? 그걸 왜 나한테 물어? 이제 주인까지 정해졌으니 주인이 알아서 해야지."

팔짱까지 떠억 끼며 말하는 폼이 끝까지 강 건너 불구경할 태세다.

'아으으윽~'

그 모습에 유모의 눈꼬리가 파르르 떨렸다.

마법사의 성격을 깜빡하고 물어본 자신이 잘못한 거지만, 저 태도는 정말 화를 마구마구 솟구치게 만들었다.

그랬기에 딜란은 이름 없는 마탑의 마법사 쪽으로 날아오는 파편을 눈치챘음에도 불구하고 그냥 내버려 뒀다.

"으악!"

퍼억~!

'어머, 아까워라……'

마법사가 50대 초반으로 보이는 외모에 깡마른 체구를 가지고 있어 신체 능력이 떨어질 줄 알았는데, 용케 몸을 날려 파편을 피해 버렸다. 파편이 바닥에 부딪히는 소리를 들어보니 만약 제대로 맞았다면 최소 피멍은 들었을 텐데 아깝게 됐다.

하지만 그래도 부글부글 끓어오르던 속은 좀 시원해졌다.

반대로 옆으로 몸을 날렸던 마법사는 무척 놀랐는지 벌떡 일어나 시뻘게진 얼굴로 딜란에게 항의했다.

"아니, 왜 가만히 있는 거냐? 저놈들 안 말리고 뭐해?"

'여태껏 구경만 하고 있었으면서 이제 와 무슨……'

하지만 확실히 슬슬 정리할 때이긴 했다. 저 녀석들도 지금까지 충분히 놀았을 테고 말이다.

딜란은 조앤과 같이 아기씨 옆에 딱 붙어서 수다를 떨고 있는 자넷에게 슬쩍 신호를 보냈다.

조앤과 죽을 척척 맞추며 수다를 떨고 있던 자넷이었지만, 유모의 신호를 즉각 알아채고 앞으로 나섰다.

그녀는 천천히 걸음을 옮기며 상황을 지켜보다 두 녀석이 서로에게 몸을 날리며 주먹을 휘두르는 타이밍에 맞춰 그 사이로 끼어들었다.

터억, 휘릭, 쿠당탕~!

서로에게 뻗은 두 녀석의 팔을 각각 한 손으로 붙잡은 뒤 몸을 뒤틀어 두 녀석을 한꺼번에 업어 메쳐 버린 것이다.

물 흐르듯 자연스러운 동작으로 한 번에 두 녀석을 제압한 자넷의 솜씨에 딜란은 만족스럽게 고개를 끄덕였다.

'과연, 아기씨 옆에 둘 만해.'

제23화

어윽~ 내 뼈!

일이 좀 있었지만 그래도 제이는 무사히 우리 집에서 살게 되었다. 더불어 케이와 제이가 내 앞에서 싸우는 일도 없어졌고 말이다.

　뭐어, 살벌한 눈초리를 주고받는 것까지는 막을 수 없었지만, 자넷이나 유모의 쓰읍 하는 잇소리에 즉각 눈을 내리깔게 되었다.

　그나저나 조앤의 새로운 파트너로서 내 곁에 있게 된 자넷의 능력이 놀라웠다.

　그저 조앤과 죽이 척척 맞는 명랑, 쾌활한 평범한 아가씨인 줄만 알았는데 말이다.

　'유모도 한 실력 하는 거 같더만… 혹시 다른 사람도 그런

거 아냐?'

그렇게 케이와 제이의 일도 잘 정리되자 다음 날 오전, 나는 가벼운 마음으로 오랜만에 내 전용 이착륙장을 찾았다.

집에 돌아온 뒤로 사람들이 계속 쉬라며 만류한 탓에 아무 것도 안 하고 뒹굴거리기만 했더니 외려 몸이 찌뿌드드해지고 컨디션도 나빠지는 느낌이었다.

그래서 오랜만에 바람도 쐴 겸, 운동도 좀 할 겸, 사람들이 만류하는 것도 뿌리치고 고집을 부려서 나섰다.

"새로 드린 마법 아이템은 다 확인하셨죠?"

"응, 응."

"조금만 날고 돌아오셔야 해요. 오랜만이니 너무 무리하지 마시고요."

"알았어, 알았어. 한 바퀴만 돌고 들어올 거야."

테라스에서 가볍게 스트레칭을 하는 사이에도 유모는 내가 그렇게도 걱정스러운지 자꾸만 참견을 해댔다.

'응응, 알았어, 알았어'를 몇 번이나 말했는지 나중에는 입만 열면 자동으로 대답이 나올 정도였다.

그만큼 나를 걱정한다는 거긴 하지만 솔직히 귀찮기도 했기에 건성으로 흘려들은 나는 얼추 몸이 풀렸다 싶자 잽싸게 이착륙장으로 올라섰다.

"자, 그럼 이만 갔다 올게. 케이랑 제이도 잘 놀고 있어."

이제 내 곁에 쭈욱 붙어 있을 애들이니 내가 날아다니는 모습도 보여줄 겸, 테라스까지 데리고 나왔다.

두 아이는 내가 난간 위에 있는 발판까지 올라갔음에도 불구하고 위험해 보이지 않았는지 '거기서 뭐 하세요?' 란 표정으로 보고만 있었다.

그런 애들에게 씨익 웃으며 손을 흔들어준 나는 늘 하던 대로 깊게 숨을 들이마신 뒤 날개를 편 채 뛰어내렸다.

그러고는.

"으악~!"

비명과 함께 추락했다.

"아기씨!"

유모의 다급한 외침에 답해주고 싶었지만, 익숙한 마법 시동어를 외칠 여력도 없었다.

예전에 항상 하던 대로 날개를 펴고 뛰어내렸는데 날개가 바람을 가득 품은 순간 갑자기 '뚜둑' 하는 음향과 함께 뒤로 확! 꺾여 버렸다.

날개가 꺾이는 거야 전에도 다반사로 겪어봤지만, 이번에는 통증이 전과는 비할 수 없을 정도로 심했다.

전에는 눈물이 찔끔 나올 정도라 버틸 만했는데, 이번에는 절로 비명이 터져 나오며 눈앞이 새하얘지는 게 내가 비명을 지르고 있는지도 모를 정도였다.

콰앙!

그나마 천만다행인 점은, 땅과 부딪히자마자 그 충격으로 정신을 잃어버려 그 뒤의 상황을 맨정신으로 겪지 않을 수 있었다는 거였다.

"꽥!"

'실력도 괜찮은 데다 영리하기까지. 괜찮군. 제법 자존심도 있고.'

딜란은 겉으로는 얌전히 서 있는 두 가디언의 모습을 만족스레 바라보며 생각했다.

자넷에게 한 방 먹은 걸로 금방 실력 차를 파악하고 얌전한 척하고 있는 것도, 그럼에도 불구하고 완전히 승복하지 않는 것도 마음에 들었다.

녀석들은 투지를 잘 숨긴 줄 알겠지만, 아사의 비밀 호위 기사단 단장을 맡고 있는 딜란의 눈을 속일 수는 없었다.

실력에 어느 정도 자신이 붙으면 놈들은 분명 판세를 뒤엎으려 할 것이다.

'뭐어, 불가능한 일에 도전해 보는 건 어린 녀석의 특권이지. 그래도 아기씨 가디언으로는 일단 합격점을 주마.'

그렇게 가디언 녀석들의 일이 일단락되자 딜란은 이제부터 아기씨께만 온전히 집중할 생각이었다.

아기씨는 잘 먹고 잘 쉬다 왔다면서 주변 사람들을 안심시키려 들었지만 척 보기에도 안색도 파리하고 얼굴도 많이 야위셨다.

그래서 한동안 잘 드시게 하고 푹 쉬게 해드릴 생각이었건만, 저택에 돌아온 지 겨우 이틀 만에 날아보겠다고 나서시는 게 아닌가?

극구 만류하고 싶었지만, 또 한편으로는 어두운 지하의 좁은 공간에서 얼마나 답답하셨을까 생각하니 적극적으로 만류하기 어려웠다.

날아다니길 좋아하셔서 매일매일 나가셨던 분이 아닌가.

그래서 바람 좀 쐬겠다고 전용 이착륙장에 오르는 아기씨를 끝까지 막질 못했다.

겨우 무리하지 마시라, 일찍 돌아오시라 정도의 소용없는 잔소리만 덧붙였을 뿐.

납치당하기 전까지만 해도 잘 날아다니셨고, 이번에는 전보다 더 업그레이드된 마법 아이템을 아기씨 몸에 착용시켜 놨기에 별일이 있을 거라고는 상상도 못 했다.

한데.

"으악~!"

아기씨가 전용 이착륙장에서 몸을 날리자마자 바람을 타고 허공으로 솟구치는 모습 대신, 아기씨의 다급한 비명 소리가 들려왔다.

"아기씨!"

황급히 난간으로 달려가니 보이는 건 땅을 향해 속절없이 추락하는 아기씨의 모습이었다.

"아기씨!"

빨리 마법 아이템을 쓰시라는 뜻으로 다시 한 번 아기씨를 불러봤지만 아기씨는 어떤 움직임도 보이지 않았다.

날벼락 같은 상황에 딜란이 순간적으로 패닉 상태에 빠져 어찌할 바를 몰라 하는 바로 그 순간, 갑자기 그녀의 양옆으로 시커먼 그림자 두 개가 스쳐 지나가더니 그대로 베란다 아래로 몸을 날렸다.

케이와 제이였다.

무모하지만 조금의 머뭇거림도 없는 그들의 행동에 딜란도 재빨리 정신을 차릴 수 있었다.

"특급 비상! 특급 비상!!"

쾅!

딜란이 큰 목소리로 그 짧은 문장을 외치는 사이에 아래에서 섬뜩한 음향이 들려와 그녀의 심장을 난도질했다.

"아기씨이!"

그에 딜란은 두 번 생각할 것도 없이 베란다 아래로 뛰어내렸다.

"아기씨."

바닥에 내려서자마자 딜란은 정신없이 땅에 쓰러져 꼼짝도 않고 있는 아사에게로 달려갔다.

천만다행이도 딜란보다 먼저 몸을 던졌던 두 가디언이 허공에서 아사를 잡았는지 아사는 두 가디언에게 둘러싸여 있었다.

하지만 급박한 상황이었던 데다 두 가디언의 체격 또한 큰게 아니라서 아사의 몸을 완전히 보호하지는 못했다.

창백한 얼굴로 축 늘어진 아사의 모습에 딜란의 심장이 덜컥 내려앉았다.

가디언들은 그나마 상태가 좀 나은 듯 딜란의 외침에 꿈틀 꿈틀 움직임을 보였지만 아사는 꼼짝도 하지 않았다.

"아, 아기씨……?"

얼른 다가가 아사의 얼굴에 손을 댔더니 차가웠다. 그에 다시 한 번 심장이 덜컹거렸지만 천만다행이도 코에서 가냘픈 바람이 느껴졌다.

'다행히 목숨은 건지셨구나.'

그러면 됐다. 목숨만 건지셨다면 어디가 얼마나 다쳤든 완쾌시킬 수 있었다.

그런 생각으로 안도의 한숨을 내쉬는 바로 그 순간.

"언제까지 그러고 있을 거지?"

고개를 휙 돌리니 지금 상황에서 가장 두려운 존재 중 한 명이 떠억~ 하니 서 있는 것이었다.

덕분에 딜란의 심장이 다시 한 번 덜커덕 하고 멈출 뻔했다.

"하, 하레츠 님……."

겨우 겨우 힘겹게 열린 딜란의 입에서 신음처럼 흘러나온 이름.

그랬다.

딜란의 뒤에 나타난 이는 아사의 생모 하레츠였던 것이다.

하레츠는 놀라서 제대로 움직이지 못하는 딜란을 무덤덤하게 바라보더니 꾸물꾸물 움직이는 가디언들을 바로 눕혀주고는 여전히 꼼짝도 하지 않는 아사를 조심스레 들어 올렸다.

그러고는 뒤에서 막 황급히 다가온 사람들에게 입을 열었다.

"이 아이들을 어서 데려가 치료하도록."

"네, 넷."

병사들과 시녀들이 조심스레 두 아이에게 다가가는 걸 지켜본 하레츠는 몸을 돌리려다 이제야 겨우 휘청거리며 몸을 바로 세우는 딜란을 향해 덤덤하게 입을 열었다.

"걱정 마. 조인족은 튼튼하거든."

아무리 조인족이 튼튼한 몸을 가지고 있다 해도 아기씨는 이제 겨우 세 살이었다.

그것도 얼마 전 큰일을 겪기까지 해서 몸도 많이 약해진 어린아이.

콰앙!

"넌 도대체 뭐하는 거야!"

그러니 폐하께서 분노하시는 것도 당연했다.

그 앞에 무릎을 꿇고 이마를 땅에 대고 있는 딜란은 정말 입이 백 개라도 할 말이 없었다.

"죽여주십시오!"

"당연하지. 그러고도 네가 살기를 바랐나?"

"아닙니다. 목숨으로 사죄하겠습니다!"

끝까지 아기씨를 만류했어야 했다.

아기씨의 몸이 약해져 있다는 걸 뻔히 알면서도 그냥 놔둔 자신은 유모의 자격이 없었다.

그나마 아기씨의 목숨이 무사하셔서 죄를 청할 수 있는 거였지, 아니었으면 폐하를 뵐 면목조차 없어 그 자리에서 목숨을 끊었을 것이다.

폐하의 무시무시한 살기가 덮쳐 와 온몸이 공포로 얼어붙었지만 오히려 맘은 편했다.

다시는 아기씨 옆에 있을 수 없다는 게, 아기씨가 성장하시는 모습을 지켜볼 수 없다는 게 아쉬웠고, 함께 죄를 청하는 두 후배한테 미안했지만 아기씨는 무사하실 테니 됐다.

폐하의 손짓에 가까이에 있던 기사가 검을 빼 드는 걸 보며 딜란은 눈을 감고 마음속으로 아기씨께 작별 인사를 고했다.

'정말 죄송해요, 아기씨. 하늘에서나마 아기씨를 지켜보고 있을게요. 제가 없더라도 부디 행복하시길.'

그리고 생의 마지막 순간을 기다리는데, 그 순간 문이 예고도 없이 벌컥 열렸다.

이 궁에서 이렇게 무례히 행동할 수 있는 존재는 몇 안 됐다.

그중 한 존재는 이미 알현실 안에 있었고, 다른 한 존재는 침대 위에 누워 있을 터.

마지막 한 명은.

"하레츠?"

당황한 필립의 목소리에 딜란은 '과연'이라고 생각했다.

그리고 연이어 들려오는 목소리는 재상 나이젤의 것이었다.

"어이, 필립. 하레츠 씨 좀 설득해 봐라. 아사에게 절대로 포션을 못 쓰게 하고 있어. 이게 말이 돼?"

"네에?"

그 말에 가장 격하게 반응한 건 죽음의 순간을 기다리며 바닥에 고개를 처박고 있던 딜란이었다.

딜란은 너무 황망한 이야기에 자신의 처지도 잊고 고개를 번쩍 들어 하레츠와 나이젤을 바라보았다.

"그게 무슨 말씀이십니까? 포션을 못 쓰게 하시다니요. 아기씨를 치료하려면 당연히 포션을 쓰셔야 하는 거 아닙니까?"

단순한 찰과상도 아니고, 높은 곳에서 떨어져서 크게 다친 아이를 치료하는 데 포션은 기본이 아니던가?

얼마나 놀랐는지 딜란은 평소라면 절대 하지 못했을 하극상을 저질러 가며 목소리를 높였다.

하지만 딜란에게 돌아온 건 '감히!', '무엄하다!' 같은 질책이 아닌 덤덤한 하레츠의 목소리였다.

"아사는 조인족이다. 조인족을 유리그릇처럼 고이고이 조심조심 다루는 건 좋지 않아."

"지금은 특수한 상황이 아닙니까?"

"특수한 상황은 무슨⋯ 조인족 애송이가 날다가 추락해서 다치는 거야 흔한 일이지. 이런 일에 포션까지 쓴다고 난리치는 그대들이 이상한 거다. 애들은 원래 그렇게 다치면서 크는 거야."

'아니, 조인족 엄마들은 다들 댁 같으신 건가요? 어째 우리 훈련소 교관보다 더한 거 같아.'

하레츠의 모습만 보면 그냥 아사가 뛰어가다 넘어져서 무릎 좀 까진 것 같다.

"하, 하레츠으~ 아사를 보고 어떻게 그런 말을 해? 우리 딸이 지금 얼마나 아프겠어? 그런데 치료도 못 하게 하다니 말이 돼?"

안 되겠다 싶었던지 필립도 나섰지만 하레츠의 태도는 별반 달라지지 않았다.

"그래서 약초 썼잖아."

"약초 가지고 돼?"

"충분하고도 남아."

"하레츠으~"

"필립, 그대야말로 아사를 너무 약하게 보고 있어. 그 아이는 그렇게 허약한 존재가 아니야."

"아사는 이제 겨우 세 살이거든?"

"세 살이면 몇 번 추락했다고 안 죽어. 그러니 포션을 쓸 생각은 하지도 마."

하레츠는 필립에게 그렇게 못을 박아두고는 바닥에 무릎을 꿇은 채로 상체만 들어 자신을 바라보는 딜란을 돌아봤다.

"그런데 그대는 왜 여기서 그러고 있는 거지? 아사 옆에 있어야 하는 거 아닌가?"

"네? 아, 그, 그게……."

화들짝 놀란 딜란이 그제야 자신이 저지른 짓을 깨닫고는 다시 이마를 땅에 대야 하나 하레츠에게 대답부터 해야 하나 당황하고 있는데, 그보다도 먼저 하레츠가 다시 입을 열었다.

"뭐어, 뭔 일인지 대충 알 거 같긴 하군. 필립, 자기 딸이 칠칠 맞지 못해서 일어난 일을 딴사람 탓으로 돌리는 건 좋지 못해."

'…하레츠 님, 댁의 딸이기도 한뎁쇼?'

"별일도 아닌 걸 가지고 웬 소란이람."

역시 조인족은 이해하기 어렵다.

하지만 하레츠로 인해 그 커다란 공간 가득 팽배했던 살벌한 긴장감이 한순간에 사그라들었다.

덕분에 필립도 가볍게 한숨을 내쉬더니 한결 누그러진 표정으로 딜란과 두 시녀를 향해 손짓을 했다.

"딜란 조케스터, 세 번은 없다는 걸 명심해."

"죽음으로 충성하겠습니다."

"끄으응……."

나는 정신을 차리자마자 온몸을 덮치는 통증 때문에 저도 모르게 신음을 흘렸다.

얼마나 아픈지, 이 세상에 태어난 뒤로 이렇게 심한 통증은 처음 겪어보는 것 같았다.

'아니, 전생에도 이렇게 아파본 적은 없었던 것 같은데… 태어난 첫날 겪었던 근육통보다 백배는 더 아픈 거 같아.'

통증 때문인지 몸에 뜨끈뜨끈 열이 나는 게 느껴질 정도였다.

그러는 가운데서도 목이 말라 물을 찾으려고 몸을 일으키려 했는데, 단지 움찔한 것만으로도 온몸에 찌잉~ 하는 강한 통증이 다시금 일어나는 것이었다.

"어윽… 아구구……."

그때 기다렸다는 듯 서늘한 손이 내 이마를 짚어왔다.

손의 시원한 기운에 뜨끈뜨끈한 열기가 조금 가시자 멍했던 정신이 또렷해지는 기분이었다.

그와 함께 들려오는 차분한 목소리.

"목마르니?"

눈동자만 움직여 목소리의 주인을 찾으니 언제 왔는지 엄마가 침대 옆에 서 있었다.

"응……."

내가 아프긴 많이 아팠나 보다.

대답을 하려는데 목은 까끌까끌거리고, 겨우 흘러나온 목소리는 잔뜩 갈라지고 쉬어 있었다.

더불어 나도 모르게 눈물을 글썽이기까지.

"장난 아니게 아프다."

"아프겠지. 뼈가 부러졌는데."

"으응?"

순간 엄마의 말이 이해가 안 돼 되묻는데, 엄마는 설명해 주는 대신 옆의 탁자에서 물컵을 들어 올렸다.

물컵을 보자마자 뭔가 이상하다는 것도 잊고 상체를 일으키려 꿈틀대자 엄마가 제지했다.

"움직이지 말고 그대로 있어."

"응?"

의아함에 엄마를 바라봤지만 그녀는 대답해 주는 대신 물컵부터 디밀었다.

물컵에는 내가 엎드려 있어도 쉽게 물을 마실 수 있게끔 빨대가 꽂혀 있었다.

'어라? 그러고 보니 내가 엎드려 있었나?'

어쩐지 침실에서 눈을 뜨면 언제나 보이던 하늘이 안 보이더라.

뭔가 물어볼 게 상당히 많아졌지만 일단 갈증을 푸는 게 먼저였기에 나는 눈앞의 빨대를 쪽쪽 빨았다.

생각보다 굉장히 목이 많이 말랐던 모양인지 물을 마셔도 마셔도 성에 차지 않았다.

커다란 머그컵 반 정도 담겨 있던 물을 다 마시고도 모자라 그 정도의 물을 또 받아 마셨으니 말이다.

너무 급하게 마시다가 마지막에는 사레가 들려 콜록 기침이 터져 나왔다. 기침을 하느라 몸이 흔들리자 그와 함께 강한 통증이 일어났다.

"콜록, 콜록, 큭… 아파… 콜록, 콜록, 에구… 크윽… 코올로
옥~ 아으윽……."

기침은 곧 진정되었지만, 온몸을 마구마구 돌아다니는 통증
때문에 나는 한참 동안 숨을 헐떡거리며 끙끙대야만 했다.

"아구구… 왜, 왜 이렇게 아픈 거야……?"

힘겹게 왼손을 움직여 뜨끈한 얼굴을 쓸어내리니 세상에 땀
까지 송골송골 맺혀 있었다.

"뼈가 부러졌으니까."

너무 간단한 대답이라 오히려 이해하는 데 시간이 걸렸다.

엄마가 찬물에 적신 수건을 가져와서 얼굴을 닦아주기 시작
하자 그제야 엄마의 말을 이해한 나는 어이없는 기분으로 되
물었다.

"뼈가 부러지다니? 내가?"

그래도 마른 목을 축였더니 잔뜩 쉬었긴 해도 그럭저럭 제
대로 목소리가 나왔다.

"생각 안 나?"

"뭘?"

"날려고 베란다에서 뛰었다가 그대로 추락했잖아."

"으응? 아아~ 맞아, 맞아. 그랬었지?"

엄마의 말에 정신을 잃기 전의 일이 하나둘 생각나기 시작
했다.

"끄으응… 아, 정말 아프다. 그러니까아~ 나 그대로 추락
한 거?"

마법 시동어를 말한 기억이 없으니 몸을 보호해 주는 마법이 발동하지 않았겠지.

"그래. 덕분에 오른쪽 쇄골 뼈랑 팔꿈치가 좀 깨졌고, 왼쪽 다리뼈에 금이 갔다. 타박상이랑 멍은 덤이고."

엄마의 말에 오른쪽 팔을 움직여 보려고 했지만 단단히 고정시켜 놨는지 움직여지질 않았다.

어떤 꼴인지 보고 싶었지만 고개를 돌리는 것도 아파서 끙끙거릴 정도였기에 살펴보는 건 나중으로 미뤘다.

아니, 지금은 그게 아니라 해도 온몸이 다 아파서 뭘 어떻게 하질 못하겠다.

"배는 안 고파? 기절해 있느라 하루 종일 아무것도 못 먹었는데."

"끄으응… 몰라……. 지금은 아파서 아무 생각도 안 나. 아구구……."

"그럼 이걸 좀 마셔."

엄마가 또다시 컵을 내미는데 쌉싸름한 약초향이 진하게 났다.

"약?"

"그래, 통증을 덜어줄 거다."

통증을 덜어준다니 이보다 더 반가운 말은 없었기에 나는 얼른 컵에 담겨 있는 빨대를 입에 넣었다.

"으에… 써……."

너무 쓴맛에 절로 인상이 찡그려지며 이까지 바득 갈렸다.

하지만 진통제라니 안 먹을 수가 없어서 꾸욱 참고 컵 안에 있는 약을 다 마셨다.

'효과가 없기만 해봐라.'

아프기도 하고 힘도 없어서 그대로 엎어진 채로 끙끙대고만 있길 십여 분.

잠이라도 잤으면 좋을 텐데 통증 때문에 잠도 오지 않아 무작정 끙끙대며 버티고 있을 수밖에 없었다. 그런데 어느 순간부터 점점 통증이 옅어지기 시작했다.

정말 다행스럽게도 약의 효과가 좋았던 모양이다.

통증이 조금씩 줄어들자 그제야 좀 살 것 같았다. 뭘 어쩌지도 못하고 무조건 통증을 견디고 있는 건 정말 괴로웠다.

통증이 줄어들자 나는 입을 열 여유까지 생겼다.

"아아… 이렇게까지 아플 줄이야. 뼈가 부러지면 원래 이렇게 많이 아픈가?"

"처음이라서 그래. 처음인 데다 여러 군데 부러지기도 했고. 다음번엔 좀 덜할 거다."

어째 날 위로해 주는 건지, 악담을 하는 건지 모르겠다.

"뛰어내리자마자 추락한 건 정말 오랜만이네. 이거 혹시 앞으로 날아다니는 데 지장 있는 건 아니겠지?"

뛰어내리자마자 그대로 날개가 꺾이는 건 처음 날기 시작했을 때나 있었던 일이었다.

그런 걸 이제 와 또 다시 겪게 되다니, 한동안 날지 못했다고 날개가 약해졌나 보다.

"뼈 한두 개 부러졌다고 날아다니는 데 지장을 받는다면 조인족 중 제대로 날아다니는 사람은 한 명도 없을 거다. 어린 조인족에게는 흔히 일어나는 일이야. 자라면서 한두 번 추락해서 피도 보고 뼈도 부러지고 하는 거지.”

되게 덤덤하게 말하니까 내가 겪은 일이 정말 별거 아닌 것처럼 느껴진다.

“워, 원래 그런 건가?”

“원래 그런 거야. 단지…….”

“응?”

“단지, 넌 몸이 약해서 그런지 회복이 생각보다 느리구나. 뼈 좀 부러졌다고 이틀 만에 깨어나다니…….”

“에엥? 이틀?”

방 안이 어둑어둑하기에 내가 추락한 당일 밤인 줄 알았지, 설마 그다음 날인 줄은 몰랐다.

아무래도 내가 아프기는 많이 아팠던 모양이다.

“필립이 너한테 마법이랑 포션 쓰는 걸 막느라 힘들었어. 네가 조금만 늦게 깨어났어도 막지 못했을 거다.”

“에엥?”

‘포션을 쓰지 못하게 막느라고 힘들었다고?’

나는 순간 내가 엄마 말을 제대로 들은 건지 헷갈렸다.

포션이라고 하면 내가 구출된 다음 날 아침 유모가 줬던 바로 그 약이 아니던가? 효과가 되게 좋던.

‘내가 이렇게 아픈데 그 포션인지 뭔지 하는 약 써야 하는 거 아니야? 이럴 때 안 쓰면 언제 쓰려고?’

하지만 엄마가 먼저 딴 이야기를 꺼내는 바람에 난 그 질문을 꺼낼 타이밍을 놓쳐서 그냥 넘어가 버렸다.

내가 날려고 하다가 그대로 추락했던 건 어제 오전의 일이고, 지금은 그다음 날의 한밤중이라고 했다.

사건 발생 후 대략 30시간 정도 지난 즈음이려나?

"그래도 높은 곳에서 떨어진 것치고 부상이 크지 않네? 엄마가 약하다 어쩌다 하지만 이 정도면 꽤 튼튼한 거 아냐?"

내 전용 이착륙장이 있는 베란다는 3층에 있지만 높이로는 한국의 일반 아파트 5층 정도 되었다.

거기서 애가 맨땅으로 추락했는데 뼈 몇 군데 부러진 걸로 끝났다는 건—특히나 머리가 무사하다는 건—놀라운 일이 아니겠는가.

한데 내 말에 엄마가 코웃음을 흘렸다.

"착각이다. 이번에 새로 왔다는 그 아이들이 아니었으면 그 정도에서 끝나지 않았을걸?"

"응? 그건 또 무슨 소리야?"

"네가 추락하자마자 그 아이들이 몸을 날려 널 잡아서 자신들 몸으로 감쌌다더구나. 덕분에 셋이 사이좋게 추락했지."

"헉! 진짜? 그, 그럼 그 애들은?"

"지금 다른 방에서 치료 중이다. 그 애들이야말로 조인족 못지않게 튼튼하더구나. 널 안고 떨어졌는데도 가벼운 골절상 정도로 끝났다니 말이야. 게다가 회복 속도도 빨라서 너보다 먼저 완치될 것 같아."

"하아~ 다행이다."

엄마의 덤덤한 말에 나는 안도의 한숨을 내뱉었다.

그 애들은 특별한 존재라서 몸도 튼튼하고 다치더라도 회복 속도가 빠르다고 하더니만 이 순간 그 점이 그렇게 다행스러울 수가 없었다.

애들을 지켜주진 못할망정 쿠션으로 쓰다니, 나도 참 능력없는 주인이다.

'담에 애들을 보면 뭔가 선물이라도 좀 해줘야겠다.'

"그나저나 뼈가 부러졌다니, 그럼 난 한 달은 이러고 있어야겠네?"

전생의 기억을 떠올려 보면 이런 골절상은 깁스를 한 달 정도 하고 그 후에도 몇 주는 물리치료를 했던 것 같다.

갇혀 있다가 구출된 지 얼마 되지도 않았건만 다시 깁스 신세가 되다니, 내 신세가 처량해 한숨을 쉬는데 엄마의 어이없다는 목소리가 들려왔다.

"무슨 소리냐? 이까짓 부상 정도로. 길어도 닷새 정도 후면 툭툭 털고 일어나야지."

"에엥? 뼈가 부러졌는데?"

"그러니 닷새씩이나 걸리지."

"다, 닷새……."

날개 달린 사람들 몸에는 무슨 마법이라도 걸려 있나 보다.

성장도 보통 사람보다 두 배는 더 빠른 데다 수명도 세 배정도 길고, 회복력도 빠르고.

'가만, 그럼 되게 좋은 거잖아?'

난 그동안 날아다니는 것 빼고는 별달리 좋은 점이 있다고 생각 못 했는데. 따지고 보니 되게 좋은 종족이다.

"아, 넌 몸이 약해서 더 걸릴 수도 있겠다."

"엑?"

"어째 어딘가 갇혀 있었다더니 몸이 더 약해진 것 같구나. 하긴 거기 갇혀 있으면서 달빛을 한 번도 못 받았겠지?"

"달빛?"

"그래, 우리 조인족의 힘의 원천이라고 할 수 있지. 성년이 된 후에는 상관없지만 어렸을 때는 꾸준히 달빛을 몸으로 받아야 해. 그래야 몸도 건강하고 성장도 순조롭지."

"에에에? 진짜?"

'그래서 어느 날 갑자기 내 침실이 천장이 투명한 곳으로 바뀌고 이불도 없이 자게 한 거였구만? 아니, 그럼 그렇다고 설명이라도 해주든가.'

"어? 잠깐. 그럼 혹시 내가 약한 건 태어나서 한동안 달빛을 못 받아서 그런 거야?"

"뭐, 그런 셈이지. 하지만 그런 것치고 그럭저럭 잘 크고 있어. 결국 날 수도 있었고. 필립의 피를 이어받아 그런지 끈질긴 면이 있어."

희미한 미소와 함께 기특하다는 기색이 담긴 말에 이 사람이 그래도 엄마는 엄마구나 싶었다.

"그때 처리하지 않고 널 받아들이길 잘한 거 같아. 하긴 네가 몸은 허약해도 머리가 제법 똑똑하지 않았다면 필립이 막아섰더라도 널 인정하지 않았겠지."

'이 언니가 진짜? 아무리 그게 사실이라 해도 딸내미 앞에서 그렇게 대놓고 말하냐? 하기야 정말 죽이려고도 했었으니……'

첫 만남이 너무 강렬했던 탓에 이제는 웬만한 일에는 다 조인족이라서 그러려니~ 하고 덤덤히 넘기게 되었다.

"아마 처음부터 달빛을 받았다면 더 강하고 뛰어난 조인족이 되지 않았을까?"

"으음, 그건 글쎄올시다… 일걸?"

만약 내가 전생의 기억을 가지지 못한 채로 태어났으면 어떻게 되었을지 생각하기도 무섭다.

'아아~ 전생의 기억을 가진 채로 태어난 게 정~ 말 다행이다. 신이시여, 감사하나이다~!'

이후 엄마가 한 번 더 챙겨준 약을 받아먹고 좀 더 노닥거리던 나는 어느 순간 잠이 들어버렸다.

아마 엄마가 두 번째로 챙겨준 약이 수면제였던 모양이다.

그렇게 푹 자서 기분 좋게 깨어났으면 얼마나 좋았을까 만은……

"꾸엑!"

솜털이 삐쭉 설 정도로 짜릿한 통증에 나는 비명을 지르며 잠에서 깨어났다.

"어흑, 어흑, 어흐흑……"

눈물과 함께 요상한 신음까지 덤으로 같이 흘러나왔다.

아무래도 잠을 자다가 어떻게 몸을 잘못 움직였나 보다.

"아기씨, 왜 그러세요?"

유모의 목소리에 나는 간신히 유모 쪽으로 시선을 돌리며 울먹거렸다.

"으흑… 잘못 움직였나 봐. 되게 아파."

"얼마나 아프실까. 잠시만요, 이것 좀 드세요."

유모가 내민 건 어제 엄마가 나한테 줬던 진한 약초향이 풍기던 그 약이었다.

엄청 썼던 맛이 자동으로 떠올랐지만 쓴맛보다는 아픔이 더 급했기에 나는 허겁지겁 약을 빨아 마셨다.

"천천히 드세요."

"으에, 써……."

약은 다시 마셔도 여전히 썼다.

게다가 즉시 약효를 보는 게 아니었기에 나는 약효가 나타날 때까지 인상을 찡그리며 끙끙거려야 했다.

"아우우~ 이거 앞으로는 잠도 맘 편히 못 자게 생겼네."

약효가 돌아 통증이 차츰 가라앉기 시작하자 그제야 숨통이 좀 트였지만, 한편으로는 통증을 참느라 몸에 얼마나 힘을 주고 있었는지 진이 다 빠지는 기분이었다.

그래서 엎드린 채로 축 늘어져 있는데 유모가 가만히 이마를 짚어보며 말을 건넸다.

"다행히 열은 많이 내렸네요. 시장하지는 않으세요?"

"몰라, 지금은 만사가 다 귀찮아."

말하는 것도 귀찮아 웅얼거리듯 대답하자 유모의 얼굴이 단박에 걱정스러운 빛을 띠었다.

"다치신 이후로 아무것도 안 드셨잖아요. 입맛이 없더라도 조금만 드세요. 아기씨 좋아하시는 곡물 죽을 준비해 놨어요."

"입안이 텁텁해서 별루……."

"과일 주스는요?"

"아, 그건 좋아. 새콤한 거 말고 달콤한 걸로."

"네, 네, 거기다 아기씨 좋아하시는 고기파이도 드실래요? 주방장이 아기씨를 위해 치즈를 잔뜩 넣어서 부드럽게 구웠다고 하더라고요."

그 이야기를 들으니 입안에 침이 고였다.

"먹을래."

아프면 애가 된다더니만 어느새 나도 애처럼 굴고 있었다.

하지만 유모는 내가 먹는다고 하는 것만으로도 기뻤는지 활짝 웃어 보였다.

"네, 그럼 조금만 기다리세요. 아까 제가 올 때 파이를 굽기 시작했으니 지금쯤 다 구워졌을 거예요. 노릇노릇하게 잘 구워진 걸로 골라 오라고 할 테니 일어나 앉으세요. 누워 있으면 괜히 늘어지기만 해요."

"우웅······."

일어나는 건 별로 내키지 않았지만 유모가 다가와 날 조심스레 일으키자 못 이기는 척 일어나 앉았다.

아까 마신 약 덕분인지 둔중한 통증밖에 느껴지지 않아 움직일 만했다.

유모는 내 등 뒤에 커다란 쿠션을 몇 겹이나 쌓아 등을 기댈 수 있게 해준 뒤에야 물러났다.

"어떠세요, 불편한 데는 없으세요? 아프지는 않으시고요?"

난 꼼질꼼질 엉덩이를 움직여 편안한 자세를 잡으며 고개를 끄덕였다.

"응."

그러고 나서야 본 유모의 얼굴은 꽤 초췌해져 있었다.

아마 나 때문에 저런 거겠지?

왠지 미안해져 나는 배시시 웃으며 입을 열었다.

"미안. 많이 놀랐지?"

"당연하지요. 그렇지 않아도 얼마 전 일 때문에 심장이 안 좋아졌는데, 이번에는 심장마비로 죽는 줄 알았어요."

"나도 이렇게 될 줄은 몰랐지. 어휴, 뼈 한 번 부러진 거 가지고 이렇게 아플 줄은 몰랐어."

"그러니까 다시는 이렇게 다치지 마세요. 이게 무슨 꼴이세요?"

유모 말대로 내 꼴이 가관도 아니었다.

뼈가 부러진 부분에는 당연히 붕대가 칭칭 감겨 있었고, 날개도 좀 다쳤는지 뭔가로 고정된 느낌인 데다 상체에도 붕대가 감겨 있었다.

붕대에 감긴 부분이 안 감긴 부분보다 훨씬 더 많은 모습을 보자니 내가 무슨 중환자라도 된 기분이었다.

"에휴, 이거 붕대를 풀기 전까지는 꼼짝도 못하겠네."

"며칠만 참으세요. 조인족은 회복이 빠르다니 며칠 안에 금방 풀게 될 거예요. 확실히 안색도 많이 좋아지셨어요."

내 푸념에 유모가 호호 웃으며 위로의 말을 건네는데, 갑자기 침실 문이 벌컥 열리며 아빠가 등장했다.

"딸아아~!"

"으잉?"

"아이고오~ 우리 딸. 어쩜 좋으냐? 많이 아프지? 아빠가 우리 딸을 생각하면 애처로워 어쩔 줄 모르겠구나."

두 팔을 벌리며 다가오다 내 꼴을 보더니 차마 껴안지도 못하고 안절부절못하는 아빠의 모습에 나는 두 눈을 동그랗게 떴다.

"아빠, 일하러 안 갔어?"

반가워하기보다 의아해하자 아빠가 서운한 표정을 지었다.

"지금 우리 딸이 아픈데 일이 문제겠어?"

"에이, 죽을병도 아닌데 뭘. 유모가 그러는데 조인족은 회복이 빨라서 며칠 안에 붕대도 푼대."

솔직히 유모의 말이 아니라 해도 나는 별걱정 안 했다.

아무래도 한국에서 살던 때의 기억이 있어서 그런지 골절상 정도는 큰 부상으로 여겨지지 않았던 것이다. 단지 내가 엄청 아파서 그렇지.

그래서 대수롭지 않게 말했더니, 아빠는 그런 반응에 오히려 울상이 되었다.

"어흑~ 우리 딸, 이럴 때는 어쩜 그렇게 네 엄마와 똑같니. 아빤 슬프다."

침대 위에 걸터앉으며 내 머리를 쓱쓱 쓰다듬는 손길에 나는 배시시 웃음을 흘렸다.

"아하하~ 언제는 엄마랑 똑같아서 좋다고 하더니만. 에이, 나 때문에 온 게 미안하고 고마워서 그러지."

나도 직장을 다녔었기에 아빠가 일이 생겨 아예 여길 방문하지 못한다 해도 얼마든지 이해할 수 있었다. 한국에서는 그게 또 당연한 일이었고 말이다.

하지만 아빠의 방문과 손길에 가슴이 말랑말랑해지는 것도 사실이었다.

전생에서 난 아파도 가족 누구에게 아프다는 말을 하지 않았었다. 말해봤자 다정하게 돌봐줄 사람이 없었던 것이다.

아버지와 동생은 물론, 어머니조차 아프다면 그냥 약을 챙겨 먹으라는 말이 끝이었기에 나중에는 아프면 스스로 알아서 약을 챙겨 먹는 게 당연한 일이 되어버렸다.

그나마 여기 와서야 힘들면 힘들다고 투덜대고 투정도 부려볼 수 있었다.

겉모습 덕분인지도 모르지만 유치하게 굴어보기도 하고 고집도 부리고 떼도 써보고…….

이 모든 게 받아주는 사람이 있기에 가능한 일이었다.

'아프다고 말하면 걱정해 주고 돌봐주는 사람이 있다는 건 정말 행복한 일이야.'

새삼스러운 깨달음에 가슴이 몽글몽글 부풀어 올랐다.

"에헤헤헤헤~"

속에서 마구 피어오르는 감정에 나는 헤픈 웃음을 흘리며 아빠의 가슴팍에 얼굴을 묻고 부비부비거렸다.

"응응, 그래도 아빠가 와줘서 안 아픈 거 같아. 역시 아빠가 최고야. 난 아빠밖에 없어."

"크윽~ 우리 딸, 어쩜 이렇게 사랑스러울까아~"

내 상체를 칭칭 감고 있는 붕대 때문에 아빠는 내 얼굴만 가볍게 껴안은 채 내 정수리에 대고 자신의 뺨을 부벼댔다.

엄마가 올 때까지 말이다.

"적당히 좀 하지? 언제까지 그러고 있을 거야?"

아침 식사를 같이하려고 했는지 음식을 챙겨 든 사람들을 뒤로 거느린 채 침실로 들어온 엄마가 우리 모습을 보고 어이없다는 어조로 말을 던졌다.

하지만 아빠는 엄마의 모습에 더 크게 활짝 웃으며 그녀에게 손을 뻗었다.

"하레츠~ 어서 와, 어서 와, 당신도 이리 와."

"참 내……."

그러자 엄마가 어쩔 수 없다는 표정으로 슬그머니 다가와 아빠의 손을 잡더니 침대에 엉덩이를 붙이는 게 아닌가?

'참 내는 무슨, 저도 좋으면서. 이러니저러니 해도 제법 잘 어울리는 부부라니까.'

꿀꺽!

드넓은 대전을 가득 메운 무거운 공기를 견디다 못한 누군가가 마른침을 삼켰다.

며칠 전 카르피 자작령에서 비밀리에 이종족 노예들을 매매하던 현장이 발각된 일로 황제는 크게 분노했다.

하지만 귀족들은 그 앞에서는 찔끔했어도 그 일을 대수롭지 않게 여겼다.

이종족 노예매매는 현 황제가 등극하자마자 황명으로 금지시킨 일로, 초장에는 철저하고 엄중하게 황명을 관철시켜 나가는 듯 보였다.

그로 인해 수많은 노예매매상이 사라졌고, 제법 많은 수의 귀족도 황명을 어긴 벌로 처형이 되었다.

하지만 그것도 시간이 흘러가자 슬슬 느슨해져 지금은 허울 좋은 명목으로 전락했고, 어느 정도 능력이 있는 사람이라면 뒤로 몰래 이종족 노예 한둘 정도는 가지고 있는 게 현실이었다.

아마 비밀리에 이종족 노예를 거래하는 노예상도 꽤 있을 거다.

그런 상황이었으니 재수 없는 노예매매상 한 군데가 발각되었다고 해도, 그 현장에서 귀족 몇몇이 체포되었다 해도 귀족들은 대수롭지 않게 생각했다.

황제는 항상 파벌 세력 사이에서 밀당을 즐기며 자신의 이익을 철저하게 추구해 왔으니 이번에도 그럴 것이며, 황제가 보이는 분노는 그에 대한 연장선이라고 여겼던 것이다.

한데 어찌 된 영문인지 황제는 사건이 발생한 지 채 일주일이 지나지 않았는데 벌써 대전에서 중간보고를 받는 것이었다. 뒤에서 '싸바싸바' 할 틈도 없게끔 말이다.

대전에 들어설 때부터 엄청 기분이 가라앉아 보이던 황제는 중간보고가 끝나자마자 스산한 기운을 뿜어내기까지 했다.

그렇게 분위기만으로 사람들을 전전긍긍하게 만들던 황제는 한참 후에야 입을 열었다.

"어떻게 생각하는가, 차이슨 공작."

황제가 뭐라 말을 꺼내면 좀 나아질까 했는데, 한 톤 낮아진 목소리에 외려 더 추워졌다.

이제는 차이슨 공작이 어떻게든 해결해 주길 바라며 그를 바라보자 과연 대귀족답게 한 치의 흐트러짐도 없던 그가 차분히 입을 열었다.

"송구하옵니다, 폐하. 이번 일은 모두 귀족원의 일원이자 내무대신으로서 귀족들을 제대로 관리 감독하지 못한 저의 불찰이 크옵니다. 부디 저를 벌하여주시옵소서."

"그러한가? 그럼 공작이 모든 책임을 지면 되겠군."

황제의 말은 간단하게 나왔지만, 그 말을 들은 대전에 있던 모든 귀족은 헛바람을 삼켰다.

'차이슨 공작에게 책임을 묻겠다고?'

'아니, 왜?'

'갑자기 이게 무슨 일이야.'

이번 사건은 대귀족과 고위급 인사가 여럿 걸려 있어 황제 입장에서도 큰 떡고물을 챙길 수 있는 좋은 기회였다. 대귀족일수록, 고위급 인사일수록 뜯어낼 수 있는 게 더 많았으니 말이다.

그래서 귀족들도 황제가 더 많이 챙겨먹기 위해 초장부터 분위기를 잡는가 보다 했는데, 이건 뭐 좋은 기회를 그냥 차버리는 것도 모자라 아예 차이슨 공작과 대판 붙으려 하고 있다.

돌아가는 상황을 이해하지 못해 갈팡질팡하는 귀족들을 차가운 시선으로 바라보던 황제는 다시 한 번 입을 열었다.

"저번에도 말했듯 이번 일은 결코 쉽게 넘어가지 않을 것이다. 관련된 이는 한 사람도 빼놓지 않고 끝까지 찾아내 엄벌에 처할 것이니, 그대들은 그렇게 알고 준비하도록."

그 말을 끝으로 자리에서 일어난 황제는 차이슨 공작에게 매서운 시선을 한 번 날리고는 대전을 나가 버렸다.

남아 있던 귀족들은 황제가 완전히 밖으로 나간 뒤에야 몸을 바로 세우며 삼삼오오 모여 이번 일에 대해 수군거리기 시작했다.

"정말로 저 차이슨 공작을 꺾으려고 하시는 걸까요?"

"설마. 아무리 황제 폐하라 하더라도 상대는 차이슨 공작인데."

"하지만 차이슨 공작을 직접 거론하셨지 않습니까?"

"1황자파가 도울 걸 생각하고 그러시는 것이 아닐는지요?"

"아무리 그래도 그렇지. 1황자파가 돕는다고 황태자파를 쉽게 누를 수 있겠소?"

"어차피 뒤에 가서는 적당한 선에서 타협하게 될 거야. 지금도 누가 주도권을 쥐고 우위에 서느냐 하는 기 싸움일 테지."

그 말이 제일 그럴듯했는지 주변 사람 대부분이 고개를 주억거렸다.

하지만 그 곁을 스쳐 지나가는 차이슨 공작은 속으로 코웃음을 쳤다.

'타협? 웃기는 소리. 이번 대결은 먹느냐 먹히느냐의 싸움이야. 절대 피할 수 없는……'

대전을 나와 황궁의 넓은 복도를 걸어가는 차이슨 공작의 머릿속은 빠르게 움직였다.

'어차피 언젠간 일어날 일이었다.'

황제가 뒤에서 1황자파를 지원하며 조금씩 황태자파의 세력을 깎아가고 있다는 걸 눈치챘을 때부터 이런 날이 올 줄 알았다.

단지 명목을 자신이 제공하게 될 줄은 몰랐지만.

'실수였다. 황제가 아무리 5황자에 대해 관심이 없다고 해도 황궁 내에서 끝냈어야 했는데… 크레스포 백작을 끌어들일 욕심에 카르피 자작령에다 가져다 놓는 게 아니었어.'

그랬다.

놀랍게도 카르피 자작령 사건 뒤에는 차이슨 공작이 있었던 것이다.

카르피 자작은 중도파로 알려져 있지만, 사실 그는 차이슨 공작가의 방계 혈족이자 숨겨진 가신 중 한 명이었다.

게다가 그는 자작령에 있던 가장 큰 노예상단의 실제 상단주이기도 했다.

즉, 카르피 자작령의 그 노예매매 상단은 차이슨 공작네 것이란 소리였다.

은밀히 납치한 후 그곳에 데려다 놓았던 5황자가 소리 소문 없이 제자리로(?) 돌아왔다는 것을 알게 되자마자 공작은 자신과 카르피 자작령과의 관계가 다 들통났다는 것을 깨달았다.

5황자와 황태자의 관계, 그리고 황태자의 뒤에 있는 자신을 알고 있다면 쉽게 추측할 수 있었을 테니까.

그러나 어차피 황제는 5황자에게 별 관심이 없는 데다 철저할 정도로 현실적인 자였기에 충분히 무마할 수 있을 거라고 여겼다.

한데 이런 예상을 뒤엎고 황제는 자신과의 한판 승부를 선택했다.

'이미 나에게 사용할 무기가 완성되었다는 말인가.'

무기가 완성되었으니 다음 기회를 노릴 필요가 없었을 거다. 게다가 다음 기회를 노린다면 외려 공작에게 시간을 주는 꼴이 될 테니 말이다.

'하지만 황제, 당신이야말로 최악의 패를 꺼내 든 거야. 내가 멍청이처럼 아무것도 모른 채 두 손 놓고 있었을 것 같은가?'

카르피 자작령에서 체포된 귀족 대부분이 황태자파라는 것이 황제에게는 좋은 공략 타깃으로 보여 이 기회를 선택했을 거다.

이번 일로 황태자파의 위상은 땅으로 떨어지고 세력은 크게 축소될 것이며, 노예상단으로 벌어들이던 엄청난 소득까지 끊겨 버릴 테니 말이다.

'하나, 과연 당신의 예상대로 될 것 같은가.'

차이슨 공작은 황성 안 내무부 건물에 있는 자신의 사무실로 들어서자마자 자신의 뒤를 따라왔던 보좌관들을 돌아보았다.

"상황이 급박해졌으니 서둘러야겠다."

"오늘 폐하께서 대놓고 선언하셨으니 차이슨 공작이 바쁘게 움직이겠군요."

"그렇겠지. 그들에 대한 감시는 확실하게 하고 있겠지?"

"물론입니다."

"놓치는 게 있어서는 안 될 거야."

서류에서 눈을 떼지도 않은 채 말하는 필립의 주변에서는 여전히 차가운 공기가 휘몰아치고 있었다.

"차이슨 공작… 절대 곱게 죽이지 않겠어."

필립의 눈에서 살기가 번뜩이고 입술 사이로 '빠드득' 하는 소리가 들려오자 괜히 주변에 있던 사람들이 움찔거렸다.

[북궁의 아기씨 상태가 많이 안 좋으십니까?]

근래 들어 필립의 심기를 들었다 놓은 일은 하나밖에 없었다.

살벌한 분위기를 견디지 못한 수석 시종 하나가 조심스레 수신호로 묻자 카버 시종장이 황제 몰래 조용히 한숨을 내쉬었다.

[아직 깨어나지 못하셨단다. 그러니 당분간은 다들 숨죽이고 있으라고 해.]

'컥……'

카버 시종장의 수신호를 읽은, 그 방에 있던 모든 시종이 조용히 숨을 들이켰다.

그랬다.

필립이 갑자기 얼음장보다 더 싸늘한 분노의 기운을 풀풀 풍기게 된 건 사랑하는 딸내미가 부상을 당했기 때문이었다.

아사가 3층 베란다에서 떨어지는 사고를 당해 북궁은 지금 비상사태라고 했다.

한겨울에도 감기 한 번 안 걸리고 지내던 아이가 크게 다쳐 정신도 못 차리고 있다니 필립 마음이 오죽했겠는가?

그렇지 않아도 비슷한 조인족 또래에 비해 성장이 늦어 걱정하고 있는 판에, 저번에 납치당했다 돌아오자마자 이런 사건이 터졌으니… 딸바보 필립이 크게 진노하는 것도 당연했다.

"그 자그마한 아이가 얼마나 아팠을까……."

필립의 중얼거림을 들은 나이젤은 땀을 삐질 흘리며 말을 건넸다.

"걱정 마라. 곧 깨어날 거야. 강한 아이잖아. 그 애가 누구 딸이냐. 바로 너와 하레츠 씨의 딸 아니냐?"

"그러길 바라. 하레츠가 극구 막는 바람에 포션도 쓰지 못하고 겨우 약초 따위나 쓰면서 기다리고 있는데. 만약 내일까지 깨어나지 않으면……."

한 번 더 빠드득 이를 가는 필립의 옆에 서 있으니 팔뚝에 오스스 소름이 돋았다.

'서, 설마… 내일 당장 차이슨 공작가를 치러 간다는 건 아니겠지?'

그런데 지금 필립의 분위기로 봐서는 정말 그럴지도 몰랐다.

'공주님~ 빨리 좀 깨어나. 네가 조금이라도 늦는다면 네 아빠가 무슨 일이든 벌일 거 같다.'

나이젤뿐만 아니라 그 방에 있던 다른 이들도 정말 한마음 한뜻이 되어 간절하게 기원했다.

그러자 하늘이 이들의 간절함에 감동을 한 것일까?

필립과 나이젤이 있는 집무실의 문이 열리며 시종 한 명이 급박하게 뛰어들어 왔다.

"폐하, 북궁의 주인이 정신을 차렸다 합니다."

"우와~ 얘들 좀 봐. 세상에, 너무 귀엽다아~"

새하얀 털을 가진 자그마한 생명체들이 한군데 모여서 꼬물꼬물거리는 모습은 절로 감탄이 쏟아지게 만들었다.

"저기, 얘들 만져 봐도 될까?"

내 말에 인사차 늑대들을 데리고 왔던 트래버스가 새끼 늑대 한 마리를 조심스레 들어서 내 무릎에 올려놔 줬다.

아직 깁스를 하고 있어 움직이기 불편한 나를 배려해 준 것이다.

장소가 갑자기 바뀌었는데도 새끼 늑대는 몇 번 킁킁거리며 냄새를 맡아보더니 크게 하품을 한 번 하고는 편안하게 엎드려 눈을 감았다.

"와~ 얘는 날 처음 보는데도 무섭지 않은가 봐."

"미리 아기씨 냄새에 익숙해지게 했거든요. 앞으로 주인으로 모셔야 할 분을 낯설어하면 쓰겠습니까?"

"오오~"

트래버스와 함께 늑대들을 데리고 온 중년 아저씨—트래버스의 직속상관이란다—의 말에 난 감탄성을 흘렸다.

얘들은 아빠가 내 애완동물로 사준 애들로, 깁스 때문에 마음대로 다니지도 못해 답답해하는 나를 위하여 트래버스가 인사하러 올 때 특별히 같이 데리고 와줬다.

어떤 애들을 데리고 올지 조금은 걱정했는데, 온몸이 은빛 털에 감싸인 늑대들을 보자마자 한눈에 반해 버렸다.

중급 마수인 실버울프라고 하는데, 어렸을 때 길만 잘 들이면 이보다 더 든든한 보디가드가 없다고 한다.

마수라서 그런가, 새끼 늑대들과 같이 온 엄마 늑대는 덩치가 나보다도 훨씬 커서 내가 타고 다녀도 될 것 같았다.

무릎 위에 편히 자리 잡은 새끼 늑대의 털을 조심스레 쓰다듬으니 보기와는 달리 제법 빳빳했다.

나는 예상외의 털의 감촉이 웃겨서 피식피식 웃으며 트래버스를 바라봤다.

"음, 인사가 넘 늦었지? 좋아 보여서 다행이야."

내 말에 트래버스가 정중하게 고개를 숙여 보였다.

"다 아기씨 덕분입니다."

트래버스도 진즉에 인사하러 올 예정이었지만 내가 다치는 바람에 오늘에서야 저택을 방문할 수 있었다.

트래버스는 저택에 오자마자 쿼터메인 영감님—나이젤의 스승님인 마법사 할아버지—한테 맡겨졌다.

우리가 탈출할 때 트래버스는 실라크라는 놈에게 등을 크게 베였음에도 불구하고 곧바로 상처가 아물어 회복했던 적이 있었다.

그 기적 같은 일이 일어날 수 있었던 것은 트래버스의 등에 새겨진 마법진 때문인데, 그렇게 놀라운 효과를 나타내는 대신 생명력을 깎아먹는단다.

한데 트래버스의 마법진은 그런 종류의 마법진 중에서도 극히 비효율적인 급 낮은 마법진이라 자칫 생명이 위험할 수도 있기에 쿼터메인 영감님이 손을 봐준다고 했었다.

그러는 사이 교육도 받았는지 아직 어색하기는 해도 주눅들고 안절부절못하는 모습은 많이 사라져 있었다.

이후 트래버스는 내 애완동물 관리사로 일하게 되었는데, 다행히 실버울프들과 잘 지내는 모양이다.

'잘됐네, 잘됐어.'

케이와 트래버스가 무탈하게 자리 잡은 모습을 보니 무척 만족스러웠다.

나는 벌써 돌아다닐 정도로 회복되어 다시 내 곁에 붙어 있는 케이와 제이를 돌아보며 입을 열었다.

"귀엽지? 이제 애네도 여기서 살 거니까 친하게 지내."

케이와 제이의 모습도 날 기분 좋게 만드는 데 한몫했다.

큰 사건을 같이 겪어서 그런지 분위기가 확연히 달라져 있었다.

일이 있기 전에는 서로 마음에 안 들어도 억지로 참아주고 있는 분위기였다면, 지금은 '그래도 쓸모가 있는 녀석'이라고 서로를 인정하고 있는 느낌이었다.

'그럼 된 거지.'

이 상태로 조금만 더 같이 지내다 보면 나중에는 진정한 동료가 될 수 있지 않을까?

그렇게 내 기분이 좋은 탓인지 거실 분위기도 제법 화기애애했다.

한 사람만 빼고.

"필립이 널 너무 곱게 곱게 애지중지 키우는 것 같아. 전에도 그런 기색을 보이긴 했지만 요즘은 더 심해졌어."

엄마가 슬쩍 못마땅한 기색을 보이며 입을 열었다.

그녀는 케이와 제이의 정체를—내 가디언이라는 것—들었을 때도 지금처럼 탐탁지 않은 기색을 보였다.

그 이유가.

"자고로 강한 조인족이 되려면 직접 위험 요소들과 맞서서 싸울 줄 알아야 하건만, 보호막을 몇 겹으로 두르다니. 아이를 온실 속 화초로 만들려는 건가?"

라는 거였다.

'애네들이 아니라 해도 원래부터 내 보호막은 겹겹이 쳐 있었거든? 그럼 엄마는 저택 안팎으로 깔려 있는 경호 담당 아저씨들을 뭐 하는 사람이라고 생각한 거야?'

어이가 없어 엄마를 바라봤더니만 엄마가 아주 진지한 얼굴로 날 마주보며 선언했다.

"아무래도 한동안 내가 널 데리고 가서 교육을 시켜야겠어. 필립은 너에게 너무 약해서 네 전투 교육을 제대로 시킬 수 없을 테니 말이야."

'넹? 전투라굽쇼?'

내가 제대로 들은 건지 헷갈렸다.

전투라니, 전쟁에 나가서 싸우는 그거?

힐끔 유모를 돌아보니 그녀도 당황한 기색이었다.

"저어, 하레츠 님? 몸을 보호하기 위한 호신술을 가르치시겠다는 말씀이신가요?"

"호신술 따위가 아닌 진정한 전투를 할 수 있게끔 가르칠 생각이다. 나와 필립의 아이로 태어났으니 최소 한 사람 몫은 할 수 있어야지."

'한 사람 몫하고 전투 능력하고 뭔 상관인데?'

엄마는 아무래도 모든 조인족은 다 대단한 전사여야 한다고 생각하는 모양이다. 이렇게 되면 전에 조인족이라서 럭키라고 여겼던 걸 다시 재고해 봐야 할 듯했다.

'역시, 장점이 있으면 단점도 있는 거였어.'

하지만 난 그때까지만 해도 별로 걱정하지 않았다. 든든한 보루인 아빠가 있었기 때문이다.

날 금이야 옥이야 대하는 아빠라면 엄마의 말에 찬성할 리가 없었다.

그럴 거라고 믿었었는데…….

"그럼 이번 봄이 오면 데리고 가."

'뭣이라?'

그날 저녁, 저택을 방문한 아빠는 엄마의 말에 두말 않고 찬성하는 것이 아닌가.

'우와, 배신! 역시 딸보다는 자기 부인이 더 좋다 이거지?'

배신감에 몸을 떠는 나에게 아빠는 아주 다정하게 웃으며 말했다.

"엄마네 집에 가보면 재밌을 거야."

'내가 지금 놀러 가는 거 같습니까?'

물론, 저번에 납치된 일도 있고 해서 호신술 정도는 배우려고 했다.

나도 꺅꺅거리기만 하는 짐 덩어리 역할은 사양이니까.

하지만 엄마가 날 가르치는 건 무조건 사양하고 싶었다.

분명 피도 눈물도 없다는 교육대 훈련이 기다리고 있을 게 뻔했으니 말이다.

저번에 엄마한테서 받아야 했던 비행 훈련 때 깨달은 건데 엄마 사전에 '봐주기'란 없었다.

아빠의 흔쾌한 허락에 왠지 엄마의 두 눈에 열의가 차오르는 것 같아 나는 필사적으로 머리를 굴렸다.

"아, 아무리 그래도 난 이제 겨우 세 살이라고!"

하지만 내 말은 효과가 없었다.

"봄이 되면 네 살을 몇 달 앞둔 시점이지. 다른 조인족 애들에 비하면 늦은 편이야."

'우쒸이~ 딴 애들은 딴 애들이고, 난 나거든?'

그러나 이 말도 꺼내봤자 이도 안 들어갈 게 뻔했기에 나는 속으로만 구시렁거렸다.

그날 밤, 산더미처럼 밀려드는 업무 때문에 집무실에서 빵으로 끼니를 때워가며 서류 더미에 파묻혀 있던 나이젤은 문이 열리는 소리에 고개를 들었다.

자신의 집무실인 것처럼 터벅터벅 들어와 커다란 소파에 털썩 주저앉는 사람은 필립이었다.

그런데 어쩐지 필립의 기분이 잔뜩 가라앉아 있었다.

'뭐야? 북궁에 가서 저녁 먹고 온 거 아니었어?'

요즘 북궁에는 딸 못지않게 사랑하는 아내가 머물고 있으니 평소보다 두 배는 더 행복한 오라를 뿜어내고 있어야 할 텐데, 그 반대의 표정을 보이니 나이젤은 의아해하지 않을 수 없었다.

"왜 이렇게 가라앉았어? 공주님도 잘 회복되고 있다며? 아직 깁스는 풀지 못했어도 컨디션도 좋아서 잘 논다고 들었는데……."

이래 봬도 아사의 대부였기에 아사에게 뭔 일이 있으면 황제 다음으로 연락을 받고 있었다.

"으윽~ 내가 내 입으로 직접 우리 아사보고 다른 곳으로 가라고 하다니, 믿을 수가 없어."

가슴 아프다는 듯 심장 부위를 움켜쥐며 중얼거리는 필립의 말에 나이젤은 긴장을 풀었다.

"난 또… 뭔 일이라도 일어난 줄 알았네."

요즘 아사에게 자꾸 일이 생기다 보니 또 무슨 사건이 일어난 건가 싶어 긴장했었다.

"크흑! 우리 딸과 또다시 헤어져야 하다니……."

이건 진즉 나이젤도 알고 있었던 일이었기에 나이젤은 심드렁하게 말했다.

"그럴 거면 보내지 말든가. 북궁의 경계를 본궁보다 더 삼엄하게 만들어놨으면서 구태여 하레츠 씨네 마을로 보낼 필요가 있어?"

자기가 그렇게 결정해 놓고 저렇게 가라앉으면 어쩐단 말인가? 하지만 나이젤의 말에 필립은 길게 한숨을 내쉬며 고개를 저어 보였다.

"안 돼. 일이 한창 벌어지고 있을 때는 조금의 틈이라도 보이고 싶지 않아. 만에 하나 내가 북궁에 자주 출입하는 걸 누군가 눈치채서 우리 아사에게 시선이 가기라도 하면 어떻게 해?"

"그건 그렇지."

아무리 필립이 철저하게 보호하고 있다 하지만 황궁은 언제 어디서 비밀이 새어 나갈지 모르는 곳이다.

특히나 차이슨 공작의 간자가 아직 황궁 내에 있을 게 뻔한 지금은 더더욱 100% 아사의 안전을 장담하긴 어려웠다.

기실 지난번의 사건도 있었으니 말이다.

그런 점에서 조인족 마을은 황궁보다 훨씬 안전했다. 최소

한 차이슨 공작가의 간자는 물론 귀족들의 시선에 대해서도 염려할 필요가 없었으니까.

게다가 아사 또한 조인족의 아이.

조인족 마을에서 최우선적으로 보호가 될 존재였다.

그걸 알기에 필립도 아사를 하레츠와 같이 보내려 하는 거였지만 사랑하는 딸과 떨어져야 한다고 생각하니 벌써부터 금단증상이 생기나 보다.

주전부리용으로 가져다 놓은 건자두를 와그작와그작 씹어 먹는 폼이 얼른 그의 신경을 다른 데로 돌리는 게 좋을 듯해 나이젤은 가벼운 헛기침과 함께 서류를 집어 들었다.

"차이슨 공작이 슬슬 움직이고 있습니다."

나이젤의 목소리가 사무적으로 바뀌자 필립의 눈빛도 변했다.

"어떻게?"

"결국 우리스 후작과 좀 더 단단히 결속을 맺으려는 것 같더군요."

오늘 오후, 우리스 후작가의 대공자 부인이 자신의 딸과 함께 황후궁을 방문했다.

황후궁에 귀족가의 여인들이 드나드는 거야 흔한 일이었지만, 아직 사교계에 정식으로 데뷔하기 전인 어린 딸을 데리고 방문했다는 건 좀 특이한 일이었다.

게다가 대공자 부인과 딸이 황후궁을 방문하자마자 곧바로 황태자가 황후궁을 방문하여 두어 시간 같이 머물렀다는 건 좀 더 특이한 일이었기에 그 즉시 나이젤에게 보고가 되었다.

"우리스 후작이 좀 탐스러운 열매긴 하지."

우리스 후작은 황태자파에서 차이슨 공작 다음으로 큰 힘을 가진 존재였다.

개국공신 가문으로 지방과 중앙 귀족계에서의 영향력이 큰 대귀족 가문 중 하나로 재력도 빵빵했다.

그랬기에 차이슨 공작은 자신의 딸을 20살이나 많은 후작에게, 그것도 후처 자리에 시집을 보내기까지 해서 그를 황태자파로 끌어들였다.

덕분에 황태자파는 황제의 은근한 배척과 1황자파의 끈질긴 추격에도 굳건한 아성을 유지할 수 있었던 것이다.

한데 나름 사이좋은 장서(장인과 사위) 관계로 보였던 차이슨 공작과 우리스 후작이 얼마 전부터 삐걱거리는 모습을 보였다.

항상 차이슨 공작 편이었던 우리스 후작이 공적인 자리에서 툭하면 딴지를 걸거나 그를 무시했던 것이다.

아무래도 그게 자신의 손녀를 황태자비로 맞이하라는 압박이었던 모양이다.

"우리스 후작은 욕심이 많은 작자죠. 그 덕에 차이슨 공작이 그를 쉽게 끌어들일 수 있었던 거고요. 하나, 후작은 점점 더 큰 욕심을 부릴 테니 나중에 고생 좀 할 거라 생각했는데 외려 지금은 공작에게 도움이 되었군요."

아쉽다는 듯 입맛을 다시는 나이젤과는 달리 필립은 피식 비웃음을 흘렸다.

"그럴까? 난 차라리 다른 가문을 더 끌어들이지 못한 걸 아쉬워할 거 같은데?"

"하지만 지금처럼 불안정한 상황에서는 큰 케이크를 양손에 하나씩 들고 기우뚱거리는 것보다는 차라리 과감하게 하나만 선택해 단단히 붙들고 있는 게 더 나을 겁니다."

"그럴 수도. 뭐, 나로서는 아까운 일이지만."

"너무 욕심내시면 안 됩니다. 지금도 예상보다 상당히 급박하게 전개되고 있는 상황이라고요. 게다가 차이슨 공작은 절대 만만한 상대가 아닌 거 잘 알고 계시지요?"

"내가 모를 것 같아?"

조금 걱정스러운 듯 충고하는 나이젤의 말에 고개를 끄덕이면서도 필립은 아쉽다는 듯 입맛을 다셨다.

"어쨌든 차이슨 공작은 잘 주시하고 있겠지?"

"그럼요. 지금 사방의 귀족들에게 발바닥에 땀나도록 들락거리는 거 잘 지켜보고 있답니다."

그로부터 며칠 지나지 않아, 아카제브 제국 수도 에이킨에는 우리스 후작의 손녀딸이 곧 황태자비가 될 거라는 소문이 은근히 떠돌기 시작했다.

소문의 당사자라고 할 수 있는 우리스 후작 가문과 차이슨 공작 가문을 비롯하여 황후궁에서는 그 소문에 대해 어떤 긍정이나 부정도 없이 침묵하고 있었지만, 오히려 그런 태도에 그 소문이 사실로 굳어지기 시작했다.

덕분에 소금 맞은 미꾸라지 떼처럼 꿈틀거리던 황태자파 귀족들은 침착함을 되찾았고, 이번 기회에 그들을 공격하려고 엉덩이를 들썩였던 1황자파는 다시 조심스레 엉덩이를 내리고 사태를 지켜보기 시작했다.

삐걱대던 차이슨 공작과 우리스 후작이 다시 굳건하게 뭉친다면 아무리 황제라 해도 한발 양보할 거라는 생각 때문이었다.

하지만 상황은 예상과는 다른 쪽으로 흘러갔다.

"백성의 귀감이 되어야 할 귀족들이 황명을 어기다니 참으로 참담하도다. 이에 짐은 그들을 엄벌에 처해 나라의 기강을 바로 세우려 하노라."

그 말을 시작으로 내려진 판결에 듣고 있던 귀족들은 자신도 모르게 입을 떠억 벌렸다.

물론, 가볍게(?) 엄청 비싼 벌금형을 받은 이들도 있었다.

하지만 대부분은 영지 몰수 혹은 작위 한 단계 강등이라는 엄벌에 처해진 것이다.

작위 강등형은 귀족의 재산, 권력, 명예 등등 모든 면에서 큰 타격을 주는 일이었다.

예를 들어 남작과 한 등급 위의 자작을 비교해 본다면, 작위가 한 등급 차이니 영지는 두 배 정도의 차이가 날까?

아니다. 능력과 재산에 따라 천차만별이지만 평균적으로 제곱의 배로 커진다.

그러니 자작이 작위가 강등되어 남작이 되었을 때 자작이 16평의 영지를 가지고 있으면 4평의 영지만 남기고 나머지 12평의 영지를 국가에 반납해야 하는 것이다.

게다가 당사자만이 아니라 그 귀족에게서 작위를 받은 가신들도 똑같은 형벌을 받게 되니, 작위가 한 등급 강등이 된다면 그의 힘은 10분의 1 이하로 줄어들게 된다는 소리였다.

영지를 몰수당하는 일도 작위 강등형 다음으로 큰 형벌이었다. 귀족에게 영지란 단순한 재산이 아니라 귀족 가문의 힘 바로 그 자체였으니까.

괜히 영지 없는 귀족을 몰락 귀족이나 반쪽짜리 귀족이라 하겠는가?

아무리 재산이 많아도 영지가 없는 귀족보다는 가난하지만 작은 영지라도 가지고 있는 귀족이 낫다고 보는 게 바로 귀족 세계의 현실이었다.

그러니 황명으로 내려진 판결이 그대로 집행된다면 황태자 파의 힘은 이전에 비해 절반 이하로 줄어들 게 뻔했다.

어느 누구도 예상치 못한 대사건이었기에, 중앙 귀족계는 이로 인하여 겨울이 지나고 봄이 올 때까지 계속 시끌거렸다.

제24화

이게 뭐야?

정초가 지나고 날이 따뜻해지자마자 엄마는 자신이 선언한 대로 나를 데리고 자신의 마을로 향했다.

　정말 가고 싶지 않았지만, 내가 무슨 힘이 있겠는가?

　그리하여 나는 엄청 섭섭해하는 아빠의 배웅을 받으며―그럴 거면 보내질 말든가. 그래도 아빠는 끝까지 가지 말란 말은 하지 않았다―엄마에게 뒷덜미를 붙잡혀 끌려갔다.

　엄마가 살고 있는 조인족 마을은 제국의 북쪽에 있다.

　대륙 삼대 산맥 중 하나인 모클러 산맥의 끝자락에 위치한 올코트라는 엄청 커~다란 산속에 말이다.

　거의 군 입대하는 심정으로 가고 있지만, 그래도 한편으론 조인족 마을에 대한 호기심이 있었다.

고고한 엄마를 포함해 날개 달린 사람들이 살고 있는 곳이었으니 영화에나 나올 정도로 신비롭고 아름다운 광경일지도 모른다.

'어쩌면 내가 전생과 현생을 통틀어 한 번도 보지 못한 모습일지도?'

그리고 이런 내 예상은 딱 맞아떨어졌다.

"허어……."

나는 엄마와 함께 들어선 조인족 마을을 바라보며 입을 떠억 벌리며 심정을 가감 없이 드러냈다.

어쩜 이렇게 없어도 아~ 무것도 없는 곳일 수가 있을까?

웬만한 숲 속이라면 어렵지 않게 볼 수 있는 평범한 공터를 둘러보다 나는 다시 엄마를 바라봤다.

"여기가 마을이라고?"

'설마 저 나무들이나 바위가 집인 건 아니겠지?'

집은커녕 하다못해 자그마한 오두막 비스무리한 것 하나 보이지 않는 천연 공터의 모습에 난 황당함을 금치 못했다.

공터의 넓이가 엄청 넓다는 것, 드문드문 있는 바위나 나무가 엄청 굵고 크다는 것 외에는 별다른 점을 못 찾겠다.

만약 여기저기에 날개 달린 사람들이 보이지 않았다면 난 엄마의 정신 상태를 심각하게 걱정했을 거다.

내 표정과 질문에 엄마는 오히려 '여기가 뭘 어쨌다고?' 란 시선으로 날 바라보다 곧 고개를 끄덕였다.

"그렇군. 네가 태어나자마자 지금껏 필립의 손에서 자랐다는 걸 깜빡했다. 흐음, 그러니까 인간은 여럿이 한 무리를 이루어 모여 사는 곳을 마을이라고 하지?"

"그렇… 지?"

"여기는 쉽게 말하자면 인간의 마을과 가장 비슷한 장소라고 할 수 있겠구나. 우리 부족 사람들이 모이는 장소니까."

"저기, 인간 마을은 같이 모여 사는 곳인데? 그러니까… 집들이 모여 있는 곳이라고."

"우리는 인간들처럼 자신들의 숙소를 한 지점에 모아두지 않거든. 그렇게 따지자면 이 산 전체가 마을이라고 할 수 있으려나?"

엄마는 여전히 이해하지 못한 내 표정을 보고 다시 설명하려 했지만 딱히 알맞은 말이 떠오르지 않았는지 한숨과 함께 포기했다.

"그냥 여기서 지내면서 직접 봐라. 그게 이해하기 쉽겠다."

엄마의 말에 고개를 끄덕이면서 나는 내심 자넷과 조앤 등이 여기 들어오지 못한 게 오히려 잘됐다고 생각했다.

조인족 마을—이라기보다는 영역이라고 하는 게 맞을 것 같다—에는 타인들이 함부로 들어올 수 없다 하여 나와 함께 온 사람 대부분을 마을 근처에 떨궈놓고 오는 길이었다.

그들도 내심 조인족 마을이란 곳을 보고 싶어 하는 눈치였는데, 왔으면 무척 실망했을 거다.

내가 보기에 일행들이 머무는 곳이 여기보다 더 나았다.

거기에는 그래도 제법 그럴듯해 보이는 통나무집이 대여섯 채 정도는 있었으니까.

내가 그렇게 내심으로 중얼거리는 그때, 우리의 모습을 발견한 조인족 예닐곱 명이 하나둘 허공을 날아 다가왔다.

"이야~ 하레츠, 오랜만에 돌아오셨네요."

"인간들을 데리고 온 겁니까?"

"근데 그 꼬맹이는 누굽니까?"

"어라라? 저 꼬맹이 날개 색 좀 보게?"

그들은 다 엄마와 비슷한 연령대로 보였는데, 어째 엄마를 손윗사람으로 대하는 분위기였다. 게다가 엄마는 그런 대우를 당연하게 받고 있었고.

한 사람이 한 번씩 인사를 건네는 정도였지만, 여러 명이 한 꺼번에 입을 열자 상당히 시끄러워 엄마의 인상이 찡그려졌다.

"시끄러우니 조용히 해라. 그건 그렇고, 족장은 어디 계시지?"

"음? 족장은 오랜만에 몸 좀 풀어보겠다고 진즉 나갔는데요?"

"그래? 하는 수 없지. 그럼 우리 애 먼저 교육장에 데려다 놔야겠군."

"교육장?"

내가 되묻자 엄마가 간략하게 설명해 줬다.

"어린 조인족들을 모아놓은 곳이다. 이제부터 네가 들어갈 곳이지."

'에엥? 진짜 훈련소 같은 게 있는 거였어?'

내가 군대니 훈련소니 하고 생각하긴 했지만, 실제로는 엄마가 나를 일대일로 가르쳐 주는 줄 알았다. 예전에 나는 방법을 가르쳤을 때처럼 말이다.

그런데 의외로 마을에는 애들을 모아 단체로 훈련시키는 시스템이 있었나 보다.

'아우 씌~ 나 진짜 입대하는 거였어?'

이제라도 튀면 안 될까 진지하게 고민하는데, 주변에 몰려들었던 조인족들이 또다시 저마다 입을 열었다.

"우리 애? 그럼, 그 애가 하레츠 딸?"

"그런데 어째 날개 색이⋯⋯."

"왠지 몸도 작고 약해 보이는데?"

조인족 몇몇이 날 곁눈질하며 중얼거리자 엄마의 눈꼬리가 꿈틀거렸다.

"하나만 확실히 하자. 내 딸은 미숙아가 아니야. 미숙아였으면 진즉에 내가 직접 처리했지. 그러니 네놈들은 신경 꺼."

엄마의 말에 나는 덤덤하게 고개를 끄덕거렸다.

'정말 거의 처리될 뻔했었지.'

확실히 내 날개 색이 튀긴 했다.

우리 곁으로 다가온 조인족은 모두 엄마의 날개처럼 강해 보이는 진한 은회색 빛 날개를 가지고 있었던 것이다.

거의 아이보리색에 가까운 내 은빛 날개가 저들 틈에 있으니 확실히 비리비리하게 보였다.

"진짜? 호오, 신기하네."

"잠깐, 그런데 얘가 몇 살이야?"

"두 살? 그렇게 보이는데?"

"쟤 지금 교육장에 데리고 간다고 하지 않았어? 그럼 세 살이라는 거잖아?"

"말도 안 돼!"

주변에서 마구마구 떠들다 보니 엄마도 계속 무시하지 못하겠던지 결국 가볍게 한숨을 내쉬며 입을 열었다.

"세 달 뒤면 네 살이 된다."

"흐에?"

"진짜? 저렇게 작은데?"

"그래서 날개 색이……."

"시끄러! 여기에는 좀 사정이 있을 뿐, 우리 애는 지극히 정상이야. 더 떠들면 나랑 한판 해보자는 걸로 간주하겠어!"

엄마는 단호한 어조로 말하며 주변 사람들에게 날카로운 시선을 던져 그들의 입을 한 방에 막아버렸다.

'얼~ 울 엄마 카리스마 짱인데?'

엄마에 비하면 주변에 모인 이들은 꼭 참새 떼처럼 보였다.

'그래, 완전 참새가 딱이네.'

그렇게 엄마에 의해 입이 막혔으면 이제 제 볼일들을 보러 갈 만도 한데, 이 조인족들은 계속 뒤를 졸졸졸 쫓아왔다.

"저 사람들 왜 따라와?"

"심심해서 그러는 거니 신경 쓸 거 없다."

기껏 튼튼한 날개들을 가지고 있는데 그걸로 날 생각은 안 하고 우리 일행처럼 걸어서 쫄래쫄래 따라오는 모습을 보자니 어이가 없기도 하고 웃기기도 했다.

나는 모든 조인족이 다들 엄마처럼 고고하고 차가운 분위기를 휘감고 있을 줄 알았는데, 지금은 외려 엄마가 별종으로 보일 지경이었다.

"원래 조인족들은 다들 저래? 엄마가 특이한 거야?"

내 말에 엄마의 인상이 슬쩍 찌푸려지더니 짧은 한숨을 내쉬었다.

"저놈들은 바보라서 그런 거다. 그러니 저놈들하고 놀지 말거라."

그러자 잠깐이나마 입을 다물고 있던 이들이 즉시 펄쩍펄쩍 뛰기 시작했다.

"에엑! 하레츠, 우리가 뭐 어때서?"

"맞아요. 하레츠 너무해."

'귀가 밝기도 하지.'

뒤에서 참새(?)들이 짹짹댔지만 엄마는 싹 무시해 버린 채 내 손을 잡고 걸어가기만 할 뿐이었다.

그렇게 해서 무성한 수풀을 헤치고 제법 오랫동안 걸어서 도착한 곳은 또 다른 넓은 공터였다.

이곳이 바로 엄마가 말한 교육장이었는지 공터 여기저기에는 초등학교 고학년쯤 되어 보이는 애들이 옹기종기 모여 있었다.

쓰윽 훑어보니 대충 스무 명 정도였다.

'애걔, 얼마 없네? 얘네가 다?'

그러나 내가 의아함을 나타내기도 전에 저쪽에서 엄마를 향한 목소리가 들려왔다.

"하레츠인가? 네가 여긴 웬일이지?"

공터 한쪽에 느긋하게 앉아 있던 조인족 세 명이 몰려오는 사람들을 보고 의아한 표정으로 일어났다가 제일 앞에 서 있던 엄마를 발견하고는 다가왔다.

그들은 중장년의 외모를 하고 있었는데, 그래서 그런지 엄마는 그들에게 정중한 태도로 인사를 했다.

"안녕하셨습니까? 제 아이를 부탁하러 왔습니다."

"호오, 알을 낳자마자 아비에게 보냈던 그 아이?"

"이 아이가 그 아인가 보구나."

"네, 아사라고 합니다."

그리 대답하며 엄마가 슬쩍 내 등을 밀기에 나는 한 걸음 앞으로 나서며 가볍게 고개를 숙여 보였다.

"안녕하세요?"

"그래, 잘 왔다. 듣던 대로 날개 색이 예쁘구나."

'듣던 대로?'

엄마가 아무래도 나에 대해서 이분들과 이야기를 나눠본 모양이다.

"어디 한번 날개 좀 만져 봐도 될까?"

이 조인족분들은 연령이 있어서 그런지 아니면 애들을 담당하고 있어서 그런지 차분하고 부드러운 분위기였다.

'우리 뒤에 서 있는 저 쩍쩍이분들도 나이가 들면 이렇게 변할 수 있는 걸까?'

나는 그런 믿기 힘든 생각을 하며 순순히 몸을 돌렸다.

그전에 슬쩍 바라본 엄마가 허락의 뜻을 보이고 있는 걸 확인한 후였다.

나에게 그런 청을 한 아저씨가 천천히 다가와 조심스러운 손길로 날개를 만져 보자 뒤에 따라왔던 쩍쩍이들이 또다시 부리를 열었다.

"어때요, 영감님. 날개가 진짜 튼실한가요?"

"날 수 있어요?"

"되게 보들보들할 거 같아. 나도 만져 봐도 돼요?"

그러자 못 참겠는지 세 조인족 어르신 중 한 분이 그들을 향해 일갈했다.

"시끄럽다! 조용히 못 하나?"

그분은 세 분 중 유일한 여성이었는데 엄마 못지않은 카리스마로 짹짹이들의 입을 단번에 다물게 했다.

'과연 엄마네 마을분~'

"어때?"

그 카리스마 넘치는 큰언니께서 묻자 내 날개를 만져 보던 조인족 아저씨가 만족스러운 얼굴로 고개를 끄덕였다.

"튼튼해. 색이 흐릴 뿐이지 정상적인 날개야. 하지만 여기에 들어오기는 좀 어려 보이는데?"

그러자 엄마가 덤덤하니 대답했다.

"세 달 뒤면 네 살이 됩니다. 어린 게 아니라 다른 애들에 비해 늦은 셈이지요."

"그래?"

"하긴 그쯤 되었겠구나. 네가 알을 가졌다는 이야기를 들은 게 오 년 전이었으니."

"나이는 그렇다 치고 약해 보이는데, 괜찮겠냐?"

엄마는 그 질문에 기꺼이 고개를 끄덕였다.

"초반에는 제가 좀 지켜보겠습니다."

그러면서 엄마는 놀랍게도 제이와 케이를 나와 함께 교육장에 넣어줄 것을 부탁했다.

나는 내가 일대일 교육이 아닌 단체 교육을 받게 될 걸 알자마자 제이, 케이와 함께하는 건 포기했었다.

엄마한테 일대일 교육을 받는 거라면 드러눕기라도 해서 떼를 쓰려고 했지만, 단체 교육장이라면 그런 게 가능할 리가 없을 테니 말이다.

한데 내가 말을 꺼내지도 않았는데 엄마가 알아서 그런 부탁을 할 줄이야.

'아빠가 손을 썼나?'

더 신기한 건 세 조인족 어른이 별로 꺼려하는 기색도 없이 기꺼이 엄마의 부탁을 들어줬다는 거다.

아무래도 조인족들은 독특한 성격만큼이나 특이한 데서 넓은 융통성을 가지고 있나 보다.

그거야 어쨌든 난 조인족 어르신들의 허락이 떨어지자마자 엄마에게 등을 떠밀리다시피 공터 안으로 들어가야 했다.

일반 유치원이나 초등학교라면 '이 나이에~' 라고 투덜거리면서도 순순히 들어갔을 텐데, 이전에 엄마에게 들었던 이야기 때문에 발이 잘 안 떨어졌다.

'드디어 여기서 전투 교육을 받는 건가? 설마 처음부터 PT 체조나 PR 체조를 막 시키고 그러는 건 아니겠지?'

새로 들어온 신입들이 신기한지 호기심이 뒤섞인 시선을 보내오는 날개 달린 애들에게 나는 무지 어색한 미소를 지어 보였다.

이제 한동안은 같이 지낼 테니 자기소개라도 해야 하나 고민하고 있는데, 이런 내 고민이 무색하게도 조인족 어르신이 먼저 나섰다.

"자, 그럼 슬슬 시작해 볼까나?"

그의 말에 여기저기 나름 명당자리에 엉덩이를 붙이고 앉아 있던 아이들이 두 눈을 빛내며 자리에서 벌떡벌떡 일어났다.

'뭐, 뭐지?'

꾸웨에에엑~!

영문을 몰라 당황해하는데, 갑자기 공터 전체를 울리는 커다란 괴성이 들려왔다. 덕분에 난 화들짝 놀라며 반사적으로 옆에 있던 케이의 팔에 매달렸다.

그와 함께 소리가 난 곳으로 시선을 돌리니 그 우렁찬 소리만큼이나 커다란 덩치를 가진 무언가가 숲 속에서부터 빠르게 공터 안으로 질주해 들어오고 있는 게 보였다.

두두두두~!

'멧돼지??'

황소보다 더 커다란 덩치에, 입가에는 코끼리의 상아 못지않은 크고 날카로워 보이는 이빨이 길게 튀어나와 있었지만, 어쨌든 내가 아는 동물 중 멧돼지와 가장 비스무리하게 생겼다.

덩치도 장난 아닌 녀석이 무시무시한 기세로 돌진하니 제정신인 사람이라면 절대 그 앞을 가로막거나 멧돼지의 시선을 끌고 싶지 않을 터였다.

한데 조인족은 다른가 보다. 아직 어린 애들도 말이다.

퍼억!

꿱!

근처 커다란 나무 위에 있던 한 아이가 나뭇가지를 박차고 뛰어내려 멧돼지의 등에 발차기를 먹이자, 마치 그게 신호인 양 곧바로 다른 아이들의 공격이 이어졌다.

첫 아이의 발차기가 들어가자마자 곧바로 같이 있던 다른 아이의 발이 멧돼지의 정수리를 향해 내리꽂혔던 것이다.

그 틈에 허공으로 날아올라 있던 나머지 조인족 애들도 기회를 잡고 멧돼지를 향해 달려들었다.

"헐? 얘, 얘네 뭐니?"

처음에는 기겁했지만 그 후에도 애들이 여기저기서 잘만 덤벼드는 걸 보니 기겁할 기분도 사라졌다.

힐끔 시선을 돌리니 저쪽에 조인족 어르신들과 엄마가 느긋하게 앉아 있는 모습이 보였다.

오히려 엄마 옆에 있는 유모만 당황해서 어찌할 바를 모르고 있을 뿐.

'아, 잠깐. 혹시 이게 엄마가 말한 전투 교육?'

다시 고개를 돌리니 여전히 멧돼지에게 달려드는 애들의 모습이 보였다. 한 차례 공중 공격이 끝나고 이제는 지상전이 벌어지려 하고 있었다.

'저 거대 멧돼지가 무섭지 않은가? 혹시 무서워하는 내가 이상한 건 아니겠지?'

"휘익~! 잘한다."

"야! 거길 내려찍으면 어떻게 해!"

"저런 놈 하나 제대로 처리 못 하면 쓰나!"

저 쨱쨱이 군단들, 어째 여기까지 왔는데도 제 갈 길 안 가고 있는다 했더니만 이걸 구경하려고 그랬나 보다.

하지만 거대 멧돼지도 대단했다.

녀석은 매서운 공중 공격에도 별로 타격을 받지 않았는지 꼿꼿하게 서 있었다. 비록 공격한 이들이 어린아이들이라 해도 상당한 충격이었을 텐데 말이다.

입가에 피는 좀 흘렸지만, 질주를 멈춘 채 자신을 둘러싼 조인족 어린애들을 바라보며 크르렁거리는 모습은 여전히 무서웠다.

애들은 멧돼지를 상대하기 위해 저마다 자신의 날카로운 손톱을 길게 뽑아냈지만, 멧돼지의 날카로운 이빨에 비하면 이쑤시개로 보였다.

'어라? 조인족도 손톱을 길게 뺄 수 있는 거였어? 그럼 나도?'

가능하더라도 별로 하고 싶은 마음은 안 든다.

멧돼지 녀석은 주변을 천천히 둘러보며 앞다리로 땅을 긁더니 그대로 돌진했다.

'저, 저!'

그걸 보면서도 아이들은 멧돼지가 가까이 올 때까지 피하지 않고 버티다가 몸을 옆으로 던지면서 날카로운 손톱으로 녀석의 얼굴을 노렸다.

"오오~"

게다가 그사이 근처 커다란 바위 위로 올라간 애들이 또다시 뛰어내리며 2차 공중 공격을 감행하기까지.

손발이 척척 맞는 연계 공격에 절로 감탄이 흘러나왔다.

하지만 그런 공격에도 멧돼지는 쓰러지지 않았다.

놈은 얼굴이 피투성이가 되고 2차 공중 공격으로 온몸을 여기저기 얻어맞았음에도 발을 멈추지 않고 계속 내달려 조인족 아이들의 포위망을 뚫었다.

"안 돼!"

"놓치지 마!"

얼마나 다급했던지 애들이 그 뒤를 쫓아가며 엉덩이와 뒷다리에 손톱을 휘둘렀지만 멧돼지를 멈추지는 못했다.

덩치가 큰 만큼 조그만 조인족 애들을 얕볼 만도 한데, 멧돼지는 오로지 여기서 벗어나는 것에 집중하고 있었다.

영리한 녀석이었다.

지금 공격은 조인족 애들만 하고 있지만 여기에는 어른들도 있었으니 버텨봤자 놈만 불리했다.

"안 돼! 저녁 식사!"

"저놈 놓치면 오늘 저녁 없어!"

"잡아야 해!"

멧돼지를 놓칠 듯하자 애들이 필사적으로 쫓아가며 외쳤다.

'그, 그런 거였어?'

애들 저녁 식사를 걸고 훈련을 시키다니 너무했다.

대한민국 군대도 삼시 세끼는 다 잘 먹이면서 훈련을 시키는데. 어쩐지 애들이 투지를 불태우는 것치고 너무 필사적이더라.

한데 이 멧돼지 녀석, 이대로 가기는 너무 억울하고 분했나보다.

녀석은 빠져나갈 것처럼 공터의 외곽까지 그대로 달려가다가 근처에 있던 커다란 바위를 끼고 돌며 방향을 틀었다.

멧돼지가 계속 내달리는 척하다 단번에 휘릭~ 하고 방향을 틀었던 터라 애들이 순간적으로 놈을 놓쳐 버렸다.

그리고 다시 멧돼지를 찾았을 땐, 그 멧돼지는 아이들 쪽으로 돌진하고 있었다.

"피, 피햇!"

맨 앞에 있던 아이가 기겁해서 크게 외치며 몸을 옆으로 날리자 뒤에 있던 애들도 분분히 몸을 옆으로 날렸다.

애들이 그렇게 제때 잘 피하자 멧돼지 녀석은 작전을 바꿔 한 애를 찍고는 그 애의 뒤만 쫓기 시작했다.

조인족 애도 빨랐지만 멧돼지도 그 못지않았다.

게다가 그 큰 덩치가 푹푹 하는 숨을 내뿜으며 뒤에서 쫓아오니 겁이 안 날 수가 없었을 거다.

"으아아악~!"

처음에는 잘 도망치다 결국 거리가 좁혀지자 아이는 두려움과 긴장감을 견디지 못했는지 다리가 풀려 넘어지고 말았다.

그 모습에 그동안 멍~ 하니 구경만 하고 있던 나는 황급히 걸고 있던 목걸이를 잡아채며 외쳤다.

"매직 미사일!"

"차이슨 공작이 친부의 생일 파티를 크게 연다고 하더군요. 이번에 팔순을 맞이했다나요?"

현 차이슨 공작과 황후의 아버지인 전대 차이슨 공작은 작위와 가주 자리를 장자에게 넘겨준 뒤 일선에서 물러나 차남 가족과 함께 영지에 머물고 있었다.

"흥, 그 노친네는 명줄도 길군."

나이젤의 보고에 필립은 픽 조소를 머금었다.

"그래서 차이슨 공작이 파티에 황태자와 제3황자를 청하고 싶다고 합니다."

"그러라고 해. 아, 이왕이면 황후와 1황비까지 다 보내줘."

"장소가 차이슨 공작령입니다만? 황족이 4명이나 거기까지 간다면 사람들이 이상하게 여길 겁니다."

"어차피 차이슨 공작가의 힘이라고 여기겠지."

황후는 전대 차이슨 공작의 딸이고, 제1황비는 차이슨 공작가의 방계 혈통이니 명분은 충분했다.

황제에게는 참 열 받는 일이었지만 지금 순간만은 '차이슨 공작가의 위력'이 도움이 되었다.

"하긴 그렇겠군요."

"그나저나 그 기회에 슬슬 움직이려나 보지?"

필립이 기다렸다는 듯 눈을 빛내며 묻자 나이젤도 같은 눈빛으로 고개를 끄덕였다.

"차이슨 공작령에서 매년 봄에 축제 겸 대규모 몬스터 사냥을 여는 건 유명하니까요. 겸사겸사 전 차이슨 공작의 생일 파티도 같이 열어서 이번에는 특히나 규모가 어마어마하답니다. 무투 대회도 크게 연다더군요."

"엄청나겠군."

"엄청납니다. 왜, 새해 첫 황궁 파티 때 황태자 옆에 우리스 후작의 손녀를 붙여서 선보였잖습니까? 덕분에 차이슨 공작가에 눈도장 찍으려는 사람이 부쩍 늘었습니다. 황태자파의 많은 귀족이 지금 형의 집행을 기다리고 있는 처지인데도 말이지요. 그 인간들까지 다 참여한다면 엄청나겠지요."

"그렇겠지. 귀족들이란……."

예상했던 일이었지만 예상을 벗어나지 않는 행태가 짜증스럽다.

"그것만이 아닙니다. 생일 파티에 참여하는 귀족들은 겸사겸사 몬스터 사냥 대회에까지 같이 참여한다고 많은 정예 병력을 대동한다더군요. 거기에 용병들까지 대대적으로 모집한다나요?"

"휘유~"

필립의 입에서는 대단하다는 듯 휘파람 소리가 흘러나왔지만 그의 눈빛은 조소로 가득했다.

"계속 잘 지켜보도록 해."

"알겠습니다."

나이젤이 꾸벅 고개를 숙이자 필립의 차가운 분위기가 한순간에 돌변했다.

"그럼 내 사랑하는 여인들을 만나보러 갈까나~!"

아샤를 하레츠에게 보내고 난 뒤 일주일이 지났다.

필립의 마음 같아선 매일매일 보고 싶었지만, 하레츠가 교육에 방해된다는 이유를 들어 일주일에 단 한 번으로 못 박아 놨던 것이다.

기다리고 기다리던 그날이 바로 오늘이었기에 필립은 시간이 되자마자 눈썹이 휘날리게 마법 통신실로 달려갔다.

한데.

"헉! 아가~!"

마치 누군가에게 한 대 얻어맞기라도 한 듯 턱 부분에 시퍼런 멍이 들어 있고, 얼굴이 퉁퉁 부운 딸내미의 모습에 필립은 헛바람을 들이켰다.

"아니, 이게 무슨 일이야? 누구냐, 누가 너한테 그런 거냐?"

[…엄청 덩치 큰 멧돼지 놈이.]

아이는 나이에 맞지 않는 한숨을 푸욱 내쉬더니 앙증맞은 입술을 움직여 투덜거렸다.

"으응?"

'웬 멧돼지?'

필립이 당혹한 표정으로 되묻자 아이는 기다렸다는 듯이 줄 줄줄 한탄을 내뱉었다.

[여기 도착하자마자 엄마가 날 교육장인지 뭐시기에 집어넣 었는데.]

"그랬어?"

[응, 근데, 와, 들어가자마자 웬 커~ 다란 멧돼지 한 마리가 달려드는 거야.]

"헉! 그, 그럼 네가 멧돼지를 상대한 거니?"

어린 딸이 덩치 큰 멧돼지의 앞에 서 있는 걸 떠올리자마자 머리털이 쭈뼛 섰다.

[설마, 내가 무슨 능력이 있다고. 나는 그냥 구석에서 가만 히 구경하다가 기회를 봐서 마법 아이템을 사용한 거밖에 없 어. 그리고 보니 이거 정말 잘 챙겨 왔다니까.]

아이가 목에 걸고 있던 목걸이를 들어 보이며 히죽 웃자 필 립이 고개가 아플 정도로 열심히 끄덕였다.

"잘했다, 잘했어. 필요하면 언제든 말해. 아빠가 더 보내줄게."

[응응. 그렇지 않아도 부탁하려고 했어. 공격력이 센 걸로 있는 대로 많이 좀 보내줘. 어휴, 그런데 나중에 알고 보니 그 멧돼지가 애들 저녁인 거 있지? 만약 끝까지 안 나섰으면 눈치 보여서 저녁도 못 먹었을 거야. 나는 제이랑 케이도 같이 있으니까. 참 내, 먹을 걸 인질로 잡다니 너무하지 않아?]

"그깟 저녁, 꼭 거기서 먹을 필요 없다. 너 편하라고 유모랑 시녀들을 붙여준 건데, 그 사람들을 그럴 때 써먹지 언제 써먹으려고? 그래서 얼굴은 어쩌다가 그런 거니?"

[운이 나빴어. 항상 멀찍이서 마법 아이템만 써대서 직접 상대할 일이 없었는데, 오늘은 멧돼지 녀석 눈에 띄어가지고…….]

"뭣? 가디언 녀석들은 뭐하고?"

애를 보호하라고 붙여놓은 놈들이 어디서 뭘 하고 있었던 건가 싶어 분노가 치솟으려 하는데, 아이가 머쓱하게 웃어 보였다.

[당연히 날 보호하려고 했지. 근데 내가 먼저 실드를 치는 바람에…….]

"응?"

[멧돼지 놈이 달려들기에 실드를 쳐서 우리 셋 주변을 에워쌌는데, 놈이 실드에 그대로 몸통 박치기를 해오지 뭐야. 덕분에 셋 다 실드째로 튕겨 나갔어. 무식한 멧돼지 놈 같으니라고. 그때 정신이 흐트러져서 실드가 사라지는 바람에 나무에 그대로 부딪혔고.]

"헉! 그, 그런… 우리 딸, 많이 아프지?"

[괜찮아, 괜찮아. 별거 아니야.]

아이는 아무렇지도 않다는 듯 에헤헤 웃어 보였지만 아이의 얼굴에 든 멍이 필립의 마음을 쿡쿡 찔러댔다.

분명 하레츠는 포션은커녕 약초도 제대로 안 써줬을 거다.

'위험을 감수하더라도 그냥 내가 데리고 있을 걸 그랬나?'

혹시 몰라 아이한테 마법 아이템을 바리바리 챙겨주길 정말 잘했다.

하레츠와의 인연으로 조인족 마을에 몇 번 가본 필립은 어떤 상황인지 쉽게 알 수 있었다.

아이가 말하는 교육장이란 3~5세의 조인족 어린이들에게 하는 교육이었다.

뛰어난 전사이자 사냥꾼인 조인족이었기에 제일 먼저 교육시키는 게 사냥감을 두려워하지 않는 마음가짐이란다.

뭐, 좋게 말해 마음가짐을 가르치는 거지 실상은 어린아이들이 모여 있는 공간에다 사나운 사냥감들을 한 마리씩 풀어놓고는 상대하게 하는 거였지만 말이다.

게다가 그게 아이들의 저녁 식사다.

즉, 사냥감을 못 잡으면 저녁을 쫄쫄 굶어야 하는 거고, 사냥감을 잡으면 그것으로 요리한 만찬을 먹는 거였다.

자신이 그걸 처음으로 알았을 때는 참 괜찮은 방식이라고 감탄을 했는데, 아사가 저 모습으로 나타나는 걸 보니 불안하고 걱정되어 어찌할 바를 모르겠다.

'아이고, 아이고오~ 그 위험한 데에 꼭 아사를 넣어야 하는 거야, 하레츠?'

속으로는 정말 애타게 물었지만 막상 마법 평판에 아내의 모습이 보이자 아사를 잘 부탁한다는 말밖에 할 수 없는 필립이었다.

그리고 몸을 돌리자마자 나이젤을 향해 명을 내렸다.

"지금 당장 3서클 이상의 마법 아이템들을 모아서 조케스터한테 보내!"

차이슨 공작령의 파티가 시작되기 몇 달 전부터 공작성에는 수많은 사람이 몰려들기 시작했다.

먼 지방에 있는 바람에 일찍 서두른 귀족 무리부터 무투 대회 예선전에 등록하기 위해 발을 재촉한 사람들, 거기에 상인들과 공연단까지 일찍부터 찾아와 자리를 잡는 바람에 축제가 시작되기도 전에 도시는 많은 사람으로 북적거렸다.

공작성도 그 못지않았다.

황후의 일행만 해도 황족만 네 명이 되다 보니 그들의 시종, 시녀들을 비롯하여 호위하는 기사와 병사만 해도 한 개의 여단을 만들 정도였다.

거기다 초대에 응해 공작령을 방문한 거의 모든 귀족이 사냥 대회에 참여하기 위하여 수많은 기사와 병사를 대동하고 온 데다, 이름 좀 날리는 용병대까지 사냥 대회에 초대되어 공작성을 방문했는데 그들의 숫자 또한 만만치가 않았다.

일반 동물을 잡는 사냥이 아니라 몬스터를 잡는 사냥이었기에 많은 인원이 필요했던 것이다.

높은 인구밀도는 축제가 벌어지자 절정에 달했다.

큰 규모의 무투 대회가 제일 먼저 치러지고, 이어서 몬스터 사냥 대회가 진행될 때는 너무 많은 인파로 인해 편히 걸어 다니기도 힘들 정도였다.

하지만 사람들은 즐겁기만 했다.

차이슨 공작가에서 엄청난 거금을 투자하여 사냥 대회 참여자는 물론 일반 시민에게까지 술과 음식을 제공했으며, 사냥을 하러 가거나 혹은 사냥을 끝내고 돌아오는 귀족들은 동전을 사방으로 뿌려댔던 것이다.

축제가 끝나도 북적거림은 여전했다.

대회의 규모가 크다 보니 사냥으로 획득한 몬스터의 수량 또한 엄청났다. 그러자 그 몬스터들을 원하는 이들이 떼거지로 몰려왔던 것이다.

중소 상단은 물론 대형 상단에, 마법사들까지 싱싱한(?) 마법 재료를 구하기 위해 몰려온 탓에 도성 사람들은 평소 보기 힘들다는 마법사를 심심찮게 볼 수 있을 정도였다.

그들이 원하는 물품을 가지고 앞다퉈 거래를 진행하는 동안 외성 밖의 푸른 보리 이삭들은 점점 더 굵어지고 누렇게 익어가며 추수를 기다렸다.

그때까지도 공작령을 방문한 황족들은 돌아가지 않고 여전히 머물러 있었지만, 어느 누구도 그걸 이상하게 여기지 않고 있었다.

얼마 후, 제국 서남부 지역의 보리 추수가 모두 끝나 농부들이 한숨 돌리며 귀족들에게 바칠 세금과 가을 농사를 준비할 즈음, 놀라운 소식이 제국을 강타했다.

차이슨 공작의 혁명 선언!

죄 없는 귀족들을 죽이려는 독재자이자 피의 황제를 타도하겠다는 것이다.

좋게 말해 혁명이지, 결국 반란을 일으키겠다는 말이었다.

[우리 대아라제브 제국은 위대한 초대 황제께서 사악한 몬스터들에게 고통받는 인간들을 구하고자 떨쳐 일어나 세운 제국이다.

이후 아라제브 제국은 대대로 초대 황제의 훌륭하고 위대한 업적과 기치를 받들어 모든 종족과 몬스터들을 굴복시키고 그 위에 우뚝 선 인간의 나라가 되어 번영해 왔다.

이에 모든 종족은 우리 인간들의 발밑에 꿇어 엎드려 고개를 조아려야 함이 마땅하며, 대아라제브 제국의 황제는 모든 종족의 경배를 받는 인간의 맨 앞에 서야 함이 당연할 것이다.

그러나 현 황제를 보라! 그는 인간들의 노예인 종족들을 인간과 동등하게 대우할 것을 우리에게 강요하며, 그의 말을 듣지 않는 이들에게 칼을 빼어 들었다.

이것이 과연 대아라제브 제국의 황제가 할 일이란 말인가! 한낱 노예에 불과한 이종족의 계집에게 빠져 그 계집의 간교한 세 치 혀에 놀아나는 이 어리석은 황제를 결코 이대로 둘 수 없다!]

이런 말로 시작한 선언문은 필립의 검은 머리는 역시나 우리 인간들에게는 불길한 존재라는 둥, 전대 황제의 급사는 그가 계획한 일이었다는 둥, 황제에 대한 심한 인신공격에다 누명까지 씌우고 있었다. 마치 필립보고 열 좀 받으라는 듯 말이다.

그 혁명 선언—이라고 쓰고 '반란 선언'이라고 읽는다—영상
이 황성에 도착해 그날 마법 통신실 당직 마법사를 기겁하게 만
든 바로 그 시간, 번쩍번쩍한 풀 플레이트 갑옷을 차려입은 한
무리의 기사가 디아만트 자작령의 성문 앞에 모습을 드러냈다.

그들의 모습에 성문을 지키고 있던 제5성문 수비대 소속 3조
원들이 당혹해하며 조장을 바라봤다.

하지만 조장 또한 당혹스러운 건 마찬가지였다.

문장이 그려진 커다란 깃발까지 당당하게 들고 있는 걸 보
니 분명 귀족 가문의 기사단이었는데, 오늘 타 귀족가의 기사
단이 방문한다는 소리는 듣지 못했던 것이다.

게다가 저들을 마중하러 온 내성 사람도 없었으니 저건 분
명 사전 연락 없이 온 기사단이었다.

보통 이렇게 다수의 무인으로 이루어진 무리가 성을 방문할
때는 미리 양해를 구하는 것이 정석이었다. 치안에 위협이 될
수 있는 무리가 성안으로 들어오는 걸 달가워할 성주나 치안
담당자들은 없기 때문이다.

특히나 타 귀족가의 기사라면 작은 트러블이 가문끼리의 충
돌로까지 번질 수 있기 때문에 미리 알리는 건 필수였다.

그랬기에 3조장은 급히 수하 한 명을 내성으로 보내고 나머
지 수하들에게는 경계 태세를 갖추게 한 뒤 기사단에게 천천
히 다가갔다.

적당히 떨어진 곳에 멈춰 선 그는 큰 목소리로 입을 열었다.

"본인은 대디아만트 자작가의 제5성문 수비대 소속 3조의 조장……."

그러나 미처 그가 자기소개를 끝내기도 전에 맨 앞에 있던 기사가 손을 들어 그의 말을 막았다.

"네 소개는 됐고, 넌 지금 당장 디아만트 자작에게 가서 알리도록 해라. 우린 이 영지를 접수하기 위해 왔으며 곧 이를 위한 우리 측 사자가 방문할 것이라고."

"네, 넷?"

사람을 깔보는 거만한 말투나 행동에 기분 나빠할 여력도 없이 3조 조장은 당혹한 기색으로 버벅거렸다.

그만큼 그 기사의 말이 느닷없었기에 순간적으로 인지를 못했던 것이다.

조장이 그러거나 말거나 그 기사의 말이 끝나자마자 배턴터치를 하듯 맨 뒤에 있던 기사가 등에 메고 있던 커다란 뿔피리를 들고 길게 불었다.

부우우웅~!

그러자 기다렸다는 듯 사방에서 사람들이 몰려들기 시작했다.

그들은 저마다 가지각색의 복장을 하고 짐을 메거나 수레를 끌고 있었는데, 겉옷을 벗자 그 안에서는 동일한 복장이 드러났고, 그들의 짐에서는 무기가 드러났다.

"벼, 병사?"

정체를 드러낸 병사들이 기사단 뒤에서 대오를 맞추기 시작하는 모습에 벙쪄 있던 3조장이 퍼뜩 정신을 차리고는 몸을 돌려 달려가기 시작했다. 그에 맞춰 비상용 타종이 울렸고, 수비대는 성문을 닫았다.

급박하게 움직이는 수비대와는 달리 갑자기 나타난 기사단과 병사들은 차분한 움직임을 보였다.

그들은 성문에서 얼마 떨어지지 않은 곳에 진지를 구축했고, 잠시 후 한 기사가 가문의 문장이 그려진 작은 깃발을 들고 굳게 닫힌 성문으로 향했다.

아까 거만한 기사가 말한 대로 사자로서 자작을 방문하려는 것이었다.

"항복하시오. 항복하면 그대의 작위와 영지를 보장해 주겠소. 그러나 만약 이를 거부한다면 그대는 물론 그대의 혈육 모두의 목숨을 장담할 수 없을 것이오."

"뭣이라? 갑자기 나타나 다짜고짜 성을 포위하는 것도 모자라 황당하고 억지스러운 요구를 내밀다니!"

마른하늘에 날벼락을 맞은 표정의 디아만트 자작이 외쳤지만 사자로 온 기사는 자신이 할 말만 할 뿐이었다.

"지금부터 단 두 시간을 기다려 주겠소. 그때까지 항복하지 않으면 공격이 시작될 것이오."

"네 이놈!"

"무례하다!"

"이 무슨 무뢰배 같은!"

자작가의 많은 사람이 살기 어린 분노를 보였지만 사자로 온 기사는 조금도 위축되지 않았다.

"어차피 내가 돌아가든 돌아가지 못하든 시간 안에 의사를 보이지 않으면 공격이 시작될 것이오. 자, 내가 할 말은 다 했으니 마음대로 하시오."

디아만트 자작은 저 무례한 놈의 목을 당장에 쳐서 밖의 무뢰배들 앞에 던져 주고 싶은 마음이 굴뚝같았지만 간신히 이성의 끈을 붙잡고 물었다.

"도대체 이게 무슨 짓이냐? 이건 엄연한 제국법 위반이다! 아무리 차이슨 공작가라고 해도 제국법을 위반하고 무사할 것 같으냐? 내 당장 이번 일을 황제 폐하께 아뢰겠다!"

작년 가을에 황명 불복종으로 한바탕 홍역을 치른 적이 있던 차이슨 공작이었기에 또다시 그 비슷한 일을 벌이지는 않을 거라 여겨 제국법과 황제를 들먹인 디아만트 자작이었다.

한데 어찌 된 영문인지 사자로 온 기사는 마치 남의 이야기인 양 시큰둥한 태도였다.

"뭐, 그렇게 하고 싶다면 말리지는 않겠소만, 나 같으면 답변에만 집중하겠소."

'저 반응은 뭐지? 오냐, 이것들이 오늘 안에 내 영지를 점령할 수 있다고 자신하는 모양인데, 내 이대로 당할 것 같으냐? 어디 두고 보자!'

디아만트 자작도 믿는 구석이 있었던 것이다. 자작은 사자를 내보내자마자 그 즉시 마법 통신실로 달려갔다.

우선은 예의상 황성에 이 소식을 알리고자 먼저 연락을 했는데, 자작은 거기서 정말 뜻밖의 소식을 듣게 되었다.

"뭣이라? 차이슨 공작이 반란을 일으켰다고?"

누군가에게 뒤통수를 거하게 한 방 맞은 기분이었다. 하지만 덕분에 상황이 어떻게 돌아가는 건지 파악되기 시작했다.

"차이슨 공작… 처음부터 우리 영지를 치려고 작정하고 있었구나!"

디아만트 자작령은 남부 지역에서 가장 서쪽에 위치한 영지다. 즉, 이번에 반란을 일으킨 차이슨 공작의 영역인 남서부 지역과 가장 가까운 영지인 것이다.

하지만 가장 가깝다 해도 바로 옆 영지의 성과 디아만트 자작성은 말을 타고 이박 삼일 정도는 달려야 하는 거리에 있었다.

그런데도 황성에 반란 선언 영상이 들어가자마자 타이밍 죽이게도 일단의 병력이 자작령 성문 앞에 나타났다는 건 진즉부터 기다렸다는 뜻이었다.

"황궁에서는, 폐하께서는 뭐라 하시더냐? 지원군은 언제 도착한다고 하더냐?"

디아만트 자작의 기색이 얼마나 다급하고 무서웠던지 수정구 안의 통신 담당 마법사가 움찔 뒤로 물러날 정도였다.

[그, 그게… 지금 긴급 대책 위원회를 구성하여 논의할 테니 조금만 기다려 달라고…….]

"뭣이라? 긴급 대책 위원회 구서엉~? 아니, 지금 우리 성 코앞에 적들이 들이닥쳤는데 뭐가 어쩌고 저째? 그 엉덩이 무거운 인간들이 언제 황성에 와서, 언제 논의를 시작한다고!"

[저, 저기… 차이슨 공작의 반란 선언을 확인하자마자 연락을 했기 때문에… 빠른 시간 내에 오셔서 논의하시지 않을까…….]

"지금 그걸 말이라고! 빠른 시간 내에? 빠른 시간이 언제인데?"

[그, 그걸 저한테 말씀하셔 봤자…….]

자작의 닦달에 그날 통신 당직이라는 죄로 그를 상대하고 있는 마법사는 땀만 삐질삐질 흘리며 울상을 지었다.

물론 자작도 마법사를 닦달해 봤자 소용없다는 걸 알고 있었지만, 지금 당장 그가 수도에 있는 귀족들의 멱살을 잡고 흔들지 못하는 이상 마법사에게 소리칠 수밖에 없었다.

"급하다고 해라, 급하다고! 적들이 두 시간 후에 침략하겠다고 선언했단 말이다!"

[아, 알겠습니다. 지금 당장 전하겠습니다.]

자작의 재촉을 기회로 삼아 황성 마법사가 자리를 뜨자 디아만트 자작은 곧바로 자신의 영지 마법사를 불렀다.

"타우젠드 후작가로 연결하라!"

디아만트 자작은 1황자파의 수장인 타우젠드 후작에게 줄을 대고 있었던 것이다. 거리상으로야 차이슨 공작가와 더 가까이 있었지만 고만고만한 지방 귀족 중 하나인 그가 차이슨 공작가의 눈에 찰 리 없었다.

갖은 애를 써도 차이슨 공작가에 발을 들이기 어렵자 그는 타우젠드 후작가 쪽으로 눈을 돌렸다.

제1황자를 앞세워 힘을 모으고 있던 타우젠드 후작은 기꺼이 그를 제1황자 파로 받아줬고, 몇 년간 좋은 관계를 유지해 왔다.

그래서 이 상황에서도 기꺼이 자신에게 도움의 손길을 내밀어 줄 거라 믿어 의심치 않았건만…….

"저어, 자작님… 연결이 되지 않습니다."

"뭣?"

"타우젠드 후작가와 연결이 되지 않습니다. 몇 번을 시도해 봤지만……"

자신의 시선을 피하며 기어들어 가는 목소리로 보고하는 마법사의 말에 디아만트 자작은 털썩 자리에 주저앉았다.

연결이 되지 않는다는 건 그쪽에서 통신을 닫았다는 소리로, 타우젠드 후작가가 자신을 버렸다는 뜻이었다.

"망했다. 우린 망했어어! 나쁜 노무시키! 그동안 내가 갖다 바친 게 얼만데에에! 그걸 홀라당 다 받아먹은 주제에 이제 와서 헌신짝 버리듯 버리냐아아!"

순간 항복을 떠올려 봤지만 황태자파의 정적인 1황자파 사람인 자신을 고이 받아줄 것 같지 않았다. 그렇다고 싸우자니 밖에 있는 반군의 병력과 자신의 영지에 있는 병력의 차이가 너무 심했다.

디아만트 자작령은 몬스터의 침공도 거의 없는 평화로운 곳이었다. 게다가 영지전도 딴 세상 이야기였고, 전에 있었던 황위 다툼에서도 중립을 고수한 곳이라 전투 경험이 거의 없다고 봐도 무방했다.

성벽 또한 방어하기에 유리하다고 할 수 없었으니 자신들이 성안에 있는 입장이라 해도 크게 위로가 되지 않았다.

한데 이러지도 저러지도 못하고 애꿎은 머리털만 쥐어뜯고 있는 디아만트 자작에게 생각지도 못한 동아줄이 내려왔다.

적들이 공격하겠다고 선언한 시간이 한 시간 정도 남았을 무렵, 무려 차이슨 공작이 직접 마법 통신으로 연락을 해온 것이다.

두려움에 부들부들 떠는 디아만트 자작에게 차이슨 공작은 자상하게 웃어주며 항복하기만 하면 자작의 작위와 영지는 물론 그가 소유한 모든 것을 그대로 보존해 주겠다고 제안해 왔다.

디아만트 자작은 공작의 말이 끝나자마자 곧바로 외쳤다.

"콜!"

남부 지방에 있는 대부분의 영지 사정은 디아만트 자작령과 비슷했다.

거의 대부분이 자작 아니면 남작의 고만고만한 작위와 영지를 가지고 있었던 터라, 사실 디아만트 자작이 남부 지방의 귀족들 중 수위에 드는 편이었다.

그러니 남부 지방 영지들이 성문 앞으로 바글바글 몰려드는 병력의 모습에 기겁해 항거할 생각도 하지 못하는 건 어쩌면 당연했다.

게다가 반란군의 진군 속도도 빨랐다. 어떻게 해보기는커녕 상황을 파악하기도 전에 성문 앞에 모습을 드러냈으니 말이다.

남부 지방의 가장 서쪽에 영지를 가지고 있는 디아만트 자작이 항복을 하는 그 순간, 또 다른 무리의 반란군 병사들은 디아만트 자작령의 동북쪽과 동남쪽에 있던 번스 남작 영지성과 헬름 남작 영지성 앞에 모습을 드러내 두 남작을 기겁하게 만들었다.

한데 그게 다가 아니었다.

비슷한 시간, 남부 지방 가장 동쪽에 영지를 가지고 있는 메스티스 남작도 반란군에게 항복을 하고 있었다.

서쪽에서 반란군들이 쳐들어오는 그 순간, 동쪽에서도 일단의 반란군이 모습을 드러냈던 것이다.

그와 함께 황성에는 남동부 지방 귀족들의 서명과 인장이 적힌 연판장이 떡억 하니 도착했다.

남동부 지방 귀족들도 반란에 합류했다는 증거를 아예 노골적으로 공개하는 반란군의 작태에 황성은 또 한 번 들썩였다.

그 연판장의 맨 위에는 우리스 후작의 서명과 인장이 선명하게 찍혀 있었다.

우리스 후작!

남동부 지역 귀족들의 수장이자 귀족원의 일원이며, 행정부부 대신이자 사적으로는 차이슨 공작의 사위이자 황태자비가 될 예정이었던 소녀의 할아버지였다.

하지만 차이슨 공작이 반란을 일으키는 바람에 황태자비 건은 포기했을 줄 알았지, 설마 차이슨 공작과 손잡고 같이 반란을 꾀하리라고는 생각지 못했다. 그리고 우리스 후작이 반란군에 합류했다는 걸 확인한 많은 귀족은 황제의 패배를 떠올렸다.

심지어 차라리 피해를 보기 전에 얌전히 항복한 남부 지방 귀족들이 현명했다고 여기는 이들까지 있을 정도였다.

그도 그럴 것이, 남동부 지역의 귀족들만으로도 상당한 세력인데 거기다 남서부 지역의 세력까지 합심하자 규모가 웬만한 왕국 못지않을 정도로 커졌던 것이다.

일단 그 두 대귀족과 그들을 따르는 귀족들의 영지 규모만 합해도 제국 전체 면적의 10분의 1이었다. 이건 그들이 반란을 일으키자마자 제국은 벌써 국토의 10분의 1이나 잃어버렸다는 말과 같았다.

그래도 개중에는 주변의 영지와 함께 힘을 합해 버텨보려는 귀족도 있었지만, 그런 이들에게 날아든 것은 커다란 성문을 한 방에 부서뜨리는 무시무시한 마법 공격이었다.

성문을 한 방에 부서뜨리려면 최소한 5서클의 고위 마법사 정도는 되어야 했다.

고만고만한 영지에서는 보기도 힘든, 홀로 천 명의 병사 정도는 거뜬히 처리할 수 있는 대단한 실력자가 공격 마법을 날려 주니, 기껏 냈던 용기가 봄에 눈 녹듯 사르르 사라져 버렸다.

그럴 때 작위와 영지를 그대로 인정하고 건드리지 않겠다는 조건이 달린 항복을 권유하니 안 넘어갈 귀족이 없었다.

그럼에도 불구하고 황궁에서는 아무런 움직임도 보이지 않았다.

물론 황성 안에서는 많은 귀족이 모여 매일 시끄럽게 떠들고 있었지만, 그렇게 시간과 정성(?)을 쏟아가며 떠들어대도 정작 결론은 나지 않아 같은 논의가 매일 다람쥐 쳇바퀴 돌 듯 반복되며 시간만 흘려보내고 있었다.

"지금 이러고 있을 때가 아닙니다! 일단 적은 병력이라도 지원군을 먼저 보내야 합니다!"

"허허, 적은 병력을 보내서 얼마나 도움이 된다고요? 오히려 우리 측 병력만 깎는 일이 될 것입니다."

"맞습니다. 보내려면 최소한 도움은 될 정도의 병력을 보내야 하는데 현재 있는 병력으로는 너무 부족합니다."

"수도로 병력이 다 모일 때까지 기다리고 있다간 너무 늦습니다."

서로 자기들 말이 옳다고 두서없이 떠들어대고 있는 귀족들은 노골적으로 두 파로 갈려 있었다.

한쪽은 황제파 귀족들이었고, 다른 한쪽은 1황자파 귀족들이었다. 황태자파가 있었을 때는 서로 협력하여 황태자파를 견제하던 사이였지만, 지금은 언제 협력했었냐는 듯 팽팽히 대치하고 있었다.

"지금 모인 병력이라도 남부 지역의 영지에서는 충분히 도움이 될 것입니다."

애가 탄 황제파의 귀족 하나가 나서서 말했지만 1황자파의 귀족이 외려 어리석은 사람 보듯이 그를 바라봤다.

"허어, 반란군의 규모가 얼마나 대단한지 몰라서 하는 말씀이오? 일이천 정도의 지원군을 가지고 그들을 막아낼 수 있을 것 같소?"

"맞서 싸우라는 이야기가 아닙니다. 본격적인 반란 진압군이 출병할 때까지만 버티라는 건데, 그렇게 불가능한 이야기는 아니지 않습니까?"

"말이야 쉽지. 하나 고위 마법사까지 있는 반란군을 일반 병사들과 몇몇 기사로 이루어진 어정쩡한 지원군이 얼마나 버틸 수 있겠소?"

1황자파 귀족의 말에 결연히 일어섰던 황제파 귀족은 할 말을 찾지 못하고 이를 악물며 자리에 앉았다.

'젠장, 드미트리 제국이 움직이지만 않았어도…….'

며칠 전에 들려온 급보를 떠올리며 황제파 귀족은 이를 빠드득 갈았다.

드미트리 제국 내 병력의 움직임 포착. 방향은 자국과의 국경.

드미트리 제국 내에 잠입한 정보원들이 급히 보내온 메시지에 황성은 또다시 소란스러워졌다.

대략 이만에서 삼만 정도 되어 보이는 병력이, 그것도 두 부대나 이동하고 있다는 소식에 군부 측은 더욱 바짝 긴장했다.

저들의 의도가 뭐든 국경 근처의 병력이 늘어나는 건 위험했다. 특히나 지금과 같은 상황에서라면 더더욱. 반란을 제때 막지 못했을 경우 최악의 일이 벌어질 수 있기 때문이다.

그로 인해 서부 국경을 지키고 있던 모든 군 병력은 물론, 만약을 대비하여 국경 근처에 있는 영지의 병력도 발이 묶이게 되자 문제가 발생하기 시작했다.

예상 병력이 현저하게 줄어든 것은 부차적인 문제였다.

그전까지만 해도 병력을 보내는 일에 긍정의 반응을 보이던 귀족 놈들이 슬그머니 엉덩이를 뒤로 빼기 시작했던 것이다.

비록 반란군이 대단하다 해도 황제의 군대 또한 정예병이니 함께라면 한번 붙어볼 만하다 생각했다가 그 정예병의 태반이 꼼짝 못하게 되자 맘을 바꾼 것이다.

정예병 없이 저희들로만 어찌 차이슨 공작과 우리스 후작을 당해내겠냐는 부정적인 인식이 귀족을 지배하고 있었기 때문이었다.

전투에 나가 공을 세워 영지를 받거나 승작을 하는 것도 좋지만 그것도 다 자신이 살아 있고, 세력이 어느 정도 건재해 있어야 가능한 것이었다.

그로 인하여 전국적으로 병력을 내놓으라는 황명이 떨어졌지만 사흘이 지나고 닷새가 지나도 병력은 턱없이 부족하기만 했다.

"현재 서부 지방에서 출발했다고 알려온 영지가 총 18곳입니다. 출발하기 전 각각의 영지에서 알려온 병력을 합하면 대략… 9,100명… 입니다."

정보청 소속 관리가 엄청 송구스럽다는 표정으로 보고를 마치자 듣고 있던 몇몇 귀족이 어이없다는 기색을 보였다.

황제로부터 직접 하사된 74개의 영지 중 단 18개의 영지에서만 병력을 움직였다니 기가 찰 수밖에 없었다.

게다가 18영지에서 총 9,100명의 병력이라는 건 평균적으로 한 영지에서 나온 병력이 대략 500여 명밖에 안 된다는 이야기였다.

"하, 총 18곳의 영지가 출발했다고? 병사가 총 9,100며어엉? 지금 장난하나?"

한 황제파 귀족이 참지 못하고 자신의 감정을 말로 드러내자 관리가 마치 자신의 잘못인 양 잔뜩 움츠러들면서도 얼른 보고를 덧붙였다.

"일곱 곳의 영지에서는 병력이 부족하다며 좀 더 징집을 해서 며칠 내로 출발하겠다는 연락이 왔습니다."

"그래서? 징집을 하면 병력이 얼마나 된다더냐?"

"일단 징집을 한 뒤 정확히 알려주겠다고 합니다."

"정말 그렇게 말했단 말인가?"

관리의 보고에 믿지 못하겠다는 듯 다른 귀족이 묻자 관리는 난감한 표정으로 고개를 끄덕였다.

"송구합니다만, 그렇습니다."

"하, 서부 지역 귀족들이 지금 제정신이오?"

"그러게 말입니다. 이게 뭐하자는 건지."

"저어⋯⋯."

그렇게 막 어이없다는 기색을 노골적으로 내비친 몇몇 귀족이 서부 지역 대표로 회의에 참여해 있는 귀족들을 공격하려는 찰나, 정보청 관리가 슬며시 끼어들었다.

"뭔가? 아직 할 말이 남아 있나?"

귀족들의 불쾌감 어린 시선에 찔끔한 정보청 관리였지만 그도 보고할 게 남아 어쩔 수 없이 끼어든 것이었기에 빠르게 말을 이었다.

"동부 지역에서는 13곳의 영지에서 출발한다는 연락이 왔습니다. 그리고 그 영지의 병력은 총 4,700명 정도라고 합니다."

그 관리의 보고에 서부 지역 대표 귀족들에게 노골적으로 불쾌감을 내비치던 얼굴들이 동부 지역 대표 귀족들, 특히나 그들의 수장인 타우젠드 후작에게로 돌아갔다.

이건 서부 쪽보다 더 심한 거 아닌가 말이다.

"거, 병력을 차출해서 이끌고 오는 게 어디 순식간에 휘리릭

해치울 수 있는 일이랍니까? 우리도 다급하긴 마찬가지예요. 하지만 몇백도 아니고, 최소한 일이천 이상을 차출하는데 며칠 가지고는 부족하단 말입니다."

"그러게 말입니다. 최소 일이천 이상을 차출하려면 며칠 정도로는 부족하지요. 게다가 병력만 차출한다고 끝나는 게 아니지 않습니까?"

"그럼요, 그럼요. 몇백 정도 차출해서 오는 거하고는 비교도 할 수 없지요."

한데 타우젠드 후작이 공격당하려는 걸 막으려는 건지 한 동부 지역 귀족이 선수 쳐서 입을 열자 여기저기서 동조하는 목소리가 흘러나왔다.

마치 양쪽 지방 귀족들이 단합이라도 한 것 같은 태도에 그동안 가만히 지켜보고 있던 마커스 자작은 뭔가가 잘못 돌아가고 있다는 느낌을 받았다.

'도대체 이자들이 무슨 생각을 하고 있는 거지? 아무래도 딴생각을 하고 있는 거 같은데?'

그동안 가장 앞장서서 황제의 뜻을 막아서던 차이슨 공작과 그 일당이 사라졌으니 이제는 중앙 정계가 황제의 뜻에 따라 움직일 줄 알았다.

한데 상황이 이상하게 흘러가자 그는 미간을 좁혔다. 가장 어이없는 건 그동안 황제의 충신인 척 차이슨 공작과 정면으로 대립하던 타우젠드 후작이었다.

다른 이는 몰라도 그라면 가장 먼저 나서서 반란군을 치려 할 줄 알았는데 미적거리고만 있다니.

'정말 이상해. 반란군이 남부 지방을 모두 점령하고 나면 그 다음 목표가 동부 지방일 확률이 높다는 걸 모르는 것도 아닐 텐데?'

반란군들이 남부 지방을 다 점령한다고 해도 수도를 노리지는 못한다.

수도에는 중앙군이 있고 황제의 친위 기사단이 있으며 그들을 총괄 지휘하는 소드 마스터와 그를 보좌하는 마스터급 마법사가 버티고 있기 때문이다.

중앙군은 국내의 모든 군대 중 정점에 있는 정예군이었고, 황제의 친위 기사단은 제국 내의 최고 실력자들만 모인 기사단이었다.

이들만 해도 웬만한 왕국 정도는 가뿐하게 점령할 정도의 전력인데, 거기에 각 분야의 최고봉인 소드 마스터와 마스터급 마법사까지 있으니 철옹성이 따로 없었다.

그러니 아무리 엄청난 세력을 가진 반란군이라도 수도 공략은 함부로 생각하지 못할 터였다.

전략원이나 정보청에서도 반란군이 황제와 정면 대결을 하는 건 한 지방을 더 점령한 후가 될 것이라고 추측했고, 그 지방은 동부 지방일 거라고 예상했다.

드미트리 제국과 국경을 마주하고 있는 서부 지역보다는 다른 왕국, 공국과 맞닿아 있는 동부 지역이 그나마 더 노려볼 만할 테니 말이다.

그리고 그러한 예상은 귀족 회의에서도 다 보고가 되어 동부 지역 귀족들의 심장을 흔들어놨을 텐데, 저 여유 있게 미적거리는 태도들은 뭐란 말인가.

'그러고 보니!'

갑자기 뭔가 머리를 스쳐 지나가는 생각에 마커스 자작은 아까 정보청 관리가 나눠줬던 보고서를 다시 들여다보았다.

'이거 혹시…….'

거기에는 병력을 이끌고 출발한 영지들과 며칠 내로 출발하겠다고 알려온 영지들의 목록이 나와 있었다. 하지만 최소한 온다고 확답을 한 자작 이상, 그리고 천 명 이상의 병력을 이끌고 오는 귀족 중 1황자파는 없었다.

'억측인지도 모르지만 서부 지방은 몰라도 동부 지방에서조차 한 곳도 없다는 건 말이 안 돼. 동부 지방의 80% 이상이 1황자파인데.'

서부와 동부에서 그러고 있으니 중부지방의 귀족들도 슬그머니 출병을 미루었다.

그나마 북부 지방에서 대규모의 병력을 이끌고 출발했다는 소식이 전해져 왔지만, 거리상 병력이 수도에 도착하기까지는 더 많은 시간이 필요했다.

북부 지방에서 출발한 병력이 도착할 즈음엔 어쩌면 반란군들이 남부 지방을 다 점령하고 동부 지방으로 진군해 나가고 있을지도 몰랐다.

'안 좋아… 아주 안 좋아.'

마커스 자작은 동부 지역 귀족들의 얼굴을 바라보며 얼굴을 굳혔다.

'아무래도, 타우젠드 후작이 딴 맘을 먹은 게 틀림없어.'

가능성은 높았다. 반란은 군주에게 양날의 검이다. 반란을 빠르게 진압하면 군주의 힘을 한층 강화시킬 수 있지만, 반대로 반란 진압이 지지부진하면 군주의 힘은 떨어질 대로 떨어질 터.

차이슨 공작이 반란을 일으킨 이상 다음 황위는 당연히 1황자에게 돌아갈 거라 생각한 타우젠드 후작이 이 틈을 이용해 자신의 영향력을 크게 넓히려는 모양이다.

오로지 황제파라 할 수 있는 북부 지방의 병력과 그 외 떨거지 병력들로 구성된 진압군을 반란군과 맞붙게 한다는 시나리오를 짠 거겠지.

거기서 진압군과 반란군이 상잔하면 가장 좋고, 설사 반란군이 이기더라도 온전히 병력을 보존한 1황자파와 중립파가 2차 진압군을 형성하여 상대하면 될 터였다.

'아마 중립파 귀족들도 1차 진압군은 엄청난 피해를 볼 테니, 2차 진압군에 합류하는 게 유리할 거라고 유혹해서 끌어들였겠지. 나쁜 놈들. 폐하께서는 저자들의 음모를 알고 계시는가?'

황제는 아래에서 귀족들이 시끄럽게 떠들든 말든 자신과는 상관없는 일인 양 시큰둥한 얼굴로 황좌에 비스듬히 기대어 앉아 있었다.

그 모습을 조심스레 바라본 마커스 자작은 자신이라도 나서야겠다고 마음먹었다.

'이대로 가만있을 수는 없다. 저들의 작태에 대한 대책을 세워야 해. 오늘 귀족 회의가 끝나는 대로 폐하를 알현해야겠어.'

그의 열렬한 시선이 느껴져서일까. 황제의 시선이 문득 마커스 자작에게로 향했다.

그러고는 자신을 향해 뜨거운 시선을 보내는 그를 잠시 바라보더니만 문득 피식 웃고는 자세를 고쳐 앉는 거였다.

'오오~ 폐하. 소신의 시선에 담긴 뜻을 읽으셨나이까?'

이제 황제가 회의를 이만 끝내고 자신을 부를 것이라 마커스 자작이 믿어 의심치 않은 그때.

"타우젠드 후작."

나지막하지만 힘 있는 목소리에 시끌시끌했던 회의장이 순식간에 조용해졌다. 목소리의 주인공이 황제였기 때문이다.

"예, 폐하."

자리에서 일어난 타우젠드 후작을 바라보며 황제가 느긋한 목소리로 물었다.

"동부 지역에서는 병력이 언제 출발할 예정이오?"

그는 황제의 질문에 무지 미안하다는 표정으로 눈을 내리깔았다.

"송구하옵니다, 폐하. 그렇지 않아도 말씀드리려 했는데, 좀 전에 정보청에서 급보를 알려왔나이다."

"급보라? 그게 뭐지?"

"참으로 무엄하게도 노프샤 왕국과 다이즌 공국의 병력 일부가 국경으로 이동하는 모습이 포착되었다 하옵니다."

"노프샤 왕국과 다이즌 공국이?"

"그러하옵니다, 폐하. 그것도 작은 병력이 아닌, 몇만이 넘어가는 대대적인 병력이었다 하옵니다."

"호오?"

흥미롭다는 표정의 황제와는 달리 아래쪽(?)에 있던 귀족들의 표정들은 심각해졌다.

"노프샤 왕국과 다이즌 공국이 갑자기 왜 그런 움직임을!"

"참으로 공교로운 시기가 아닙니까?"

"이들이 감히 제국의 분란을 보고 엄한 생각을 하는 것은?"

"곧 정보청에서 더 자세한 보고를 올릴 것이옵니다. 하나 때가 때이니만큼 동부 지역의 경계가 필요하다 싶어 동부 지역의 각 영지에 경계 태세를 갖추라는 지시를 보냈사옵니다. 그전에 미처 고하지 못하여 송구스럽나이다."

"그랬군. 옳은 판단이니 괜찮소."

매끄러운 타우젠드 후작의 말에 황제가 선선히 고개를 끄덕였다. 그 모습에 마커스 자작은 가슴을 치고 싶은 심정이었다.

'폐하, 저들의 수작입니다! 아니, 국경과 가까운 영지만 경계 태세를 갖추면 되지, 왜 동부 지역 전체에 경계 태세를 갖추게 한단 말입니까? 이건 병력을 내놓지 않으려는 저들의 농간입니다!'

그렇게 외치고 싶었지만 이미 황제가 옳은 판단이라고 말을 한 상황이라 그 말을 반박할 수가 없었다. 지금 '저들이 어떤 수작을 부리는 것이옵니다!'라고 말하는 건 황제가 틀렸다고 자신이 지적하는 꼴이었으니까.

"그렇다면 동부 지역의 병력은 당분간 움직이지 못하겠구려?"

황제의 말에 타우젠드 후작이 허리를 살짝 숙여 보였다.

"송구하옵니다."

즉, 황제의 말이 맞다는 소리다.

"그럼 서부와 동부 지역의 병력 지원은 기대할 수 없으니 일단 북부 지역의 병력이 도착해야 진압군을 조직해 출병시킬 수 있겠군."

'말도 안 되는 소리이옵니다아!'

마커스 자작이 속으로 부르짖었지만 아무도 그의 마음을 알아주지 않았다.

현재 반란군의 병력은 일반 병사만 5만이었고 기사가 3천에 마법사가 일반과 고위를 다 합쳐서 100여 명이 된다고 들었다.

하지만 이건 현재 활동(?) 중인 전력이고, 세작들의 보고로는 남부 지방의 각 영지마다 대기 전력을 넉넉히 두고 있다고 했다.

거기에 반란을 일으키기 전 대거 고용한 용병이 최소 2만이 넘었고, 지금도 계속 항복하는 남부 영지의 병력까지 합세할 테니 아마 앞으로 병력은 더욱더 늘어날 터였다.

그에 반해 진압군의 병력은 너무나 미미했다. 지금 북부 영지에서 열심히 달려오는 병력도 모두 다 합해서 병사만 2만이 좀 넘는 정도였으니 말이다.

"지금 동부와 서부 측에서 온다는 병력이 얼마나 되지?"

황제의 질문에 옆에서 대기하고 있던 한 보좌관이 입을 열었다.

"아뢰옵기 송구하오나, 현재 동부 측 병력이 총 7천 4백이옵고, 서부 측 병력이 1만 3천 2백이옵니다."

이것도 단지 병사만이 아니라 기사, 병사, 마법사를 총 합한 숫자였다.

벌써 숫자에서 이렇게 차이가 나니 반란군을 진압하는 게 아니라 반란군에게 대응이나 겨우 하게 생겼다.

'아니, 대응이나 할 수 있으면 다행이지.'

아마 귀족 회의에 참여한 대부분의 사람들 머리에 떠오른 생각일 것이다.

'폐하아~ 지금 이렇게 태연히 계실 때가 아니옵니다아~'

마커스 자작의 마음속 외침이 황제에게 들렸음인가.

황제가 잠시 뭔가를 생각하는 듯하더니 고개를 끄덕였다.

"그래, 병력이 이게 전부라면 이들만 가지고 반란을 진압하기는 힘들겠군."

'제 말이 바로 그것이옵니다아~!'

"참으로 안타까운 일이옵니다만 아마 다른 방도를 찾아야 할 듯하옵니다."

마커스 자작과는 달리 자신의 일이 아니라는 듯 태평하게 대답하는 타우젠드 후작의 말에 황제 또한 아무렇지도 않게 고개를 끄덕였다.

"그렇지. 하지만 이렇게 어려운 상황에서도 짐의 명에 따르기 위해 참여하는 이들이 참으로 기특하지 않소?"

"참으로 폐하의 충신들이지요. 그것이 다 폐하의 홍복이 아니겠사옵니까?"

대답은 잘하는 타우젠드 후작이었다.

"그렇소. 정말 짐의 충신들이오. 그래서 말인데, 후작."

"하문하시옵소서, 폐하."

"그 충신들에게 짐이 미욱하나마 힘이 되어주고 싶은데, 어떻게 생각하시오?"

"참으로 성심이 하해와 같으시옵니다. 분명 폐하의 성심이 그들에게 큰 힘이 될 것이옵니다."

"호오, 후작이 짐의 생각에 동의하니 잘됐소. 들으라!"

후작에게 고개를 끄덕인 황제가 태도를 바로한 채 황제의 홀을 옥좌의 팔걸이에 대고 두들겼다.

이것은 황제로서 명을 내리겠다는 뜻이었기에 회의실에 있던 모든 이가 황급히 자리에서 일어나 옷차림과 자세를 바로한 후 허리를 숙였다.

"황명을 기다립니다!"

"이번 반란 진압군에 참여하여 큰 공을 세우는 모든 자에게 공에 따라 영지나 작위를 하사하겠노라! 이를 제국 내의 모든 영지에 알리도록 하라!"

'뭣이라?'

황제의 말에 그곳에 있던 모든 이가 경악했다. 그래도 황제의 홀이 옥좌를 친 이상 다시 허리를 숙여야 했지만 말이다.

"황명을 받드옵니다!"

황제가 선언한 말에 귀족들은 동요를 감추지 못했다.

보통은 가장 큰 공을 세운 사람 몇 명만이 (계승)작위를 바라볼 수 있고, 그 다음 상위 10% 내의 공적을 세운 이들이나 영지를 받을까 말까였다.

그런데 황제가 저렇게 선언한 이상 제법 괜찮은 공을 세우면 영지가, 누구나 인정할 만한 큰 공을 세우면 작위를 하사받거나 혹은 승작이 된다는 소리였다.

파격적이어도 너무나 파격적인 선언이었으니 사람들이 크

게 동요하는 것도 당연했다.

그리고 그렇게 동요하는 것은 타우젠드 후작을 따르는 이들도 마찬가지였다.

"이대로 가만있어도 괜찮겠습니까?"

잔뜩 어두워진 얼굴로 타우젠드 후작의 뒤를 졸졸 따라 그의 집무실로 들어온 귀족들 중 한 명이 심각한 어조로 물었다.

"가만있지 않으면? 황명은 이미 떨어졌는데, 이제 와서 내가 뭘 어쩔 수 있겠는가?"

타우젠드 후작의 타박에 그 귀족은 찔끔하며 뒤로 물러났지만 다른 귀족이 나섰다.

"그동안 눈치만 보고 있던 귀족들이 이번 반란 진압에 대거 참여할지도 모릅니다."

"그렇겠지. 아마 그걸 노린 걸 테니까."

뭐, 타우젠드 후작도 황제가 이대로 두 손 놓고 맥없이 당할 거라고는 생각하지 않았다.

지금이야 얌전해(?) 보이지만 사실 저 황제는 왕년에 수없이 죽을 자리에 내몰렸어도 끝까지 살아 돌아왔던 자다.

그렇게 해서 '저주받은 검은 머리의 황족'이라는 낙인까지도 스스로 벗어냈고, 두 번의 황위 다툼에서도 승리를 거머쥐어 결국에는 황좌에까지 올라앉았다.

그런 황제가 겨우 이 정도의 일 가지고 패닉에 빠져 우왕좌왕할 리가 없었다. 정말 그랬다면 외려 자신은 뒤에서 뭔 수작을 부리는 건 아닌지 의심했을 거다.

'하지만 별 뾰족한 수는 없을 거다.'

자신이 이렇게 병력들의 발을 묶어놓고 있는 사이 차이슨 공작이 남부 지방을 다 점령하고 황제의 턱 밑으로 검을 들이밀면 저가 뭘 어쩌겠는가? 스스로의 힘만으로 차이슨 공작을 상대해야지.

'그래서 둘 다 상잔해 버린다면 정말 최고지. 뭐, 어느 한쪽이 승리한다고 해도 나에게 나쁠 건 없지만.'

양쪽 다 만만치 않은 힘을 가지고 있으니 한쪽이 승리한다고 해도 엄청난 피해를 감수해야 할 터.

반란군이 승리한다면 기회를 봐서 세력을 온전히 보존하고 있던 자신이 싹 쓸어버리고 그들의 영지를 고스란히 손아귀에 넣을 예정이었다.

아무리 차이슨 공작이 거래의 대가로 큰 상품을 내걸어도 온전한 제국만큼 대단하지는 않았다.

황제가 승리한다 해도 상관없었다.

그래 봤자 상처투성이인 영광일 테니, 그런 것 따위 기꺼이 황제에게 바칠 마음이 있었다.

큰 타격을 입은 황제는 온전한 힘을 가진 자신을 무시하지는 못할 터, 그렇게만 되면 아카제브 제국의 무소불위 권력자는 바로 자신이 될 거다.

'크하하~ 생각만 해도 짜릿하구만.'

예상외로 정말 파격적인 선언이었지만 타우젠드 후작은 여유 있는 표정으로 자신만 바라보고 있는 귀족들을 둘러봤다.

"쯧쯧… 이런 한심한 사람들을 보았나. 우리가 언제 이번 전투에 절대 참여를 안 한다고 했던가?"

타우젠드 후작의 말에 흔들리고 있던 귀족들의 초점이 제대로 돌아왔다.

"사람들 하고는… 반란군의 질과 규모를 생각해야지! 저렇게 강한 반란군과 그대로 맞부딪혀서 뭘 어쩌려고? 오히려 성급한 이들이 먼저 반란군과 맞부딪혀 전력을 깎아준다면 고마운 일이지. 그래야 후에 우리가 손쉽게 반란군을 처리할 수 있을 게 아닌가?"

"그 말씀은?"

"우리는 일단 힘을 모은 상태로 상황을 지켜보고 있다가 폐하께서 1차로 보낸 반란 진압군이 전멸당하면 그때 나설 것이네."

"오오~ 역시 후작님이십니다."

"과연 현명하십니다."

"먼저 나서는 게 오히려 어리석은 짓이지요."

타우젠드 후작의 말에 사람들이 서로 고개를 끄덕였다.

"어차피 황제가 저렇게 파격적인 대우를 해봤자 나설 사람들은 뻔해. 정예병이 아닌 그깟 영지병 몇 백, 몇 천 정도가 더한다고 해도 판세를 뒤집을 수 있을 것 같나?"

"맞습니다. 반란군의 규모가 얼마나 대단한데요."

"차이슨 공작이 아마 단단히 준비했을 테지요."

"맞네. 그러니 우리는 느긋하게 1차 진압군이 전멸할 때까지 지켜보다가 나서기만 하면 되는 걸세. 아마 그때 나설 수 있는 이들은 우리뿐일 거야. 서부의 병력은 드미트리 제국에게 발이 계속 묶여 있을 테니."

"그렇지요."

"맞습니다."

"반란군을 진압할 수 있는 능력은 저희밖에 없지요."

후작의 말에 맞장구를 치는 이들의 얼굴이 점점 밝아졌다.

"잘 아는군. 그럼 반란군들이 전멸한 후 남아 있는 넓은 땅 덩어리들이 누구에게 돌아가겠나? 거기다 폐하께서 직접 선언하신 승작은? 1차 진압군 때 나섰다가 전멸한 귀족에게 가겠나, 아니면 2차 진압군 때 힘 다 빠진 반란군을 쓸어버린 귀족에게 가겠나?"

후작의 말이 정말 그럴듯했는지 방 안에 있던 사람들의 눈에 빛이 번뜩이기 시작했다.

"그러니 성급하게 엉덩이 들썩이지 말고 주변 사람 단속이나 잘들 하시게. 혹시나 팔랑귀 같은 이들이 혹해서 급하게 달려가려 할지 모르니."

"알겠습니다!"

들어올 때와는 달리 생기가 도는 얼굴로 우르르 몰려 나가는 귀족들이 사라지자마자 후작은 고개를 저으며 혀를 끌끌 찼다.

"하여간에 물색없는 것들은……."

후작의 말에 그의 심복이 맞장구를 쳤다.

"그렇기에 후작님께서 이끌어주셔야 하는 거 아니겠습니까?"

"됐다. 나도 이러고 있을 게 아니라 일단 황비 마마 좀 뵈어야겠다. 상황은 알려 드려야지."

후작은 손을 저어 자신에게 달라붙어 아부 릴레이를 하려는 심복들을 물리고는 문으로 향했다.

제3황비의 궁은 반란이 일어나 어수선한 국내와는 완전히 딴 세상인 것처럼 보였다.

궁의 뒤뜰에서 저 너머 정원 끝까지 선물이 가득 실린 마차가 줄을 선 채 기다리고 있었고, 그 선물들을 내리느라 많은 사람이 바쁘게 움직이고 있었다.

차이슨 공작과 황후가 반란으로 인하여 황실에서 사라진 이상 3황비가 곧 황후가 될 거라 예상한 이들이 미리부터 잘 보이려 진상품들을 보내온 것이다.

커다란 응접실로 들어가니 3황비가 자신에게 진상된 선물들을 감상하고 있다가 후작을 맞이했다.

"마마를 뵙습니다."

"어서 오세요, 아버님. 요즘 많이 바쁘실 텐데 여긴 어쩐 일이십니까?"

"허허, 아무리 바빠도 마마를 뵐 시간조차 없겠습니까? 그나저나 오늘따라 더욱 아름다워 보이십니다."

"호호호~ 그런가요? 요 근래 푹 잤더니 그런가 보네요."

"허허허, 그러십니까? 역시 사람은 잠을 잘 자야 하지요."

그렇게 주거니 받거니 인사치레를 하던 둘은 황비가 진지한 눈빛을 하며 꺼내는 말에 본론으로 들어갔다.

"그나저나 폐하께서 재미있는 선언을 하셨더군요."

"벌써 들으셨습니까?"

"워낙 파장이 큰 이야기이다 보니 가만히 있어도 절로 들리더군요."

"후후, 폐하께서 좀 다급하셨던 모양입니다. 한데 큰 고깃덩 어리를 꺼내 흔들어봤자 달려드는 놈들이 없을 테니 난감하실 겝니다."

느긋한 타우젠드 후작의 말에 황비가 피식 웃었다.

"그런가요? 하지만 북부 지방에서는 많은 병력을 데리고 달려오고 있을 텐데요."

"북부 지방이야 항상 몬스터들이 날뛰는 곳이니 아무리 황제파로 가득한 곳이라 해도 차출할 수 있는 병력에는 한계가 있지요."

"용병들이 있지 않습니까?"

"허헛, 용병들도 괜찮은 급은 차이슨 공작이 진즉에 다 쓸어 가서 쓸 만한 용병을 고용하기도 어렵습니다."

거기까지는 여유로운 표정으로 이야기를 듣던 황비가 문득 얼굴을 굳혔다.

"한데 폐하께서 첫수에 너무 강한 패를 빼어 드신 게 마음에 걸립니다. 물론 폐하께서 이대로 물러날 분이 아니라는 건 알지만… 혹 이번 수가 다른 수를 눈가림하는 용이 아닐까요?"

"걱정 마십시오, 마마. 저희도 일어날 수 있는 모든 상황을 염두에 두고 일을 진행시키고 있지 않았습니까?"

"그거야… 그렇지요."

"저도 이번 일은 예상치 못했습니다만, 그래 봤자 폐하께서 원하시는 만큼의 병력은 모으지 못할 겁니다. 그 점만 끝까지 주의하면서 소드 마스터인 쉬퍼스 후작과 폐하만 황성에 붙들고 있으면 모든 일은 우리의 계획대로 풀릴 것입니다. 그러니 심려 마옵소서."

평소에는 후작이 불안해하고 황비가 다독였는데, 어째 이번에는 반대의 모습을 보였다.

그래도 타우젠드 후작의 자신 있는 모습이 위안이 되었는지 황비는 걱정을 떨칠 수 있었다.

"아버님만 믿겠습니다. 이번 반란이 저희 집안에 좋은 기회라는 건 제가 말씀드리지 않아도 잘 아실 겁니다."

"걱정 마십시오, 마마. 이번 반란이 성공하든 실패하든 우리 집안은 득이니까요. 생각 같아선 제가 차이슨 공작을 싹 쓸어버렸으면 좋겠습니다만, 차이슨 공작이 반란에 성공해 왕국을 세우더라도 그와 거래한 대로 제3황자와 제 손녀를 혼인시켜 양국에 입지를 쌓는 것도 나쁘지는 않습니다. 어느 쪽이든 이번 반란이 끝나면 도리안 황자께서는 황태자가 되실 거고, 마마께선 황후가 되실 겁니다."

"호호호~ 그렇게 되면 타우젠드 후작가는 명실공히 이 제국 제일의 가문이 되겠지요?"

"허허허, 그렇겠지요."

"아아~ 그 골 빈 계집이 황후랍시고 날 아랫사람으로 대하는 게 정말 꼴 보기 싫었는데, 차이슨 공작이 반란을 일으켜 줄 줄이야. 내 손으로 처리하지 못한 게 아쉽긴 하지만, 이렇게 알아서 사라져 주는 것도 나쁘지 않네요. 더불어 고 1황비년도 같이 치울 수 있었으니 말입니다."

"1황비의 아비는 차이슨 공작의 혈족이자 가신이라 이번 반란을 외면할 수 없었을 겝니다. 1황비가 원래 차이슨 공작가에서 황제에게 보낸 계집이었으니까요. 덕분에 이번에 반란군이 노프샤 왕국의 도움도 얻을 수 있었지요. 1황비의 딸이 2년 전에 노프샤 왕국으로 시집을 가지 않았습니까?"

"흥, 저는 차라리 반란이 실패했으면 좋겠습니다. 황태자도 아니고 겨우 1황비의 아들인 3황자와의 혼담인 게 솔직히 별로 마음에 들지 않아요."

"반란을 진압하는 걸 최우선으로 삼고 있습니다. 3황자와의 혼담은 차선책일 뿐입니다."

화기애애한 분위기 속에서 주고받는 대화였지만 내용은 범상치 않았다.

이건, 반란을 일으킨 차이슨 공작과 타우젠드 후작이 이번 반란을 두고 거래를 했다는 소리가 아닌가?

게다가 3황비의 태도는 차이슨 공작과의 거래에 그녀 또한 크게 개입하고 있다는 걸 드러내고 있었다.

이 사실이 알려지면 제3황비와 타우젠드 후작은 끝장일 텐데도 그들은 아무렇지도 않아 보였다.

"그럼 마지막까지 힘써주세요, 아버님."

"맡겨만 주십시오, 마마."

제25화

허, 세상에나~!

다행히 내 외침에 따라 나타난 마법 화살은 늦지 않게 멧돼지의 머리에 틀어박혔다.

　그래 봤자 놈을 쓰러뜨리지는 못하고 잠시 멈칫거리게 한 정도였으나, 그 틈에 조인족 아이가 자리를 피할 수 있었으니 확실히 도움이 되었다.

　물론 그거 가지고 생색을 내려는 건 아니지만, 솔직히 그 정도면 와서 고맙다고 할 만하지 않은가? 한데 고맙다는 인사는 커녕 어느 누구도 다가와 인사나 하다못해 '누구냐'고 묻는 일도 없었다.

　나에게 직접 도움을 받은 그 조인족 꼬마조차도 말이다.

　녀석들의 시선에는 분명 호기심이 어려 있었지만, 단지 그

뿐, 멀찍이서 힐끔 보는 걸로 나에 대한 관심을 끊고는 자신들의 보호자와 함께 교육장을 떠나 버렸다.

'허, 이 무슨 어이없는…….'

애들과 친해지고 싶었던 건 아니나, 저렇게 나오니 괜히 기분이 나빠진다.

하지만 이 나이에 꼬맹이들한테 왕따 좀 당했다고 우울해하는 것도 우스웠기에 어깨를 한 번 으쓱이는 걸로 기분을 털어 내고는 나를 부르는 엄마에게 달려갔다.

'차라리 잘됐어. 이 나이에 꼬맹이들과 노는 것도 웃기는 일이니까.'

그냥 아빠네 집으로 돌아갈 때까지 제이, 케이랑만 놀련다.

아까 '마을'이라고 소개해 준 공터로 되돌아갈 즈음에는 날이 제법 어둑어둑해져 있었다.

그다지 시간이 많이 흐른 것 같지 않은데 벌써 이렇게 어두워지다니, 산에는 밤이 빨리 찾아온다는 말이 맞는 모양이다.

그와 함께 좀 전까지만 해도 아무것도 없던 '마을'의 모습이 180도 변해 있었다.

커다란 공터 곳곳에는 화톳불이 활활 피어오르고 있었고, 그 불 위에서는 큼지막한 고깃덩어리가 빙빙 돌아가며 익어가고 있었다.

수많은 조인족이 화톳불가나 바위 위 등등 여기저기 저 편한 곳에 삼삼오오 모여 앉아 먹고 마시며 웃고 떠드니 드넓은 공터가 마치 캠프 파이어장처럼 시끌벅적거렸다.

'어라라? 이게 웬 변신?'

대충 봐도 거의 200여 명 정도 되는 숫자였다. 아마 내 시야에 안 보이는 곳에 있는 이들까지 합하면 300여 명 정도 되지 않을까?

게다가 여기도 마법 물품이 있었는지, 공터 안의 커다란 나무들 위에는 환한 빛을 내는 마법구들이 달려 공터 안의 분위기를 더욱 신비롭게 만들어주고 있었다.

꼭 환상세계에라도 온 기분이라 나는 주변을 둘러보느라 정신이 없었다.

"여긴 매일 이래?"

"거의 그렇다고 할 수 있지."

놀라움과 신기함에 정신없는 나와는 달리 엄마는 시큰둥한 표정으로 공터를 가로지르더니 그 공터에서 가장 큰 바위 앞에 멈춰 섰다.

거기에는 한 조인족이 편안한 표정으로 걸터앉아 술을 홀짝이고 있었는데, 엄마가 다가서자 두 눈을 크게 휘며 친근하게 웃어 보였다.

"오랜만이네?"

"예, 다녀왔습니다, 족장."

엄마의 목례에 커다란 바위 위에 걸터앉아 있던 그가 가뿐한 동작으로 뛰어내려 엄마 앞에 섰다.

'족장? 이 사람이?'

그는… 절로 감탄이 나올 만큼 엄청 잘생긴 남자였다.

부드러운 선을 가지고 있으나 온몸에서 '나 강함'이라는 오라를 팍팍 풍기고 있는 그를 보자니 자동적으로 아빠랑 비교가 되었다.

내가 아는 사람 중에서 가장 멋진 남자는 아빠였으니 말이다. 한데 양심적으로 말해 외모로나 분위기로나 카리스마로나 이 남자에 비해 아빠가 좀… 밀렸다.

내가 아무리 아빠를 좋아한대도 차마 아빠가 더 낫다고 할 수 없을 정도로 확실하게 말이다.

'미안, 아빠. 그래도 난 아빠가 더 좋은 거 알지?'

자신이 잘났다는 걸 잘 알고 있는 듯 그의 행동 하나하나에는 강자의 여유와 느긋함이 풍겼다. 게다가 얼굴이 받쳐 주는 덕에 뭘 해도 그의 행동은 우아하기 그지없어 보였다.

"처음 보는 꼬마가 있구나. 하레츠, 네 어릴 때와 판박이인걸?"

그가 나를 향해 시선을 돌린 덕에 나는 그의 눈동자를 정면으로 볼 수 있었다.

내가 이런 말을 하게 될 줄은 몰랐지만, 그의 아름다운 푸른 눈동자를 보고 있으려니 깊은 숲 속의 맑고 깨끗한 호수가 절로 연상되었다.

특히나, 파스텔 색조의 결 좋은 레몬색 머리칼이 이마 주변에서 살랑거리니 샤랄랄라~ 하는 배경음과 함께 주변에서 조명이 반짝반짝거리는 것만 같았다.

'이게 바로 천연 뽀샵?'

날 바라보는 그의 눈에 호의까지 어려 있어 기분이 급상승 곡선을 그렸다.

아까 조인족 꼬맹이들 때문에 기분 나빠진 기억 따위 저 멀리로 날려 버릴 정도였다.

이 조인족 마을에 와서 제일 좋은 점은 바로 앞의 분으로 눈 호강을 하는 것이라고 생각하는 그 순간, 나는 보고야 말았다.

눈앞의 그 족장 씨를 바라보는 엄마의 시선에 부드러운 빛이 담겨 있는 걸 말이다.

'헉! 이, 이러언~'

그와 함께 마음속에서 불안감이 몽글몽글 피어오르기 시작하자, 족장 씨가 건네는 '네가 어렸을 때도 이렇게 귀여웠었지'라든가 '네 눈 색도 예쁘지만, 이 아이 눈 색도 예쁘구나' 등등의 말들이 심상치 않게 들렸다.

'설마… 아니겠지? 그치?'

난 엄마와 그 족장 씨를 자세히 지켜보느라 유모를 비롯한 내 일행이 마을 어귀에 머물도록 허락받는 것도 귓등으로 흘렸고, 족장이 우리를 근처 화톳불가로 데리고 갈 때도 어디로 가는지도 몰랐다.

유모가 날 자리에 앉혀줬을 때에야 자리를 옮겼다는 걸 알 정도였다.

내 앞으로 음식이 담긴 그릇이 건네졌어도 알아차리지 못했으니 말이다.

"어딜 보고 있느라 음식을 받을 생각도 안 해? 식사 안 할 거냐?"

낯선 목소리가 들렸지만, 그게 나에게 하는 말인지도 몰랐다. 그러다 누군가가 내 팔을 톡톡 치기에 반사적으로 돌아보는 순간, 나는 화들짝 놀라 버렸다.

"헥?"

크게 비명을 지르지는 않았지만 움찔 놀란 기색이 컸던지라 내 앞에 서 있던 존재도 깜짝 놀랐다.

"왜, 왜? 내가 뭐 잘못했어?"

덕분에 잔뜩 움츠러든 그 존재가 당혹한 목소리로 물어오자 나는 다시 한 번 더 입을 떠억 벌렸다.

"마, 말을 한다?"

"뭐?"

내 말에 그가 기가 막힌다는 시선으로 나를 바라봤지만 누구든 내 입장이 되어보라. 안 놀라게 생겼나.

내 앞에 서 있는 존재는 일단 키가 작았다. 나보다 겨우 한 뼘 반쯤 컸으니, 대략 열 살 안팎 정도의 아이만 할 거다.

반면, 메마른 얼굴은 나이 든 사람처럼 굵은 주름이 졌고, 매부리코에 어두운 색의 얇은 입술은 왠지 심술궂은 사악한 요정을 떠올리게 만들었다.

짙은 갈색빛의 피부는 고목나무처럼 마르고 거칠어 보였고, 몸통에 비해 유난히 긴 팔다리는 내가 쳐도 똑 부러질 것처럼 가늘었다.

손도 나보다 약간 큰 정도인데 손가락은 두 배는 더 길어 보였고, 그 끝에 달려 있는 길쭉하고 날카로운 손톱은 전형적인 사악한 요정의 모습이었다.

'와… 완전 가가멜의 축소판이다.'

한데 그렇게 악당처럼 보이는 모습에 반해 흰자위 없이 검은 동자로만 이루어진 눈은 되게 맑고 투명해 악한 이미지를 반감시켰다.

하기야 이 존재가 악한 존재였으면 나에게 다가오지도 못했을 거다. 내 옆에 있는 유모나 엄마가 막았을 테니 말이다.

덕분에 난 놀라기는 했지만 크게 비명을 지르며 도망치는 실례를 저지르지 않을 수 있었다.

그래 봤자 지금의 내 반응만으로도 그의 심기는 나빠졌지만.

"뭐냐, 이 무례한 조인족 꼬맹이는? 혹시 이거 바보 아냐? 내가 누군지 몰라?"

"오늘 처음 보는데 내가 어떻게 알아?"

내가 무례한 사람이라고는 생각하지 않았지만 상대방이 저리 불퉁하게 나오니 나도 똑같이 불퉁해졌다.

'게다가 인간이 아닌 종족을 보는 건 엄마 빼고 케이와 제이도 빼고, 아, 빨간 머리 꼬맹이도 빼고… 어이고, 따지고 보니 나도 이종족을 많이 만나봤네?'

지금까지 몰랐던 사실에 속으로 좀 놀라는데, 눈앞의 존재는 내 말에 어이없어했다.

"아 나, 너 정말 조인족이 맞긴 한 거냐? 얼레? 그러고 보니 날개 색이 다른데, 딴 마을 조인족인가? 야, 너네 마을에는 홉고블린도 없냐?"

"홉고블린?"

울 집에는 분명히 없는 존재였다. 그래서 설레설레 고개를 저어 보였더니 오히려 그 존재가 눈을 둥그렇게 떴다.

"진짜? 아니, 조인족이 홉고블린이 없이 어떻게 산대?"

"에에? 조인족은 홉고블린이라는 존재가 없으면 살지 못해? 그럼 죽는 거야?"

그래서 나도 같이 눈을 휘둥그레 뜨며 물었더니 그가 당황해서는 머리를 벅벅 긁는 것이었다.

"죽… 아니, 죽는 것까지는 아니고… 에잇! 내가 왜 이런 설명을 해야 하는 거야? 옜다, 이상한 조인족 꼬마. 이거나 먹고 물어볼 거 있음 다른 사람한테 물어."

그는 설명하기 어려웠는지 말을 더듬다 손에 들고 있던 그릇을 거의 떠밀다시피 내 품에 안기고는 총총걸음으로 가버렸다.

"내가 뭘?"

이제는 여기가 이상한 게 아니라 내가 이상한 것처럼 느껴지기 시작했다. 덕분에 절로 심기가 상해 볼을 부풀리자 옆에서 풋 하는 웃음소리가 들렸다.

휙 시선을 돌리니 창피하게도 어느새 근처에 있던 어른들이 다 이쪽을 보고 있었다. 그리고 나와 눈이 마주친 족장 씨는 꽃 미소를 지으며 친절하게 입을 열었다.

"아사는 홉고블린을 처음 보는 모양이지?"

어느새 내 이름까지 다 소개받은 모양이다.

"네."

처음 보는 건 사실이었기에 당당하게 대답하자 그게 또 재밌던지 그가 하하하 하고 웃어버린다. 그리고 대신 엄마가 홉고블린이라는 존재에 대해서 설명해 줬다.

홉고블린이란 요정족 중의 하나로 1, 2서클의 마법을 할 줄 알고 손재주가 뛰어난 종족이란다.

단지 자신을 지킬 수 있는 강한 힘이 없다 보니 자연스레 뛰어난 전사이기는 해도 손재주에는 젬병인 수인족들과 공생하게 되었다고 한다.

"하지만 약해 보인다고 얕보면 안 돼. 홉고블린의 분노를 사게 되면 하루 종일 배탈에 시달리거나 온몸이 가려워 고생하게 되니까. 그런 고생은 하고 싶지 않겠지?"

엄마의 설명을 가만히 듣고 있다가 마지막에 슬그머니 끼어드는 족장 씨의 모습에 나는 예의상 고개를 끄덕여 주면서도 속으로는 투덜거렸다.

'누구한테 친한 척이야?'

저 족장 씨는 엄마 옆에 앉은 것도 모자라 등 뒤에 있는 커다란 통나무에 편히 기대는 척하면서 은근슬쩍 몸을 엄마 쪽으로 가까이 하고 있었다.

물론, 날 보려면 엄마 쪽으로 몸을 틀어야 하니 자연스러운 태도이긴 했지만 날 안 보면 될 거 아닌가 말이다.

오늘 처음 본 주제에 왜 이렇게 급 친한 척하는 건지 모르겠다. 그리고 보니 족장 씨가 데리고 온 화톳불 주위에는 우연인지 의도적인지 우리 일행 말고는 아무도 없었다.

속으로 못마땅한 심정을 품고 있으니, 족장 씨가 친근하게 말을 걸어도 내 반응은 딱딱하기만 했다.

"아사는 낯가림이 좀 있나 봐?"

'저 족장 씨가 진짜아~! 말을 해도 왜 꼭 엄마 귀에 얼굴을 가까이 가져다 대고 물어야 하는 거냐고!'

근데 엄마는 그게 아무렇지도 않은지 덤덤하게 대꾸해 주기까지 하는 거다.

"글쎄요… 워낙 한정된 사람들만 만나다 보니 그런가 봅니다."

'그런가 보긴 뭐가! 나 원래 사교적이거든? 이게 다 엄마 때문이잖아!'

내가 이렇게 예민하게 구는 건 다 엄마의 태도 때문이었다.

엄마는 딴 사람에게는 거의 냉랭하게 여겨질 정도의 태도를 고수했는데, 어째 저 족장 씨한테는 그 냉랭함을 보이지 않았다.

엄마가 우리랑 같이 살면 몰라도 홀로 여기서 오래 머물러 있으니 내가 걱정이 안 될 수가 없었다.

"몸이 약해서 필립이 너무 애지중지 키웠더니 소극적인 애가 되어버렸나 봐요."

걱정이라는 듯 가벼운 한숨을 내뱉으며 하는 엄마 말에 족장은 싱그럽게 웃어 보였다.

"하하하~ 걱정 마. 눈빛은 아주 생생한걸? 아사는 절대 연약한 아이가 아니야."

그러면서 엄마의 어깨를 친근하게 톡톡 두드리는 모습에 난 결국 참지 못하고 자리에서 발딱 일어나 엄마랑 족장 씨 사이를 비집고 들어갔다.

'이 아저씨가 어딜 은근슬쩍 엄마 몸에 손을 대?'

이런 건 초장에 확 못 박아놔야 한다는 생각에 난 정색한 채로 족장 씨를 향해 입을 열었다.

"저기요, 우리 엄마는 우리 아빠 부인이거든요? 임자 있는 분 몸에 함부로 손대지 말아주실래요? 아무리 별 뜻 없는 행동이라 해도 적정선이라는 게 있는 거예요. 혹시 아저씨 우리 엄마한테 마음이 있는 건 아니시죠?"

그렇게 두다다 쏟아낸 나는 여전히 엄마의 어깨 위에 올려진 족장의 손을 치웠다.

예의는 지키느라 강하게 쳐내거나 하지는 않았지만 나름 매섭게 째려보는 건 잊지 않았다.

"으응? 하하하, 아니, 그런 건 아닌데……."

"그렇죠? 아니실 거예요. 그러실 리가 없지요. 근데요, 아저씨는 너무 잘생겨서 아저씨의 별 뜻 없는 행동이 울 엄마의 맘을 설레게 할 수도 있는 거거든요? 그러니 아저씨 얼굴을 생각해서라도 행동에 주의해 주시겠어요?"

내가 엄청 무례하다는 건 아는데 여차하면 유모랑 같이 아빠한테 도망가면 된다는 생각에 꿋꿋이 태도를 고수했다.

예의를 지킨답시고 속만 끓이는 것보다는 차라리 무례하더라도 초장에 확실하게 말뚝을 박아버리는 게 낫지 않은가.

한데 이 족장 씨는 내 말에 낯을 굳히거나 화를 내기는커녕 처음에만 당황했을 뿐 그 후로는 계속 싱글싱글 웃는 거였다.

"오오~ 내가 잘생겼어? 이거, 아사에게 그런 말을 듣다니 영광인데?"

'이 아저씨가, 일부러 그러는 거야, 아니면 자기가 듣고 싶은 말만 듣는 성격인 거야?'

내가 보기엔 전자인 것 같았다.

"논점을 흐리지 말아주실래요? 지금 제가 말하는 요점이 그게 아니잖아요!"

"아싸!"

내가 자꾸 무례하게 나가니 안 되겠던지 뒤에서 엄마의 나지막한 부름이 들려왔다.

뭐, 나도 내가 무례하다는 건 알고 있었고, 초면에 이 정도 말했으면 할 말은 다 했다 싶어 얌전히 입을 다물었다.

게다가 착한 이미지는 다 깎아먹긴 했지만 엄마 말은 듣는 척은 해줘야 할 거 같아서 말이다.

대신 제자리로 돌아가지 않고 엄마 무릎에 버티고 앉아 족장 씨를 계속 견제(?)하기로 했다.

그런데 이 족장 씨는 전혀 불쾌한 기색이 아니었다. 오히려 너무 기분 좋아 보여서 누가 보면 내가 칭찬 다발이라도 날린 줄 알겠다.

"걱정 마, 걱정 마. 이래 봬도 난 하레츠보다 두 배는 넘게 산 몸인걸? 하레츠도 이런 늙다리한테는 관심 없을 거야."

"두~ 배요? 지금 장난하십니까? 엄마보다 기껏 한두 살 많은 거 가지고 늙다리라고 하시는 거 아니겠지요?"

스스로를 늙다리라고 부르고 싶다면 아까 애들 교육장에 있던 그 어르신들 정도는 되어야지.

이제는 예의고 뭐고 그냥 노골적으로 기가 차다는 표정으로 그를 바라봤다. 그러자 그는 놀란 듯 잠시 눈을 크게 떴다가 다시 피식피식 웃는 거다.

'아씨, 아까부터 왜 자꾸 웃는대? 정들게시리.'

"그런 말 듣는 건 정말 오랜만인데? 아아, 그리고 보니 예전에 나한테 그 말을 했던 사람이 네 아빠였지, 아마?"

"네에? 뭡니까! 그럼 우리 아빠 앞에서도 엄마한테 친한 척을 하셨단 말입니까?"

이 아저씨, 아무래도 요주의 인물이다. 불쌍한 울 아빠. 저 아저씨가 이 마을 족장이라는 걸 알고 있으니 얼마나 속이 탔을꼬.

물론, 아빠도 옆에 황후니 황비니 하는 여자를 데리고 있으니 쌤쌤이긴 하지만 왠지 지금은 아빠가 가여웠다.

그래, 내 이미지가 완전히 망가지더라도 여기에 있는 동안 저 아저씨를 엄마한테서 확실히 떼어놔야겠다고 결심했다. 한데 그런 내 결심이 무색하게도 족장 씨와 엄마의 반응은 자꾸내 예상을 벗어났다.

족장 씨는 한 다리를 세워 그 위에 팔을 얹어 턱을 괴는 어느 화보집 모델 포즈 뺨치는 모습으로 쿡쿡 웃어댔다.

"조인족 아이가 인간처럼 말하니 재밌군. 귀엽기도 하고."

'사람 맞거든요?'

"아무래도 태어나면서부터 계속 필립이 키워왔으니까요. 역시 잠시라도 제가 데리고 온 게 다행인 것 같습니다."

"그래, 잘했다."

족장 씨의 칭찬에 엄마의 입가에 희미한 미소가 맺혔다 사라졌다.

'미, 미소? 엄마가 웃었어?'

왠지 뒤통수를 한 대 맞은 기분이었다. 엄마의 미소는 아무리 아빠가 옆에 있다 해도 쉽게 보기 힘들었다. 나야 엄마랑 알콩달콩(?) 지내는 건 애초에 포기한 상태고.

'아오~ 내가 이래서 가만있을 수 없다니까!'

이거 나중에 엄마한테도 단단히 한마디 해줘야겠다 결심하는데, 이런 나와는 달리 두 어른 조인족께선 엉뚱한 이야기를 꺼냈다.

"아사, 우리 조인족이 인간보다 오래 사는 건 알지?"

'갑자기 웬 조인족에 대한 강의?'라고 떨떠름하게 생각하면서도 나는 순순히 대답했다.

"거야 뭐……."

'그래서 되게 좋아했더랬지. 젊음도 오래오래 유지한다고 해서 더.'

거기까지 생각하던 나는 고개를 갸웃거리다 엄마를 돌아봤다.

"조인족이 몇 살까지 젊은 모습을 가지고 있는 거였지?"

"200세 이후부터 노화가 시작된다."

엄마는 비록 한심하다는 듯 가볍게 한숨을 내쉬긴 했지만 순순히 대답해 줬다.

"아하~"

박수를 치며 고개를 끄덕이자 옆에서 보고 있던 족장 씨가 끼어들었다.

"그럼, 나는 몇 살이게?"

"그걸 제가 어찌 압니까?"

자꾸 친한 척하는 게 거슬려 불퉁하게 대답했더니만 엄마가 가볍게 내 뒤통수를 콕 찌르면서 입을 열었다.

"벌써 170세가 넘으셨다."

계속 무례하게 굴지 말라는 신호인 모양인데, 나는 외려 엄마 말의 내용에 입을 떠억 벌렸다.

"에에? 170살? 그냥 70살도 아니고 앞에 1이 붙는다고? 말도 안 돼."

"진짜야. 이 마을에서는 은퇴한 전사들 다음으로 나이가 제일 많은걸. 이제 나도 늙은이가 다 됐지."

하지만 직접 맞다고 시인하는 족장 씨의 모습에 나는 입을 다물 수밖에 없었다.

"허어……."

기껏해야 20대 중후반의 외모를 가지고 100살이 넘었다니 이건 사기의 레벨을 넘어 기적이었다. 오랫동안 젊음을 유지한다고 듣기는 했지만 실제로 보게 되니 안 믿어졌다.

"그러니 이제 안심이 되지? 100살도 넘은 노인을 누가 좋아하겠어?"

하지만 뒤이은 족장 씨의 말에 나는 눈꼬리를 꿈틀거렸다.

'이 이저씨, 여자 맘을 몰라도 너~무 모르시네.'

"저기요, 사랑에는 국경도 없고 나이도, 종족도 없는 거거든요? 나이가 두 배가 아니라 열 배가 많더라도 필이 통하면 끝이에요! 족장님이 100살이 넘으면 뭐하고 170살이 넘으면 뭐해요? 그래 봤자 겉은 멀쩡하잖아요? 요즘도 들이대는 여성이 있을 거 같은데."

사랑에 대해 명강의를 펼쳐 줬건만, 내 말에 족장 씨는 배를 잡고 웃어댔다.

"푸, 푸핫, 푸하하하~ 큭큭큭~ 우와, 흐흐흐. 이거 걸작이네? 크크크크."

도대체 내 말의 어디가 그렇게 웃기다는 건지, 어이가 없을 지경이었다.

'뭐야, 이 아저씨? 진짜 어이없네? 아니다, 차라리 이런 모습을 보고 엄마가 호감을 잃어버리게 하는 게 낫겠어.'

그런데 그때, 엄마가 가볍게 한숨을 내쉬더니 뜻밖의 말을 꺼냈다.

"이제 그만하십시오. 아이를 너무 놀리시는 것도 좋지 않습니다."

"푸흐흐~ 그래도 네 아이라 이거냐?"

"네."

농담으로 던진 말에 엄마가 딱 부러지게 대답하자 족장은 의외라는 표정을 지었다가 또 웃어버렸다.

"크하하하, 이건 또 신선한 모습이군. 아아~ 너무 웃느라 눈물이 난 건 정말 오랜만이야."

'놀려어? 언제부터?'

이 나이에 누군가의 놀림감이 되어 휘둘렸을 줄이야.

게다가 그걸 조금도 눈치채지 못했다는 것에 한탄스러워하고 있는데, 족장 씨가 피식 웃더니 손을 뻗어 내 뺨을 가볍게 톡톡 두드렸다.

"삐졌어?"

아마 보통 애들이라면 자존심을 세우느라 아니라고 반박했겠지만 난 보통 애들이 아니었다.

"네!"

아주 당당하게 'Yes'라고 대답했더니 족장 씨가 또 크게 웃어댔다.

"푸하하, 아 진짜, 필립의 딸이라 그런가? 평범하질 않아."

"애를 놀려서 삐지게 해놓고도 웃어대는 아저씨도 평범하지 않거든요."

내가 삐졌다고 말하면 좀 미안해할 줄 알았는데, 대놓고 웃어대니 진짜로 맘이 상해 버렸다. 그래서 그의 말을 맞받아쳤더니, 그래도 좋다고 또 푸하하 웃어댔다.

이 아저씨는 아무래도 개그 감성이 삼차원적인 모양이다.

'에휴, 엄마는 저 삼차원적인 성격을 어떻게 좋아할 수 있지? 눈 호강도 하루 이틀이지, 저 성격을 어떻게 감당해?'

"족장이라고 불러야지."

그 와중에 엄마는 호칭이 틀렸다고 정정해 준다.

"네이, 네이."

그놈의 호칭이 뭐 그리 대단하다고.

그래도 뭐, 족장 씨 말을 하나하나 맞받아쳐 댄 건 그냥 넘어가 주는 게 나름 내 편을 들어준 거 같아 마음이 슬쩍 풀어졌다.

"아아~ 오늘 정말 신나게 웃었다. 자아, 그럼 날 즐겁게 해준 아사에게 좋은 걸 하나 알려주지."

"좋은 거요?"

족장 씨한테 좋은 게 나한테도 좋은 걸까 싶어 시큰둥했지만, 족장이 꺼낸 말은 내 귀를 쫑긋 세우게 만들었다.

"하레츠는 절대 나한테 넘어오지 않아."

처음에 나온 말엔 난 노골적으로 인상을 찌푸렸다. 그걸 믿었으면 내가 대놓고 나섰겠는가.

하지만 그다음 나온 말은 정말 충격적이었다.

"난 하레츠의 친부니까."

"친부가 뭐가 대단… 잠깐, 친부? 친부라고요?"

족장이 벙찐 내 표정에 또 푸하하 웃어대자 엄마가 이번에는 길게 한숨을 내쉬면서 확인해 줬다.

"그러니까… 인간식으로 말하자면 내 아버지 되신다."

"마, 말도 안 돼!"

"말이 안 될 건 또 뭐냐?"

그렇게 따지면 할 말이 없어 나는 우물거리다 한참 뒤에 간신히 내뱉었다.

"그… 엄마랑 닮은 구석이 별로 없는데…….."

"하레츠는 나보다는 친모를 많이 닮았거든."

"우와… 그 외모로… 이건 사기야."

겨우 두세 살 정도 차이 나는 외모를 가지고 부녀 사이라니. 연년생 남매라고 하는 게 더 믿음이 가겠다.

"아까도 말했듯 내가 나이가 많다니까."

족장 씨, 아니, 내 외할아버지라는 분의 말에 나는 문득 떠오른 생각에 엄마를 바라봤다.

"자, 잠깐. 그럼 엄마는 나이, 아니, 연세가……?"

"57세다."

"헉!"

지금까지 나보다 어리다고 여겼던 엄마가, 전생과 현생을 다 합친 내 나이보다 훨씬 많다는 이야기에 난 헛바람을 들이켰다.

이 순간엔 외할아버지가 120세의 나이에 엄마를 낳았다는 것보다 그게 더 놀라웠다.

"그, 그럼… 엄마는 엄청 연하와 결혼한 거였어?"

엄마가 능력이 좋은 건지, 아빠가 능력이 좋은 건지 헷갈리기 시작했다. 한데 그런 나에게 엄마는 한 번 더 폭탄을 던졌다.

"무슨 소리냐. 필립은 나보다 8살 연상이다."

"지, 진짜야?"

믿을 수 없는 말에 내가 반문하자 엄마가 슬쩍 인상을 찡그렸다.

"그런 걸로 내가 뭐하러 거짓말을 하지? 못 믿겠으면 물어보면 되지 않니?"

왠지 뻑뻑해진 목을 엄마가 가리킨 방향으로 천천히 돌리자 유모가 애매한 표정으로 고개를 끄덕여 보였다.

"네, 폐하께선 아기씨가 태어나기 2년 전에 60세 생신을 맞이하셨지요."

"뭐엇? 마, 말도 안 돼! 엄만 몰라도 아빠는 인간 아니었어?"

그 얼굴로 벌써 환갑잔치를 치렀다니, 엄마의 나이보다 아빠의 나이가 더 큰 쇼크였다.

"평범한 인간은 아니시지요. 소드 마스터를 누가 감히 평범한 인간이라고 할 수 있을까요?"

"으잉?"

소드 마스터라면 내가 읽은 동화책에 자주 등장하는 단어였다.

"그… 드래곤을 찜 쪄 먹는 실력을 가지고 있다는 이유로 뭔 대형 사건만 일어나면 해결사 역할 떠맡고, 공주님이나 귀족

영애들이 하트를 날리며 달려들면 다 받아줘야 하는 불쌍한 히어로의 대표 명사?"

내 말에 족장 씨는 다시 웃음을 터뜨렸고, 유모는 황망하다는 표정을 지어 보였다.

"그런 말은 또 어디서 들으신 거예요?"

"들은 게 아니라, 내가 읽은 동화책이 다 그런 이야기던데? 마왕이 강림하면 소드 마스터보고 해결하라고 신이 계시를 내리잖아. 그러면서 수고비랍시고 성검 하나 던져 주고. 내 말이 틀렸어? 거기다 어딜 가면 꼭 여자들이 반했다고 달라붙어요. 소드 마스터들은 무조건 잘생기고 성격 좋은 1등 신랑감이라는 거야, 뭐야? 게다가 그렇게 달라붙으면 또 다 받아주데?"

"푸흐흐흐, 우하하하~ 크크크크크~ 맞다, 맞아~!"

뒤에서 배를 잡고 웃는 족장 씨가 내 말에 동의를 해줬지만 별로 반갑지 않았다.

"혹시, 아빠도 그런 건 아니겠지? 오는 여자 안 막아. 뭐 이런 거……."

"아, 아기씨이이~!"

유모가 울상을 지으며 내 말을 가로막자 그녀의 애타는 표정에 조금 미안해진 나는 얼른 덧붙였다.

"농담이야."

아빠가 엄마만 아는 애처가인 건 내가 잘~ 알고 있었으니 말이다.

[아하하하, 엄마가 미리 말해주지 않았어?]

아빠와 마법 통신을 하는 첫날, 매일 대형 멧돼지 등등을 상대하게 된 일을 말하고 나서 주변에 대한 이야기도 꺼내다 보니 자연스레 족장 씨에 대한 이야기가 나오게 되었다.

"말을 안 해줬으니 그렇게 당한 거지. 아오~ 외할아버지가 뭐 그러냐? 처음 보는 손녀딸을 놀리기나 하고. 예쉬네 외할아버지랑은 천지 차이야. 예쉬네 외할아버지는 선물도 많이 사 준다고 하더만."

[우리 아사한테는 아빠가 있잖아. 그까짓 선물 아빠가 더 좋은 걸로 사 주마.]

"말이 그렇다는 거지, 말이. 하여간 조인족들은 이상해. 왜 성년이 되면 엄마 아빠란 호칭을 사용하지 않는 거지? 엄마도 내가 성년이 되면 자기 이름을 부르라던데?"

그랬다. 엄마가 족장 씨가 자신의 친부라는 걸 일부러 숨긴 건 아니고, 조인족들이 원래 성년이 되면 부모와 자녀의 관계에 특별한 의미를 가지지 않는다고 한다.

그냥, 다른 이들보다 조금 더 친한 지인 정도? 덕분에 성년이 되면 다들 자연스레 이름이나 혹은 '족장' 같은 직함으로 부른다고 한다.

부모와 자녀 관계가 그러니 조부모와 손자, 손녀 관계에 특별함이 있을 리 없었다.

그래서 나한테 외할아버지를 족장이라고 부르라고 하는 거고, 족장 씨도 나를 친한 사람의 딸이자 '특이해서 재미있는 애'라고 여기는 정도였다.

[아빠한테는 절대 그러면 안 돼! 아사가 10살이 되든 100살

이 되든 계속 아빠라고 불러줘야 해.]

아빠의 말에 고개를 끄덕이던 나는 100살 하니 퍼뜩 떠오르는 게 있어서 입을 열었다.

"그러고 보니 나 아빠 나이 듣고 엄청 놀랐어. 그나마 아빠가 소드 마스터라 오래오래 산다고 하니 다행이지."

[아하하~ 아빠가 우리 아사 두고 일찍 죽을 수는 없지. 아빠는 오래오래 살 테니 걱정 마.]

아빠가 소드 마스터라고 해서 갑자기 엄청 대단해 보이고 그러는 건 없었다.

그게 아니라 해도 아빠는 이미 황제였는데 뭐. 단지 존경심이 좀 생겼고, 수명이 길어진 걸 알게 되어 다행스럽다는 거 정도?

'환골탈태라는 게 정말 있다는 게 신기해. 하기야 마법도 있는데 뭔들 없겠어? 나중에 아빠한테 검강이나 보여달라고 해야지.'

타우젠드 후작은 얼마 있지 않아 황제가 자신과 타협을 하려고 할 줄 알았다. 이번의 파격적인 선언은 자신에게보다는 황제 본인에게 더 타격이 큰일이었으니 말이다.

작위를 수여할 때 그냥 작위만 딸랑 내리겠는가? 당연히 조그마한 영지라도 줘야 했고, 그러면 그만큼 황제의 직영지가 줄어들었다.

그렇게 황제가 제 살이 깎여 나가는 걸 감수하면서까지 큰 상품을 내걸었는데, 그래도 병력이 모이지 않으면 이 얼마나 모욕적인 일이란 말인가?

귀족도 명예를 목숨 걸고 지키려 하는 판에 황제의 명예란 그보다 더한 것이라도 내놓고 지켜야 하는 법.

그랬기에 후작은 황제가 자신을 끌어들이려 할 줄 알았다. 아니면 뭐, 소드 마스터인 쉬퍼스 후작의 참전 정도를 놓고 거래를 하는가 말이다.

한데 의외로 황제는 아무런 언질이 없었다. 기다리다 못한 자신이 먼저 은근슬쩍 의향을 내비쳤지만 오히려 모르는 척 넘겨 버렸다.

'도대체 무슨 속셈이지?'

자신의 단속(?)으로 병력의 증가가 미미한데도 황제는 별로 상관없다는 식이었다. 덕분에 황제의 속셈을 파악하려는 후작만 머리가 다 빠질 지경이었다.

그러는 사이 각 영지에서 출발한 병력들이 속속들이 수도에 도착했고, 마지막으로 북부 지역의 병력까지 도착하자 반란 진압군이 결성되었다.

남부 지역이 벌써 절반 넘게 반란군에게 점령되어 지체할 시간이 없었던 것이다. 사단과 군단이 편성되었으며, 그들을 지휘할 지휘관들도 미리 준비된 양 순식간에 결정되어 통보되었다.

어쩌면 1황자파를 비롯한 귀족들이 입을 다물고 있는 덕에—병력을 내놓지 않으니 뭐라 할 처지도 아니었다—일이 더 빠르게 진행되었던 건지도 모르겠다.

그런데 놀라운 건 그다음이었다.

"브랜트 오웬 바 와그너 아카제브."

출정식이 열리는 커다란 홀에 울려 퍼지는 부름에 이십 대 초반으로 보이는 청년이 모습을 드러냈다. 은발에 가까운 옅은 금발 머리에 밝은 초록색 눈동자를 가진 훤칠한 키의 잘생긴 청년이었다.

미리 알고 있었던 듯 멋들어진 은빛 갑옷까지 착용한 채 붉은 망토를 휘날리며 나타난 그 청년은 거침없이 황제가 서 있는 단상 앞에까지 걸어가 무릎을 꿇었다.

'저 사람이?'

'어떻게?'

당당한 청년의 모습에 당황한 듯 웅성거림이 새어 나왔다.

황제는 화려한 검을 들어 자신의 앞에 무릎을 꿇은 청년에게 내밀며 입을 열었다.

"브랜트 2황자여, 짐을 대신하여 이 검을 들고 저 간악한 반역자들을 처리하고 돌아오너라. 너를 이번 반역 진압군의 사령관으로 임명한다."

황제의 말에 두 손을 뻗어 검을 받아 들며 브랜트 2황자가 고개를 숙였다.

"황명을 받듭니다!"

주변 사람들의 표정에서 경악과 놀람이 번져 나갔다. 특히나 황제의 속셈을 알려고 며칠을 고심했던 타우젠드 후작은 황당함을 금할 수가 없었다.

'2황자를 사령관으로 세운다고? 왜?'

그렇지 않아도 풀기 힘든 수수께끼 때문에 머리가 아픈데,

거기에 또 하나의 수수께끼가 더해지자 이젠 아무것도 모르겠다. 그리고 그건 3황비도 마찬가지였던 모양이다.

"도대체 이게 무슨 의미일까요?"

어느 누구도 2황자를 사령관으로 세울 거라고는 꿈에도 생각지 못했다.

그동안 사령관으로 거론된 인물은 전쟁 경험이 많고 나이도 지긋한 그럴듯한 '귀족'이었기에 타우젠드 후작도 그들 중 한 명이 될 거라 여겼었다.

한데 갑자기 하늘에서 뚝 떨어진 것처럼 2황자가 사령관으로 임명되다니.

타우젠드 후작은 저도 모르게 인상을 찌푸렸다. 물론 자신의 대업에 타격을 줄 정도로 대단한 일은 아니지만 자꾸 자신이 예상치 못한 일이 생기니 왠지 찝찝했던 것이다.

'내가 너무 예민한 걸지도……'

아무래도 상대가 황제이다 보니 별거 아닌 일에도 자꾸 다른 의도가 있는 건 아닌지 거듭 의심하고 고민하게 되었다.

3황비와 1황자의 표정도 안 좋았다. 뭐, 1황자는 다른 걸로 우울해했지만 말이다.

"왜 제가 아닌 브랜트를 사령관으로 임명하신 걸까요? 제가 형인데……."

평소 2살 아래 동생인 2황자에게 은근히 라이벌 의식을 느끼고 있던 1황자였다. 물론 2황자가 황위를 놓고 다툴 대상은 아니었지만 그런 애한테 뒤처지는 건 더 싫어서 항상 앞서려고 애를 썼었다.

그의 중얼거림에 황비와 타우젠드 후작이 펄쩍 뛰었다.

"그게 무슨 소린가요, 황자. 그런 소리 절대로 하지 마세요."

"그렇습니다, 전하. 말이 좋아 사령관이지요. 반란군의 절반도 안 되는 병력을 가진 진압군입니다. 이런 군사의 사령관이 되고 싶으십니까?"

"하면 왜 아바마마께서 그런 진압군의 사령관으로 브랜트를 임명해서 내보내셨단 말입니까?"

1황자의 말에 황비와 타우젠드 후작은 순간적으로 꿀 먹은 벙어리가 되었다. 두 사람 또한 그게 의문이었던 것이다.

분명 패배할 것이 뻔한 진압군인데 황자를 사령관으로 삼다니, 이건 황제가 '내 명예를 진흙 바닥에 떨어뜨리고 싶다!' 라고 외치는 꼴이 아닌가.

"혹시 패전의 책임을 편히 묻기 위해 그러신 게 아닐까요?"

조심스런 타우젠드 후작의 말에 황자와 황비의 시선이 그에게로 쏠렸다.

"2황자는 황족임을 증명하는 은보랏빛 눈동자를 가지고 있지 않아 황위 계승권이 없는 거나 마찬가지인 존재. 그러니 패배할 것이 뻔한 이번 전쟁에 사용하는 걸지도 모릅니다."

하지만 황비는 왠지 모르게 석연치 않았다.

후작의 말은 제법 그럴듯했지만, 황제가 그런 단순한 이유로 2황자를 사령관으로 세운 것 같지 않았다.

"혹, 폐하께 무언가 이번 전황을 뒤집을 방도가 있으신 게 아닐까요? 그렇지 않고서야……."

확실히 그동안 황제가 너무 태평하긴 했다. 하지만 잠시 머리를 굴리던 후작은 고개를 저었다.

"글쎄요. 저 병력 차이를 한꺼번에 뒤집을 정도로 대단한 방도가 과연 있겠습니까? 전설의 대마법사나 그랜드 마스터가 오지 않는 한 불가능합니다."

어림없다는 뜻이 역력한 타우젠드 후작의 말에 생각에 잠겨 있던 황비도 결국 고개를 끄덕였다.

"역시 그렇겠지요? 폐하의 심중을 모르겠으니 너무 깊게 생각했나 봅니다."

"마마, 편히 생각하십시오. 설사 만에 하나, 천에 하나로 2황자가 승리한다 쳐도, 그는 미들 네임이 '바' 인 존재. 어차피 1황자 전하와는 다툴 수도 없는 입장입니다. 1황자 전하가 아니면 누가 황태자가 될 수 있단 말입니까?"

"5황자가 있지 않습니까?"

황비의 말에 타우젠드 후작이 너털웃음을 터뜨렸다.

"허허허, 마마. 5황자 또한 마찬가지입니다. 어찌 1황자 전하께 비한단 말씀이십니까? 황자 전하를 보나, 외가를 보나 5황자는 1황자 전하의 상대조차 되질 않습니다."

말도 안 된다는 타우젠드 후작의 말에 황비가 주춤거리더니 고개를 끄덕였다.

"하긴 그렇지요? 제가 너무 비약이 심했습니다."

"자자, 너무 깊게 생각해서 오히려 복잡하게 느껴지는 건지도 모릅니다. 마마, 이것만 기억해 주십시오. 이번 반란에서 누가 승리하든 두 분과 우리 가문에는 이익이라는 걸 말입니다."

후작의 말에 황비가 고개를 끄덕였다.

"그렇겠지요?"

"그렇습니다."

자신만만한 후작의 말에 3황비는 마음을 진정시키며 고개를 끄덕였다.

제2황자를 사령관으로 한 반란 진압군은 적은 전력에도 불구하고 위풍당당하게 출발했다. 하지만 안타깝게도 그때 남부 지방은 반란군에게 모두 점령당한 상태였다.

그런데 그 뒤 반란군의 움직임이 좀 이상했다. 수도에서 진압군이 출발했다는 소식을 들었을 텐데도 그들을 상대할 준비를 하기는커녕 피츠로이 백작 영지로 곧바로 진격했던 것이다.

피츠로이 백작 영지는 남부 지방에서 수도로 가는 길목에 위치해 있었다. 즉, 반란군이 피츠로이 백작 영지를 점령할 경우 곧바로 수도로 진격할 수 있는 것이다.

수도는 감히 공략하지 못할 거라는 예상을 비웃는 듯한 반란군의 움직임에 진압군은 피츠로이 백작 영지를 지원하기 위하여 발바닥에 땀나도록 달려가야 했다.

그렇게 서두른 덕에 반란군보다 한발 앞서 피츠로이 영지에 당도할 수 있었지만, 황당하게도 진압군을 맞이한 것은 '우리 영지에 들어오지 마십시오!' 라는 전언을 가진 영지의 사자였다.

여러 미사여구와 사죄를 곁들인 정중한 어조였지만, '남의 영지에서 전투를 일으켜 피해를 입히지 말고 영지 밖에 있는 넓은 벌판에서 너희가 알아서 싸워라' 라는 내용이었다.

아무래도 피츠로이 백작은 반란군이 이길 거라고 생각하는 모양이었다.

　뭐, 솔직히 말해 이해 못 할 행동은 아니었다. 반란군과 진압군의 전력 차이는 일반 병사만 비교해 봐도 대략 13만 대 5만으로 2배가 넘었다. 기사나 마법사는 말할 것도 없었고 말이다.

　거기다 용병까지 합치면 반란군이 진압군의 3배에 가까울 정도로 차이가 났다.

　기실, 피츠로이 백작뿐만이 아니라 진압군을 바라보는 거의 대부분의 시선이 회의적이었다.

　하지만 아무리 그렇게 생각해도 차마 진압군 앞에서 당당하게(?) 항복을 할 수는 없으니 이런 해프닝이 벌어지게 된 것이었다.

　당연히 진압군의 귀족들은 크게 반발했다. 두 배가 넘는 전력 차이라는 암담한 상황 속에서도 한 가닥 희망을 가지게 한 게 바로 피츠로이 영지의 성이었다.

　피츠로이 영지는 과거 아카제브 제국이 왕국이었던 시절, 국경의 군사적 요충지였기에 높고 두껍고 튼튼한 성벽을 가지고 있었다.

　왕국이 제국으로 바뀐 뒤에도 피츠로이 백작은 대대로 그 과거의 유물(?)을 지금까지 잘 유지해 오고 있었기에 그 성안에서 방어전을 펼친다면 해볼 만하다고 여겨졌다.

　더욱이 피츠로이 백작의 사병들도 합세할 테니 병력도 한층 더 강화될 터였고 말이다.

　한데 그 기대는 피츠로이 백작의 거부로 인해 초장부터 어긋나게 되었다.

진압군의 귀족들이 강력하게 항의했지만 피츠로이 백작은 요지부동. 외려 자신의 영지로 들어서면 침입한 것으로 간주하고 대응하겠다고 선언까지 했다.

결국 피츠로이 백작의 강경한 태도에 진압군은 한발 물러날 수밖에 없었다. 반란군을 진압하러 왔다가 아직 점령도 안 된 영지와 싸울 수는 없는 일이었으니까.

회의용으로 만든 커다란 천막 안에 모인 진압군의 지휘관들은 잔뜩 어두워진 얼굴이었다.

"피츠로이 백작을 정녕 이대로 두실 겁니까? 그 작자가 반란군에게 넘어간 것이 분명합니다!"

'나 화났소'라고 써 붙인 얼굴로 일어나 강력하게 어필하는 20대 후반의 청년에게 상석 근처에 앉은 50대 초반의 남자가 눈살을 찌푸리며 말했다.

"그 건은 이미 이야기가 끝났으니 더 이상은 언급하지 말게. 피츠로이 백작에 대한 처우는 이후 폐하께서 하실 걸세."

"하지만……."

"그만. 자네의 심정은 충분히 이해하나 지금 우리에게는 그보다 더 급한 일이 있지 않은가?"

50대 초반의 남자가 부드럽게 달래는 어조로 말하자 청년이 어쩔 수 없다는 듯 고개를 숙였다.

"알겠습니다, 와그너 자작님."

상석 근처에 앉아 있는 50대 초반의 남자는 바로 2황자의 외삼촌이자 4황비의 오빠인 와그너 자작이었다.

20여 년 전 황제와 함께 많은 전투에 참여했었던 그가 이번엔 2황자를 돕기 위하여 함께 온 것이다.

만족스럽다는 듯 고개를 끄덕인 와그너 자작이 상석에 앉아 있던 2황자와 그 옆의 건장한 체격을 가진 중년 남자를 바라보았다.

"피츠로이 영지 성을 이용하지 못하는 이상 다른 방도를 찾아야 할 텐데, 이 근처는 대부분이 평야라 지형을 이용하기도 어렵습니다. 그러니 차라리 피츠로이 영지를 포기하고 다이트무어 자작령으로 후퇴하는 것이 어떻겠습니까?"

와그너 자작의 말에 그곳에 모인 이들 중 절반 정도의 사람들이 고개를 끄덕여 찬성을 표했다.

그러자 다부진 체격을 가진 40대 후반의 남자가 뒤를 이었다.

"그냥 다이트무어 자작령으로 움직이는 것은 아쉬우니 차라리 기마병을 위주로 한 별동대를 따로 만들어 이쪽으로 오는 반란군을 기습하여 괴롭히는 것이 어떻겠습니까? 그러면 반란군의 실력도 좀 알아볼 수 있고, 그들을 괴롭혀 발걸음을 늦출 수 있으니 일석이조일 것입니다."

그의 발언에 몇몇 사람이 좋은 생각이라며 거들었다.

"오, 그거 괜찮은 방법 같습니다. 하면 마법사를 같이 지원하여 돕는 게 어떻겠습니까? 그러면 성공 확률이 높아질 것입니다."

"하지만 적에게도 마법사가 있지 않습니까?"

"그러니까 마법사가 없는 약한 쪽을 노려야지요."

그런데 이때, 이 계획을 정면으로 반대하는 사람이 나타났다.

"지금 뭣들 하시는 겁니까? 우리는 황명을 받고 반란군을 진압하기 위하여 왔습니다. 한데 제대로 부딪쳐 보지도 않고 겁부터 먹은 채 꽁무니를 빼자는 겁니까?"

평균보다 조금 작은 키에 약간은 오동통한 몸을 가진 30대 후반으로 보이는 남자였다.

"명예를 아는 귀족으로서 부끄럽지도 않으십니까?"

"지금 명예를 건 결투를 하러 나왔습니까? 이건 전쟁입니다, 전쟁. 전쟁에 명예가 왜 필요합니까? 전쟁은 어떻게 해서든 승리를 하는 게 장땡입니다!"

처음에 별동대를 만들어 반란군을 괴롭히자고 주장했던 남자가 화를 내며 반박했다.

"허허, 이런… 백워터 자작께선 신생 귀족이시라 귀족의 명예에 대해 잘 모르시나 본데…….."

"아니, 뭐요?"

오동통한 30대 후반 남자의 말에 백워터 자작이 퉁방울 같은 눈을 부리부리하게 치켜뜨며 자리에서 벌떡 일어났다.

그 기세가 워낙 험악했던지라 오동통한 30대 후반의 남자가 찔끔한 표정을 지었지만 오기가 있는지 물러나지 않았다.

"내 말이 틀렸습니까? 황명으로 출전한 우리입니다. 그런데 반란군은 아직 보지도 않았는데 다이트무어 자작령으로 물러난다면 모든 이가 비웃을 겁니다."

"허~ 프리머드 자작께서는 명예를 아주 자알~ 아시는 분이라 좋겠습니다만, 그렇게 반란군과 맞부딪쳐서 이길 자신은 있으신 겁니까? 예? 명예 때문에 질 거 뻔히 아는데도 그냥 정면으로 부딪쳐서 깨지면 다른 사람들이 명예롭다고 잘도 박수

쳐 주겠습니다!"

백워터 자작이 퉁방울 같은 눈을 부라리며 쏘아붙이자 한 번은 버텨도 두 번은 못 버티겠던지 오동통한 프리머드 자작이 시선을 아래로 내렸다.

"깨지다니, 그런 귀족답지 못한 말을……."

그 와중에 중얼거린 말이 백워터 자작의 귀에 들리고 말았다.

"뭐요, 귀족답지 못한 말을 써서 뭐 어떻다고요?"

백워터 자작이 버럭 성을 내자 프리머드 자작이 완전히 어깨를 움츠러뜨리며 입을 다물었다.

그 모습이 보기가 안쓰러웠던지 지켜보고 있던 젊은 남자가 나섰다.

"진정하시지요. 프리머드 자작께서도 나쁜 뜻이 있으신 건 아닐 겁니다. 그리고 솔직히 저는 프리머드 자작님의 말이 완전히 틀린 것은 아니라고 생각합니다."

"뭐라고? 아니, 뭐가 틀리지 않다는 건가?"

백워터 자작이 버럭 화를 내자 젊은 남자도 그 박력은 무서웠던지 움츠러들었다.

덕분에 회의실 분위기가 가라앉자 와그너 자작이 나섰다.

"자자, 일단 진정하고 스트레이커 남작의 말을 한번 들어나 봅시다."

똑같은 자작이었지만, 와그너 자작은 사령관의 외삼촌인 데다 백워터 자작의 군 선임이기도 했기에 백워터 자작은 얌전히 입을 다물고 자리에 앉았다.

하지만 그 와중 스트레이커 남작에게 매서운 눈길을 날리는 걸 잊지 않았다.

스트레이커 남작은 그 눈빛에 삐질삐질 식은땀을 흘렸다.

겨우 1년 전에 남작 작위를 물려받은 20대 중반의 애송이가 젊은 시절 대부분을 전쟁터에서 보낸 노장의 눈빛을 감당할 수 있을 리가 없었다.

그러나 주변 사람들의 시선이 이미 그에게로 몰려 있었기에 그는 머뭇머뭇하면서도 조심스레 입을 열 수밖에 없었다.

"아니, 저… 프리머드 자작님의 말씀대로 황명을 받고 출정한 저희가 반란군의 모습을 보지도 않고 물러난다면 다른 사람들은 물론 반란군조차도 비웃을 것입니다."

"비웃음 좀 당하면 어때? 그런다고 죽나? 아니면 비웃음 좀 안 당하겠다고 죽을래?"

"아니, 아니, 그렇다고 정면으로 부딪치자는 말은 아니고요. 백워터 자작님, 저도 저희가 불리하다는 것쯤은 알고 있습니다. 제가 하려는 말은 전초전도 하지 않고 가면 웃음거리가 될 거라는 거지요."

황급히 덧붙인 스트레이커 남작의 말에 사람들이 술렁였다.

"전초전?"

본격적으로 전투를 벌이기 전, 상대방의 실력을 알아볼 겸 몸도 풀 겸 가볍게 부딪치는 전투다.

스트레이커 남작의 말에 사람들이 술렁거렸다. 하지만 그렇지 않은 사람들도 있었다.

"야, 바보냐? 이미 전력이 다 드러난 마당에, 전초전은 무슨 전초전이야? 너 같으면 그러겠냐? 그냥 처음부터 전력을 다 동원해서 한 방에 쓸어버리면 땡인데?"

백워터 자작의 어이없다는 말에 몇몇 사람이 고개를 끄덕여 동조했다.

그러나 동조를 보인 사람보다는 거북하다는 기색을 내비치는 사람이 더 많았다.

"아무리 그래도 전투에 임하는 귀족의 자세가 있지요, 누가 적을 보자마자 전면전을 벌이겠습니까?"

"맞습니다. 전면전까지는 아니라 하더라도 일기투 정도는 해야 하는 것 아닙니까?"

"원래 수성을 한다 해도 적군의 기사와 일기투는 벌여야지요."

그들의 대화가 진행되면 진행될수록 백워터 자작의 얼굴은 점점 붉어지고 있었다.

'이 자식들이 인간이 아니라 오크들이 인간 옷 입고 와서 앉아 있는 건가? 이게 웬 오크들이 떼거지로 와서 꾁꾁대는 소리들이야!'

"우리가 일기투를 하자고 하면 저들이 순순히 임할 것 같습니까? 이게 무슨 코흘리개들 전쟁놀이도 아니고!"

결국 분노를 참을 수 없어진 그가 다시 벌떡 일어나 외쳤지만, 오크(?) 무리는 오히려 백워터 자작을 이해할 수 없다는 표정으로 바라봤다.

"당연한 것 아닙니까?"

"비록 차이슨 공작… 아니, 그러니까 전 공작이 지금은 반란군의 수괴라고 하나, 그는 원래 대귀족. 귀족의 명예를 잘 아는 자요."

백워터 자작은 정말 기가 막히고 코가 막힌 심정이었다.

그는 만약 상석에 황자 전하를 비롯한 다른 이들이 없었다면 탁자를 뒤집어엎으면서 '네놈들이 전쟁이 뭔지 알기나 해?'라고 외치고 싶은 심정이었다.

그러나 차마 윗분들 앞에서 폭발할 수는 없는 노릇이라 억지로 꾹꾹 눌러 참았다.

이게 다 책으로만 전쟁을 접했기 때문에 생긴 폐해였다.

'이런 것들을 데리고 어떻게 저 반란군들과 싸운다고…….
그냥 집에나 있지 왜 여길 온 거야!'

하지만 그들은 진지했다.

"설사 차이슨 전 공작이 명예를 모르는 자라고 해도 전 황태자를 앞세운 이상 우리가 일기투를 신청하면 응할 수밖에 없을 겁니다. 일단은 그렇게 한번 해보고 안 된다 싶으면 아까 말씀하신 대로 별동대가 그들을 괴롭히는 사이 본대가 다이트 무어 자작령으로 이동하면 되는 거 아니겠습니까?"

'군대 이동이 애들 장난이냐? 그게 그렇게 순식간에 후다닥 이루어지는 건 줄 알아? 게다가 우리가 이동할 때 반란군은 가만있겠니? 그걸 별동대 애들만으로 어떻게 막아? 네놈들은 어깨 위에 올려놓은 게 장식품이야? 그렇게 생각이 없어?'

아마 이런 심정은 얼굴이 붉으락푸르락 달아오르는 백워터 자작만의 것이 아닐 터였다.

조용히 상황을 지켜보던 와그너 자작이 안 되겠다 싶었던지 나섰다.

"그래, 일기투를 하는 건 좋네. 한다고 치세. 그런데 일기투가 끝난 뒤 반란군이 전군을 전진시켜 몰아쳐 온다면 어찌하겠는가? 무려 10만이 넘는 숫자일세. 그런 대군이 몰아쳐 오는데 5백에서 천 명 정도의 별동대가 본진이 이동하는 동안 그들을 다 막을 수 있을 거라 생각하는가?"

'잘하십니다! 제 말이 그거라니까요!'

그러나 오크들(?)은 집요했다.

"그럼 제가 나서겠습니다. 저에게 기회를 주십시오. 본대는 이동하고 저와 제 병사들이 남아 일기투를 걸겠습니다. 제가 목숨을 걸고 폐하의 명예를 지켜 보이겠습니다."

프리머드 자작이었다.

'너 미쳤니?'

"저도 같이 나서겠습니다."

스트레이커 남작이었다.

'이 꼬맹이가 진짜!'

스트레이커 남작은 자신을 무시무시하게 노려보는 백워터 자작의 시선에도 씩씩하게 입을 열었다.

"아무 생각 없이 나선 건 아닙니다. 남은 병력 대부분을 기병대로 하면 어떻겠습니까? 그러면 후퇴도 빠르게 이루어질 거고, 그 기동성으로 놈들을 꽤나 괴롭힐 수도 있을 겁니다."

그 말이 꽤 그럴듯하게 보였던지 오크들이 너도나도 나섰다.

"그런 거라면 저희도 남겠습니다."

"저도 시켜주십시오."

'이것들이? 말이 그렇게 많이 남아도는 줄 알아?'

오늘 아무래도 자신은 혈압으로 뒷목 잡고 쓰러질 것 같다.

백워터 자작은 답답함에 도저히 참을 수가 없어 또다시 나서려고 했다. 그러나 그전에 지금까지 계속 조용히 지켜보고만 있던 진압군의 실제 지휘자인 부사령관이 나섰다.

"나쁘지 않군."

"백작 각하!"

설마 그가 찬성할 줄은 몰랐던 터라 놀란 백워터 자작이 빽! 소리를 치자 부사령관의 눈살이 찌푸려졌다.

"나 귀 안 먹었네, 백워터 자작."

조용한 어조였지만 그를 지그시 바라보는 시선 안에 넘실대는 엄한 기운에 백워터 자작이 얼른 꼬리를 내렸다.

"아니… 그, 그게 아니라… 죄송합니다."

"알면 됐네. 프리머드 자작이나 스트레이커 남작의 말이 크게 틀린 건 아니야. 폐하의 명을 받고 온 이상 폐하의 명예에 먹칠을 해서는 안 되지."

부사령관인 케이플턴 백작이 편을 들어주자 프리머드 자작과 스트레이커 남작의 얼굴이 환해졌다.

"그러나 그렇다고 백워터 자작의 말이 틀린 것도 아닐세. 전력의 차이가 누가 봐도 확연한데 정면으로 부딪치는 건 어리석지 않은가."

이 말에 의기소침해져 있던 백워터 자작의 고개가 슬며시 올라갔다.

"그렇게 말씀하시는 거 보니 아무래도 뭔가 복안이 있으신가 봅니다."

와그너 자작의 말에 케이플턴 백작이 씨익 웃었다.

"목숨을 걸고 폐하의 명예를 지키려는 귀족들이 있으니 아무래도 이번 전투의 승리를 폐하께 가져다 드릴 수 있을 것 같아 기쁘기 그지없군요."

케이플턴 백작은 나이로 보나 작위로 보나 와그너 자작보다 윗사람이었지만, 와그너 자작이 2황자의 외삼촌이다 보니 서로 존칭을 쓰고 있었다.

"그렇습니까?"

"저렇게 충성심을 가진 귀족들을 그냥 둔다면 제가 어찌 돌아가서 폐하의 얼굴을 뵐 수 있겠습니까? 해서 저들이 원하는 대로 해주려고 합니다."

"예?"

백워터 자작뿐만이 아니라 이번에는 와그너 자작 또한 놀란 외침을 내뱉었다.

전에는 머리가 참 잘 돌아갔던 양반인데, 십여 년을 전쟁 없는 군대에 짱 박혀 계셔서 그런가, 갑자기 왜 이러나 싶었던 것이다.

그러나 케이플턴 백작의 말은 끝난 것이 아니었다.

"단."

'단?'

"전초부대만 상대할 것."

'전초부대! 아하~!'

백워터 자작과 와그너 자작을 비롯한, 군부에 몸 좀 담아봤던 이들은 무릎을 치며 자신들이 왜 이 생각을 못 했는지 한탄했다.

"과연 케이플턴 백작님이십니다. 본대가 아닌 전초부대만을 상대하는 거라면 괜찮겠지요."

남부 지역이 아무리 평야 지대라고 하더라도 엄청난 대군이 한꺼번에 몰려다닐 수는 없는 법.

보통은 전초부대와 본대, 후미 부대로 나뉘어 진격을 하는데, 반란군도 이런 군대 이동의 정석을 따라 움직이고 있었다.

"마침 정찰병에게서 보고가 들어왔습니다."

아까 한 기사가 다가와 소곤대더니 이에 대한 보고였나 보다.

"3만 명 정도의 전초부대가 앞서 움직이고 본대는 약 이틀 거리에서 쫓아온다는군요. 5만 대 13만은 상대가 안 될지 몰라도, 3만 대 1만 정도라면 한번 집적거려 볼 만하겠지요. 단 한 번의 전초전만 치른 후 재빨리 후퇴한다는 조건하에 말입니다. 어떻습니까, 사령관 각하?"

허락을 구하는 어조였지만 어차피 진압군의 실지휘자가 꺼내 든 계획이었으니 결정된 거나 마찬가지였다.

게다가 저 오크들(?)이 다이트무어 자작령으로 가기 전 한번 부딪쳐 봐야 한다고 뻗대고 있는 이상 이보다 더 좋은 계획은 없어 보였고 말이다.

"좋은 계획인 것 같소. 그럼 전초부대와 상대할 부대는 아까 남겠다고 한……?"

2황자가 좌중을 둘러보며 말끝을 흐리자 기다렸다는 듯 오크 군단(?)들이 벌떡 일어났다.

"저를 보내주십시오."

"제가 가겠습니다, 전하."

"제가 목숨을 바치겠습니다!"

거기에 열혈 성정을 가진 몇 명의 젊은 군 장교까지 자리에서 일어나 자신들을 보내달라 외쳤다.

'저 시키들 누가 훈련시켰어? 얼마나 안 굴렸으면 저 대가리에 똥만 차 있냐? 네놈들 나중에 두고 보자.'

진압군의 군 운영에 이바지하라고 사방의 군대에서 조금씩 차출해 와 집어넣었더니만, 오히려 오크 군단(?)의 바이러스에 감염되어 놀아나는 꼴이라니.

백워터 자작은 오크 군단(?)의 바이러스에 감염된 젊은 장교들을 노려보며 속으로 이를 바드득 갈았다.

전초부대라 해도 정예들이 얼마나 포함되어 있는지 정확한 정보가 없다, 죽을 수도 있다, 전초부대를 상대하다 잘못하여 발목 잡힌다면 본대와 마주칠 수 있다 등등… 케이플턴 백작이 이번 작전의 위험성을 몇 번이나 강조했음에도 다시 자리에 앉는 이들은 없었다.

아무리 위험하다고 말해도 그 경고가 진심으로 와 닿지 않는 눈치였다.

전쟁의 진정한 위험을 모르고 날뛰는 천둥벌거숭이들의 모습에 전쟁 좀 겪어보신 노장분들은 속으로 착잡함을 금치 못했다.

'쯧쯧… 한번 겪어봐야 알 테지. 에휴, 저런 것들을 부대 지휘관이라고……'

우여곡절 속에 정해진 계획대로 먼저 출발할 본대와 이곳에 남아 전초전을 치를 별동대가 착착 나뉘었다.

한데 별동대로 남을 지휘관들의 목록을 본 백워터 자작은 손끝이 차갑게 얼어붙는 것 같았다.

"백작 각하!"

"왜?"

그 기분을 떨칠 수 없었던 백워터 자작이 케이플턴 백작을 찾아가자, 백작은 그가 올 줄 알았다는 표정으로 시큰둥하게 맞이했다.

"일부러 작정하신 겁니까?"

"그렇다면?"

"각하!"

"귀청 떨어지겠다. 네놈 목청 큰 거 다 아니까 작게 좀 말해!"

눈 하나 꿈쩍하지 않는 백작의 태도에 백워터 자작은 크게 심호흡을 하며 흥분을 가라앉혔다.

"물론, 저놈들이 대가리에 똥만 든 놈들이라는 건 잘 압니다. 그러나 그렇다고 그냥 다 버리는 건 아니지 않습니까? 정 어쩔 수 없다면 아주아주 구제 불능인 몇 놈만 버리면 안 되겠습니까?"

그랬다. 별동대로 선택된 인물의 대부분이 백워터 자작이 오크 군단이라고 부르는 이들이었던 것이다.

나이와 작위를 골고루 뒤섞어 형성한 부대 같지만, 아마 백워터 자작 이상의 노장들은 대충 눈치챘을 거다.

하지만 그건 다 지휘자급 사람들 이야기였다.

그 지휘자 밑에 있다는 이유로 애꿎게 죽을 자리로 밀려가야 하는 병사들은 어쩐단 말인가. 그렇지 않아도 병사 한 명한 명이 아쉬운 판에.

잔뜩 굳어 있는 자작의 얼굴을 힐끔 본 백작이 피식 웃었다.

"그럼 너무 티 나잖아."

"그렇다고 죄 없는 병사들까지 다 딸려 보냅니까? 저기서과연 몇 놈이나 살아올 거 같습니까? 지휘자급에 있는 녀석들해결하자고 그 병사들까지 버립니까?"

"걱정 마. 곧 2차 지원군이 도착할 예정이니까."

"지금 지원군이 문제가 아니라요. 왜 아까운 목숨을……."

말재주가 그다지 좋지 않음에도 불구하고 열심히 백작을 설득하려고 했던 자작이었지만, 그의 말은 초반에 싹둑 잘렸다.

"야."

"예?"

"내가 심심해서 그냥 죄 없는 목숨 버리는 거 같냐?"

백작이 딱 까놓고 직설적으로 말하자 단단히 마음먹고 왔던자작도 주춤할 수밖에 없었다.

하지만 그것도 잠깐이었다.

"아니 뭐… 데리고 있기 싫은 구제 불능들을 억지로 뜯어 고치느니, 그냥 손해 본 셈 치고 버리는 게 편하니까 그러신 거아닙니까?"

그의 말에 백작이 피식 웃었다.

"내가 너냐?"

"아니, 제가 뭘요? 전 두들기고 굴려대면 굴려댔지 절대 그냥 버리지는 않습니다. 제가 얼마나 근검절약하는데요?"

"너만 근검절약하냐?"

"그러니까 말입니다. 왜 그냥 버리십니까? 구제 불능 놈들은 몰라도 병사들은 아니잖습니까."

"야."

"예?"

"그냥 보면 알게 될 거야. 보고도 모르면 내가 나중에 쉽게 설명해 줄 테니까 지금은 그냥 입 다물고 가만있어."

그렇게까지 나오니 백워터 자작은 더 이상 뭐라 할 수가 없었다.

케이플턴 백작은 자작에게 오래전부터 전쟁에서 같이 구르던 동지이자 존경하는 군인이자 상관이었다.

사라질 애꿎은 목숨이 너무 많은 거 같아 걱정되어 왔지만, 백작이 보기에 이게 꼭 필요한 일이라면 끝까지 딴지를 걸고 싶진 않았다.

그만큼 백작을 믿었으니까.

"알겠습니다. 대신 나중에 꼭 설명해 주셔야 합니다?"

"그래, 그래."

솔직히 케이플턴 백작에게도 백워터 자작이 신임할 수 있는 동지이자 아끼는 후배였기에 여기까지 말해준 거였다.

만약 조금 덜 믿고 별로 안 아끼는 후배였으면 처음부터 그냥 입을 다물게 했을 거다.

'저놈이 조금만 더 유들유들하고 머리 굴릴 줄 아는 녀석이었으면 확실히 이쪽으로 끌어들이는 건데, 너무 우직해서 정치를 못하는 게 흠이란 말이야. 쩝, 아무리 군인이라 해도 위에 있으려면 정치를 좀 할 줄 알아야 하는데…….'

뭐, 그렇게 우직해서 더 신임할 수 있는 것일지도 모른다.

그래도 조금 아쉬운 마음에 백작은 입맛을 다셨다.

다음 날, 시간이 없다는 데 동의한 지휘부가 지체 없이 부대를 나눠 출발했다.

별동대는 반란군의 전초부대의 앞을 가로막을 것이고, 본대는 뒤로 빠져 다이트무어 자작령으로 회군하기로 했다.

"다시 한 번 생각해 볼 순 없는 거냐? 너무 성급하게 공을 세우려고 할 필요 없다. 어차피 앞으로 기회는 많아."

"벌써 부대 배정이 정해진 상황이지 않습니까?"

"네 녀석이 원하기만 하면 내 한번 힘써주마. 너 하나 부대 배정 바꿀 정도는 된다."

백워터 자작은 케이플턴 백작에게 찍힌 녀석이라는 걸 알았지만, 그래도 차마 스트레이커 남작을 외면할 수 없어서 출발하기 전 따로 불러다 한 번 더 설득했다.

전 스트레이커 남작인 스트레이커 남작의 아버지는 백워터 자작의 군대 동기로, 전 남작이 군을 제대할 때까지 둘은 함께 했었다.

전 스트레이커 남작이 군대를 떠난 뒤에도 둘은 서신을 자주 주고받으며 친분을 유지했지만, 남작이 어려울 때 제대로 된 도움을 주지 못한 걸 백워터 자작은 항상 마음에 걸려 했었다.

그래서 그의 아들이라도 도와주려 한 건데, 낯선 아버지의 지인이 별로 미덥지 못했던지 스트레이커 남작은 두 번 생각하지도 않고 단호히 거절했다.

"아닙니다. 생각해 주신 건 감사합니다만, 이번 일은 제가 꺼낸 일. 제 입으로 말해놓고 뒤로 물러나는 건 기사가 할 일이 아니라고 생각합니다."

스트레이커 남작의 단호한 눈빛에 한 번 더 말해보려 했던 백워터 자작은 마음을 접었다.

"후우… 네가 그렇게 확고하게 결정했다면 어쩔 수 없겠지. 그래, 알겠다. 부디 신의 가호가 너에게 있길 바란다."

보통 전투를 앞둔 시점에서는 '무운이 있길 바란다'며 덕담을 해줬지만, 백워터 자작은 보통의 덕담 가지고는 안 될 거같아 자기 딴에 한 차원 더 높게 무사를 기원해 줬다.

그런데 그게 또 스트레이커 남작의 심기를 건드렸다.

우연찮게 이번 진압군 부대에서 만난 후 그래도 친우의 자식이라고 나름 신경 써준 건데 남작 본인은 자꾸 애송이로 취급되는 거 같아 기분이 나빴던 것이다.

"저도 성인입니다. 비록 자작님보다 한참은 어리지만, 그래도 한 사람의 기사이자 군 지휘관으로 봐주셨으면 좋겠습니다. 그럼 이만."

기분 나쁘다는 티를 팍팍 내며 딱딱하게 군례를 해 보이고는 휙! 하니 돌아서는 모습에 백워터 자작은 그저 기가 막힌 심정이었다.

'허어, 그러니까 애송이라고 하는 거다. 달리 애송이라고 하는 줄 아냐? 에휴, 이보게, 아무래도 자네 아들과의 인연은 여

기까지인 것 같구먼.'

백워터 자작은 길게 한숨을 내쉬며 하늘에 있을 전대 스트레이커 남작에게 미안함을 담아 중얼거렸다.

사실, 이것도 그 나름대로는 꽤 애를 쓴 거였다. 이번 일로 케이플턴 백작에게 분명 한 소리를 듣게 될 테니까.

백워터 자작이 연거푸 한숨을 내쉬며 쓴 입맛을 다셨다.

스트레이커 남작도 남작이지만 서서히 본대에서 분리되어 나가는 별동대를 보고 있자니 사지를 향해 걸어가는 사람들을 배웅하는 것만 같아 마음이 좋지 못했다.

한데 우습게도 격렬한 전투를 겪게 된 건 바로 백워터 자작이 속해 있던 본대 쪽이었다.

별동대와 마주치게 될 것이라고 예상했던 반란군의 전초부대가 갑자기 진행 방향을 꺾어 별동대를 피한 후 진압군 본대를 뒤쫓았던 것이다.

이는 진압군이 피츠로이 백작성으로부터 더 남쪽으로 내려와 진영을 구축했기에 가능했던 일이다.

비록 피츠로이 백작이 괘씸하기는 해도 반란군에게 점령당하게 놔둘 수도 없어서 그렇게 군대를 움직였던 건데, 이것이 진압군 측에 악재로 작용했다.

반란군의 전초부대는 진압군의 본대와는 반대 방향으로 피츠로이 백작성을 우회하고 난 뒤 진압군 본대의 시야에 띄지 않을 정도로 멀리 떨어져 있다가 날이 어두워지자 빠르게 거리를 좁혔다.

그들은 많은 병력을 빠른 속도로 이동시킴과 동시에 공격력을 높이기 위해 말 두 마리가 끄는 전차를 준비했고, 마법사들까지 동원해 은밀성을 높였다.

덕분에 진압군 본대의 경계병들이 뭔가 이상함을 알아차렸을 때는 이미 적군이 7, 800m 남짓까지 다가와 있었다.

"적군이다! 적군이 쳐들어온다!"

"비상, 비상~!"

알람 마법이 요란하게 울리고 경계를 서던 보초들이 목청을 높여 소리치자 각자의 천막에서 단꿈에 젖어 있던 병사들이 벌떡 일어나 뛰쳐나왔다.

"마법사, 궁수! 원거리 사격! 준비되는 조부터 쏴라!"

한 지휘관이 소리쳤지만, 궁수가 활과 화살을 가지고 자리를 잡는 사이에 적이 들이칠 터였다.

경계를 서고 있던 궁수들이 급히 활을 날렸지만, 띄엄띄엄 날아가는 활들로 적의 전차를 제지하기에는 역부족이었다.

"제기랄! 너무 늦었어! 장창 부대와 방패 부대부터 준비시켜!!"

한데, 적군의 전차 부대가 진압군의 본대 진영의 거의 2, 300m 앞까지 도달했을 무렵, 전차 부대에서 갑자기 빛이 번쩍번쩍거렸다. 그와 함께 시뻘건 불덩어리와 새하얀 얼음덩어리, 시퍼런 마법 화살이 날아오는 거였다.

"마법 스크롤!"

"빌어먹을! 아주 작정을 하고 왔구나!"

진지 주변에 임시로 만들어진 방책을 노골적으로 노리는 마법 공격에 방벽은 물론, 방벽 뒤에서 막 대열을 갖추고 있던 장창과 방패를 든 병사들까지 쓰러져 갔다.

"크아악!!"

"아악!!"

"막아!! 방패로 막으란 말이다!!"

지휘관들이 고함을 지르며 대열을 유지하려 했지만, 그 뒤를 이어 돌진해 들어오는 전차 부대 덕분에 부대는 완전히 무너져 버렸다.

멀리서부터 달려온 전차의 어마어마한 돌진력을 급히 꾸려진 방패와 장창의 벽이 제대로 막을 수 있을 리 만무했다.

콰아앙!

콰과광!

사방에서 폭음이 울려 퍼지고 장창 부대와 방패 부대의 병사들은 마치 볼링공에 부딪힌 핀들처럼 여기저기에서 와르르 무너져 버렸다.

그나마 무너지는 방패 부대에 걸려 많은 전차가 멈춰 섰지만, 전차에 타고 있던 병사들이 곧바로 무기를 꼬나 쥐고 뛰어내려 진압군 병사들에게 휘두르기 시작했다.

게다가 적군은 그들이 전부가 아니었다. 아무리 반란군이 작정에 작정을 했다 해도 병사 3만 명을 모두 전차 부대로 만들 수 없는 법.

전차를 타고 진압군 본대로 쳐들어온 이들은 대략 4~5천 명 정도였으니, 조금 있으면 이 뒤를 따라 나머지 전력이 도착할 터였다.

"이야압~!"

"받아라앗~!"

"죽여라~!"

하지만 진압군 본대도 만만치 않았다.

그나마 군 출신과 북부 지역—몬스터 습격이 많은 지방이라 대부분 전투 경험이 많았다—출신이 많아 기습으로 크게 한 방 먹었어도 완전히 무너지지 않았다.

특히나 소싯적에 전장을 종횡무진했던 노장들의 활약이 눈부셨다.

그들의 침착하고 힘 있는 호령이 우왕좌왕하는 병사들을 다잡고, 이후 한발 늦게 달려 나온 병사들이 속속 합류하자 적들을 막아내기 시작했다.

"원진을 유지하라! 조별로 원진을 유지한 채 적들을 상대해!"

"거기! 죽고 싶어? 정신 못 차릴래?"

"무너진 조는 뒤로 빠져! 야! 부상자 챙겨서 뒤로 나오라고!"

"지금 도착한 조는 뒤에서 대기하고 있다가 무너지는 쪽으로 끼어들어!"

걸쭉한 욕설과 고성이 섞인 중간 지휘관들의 지시와 함께 병사들이 체계적으로 움직이자 반란군의 기세가 주춤했다. 한데 바로 그때, 반란군의 보병 부대가 들이닥쳤다.

"우와아아~!"

많은 병사가 커다란 함성을 울리며 달려들었지만, 다행히 진압군도 그들이 올 거라 예상하고 대비하고 있었다.

"쏴라~!"

슈유우웅~!

"파이어 미사일!"

"매직 미사일!"

"라이트닝 볼트!"

타이밍을 놓쳐 제때 나서지 못하고 뒤에서 대기하고 있던 궁수 부대와 마법사단이 나선 것이다.

물론 반란군도 가만있지만은 않았다. 반란군의 보병 부대 뒤쪽에서 진압군에서 날아오는 것 못지않게 많은 화살과 공격 마법이 날아와 진압군의 원거리 공격에 맞대응했다.

무기를 거머쥐고 적들을 향해 돌진하는 병사들의 머리 위로 화살이 쏟아지고, 그 위 허공에서는 번쩍거리는 마법 공격들이 서로 맞부딪쳤다.

콰광!

퍼엉!

콰르르!

그에 대한 여파는 바로 아래에 있는 병사들에게까지 미쳤고, 심지어는 일부 병사들의 머리 위로 마법 공격이 직접 떨어지기도 했다.

"크윽!"

"아악!"

"으아악!"

대부분의 병사는 들고 있던 방패로 머리 위를 방어했지만, 운 없는 병사들은 피하지도 못하고 그대로 맞아 쓰러져 갔다. 그리고 그곳을 무사히 통과한 병사들은 그대로 진영으로 들이닥쳤다.

하지만 그런 반란군 병사들을 맞이한 건 방패 부대와 장창 부대였다. 전차 부대에 의해 크게 무너졌었지만, 남은 생존자들이 뒤로 물러나 다시 대열을 정비하고 있었던 것이다.

"적군이 온다! 다들 준비!"

"버텨! 어깨로 지탱해!"

콰아앙!

콰과광!

진압군의 방패병들이 만든 방패의 벽에 적군의 둥근 방패가 와서 부딪치는 소리가 사방에서 울려 퍼졌다.

반란군 병사가 가지고 있는 건 남부 지역 방패였다.

지름이 50㎝ 정도 되는 크기에 겉은 가죽과 쇠판이지만, 무게를 줄이기 위해 뒤에는 나무로 덧대어 휴대가 용이했다.

반대로 진압군 방패 부대가 가지고 있는 건 북부 지방 방패.

높이만 150㎝라 몸 전체를 거의 가릴 수 있는 데다 방패의 기본 재료가 금속이라 무겁고 튼튼했다.

가지고 다니기 힘들고 금방 대열을 갖추기 힘들다는 단점이 있지만, 한 자리에 고정시키고 대열만 확실하게 갖춘다면 대형 몬스터나 기마병조차 막아낼 수 있을 정도로 뛰어난 방어력을 자랑했다.

아까는 시간이 촉박했던 터라 쉽게 무너졌지만, 이번에는 비록 적은 숫자나마 단단히 준비하고 있었던 덕에 조금도 밀리지 않았다.

그리고 진압군의 방패와 반란군의 방패가 충돌하는 그 순간, 진압군 방패 부대 뒤쪽에서 지휘관들이 일제히 외쳤다.

"찔러!"

"하나! 둘!"

지휘관의 외침에 방패병의 등 뒤에 바로 붙어 대기하고 있던 장창병들이 구령에 맞춰 2m가 넘는 길고 굵은 장창들을 방패의 틈 사이로 깊숙이 찔러 넣었다.

"으악!"

"방패로 막아!"

"아악! 내 다리!"

"하나! 둘!"

"아아악~!"

이것이 바로 북부 지역 병사들이 중형급 이상 몬스터들을 상대할 때 자주 사용하는 방패, 장창 전술이었다.

중형급 몬스터도 상대할 수 있을 정도였기에 인간 병사들에게도 상당한 효력을 발휘했다.

진압군 장창병의 숫자 구령이 한 번씩 울릴 때마다 반란군 병사들 사이에서 비명성이 울렸다.

진압군 방패병들이 만든 방패의 벽 앞에 너무 많은 반란군이 몰려 있다 보니 제대로 겨냥하지도 않고 무작정 찌르는데도 찔리는 사람이 부지기수였다.

반란군은 기습 작전이 성공한 데다 병사 숫자도 더 많았지만, 진압군 측 병사들은 대부분이 정예였던 터라 적은 숫자에도 불구하고 쉽게 무너지지 않고 버틸 수 있었다.

그러다 보니 시간이 흐를수록 서로의 전력만 점점 깎이는 상태가 되어버렸다.

진압군 측이 죽어도 항복하지 않으려는 만큼 반란군도 끝까지 물러나려 하지 않았던 것이다.

이대로 있다가는 양쪽이 다 괴멸하든가 어느 한쪽이 이기더라도 상처뿐인 승리가 될 지지부진한 그 순간.

"파이어 버스터!"

갑자기 하늘이 마치 노을이라도 진 것처럼 붉어지더니 수십 개의 불덩어리가 떨어져 내렸다. 그것도 반란군의 보병들이 밀집되어 있는 곳만 골라서 말이다.

5서클의 고위 마법 한 방에 반란군의 보병이 크게 놀라 우왕좌왕할 때였다.

두두두두두!

이제 막 동쪽 하늘 위로 모습을 드러내는 태양을 등지고 수많은 인마가 당당히 쳐든 깃발을 휘날리며 달려왔다.

뿌우우우웅~!

커다란 뿔피리 소리까지 울리면서 말이다.

그쪽을 바라본 진압군 본대는 환희에 차서 외쳤고, 반란군은 낭패를 본 기분에 외쳤다.

"지원군이다~!"

그리고 때를 맞춰 다시 한 번 들려오는 마법 시동어.

"디그!"

2클래스의 마법이지만 그걸 시전한 자는 고위 마법사였다.

그 말이 끝나자마자 혼전이 이루어지고 있는 진압군 진영의 경계선 부근에 깊이가 2m쯤 되어 보이는 구덩이들이 쑥쑥 파였다. 당연히 그 위에 있던 사람들은 밑으로 빠졌고 말이다.

경계면을 쭈욱 이을 정도로 수많은 구덩이가 쑥쑥 생기다 보니 저절로 적군과 아군이 분리가 되면서 전투가 순간적으로 소강상태에 빠졌다.

하지만 그렇다고 전투가 끝난 건 아니었다. 때맞춰 도착한 진압군의 지원군이 바깥쪽에서 우왕좌왕거리고 있던 반란군의 보병들을 덮친 것이다.

콰과과곽~!

제일 먼저 그들에게 창과 검을 들이민 것은 말을 타고 달려온 기병대.

같은 급으로 무장을 단단히 한 기병대나 커다랗고 두꺼운 방패를 가진 부대 정도나 막을 수 있을까, 그렇지 못한 일반 보병들은 그대로 쓸려 나갈 수밖에 없었다.

"매직 미사일!"

"파이어 애로우!"

"윈드 커터!"

거기다 공격 마법이 날아들자 반란군 병사들은 정신을 차리지 못했다.

그리고 반란군의 지휘부는 지원군 쪽에서 날아드는 마법 공격에 낭패한 표정이 되었다.

'지원군! 기병대뿐만이 아니라 마법사까지?!'

'고위 마법사까지 동원했던가?'

그렇지 않아도 습격은 성공해 놓고도 확실한 승기를 잡지 못해 계속 전력만 깎아먹고 있는 상태에서 상대방의 지원군까지 들이닥치자 반란군 지휘부는 결국 후퇴를 결정했다.

후에 반란군이 대승을 얻는다 해도 자신들이 죽은 후라면 아무 소용이 없었기 때문이었다.

자신들은 살아서 부귀영화를 누리려고 반란군에 편승한 거였지, 반란군에 목숨 바쳐 충성하고 싶어서가 아니었다.

뿌웅~! 뿌웅~! 뿌우웅~!

짧게 두 번, 길게 한 번. 그리고 사방 여기저기에서 터져 나오는 고함 소리.

"후퇴! 후퇴하라!"

"어서 뒤로 물러나! 돌아간다!"

쳐들어올 때와는 달리 전열이 잔뜩 흐트러진 모습이었지만, 그런 모습을 보면서도 진압군 측은 뒤쫓을 생각을 못 했다.

잘 대처했다 하지만 진압군 측도 피해가 컸던 것이다.

그러니 반란군이 황급히 물러가는 걸 뻔히 보면서도 뒤를 쫓기는커녕, 안도의 한숨과 함께 부상자와 사망자들을 추스르고 수습하느라 바빴다.

"덕분에 살았습니다."

그리고 그사이에 진영으로 들어온 지원부대는 진압군의 지휘관들에게 커다란 환영을 받았다.

지원군을 이끌고 온 지휘부가 황자를 향해 군례를 보이자 2황자가 크게 환대를 했다.

"정말 때맞춰 잘 와주셨소이다."

그 뒤를 이어 부사령관인 케이플턴 백작이 쓴웃음을 지으며 그들을 맞이했다.

그들이 와줘서 정말 고마웠지만 한편으로는 본대가 입은 큰 피해를 생각하면 편히 웃을 수가 없었던 것이다.

"늦지 않게 올 수 있어 정말 다행입니다."

지원부대를 이끌고 온 이는 황궁기사단 문장이 새겨진 은빛 갑옷을 입고 있었다.

그 문장 그대로 지원군의 대장은 황궁기사단 소속의 기사였으며 작위는 자작이었다.

황자가 사령관으로 있는 군에 지원 온 군의 지휘관이 제국 최고 엘리트라는 황실기사단도 아니고 바로 그 아래급인 황궁기사단의 자작이라니.

이는 자칫 사령관인 황자를 무시하는 처사로 보일 수도 있었지만, 아무도 그에 대해 불편한 기색을 내비치지 않았다.

현 제국 중앙 정계에서 1황자파를 위시한 귀족들이 수상하게 움직이고 있음을 다들 알고 있었기 때문이었다.

외려 진압군 수뇌부들은 자신들이 예상했던 것보다 지원군의 규모가 큰 것에 놀랄 정도였다.

비록 자작, 남작으로만 이루어진 지휘부였지만 황실에서 지원한 이들을 빼고도 20여 명이 넘는 귀족이 함께 왔던 것이다.

이는 최소한 20여 곳의 영지에서 또다시 이번 전투에 지원군으로 참여했다는 이야기였다.

지원군들과 가벼운 인사를 나눈 지휘부들은 곧장 회의용 천막 안으로 모였다.

그들이 반가운 건 반가운 거고, 처리할 일은 처리할 일이었으니 말이다.

"저들이 본진을 직접 노릴 줄이야, 정말 생각도 못했습니다."

"완전히 허를 찔렸지요."

"만약 지원군이 제때 도착하지 못했다면 큰 패배를 면치 못했을 겁니다."

지휘부들이 하나둘 입을 열자 구석에서 고개를 숙이고 있던 장교 하나가 벌떡 일어나 2황자 앞에 무릎을 꿇었다.

"죽여주십시오, 사령관 각하. 적들의 침입을 알아차리지 못해 기습을 허용한 죄, 목숨으로 갚겠습니다."

그는 정찰병을 관리하는 수색대 대장이었던 것이다.

뻥 뚫린 평야 지대였으니 정찰병들이 제 임무를 제대로 수행해 줬더라면 적들의 기습을 좀 더 일찍 알아차릴 수 있었을 것이다.

그 옆에는 지난밤 경계를 지휘했던 기사도 같이 무릎을 꿇었다.

"이번 일이 어찌 저들만의 잘못이겠습니까? 처음부터 기습을 생각한 놈들이었으니 정찰병에 대해서도, 경계에 대해서도 미리 대비했을 것입니다."

케이플턴 백작의 말에 2황자도 선선히 고개를 끄덕였다.

"지금은 그대들의 목숨보다 그대들의 능력이 더 필요한 시기. 그대가 죄를 지었다고 생각하면 앞으로는 몇 배는 더 노력하여 죄보다 더 큰 공을 쌓도록 하라. 만약 그렇지 못하면 오늘의 일을 더해 더 큰 죗값을 치러야 할 것이다."

"감사합니다, 사령관 각하."

2황자의 용서에 두 사람은 한 번 더 고개를 깊숙이 숙여 보이고는 제자리로 돌아갔다.

그러고 나자 분위기를 좀 바꾸려는 듯 와그너 자작이 주변을 돌아보며 밝은 목소리로 입을 열었다.

"생각보다 많은 분이 와주셨습니다."

진심 어린 그 말에 지원군의 대표로 온 황궁기사단 소속 기사가 웃어 보였다.

"하하하… 폐하께서 엄명을 내리셨거든요."

"폐하께서? 뭐라고 하셨는가?"

이해한다는 듯 털털하게 웃는 황궁기사단의 기사에게 이번에는 2황자가 물었다.

그에 황궁기사단의 기사는 저도 모르게 풋 하고 웃더니 얼른 고개를 숙여 사죄했다.

자신보다 높은 급의 사람들 앞에서 예의상의 미소가 아닌, 참지 못해 웃음을 터뜨리는 건 명백히 무례한 행동이었으니 말이다.

"아, 죄송합니다. 너무나 파격적인 말씀이셔서……."

"사과는 됐고, 그리 말하니 더 궁금하지 않은가? 그래, 뭐라고 하셨는가?"

"그게… 폐하께서 말씀하신 그대로 말씀드리자면 '움직일 수 있는 놈들은 다 모여'라고 하셨습니다."

황제의 서늘한 표정에 어조까지 흉내 내며 하는 말에 황자는 어리둥절한 표정이었지만, 케이플턴 백작은 뭔가 감을 잡은 듯 잠시 눈을 반짝였다.

"그래서 이곳에 계신 분들 모두 영지에 최소한의 인원만 남기고 깡그리 끌어모아 달려온 분들입니다."

황궁 기사의 말에 케이플턴 백작이 기분 좋게 웃으며 고개를 끄덕였다.

"과연, 이곳에 온 이들은 모두 폐하의 충신들이라는 소리군."

"그렇습니다."

케이플턴 백작과 황궁 기사는 서로를 바라보며 기분 좋게 웃었지만 이 소식을 들은 1황자파 사람들은 코웃음을 치며 비웃었다.

"폐하께서 너무 무리하신 듯합니다."

"큭큭큭, 그게 말입니다. 파격적인 상을 주겠다고 했는데도 현혹되는 귀족이 없으니 극약 처방까지 내리셨군요. 그러다 전멸하면 앞으로 어쩌시려고……."

"정말 어이없더군요. 비록 형편없는 전력이기는 해도 그래도 어느 정도는 해줄 줄 알았는데, 1차전에서 절반이 넘는 전력을 잃어버리다니요."

"그러게 말입니다. 정말 기가 막히더군요. 그래도 대아카제브 제국의 황제 폐하신데 힘이 그 정도로 없으셨나 싶더라니까요."

"누가 아니랍니까. 참 내, 이번 진압군의 지휘자가 누구였지요?"

사령관은 2황자였지만 그는 상징적인 존재일 뿐 실질적인 지휘관이 따로 있다는 건 다들 알고 있었다.

"케이플턴 백작이었지요. 그 사람 예전에 제법 전쟁에 참가했던 이라 능력 좀 있는 줄 알았는데, 그동안 놀아서 그런지 예전 같지 않군요."

"그렇지 않아도 전력 차이가 엄청난데 그걸 왜 두 부대로 나눈답니까? 덕분에 각개격파가 되었잖아요."

"각개격파는 무슨, 본대는 그나마 싸우기라도 했지만 반란군의 전초부대를 상대하라고 내보낸 부대는 반란군의 본대와 조우하자마자 그냥 항복해 버렸다면서요?"

"싸우다 반파를 당하질 않나, 그냥 항복하질 않나, 이거야 원, 같은 귀족이라고 어디 가서 말하기도 정말 창피합니다그려."

"뭐어, 그래도 항복한 측은 그럴 만도 했지요. 2만 대 10만이었지 않습니까?"

그랬다.

진압군의 별동대는 반란군의 전초부대가 그들을 피해 우회하는 바람에 어정쩡한 상태로 계속 남하하다가 반란군의 본대와 조우했던 것이다.

차라리 도망치거나 아니면 기사의 일기투를 신청해 보기라도 했으면 좋았을 텐데, 너무 거대한 규모에 얼어붙기라도 했는지 진압군 별동대의 지휘관들은 뭔가 해볼 생각도 않고 그대로 항복해 버렸다.

덕분에 진압군은 새로이 지원군을 받아들였음에도 불구하고 겨우 3만 정도의 병력을 보유한 상태가 되었다.

"허허허, 폐하께서 이제 슬슬 조급해지시겠습니다. 이대로라면 피츠로이 영지마저 반란군에게 점령당할 게 뻔한데, 그럼 반란군 놈들이 곧장 수도를 노릴 수도 있는 거 아닙니까?"

"에이, 아무리 그들이라도 수도를 노리지는 못하겠지요. 기껏해야 중부지방 변두리를 좀 노려보려나?"

"아마 그건 폐하께서 절대 가만두지 않으실 테지요. 이제 슬슬 치열하게 전투가 일어나지 않을까요?"

이들은 꼭 남의 나라 일처럼 말하고 있었다.

그도 그럴 것이 이번 반란은 반란군과 황제와의 싸움이기도 했지만, 한편으로는 황제파와 귀족파와의 주도권 싸움이기도 했던 것이다.

현재 황제는 어느 누구도 무시 못 할 힘을 가지고 있었다.

스스로는 물론이거니와 군부의 절대적인 충성을 받고 있었었고, 그를 따르는 황제파의 대부분은 정예병들을 보유하고 있었다.

그런 황제를 지금껏 차이슨 공작이 압박할 수 있었던 건, 쉽게 말하자면 제품 생산자가 체인점 체제의 대형마트 사장에게 함부로 할 수 없는 이치와 비슷했다.

황제가 대단한 물품을 가지고 있어도 유통망을 틀어쥔 건 차이슨 공작이었기에 마음대로 물품을 판매하지 못하는 현상이랄까?

그랬기에 그동안 유통망을 독점하려는 차이슨 공작과 그 유통망을 빼앗으려는 황제와의 치열한 다툼이 있어왔던 것이다.

현재 타우젠드 후작과 그 귀족 일당들은 차이슨 공작이 가지고 있던 유통망은 물론, 황제에게 물품까지 잔뜩 뜯어내고 싶어서 줄타기를 하고 있는 거였고.

이는 반란군이 황제까지 쓰러뜨리고 제국 전체를 전복시킬 거라고는 생각지 않았기에 할 수 있는 행동이었다.

그 과정에서 남부 지방이 점령되든 말든, 수많은 사람과 물자가 희생되고 나라의 힘이 줄든 말든 내 세력과 내 재산의 일이 아니었으니 상관하지 않았다.

"한데 반란군의 세력이 황제파를 다 상대하고 나서도 여전하다면 어쩌지요? 황제파도 어쩌지 못할 반란군을 우리가 어찌 상대하겠습니까?"

한 귀족의 뜬금없는 말에 희희낙락거리던 귀족들의 이목이 쏠렸다.

"그게 무슨 소리입니까, 자작?"

누군가 의아하다는 목소리로 묻자 왠지 소심한 표정의 자작이 조심스레 입을 열었다.

"제가 너무 심각하게 생각하는 건지 모르겠습니다만, 현 반란군의 세력이 너무 강해서요. 아무래도 상대는 그 차이슨 공작과 우리스 후작이 아닙니까?"

그의 말에 많은 귀족이 저도 모르게 고개를 끄덕였다.

"그렇지요. 차이슨 공작이라면… 수도를 노린다 해도 놀랍지 않을 것 같군요."

마지막 귀족의 말에 갑자기 분위기가 심각해졌다.

전 차이슨 공작가 오랜 기간 워낙 쟁쟁했기에 이곳에 있는 귀족들은 어려서부터 그 위명을 귀에 딱지가 앉을 정도로 들으며 자라왔다.

그러다 보니 지금껏 그 영향력에서 쉽게 벗어나질 못했던 것이다.

"허허허, 수도는 아무리 차이슨 공작이라도 불가능합니다. 다들 아시지 않습니까? 수도의 전력이 어떤지."

"그렇지요."

"암요. 황제 폐하가 어떤 분이신데."

한 나이 지긋한 귀족이 가라앉은 분위기를 전환시키려는 듯 호탕하게 웃으며 나섰고, 몇몇 사람이 그에 동조를 해줬지만 분위기는 크게 바뀌지 않았다.

"그래도 이쯤 해서 병력을 좀 보태주는 게 어떻겠습니까?"

한 귀족이 조심스레 운을 떼자 몇몇 귀족이 즉시 동의하는 표정을 지었다.

"그것도 나쁘지 않지요."

"아… 하지만 우리 기사들을 보내기는 좀……."

"그럼 동부군을 일부 차출해서 지원하게 하는 건 어떨까요? 대신 우리가 기사를 지원해 준다 하면 될 거 같은데요."

"그거 좋은 생각입니다."

어째 분위기가 병력을 지원하는 쪽으로 흘러가는 것 같자 타우젠드 후작이 나섰다.

이렇게 빨리 전력을 보태는 건 자신이 원하는 바가 아니었던 것이다.

"자자, 다들 너무 성급하게 굴지 말게나."

그의 말에 저마다 한 마디씩 내뱉던 귀족들이 일제히 입을 다물고 후작을 주목했다.

"자네들 마음은 충분히 이해하네. 하나 이제 겨우 전투를 한 번 치렀을 뿐이야. 그걸로 황제파 귀족의 힘이 절반 이하로 뚝 떨어졌다고 생각하나?"

자신의 말이 귀족들에게 먹히는 기색이자 후작은 다시금 말을 이었다.

"성급하게 움직이면 안 되네. 지금 움직이면 이도저도 안 돼. 우리의 목적을 생각해 보게나. 최소한 지금 나가 있는 병력은 다 꺾여야 황제파의 힘이 조금이나마 줄어들 거 아닌가?"

"하지만 반란군의 세력이······."

누군가 조심스럽게 반문하자 후작은 사람 좋게 웃어 보이며 고개를 끄덕였다.

"물론 그렇지. 그러나 황제파 귀족들의 힘도 만만치 않다는 걸 알지 않나? 이번에 지원 나간 건 대부분 북부 지역 귀족 세력들. 그들이면 확실히 반란군의 세력을 깎아줄 수 있을 거야."

후작의 말에 귀족들이 고개를 끄덕였다.

"뭐, 북부 쪽 사람들이라면 확실히······."

"그 둘이 부딪치고 난 뒤에도 아니다 싶으면 아까 자네가 말한 동부군을 차출하는 것도 나쁘지 않지. 그들까지 상대하고 나면 아무리 그 대단한 차이슨 공작가의 세력이라 해도 좀 줄어들지 않겠는가?"

후작이 거기까지 말하자 당장 진압군에 지원하려던 분위기가 거품 꺼지듯 금세 사그라들었다.

"여, 역시 후작님 말씀대로 좀 더 두고 보는 게 좋겠습니다."

"맞습니다. 후작님의 말씀이 옳지요."

"아하하, 저는 처음부터 후작님만 철석같이 믿고 있었답니다."

"아무쪼록 후작님께서 저희를 좀 잘 이끌어주십시오."

한데 기껏 타우젠드 후작이 이렇게까지 귀족들을 달래려 힘을 쓴 것이 참 허무하게끔 피츠로이 영지는 어이없게 점령되고 말았다.

피츠로이 영지가 점령되는 걸 끝까지 막으려 할 거라는 예상과는 달리 진압군은 그대로 다이트무어 자작령까지 후퇴해 버렸던 것이다. 피츠로이 백작성이 점령되든 말든 상관없다는 식으로 말이다.

그나마 다이트무어 자작령이 피츠로이 백작령에서 수도로 가는 길을 제일 첫 번째로 막고 있는 영지였기에 귀족들은 그걸 가지고 들썩거리지 않았다.

뭐, 타우젠드 후작의 달래기도 있었고 말이다.

단지 타우젠드 후작만이 이번에도 자신의 예상이 어긋나자 왠지 모를 불안감이 점점 엄습해 오는 바람에 불면증까지 생겼다나 어쨌다나…….

현재 반란군은 계속 상승세를 달리고 있었다.

비록 진압군 본대와 격돌했을 때 예상외의 큰 타격을 입었지만, 그건 전초부대일 뿐 본대의 피해는 전무했기에 크게 영향을 끼치지는 않았다.

게다가 반란군의 전초부대를 상대해 보겠다고 진압군에서 갈라져 나온 부대를 고스란히(?) 흡수할 수 있었던 데다, 피츠로이 백작까지 항복해 왔기에 전투에서 입은 피해를 상쇄하고도 남았다.

피츠로이 백작령은 지금까지의 남부 지역 영지와 달리 제법 세력이 강했기에 그들이 마음먹고 저항했다면 애 좀 먹었을 거다.

하지만 피츠로이 백작이 반란군 쪽에 붙은 덕에 진압군은 낭패를 본 채 뒤로 물러나게 되었고, 반란군의 어깨는 하늘 높은 줄 모르고 솟아나게 되었다.

반란군은 이 기세를 몰아 피츠로이 백작성에서 대대적인 파티를 열기로 했다.

반란군이 남동, 남서를 아우르는 남부 전역을 점령했다는 것을 널리 알리고 세를 과시하는 한편, 진압군을 상대하기 전 내부의 사기를 더 크게 진작시키기 위해서였다.

게다가 같은 편으로 끌어들인 귀족들을 모두 모아 한 번쯤 회합을 다져야 할 필요도 있었고, 그동안 계속 이동한 병력에게 휴식도 필요했다.

피츠로이 백작성은 규모가 상당히 컸기에 중요 전력들과 수뇌부, 귀족들은 별 무리 없이 피츠로이 백작의 내성에 들어가 자리를 차지할 수 있었다.

그리고 반란군의 수장인 전 차이슨 공작은 피츠로이 백작이 기꺼이 양보한 그의 집무실에 엉덩이를 내렸다.

'겨우 여기까지 왔군.'

전 차이슨 공작은 창밖으로 펼쳐진 성내의 풍경을 바라보며 내심 중얼거렸다.

현재 상황이 반란군에게 유리하다고 해도 결코 안심할 상황은 아니었다.

'중요한 건 이제부터다. 드미트리 제국이나 노프샤 왕국도

내년까지는 순순히 협력해 주겠지만 안심할 수는 없으니 최대한 빠른 시간 안에 결착을 봐야 해.'

타우젠드 후작과는 밀약을 맺었지만 그것도 전적으로 믿을 수 없었다.

이쪽이 불리하다 싶으면 그는 즉각 배신할 거다.

눈은 창밖을 향해 있으면서도 머리로는 앞으로의 계획을 하나하나 신중하게 검토하고 있어서인가?

전 차이슨 공작은 피츠로이 백작성 안팎에서 슬금슬금 움직이고 있는 수상한 검은 그림자들을 전혀 알아채지 못하고 있었다.

제26화

나 살려~!

"아무래도 안 되겠다. 아사, 그거 이리 내."

엄마네 마을로 와서 그럭저럭 적응해 지내고 있는 어느 날, 뜬금없이 엄마가 나를 향해 손을 내밀었다.

"뭘?"

하지만 난 어리둥절할 뿐이었다. 엄마가 나에게 맡겨놓거나 하다못해 준 거라도 있어야 돌려주기라도 하지.

"네가 하고 있는 것 말이다. 인간의 마법 물품."

"에엥? 아니, 그건 왜?"

"네가 그것들에 너무 의존하니 투지가 없지 않니? 그게 없어야 손톱을 빼 들 생각을 하겠지."

"손톱? 갑자기 웬 손톱?"

그건 또 뭔 소리인가 싶어 엄마를 바라보니, 내 시선에 엄마는 자신의 희고 가느다란 손에서 긴 손톱을 빼어 보였다.

"이거 말이다."

"켁……."

난 엄마의 손톱이라는 걸 처음 봤다. 아니, 조인족도 모습이 변할 수 있다는 건 알았지만, 설마 엄마도 할 줄은 몰랐다.

엄마의 손톱은 마치 빛을 받아 푸르스름한 날을 번쩍이는 명도 같은 느낌이었다.

'그나마 마귀할멈 같지 않은 게 다행이려나?'

웬만한 바위나 나무 정도는 그냥 두부 썰듯 가볍게 썰어버릴 듯한 날카로운 손톱을 바라보며 나는 슬쩍 인상을 찡그렸다.

아무리 명도 같은 손톱이라 해도 나는 절대, 결단코 내 손에서 저런 걸 뽑아내고 싶지는 않았다.

긴 손톱은 꼭 마귀할멈이나 처녀 귀신을 떠올리게 해서 여엉~ 꺼려졌던 것이다.

"조인족이라면 스스로의 능력으로 해결할 줄 알아야지."

"꼭 그러라는 법이 어딨어? 그냥 능력껏, 주변 요건에 맞춰 하면 되는 거지."

내 반박에 엄마가 가볍게 한숨을 내쉬었다.

"평소라면 상관없다. 하지만 훈련이란 최악의 상황을 대비했을 때를 준비하는 것. 네가 요즘 매일 보는 그런 놈과 마주쳤을 때 하필이면 네 그 마법 물품들이 망가진다거나 없어지는 사태가 벌어진다면 어쩌겠느냐?"

'그럴 일은 절.대. 없을걸?'

여차하면 숨겨둔 비밀 병기도 있으니 말이다.

'손톱을 꼭 꺼내야 하는 건 아니잖아? 없어서 죽는 거 아니면 어때? 난 다른 무기를 쓰면 되지.'

"저 애들까지 떼어놓지는 않겠지만 일단 그 마법 물품은 다 내놔."

내가 우물거리면서 움직이려 하지 않자 엄마가 한 번 더 엄하게 말하며 내민 손을 까딱거리며 재촉했다.

그런데 그때, 내 구세주가 나타났다.

"절대 안 됩니다!"

유모였다. 그녀는 마치 순교라도 할 듯 비장한 표정으로 엄마 앞에 무릎까지 꿇은 채 막아섰다.

"아기씨 몸에서 그 물품들이 떨어질 일은 절대, 결단코 없을 것입니다."

엄마는 유모의 나에 대한 극진한 사랑을 잘 알고 있는 탓인지 화를 내는 대신 가볍게 한숨을 쉬고는 입을 열었다.

"다시 말하지만 이건 최악의 상황을 대비해 훈련시키는 거다. 그러니 당연히 그런 걸 떼고 훈련해야지."

"그러니까 그런 일은 절대 없을 테니, 가지고 있는 상황에 맞춰 훈련시켜 주시면 됩니다."

엄마의 설명에도 한 치도 물러나지 않는 유모의 강경한 태도에 엄마의 인상이 찡그려졌다.

"저 아이가 자꾸 이런 것 따위에 의존하니 강해지지 않는 거다."

"이런 걸 가지고도 얼마든지 강해지실 수 있습니다. 이건 단지 보조 역할을 할 뿐입니다. 만약 별로 강해지지 않는다고 여기시면 저희가 따로 아기씨 체력 훈련을 시켜 드리겠습니다."

"인간들의 훈련 따위가 조인족 아이에게 소용 있을 것 같은가?"

"충분히 도움이 되실 것이라 사료됩니다."

'어… 왠지 불길한데?'

팽팽하게 맞서는 두 사람의 기 싸움에 나는 왠지 고래 싸움에 등 터질 새우가 될 것 같은 예감이 드는 거였다.

그리고 슬프게도 이 예감은 정확하게 들어맞았다.

유모가 끝까지 물러나지 않자 한동안 지그시 유모를 바라보고 있던 엄마가 갑자기 말을 바꿨다.

"어쩔 수 없군. 그렇다면 아사의 훈련을 바꾸도록 하지."

"으응? 어, 어떻게?"

왠지 불안해진 내가 묻자 엄마가 입술 끝을 슬쩍 밀어 올렸다.

"일단, 넌 내일부터 교육장에 갈 필요 없다."

"어, 진짜?"

"그래, 대신 다른 훈련을 받도록 해."

"헉! 저기, 나 혼자?"

"억지로 막지는 않겠다. 그건 능력껏 알아서 하렴."

"잉?"

언뜻 들으면 제이, 케이와 함께하는 걸 순순히 허락해 주는 것 같기는 한데, 왠지 뭔가 불안했다.

'도대체 무슨 훈련인데 그래?'

짹짹~ 째재잭~

다음 날, 이른 아침부터 설쳐 대는 시끄러운 녀석들의 노랫소리에 잠에서 깨어나니 옆자리에 있어야 할 엄마가 보이지 않았다.

'아우~ 여긴 다 좋은데 방음이 안 된다는 게 흠이야.'

속으로 투덜거리며 자리에서 일어나자 시야 가득 들어오는 청아한 아침 숲의 광경에 헛웃음이 났다.

'뭐, 이런 모습은 좋지만…….'

살포시 끼어 있는 안개 사이사이로 스며드는 아침햇살에 푸른 수풀에 맺힌 이슬들이 보석처럼 반짝였다.

언제 봐도 감탄스러운 광경이었다.

짹짹~ 째재잭~

저 수다쟁이 새들만 없다면 말이다.

나는 현재 엄마와 함께 그녀의 거처에서 함께 지내고 있다.

내가 '집' 이 아닌 '거처' 라고 한 이유는 엄마의 '거처' 가 쉽게 말해 엄청나게 큰 새 둥지였기 때문이었다.

비유가 아니라 정말로, 나뭇가지와 진흙과 검불 등등을 섞어서 만든 새 둥지 말이다. 사이즈만 줄인다면 새들이 와서 살아도 전혀 위화감이 없을 정도였다.

그러다 보니 안은 잠만 잘 수 있는 원룸 형태였다. 하긴 새 둥지 안에 화장실이니 부엌이니 하는 시설들이 있으면 이상할 거 같긴 하다.

'날개 달린 사람들이라고 정말 새처럼 나무 위에다 둥지를 짓고 거기서 잠을 잘 줄이야.'

처음에 이걸 봤을 땐 너무 어이가 없어 입만 떠억 벌렸었다.

둥지의 모습은 전체적으로 둥근 타원형인데 옆구리 부분이 뻥 뚫려 있었다. 만약 이 둥지의 단면도가 있다면 둥근 원에서 3분의 1 정도 넓이의 부채꼴 모양이 사라진 형태일 거다. 덕분에 둥지에 앉아 있어도 밖이 훤히 내다보여 답답함은 없었다.

한데 그렇게 뻥 뚫려 있는데도 춥지 않았다. 여기가 깊은 산 속이라 아침저녁 기온은 무척 쌀쌀한데 둥지 안은 꽤 포근했다. 얇은 잠옷 하나만 입고 있어도 괜찮을 정도로 말이다.

'아무래도 홉고블린들이 뭔가 수를 써준 게 분명해.'

바람도 거의 안 들어오고, 비가 와도 빗물이 들이치는 일이 없었다. 게다가 주변의 나뭇가지들에 둘러싸여 운치까지 더해지니, 둥지라고 무시할 게 아니었다.

게다가 둥지 안의 잠자리도 괜찮았다. 바닥에는 굵은 나뭇가지들을 깔고 그 위에 크고 두꺼운 나뭇잎을 깔아 잠자리를 만들어놓았는데, 깔린 나뭇잎이 두께가 10㎝는 넘고 크기도 내 키의 절반 정도에 해당하는 거라 그걸 몇 겹이나 깔아놓으니 꽤 푹신하고 아늑하기까지 했다.

식사나 하다못해 차를 끓일 시설이 없는 건 불편할 것 같았는데, 홉고블린한테 가서 먹으면 되는데 그런 게 왜 필요하냐고 오히려 엄마가 되물었다.

뭔가 먹고 싶을 때마다 홉고블린을 일일이 찾아가는 게 귀찮지 않냐고 했더니 엄마는 오히려 내 말을 의아해했다.

"바로 밖에서 날개 펴고 뛰어내리면 5분이면 도착하는데, 그게 뭐가 귀찮지?"

"아……."

그러니 조인족들이 괜히 둥지 안에다 위험한 시설을 설치해 없는 실력으로 만든 맛없는 음식들을 먹을 필요가 없었던 것이다.

'뭐, 그들의 솜씨가 내 저택 요리사만큼이나 좋은 건 사실이지.'

확실히 조인족들이 같이 살아갈 파트너로 삼을 만한 능력이었다. 그렇게 홉고블린에게까지 내 생각이 미쳤을 때, 푸드득하는 날갯짓 소리와 함께 엄마가 살포시 둥지 밖 나뭇가지에 내려앉았다.

"깼니?"

내가 일어나 앉아 있는 모습을 보며 건네는 말에 고개를 끄덕였다.

"으응. 아침 일찍부터 어디 갔다 와?"

"좀 살펴볼 게 있어서. 넌 곧 네 유모에게 갈 거지?"

"에헤, 뭐……."

"오늘은 내가 아침 먹고 그쪽으로 찾아갈 테니 거기서 기다리고 있으렴."

드디어 오늘부터 엄마가 말한 새로운 훈련을 시작하는 모양이다.

엄마는 다른 조인족들처럼 아침을 홉고블린한테 가서 먹었지만 나는 유모를 비롯한 내 저택 사람들이 있는 곳에 가서 먹었다.

그래야 거기서 씻고 옷도 갈아입고 할 수 있었으니 말이다.

"늦겠다. 어서 가거라."

"응, 응."

엄마의 등 떠밀림에 둥지에서 나온 나는 곧장 날개를 폈다.

엄마 둥지가 워낙 높은 나무 위에 있다 보니 나도 둥지를 나와 날개를 펴고 뛰어내리기만 하면 되었던 것이다.

그렇게 쓩~ 하고 조인족 영역 외곽에 있는 통나무집으로 날아가자 유모 등등이 미리 나와서 기다리고 있다가 날 맞이했다.

"어서 오세요, 아기씨."

"편안히 주무셨습니까?"

"가자."

엄마가 나를 데리러 온 건 다른 때보다 이른 시간이었지만, 우리 일행도 준비를 끝내고 기다리고 있었기에 머뭇거림 없이 자리에서 일어날 수 있었다.

"알아서 따라오도록."

엄마는 통나무집을 나오자마자 우르르 쫓아 나오는 사람들에게 툭 던지듯 내뱉고는 곧바로 내 뒷덜미를 잡고 허공으로 솟구쳐 올랐다.

"하, 하레츠 님!!"

당황한 사람들이 아래에서 엄마를 불렀지만 들은 체도 안 하고 하늘 높이 솟아오른 엄마는 어디론가 빠른 속도로 날아가기 시작했다.

얼마나 속도가 빠르던지 평소 날아다니는 데 익숙해 있던 나조차도 바람 때문에 차마 눈을 제대로 뜨지도 못할 정도였다.

실눈을 뜬 채 아래를 내려다보니 당황한 얼굴로 우리를 쫓아오는 유모 등등의 모습은 금세 멀어져 보이지 않게 되었다.

그동안 계속 조인족 마을 내에서 지냈고, 내 일행들을 배려하여 도보로 이동해 준 엄마였으니 설마 나 하나만 달랑 들고 날아갈 거라고는 예상치 못한 모습들이었다.

'어쩐지 내 이럴 거 같더라. 처음부터 나 혼자 훈련시킬 생각이었겠지? 괜히 엄마 말에 불안감이 느껴지는 게 아니었다니까.'

그렇게 모든 사람의 뒤통수를 멋지게 쳐준 엄마는 대략 20여 분쯤 비행하다가 멈췄다. 20여 분이라고 해도 하늘에서 빠르게 날아온 터라 거리상으로는 상당했다.

그 말인즉 유모 등등이 오려면 꽤 오래 걸릴 거라는…….

'으에~ 난 죽었다!'

속으로 한탄을 하고 있는데, 때마침 엄마가 고개를 내려 나를 지그시 바라보는 거였다.

"자, 그럼 잘해보렴."

'뭘?'

그러나 내가 물어볼 틈도 없이 엄마는 내 목에 걸린 목걸이를 낚아채더니 그대로 날 아래로 던져 버렸다.

휘익~!

"레비테이션!"

다짜고짜 벌어진 일이었지만 아까부터 긴장하고 있었기에 즉각 반응할 수 있었다.

게다가 자랑은 아니지만, 엄마에게 던져지는 거나 추락하는 거에 꽤나 익숙해 있었기에—어쩌 내가 좀 불쌍한 거 같기도…—침착하게 시동어를 외칠 수 있었다.

한데 그 와중에 보인 엄마의 표정에는 왠지 못마땅한 기색이 어려 있었다.

'왜, 왜 또! 뭐가 맘에 안 드는 건데?'

그런 엄마의 표정에 혹여 팔찌까지 뺏기지 않을까 하는 불안감에 심장이 콩닥콩닥 뛰는 바로 그때!!

"쿠엑! 취익!!"

"취이익～ 꾸웩, 꾸우엑～?"

내 귀를 강타한 괴상한 소리에 홱 고개를 돌리니 휭휭 회전하며 나에게 날아드는 시커먼 도끼가 보였다.

"시, 실드!!"

기겁하며 외치자 그 즉시 내 앞에 반투명한 연녹색의 장막이 펼쳐져 코앞까지 날아온 손도끼를 튕겨냈다.

쾅!!

"뭐, 뭐야?"

안도보다도 당혹스러움이 더 컸다.

황급히 시선을 내리니 이상하게 생긴 두 생명체가 흉흉한 눈빛을 빛내며 나에게 달려들고 있었다.

"으헉!!"

퍼억!

파칭～

그중 한 녀석이 내 팔뚝보다 훨씬 굵은 몽둥이를 휘두르는 모습에 절로 몸이 움츠러들며 헉! 소리가 터져 나왔다.

그때까지 유지되고 있던 실드는 여기까지가 한계라는 듯 놈의 몽둥이질에 깨져 버리고 말았다.

전의 팔찌는 내가 정신을 흐트러뜨리지 않는 한 실드가 깨지는 걸 못 봤는데, 이건 몇 번이나 막았다고 벌써 깨지다니 너무 약했다.

내가 정신 집중을 하고 있지 않아도 실드가 유지되는 거라고 해서 바꿨는데, 괜히 바꿨나 보다.

하지만 나는 그에 대해 한탄할 여유조차 없었다.

실드가 깨진 충격으로 뒤로 벌러덩 넘어가는 내 가슴 앞을 아까의 그 몽둥이가 다시 휘잉~ 하고 스쳐 지나가고 있었던 것이다.

몽둥이가 실드에 튕겨 나가자마자 다시 반대 방향으로 휘두르다니, 어떻게든 날 잡으려고 단단히 작정했나 보다.

"나와 무슨 원수라도 졌냐!"

시커멓고 두꺼워 보이는 피부에 넓죽하고 못생긴 얼굴들은 분명 오늘 처음 보건만, 나에게 무슨 억하심정이 있다고 이리 살벌하게 나오는지 모르겠다.

게다가 몽둥이를 든 녀석 뒤로 도끼를 든 녀석도 보이자 나는 다시 뒤로 물러나며 얼른 목걸이의 팬던트를 찾았다. 한데 아무리 가슴 부위를 더듬어봐도 만져지는 게 없는 거다.

'아차, 엄마!'

그제야 엄마가 날 여기로 던지기 전에 목걸이를 낚아채 갔다는 걸 떠올린 난 낭패 어린 신음을 흘렸다.

'엄마, 이러려고!!'

뭐라 한마디라도 항의하고 싶었지만 코앞까지 닥쳐온 두 괴상한 놈들을 처리하는 게 먼저였다.

"취이익!"

"취익!"

조금의 쉴 틈도 없이, 이번에는 이상한 기합 소리까지 흘리며 두 녀석이 한꺼번에 무기를 휘둘러 오자 나는 다급히 왼손을 들어 올리며 외쳤다.

"라이트닝 볼트!"

그러자 내 손 앞에서 파지직! 하고 시퍼런 불꽃을 일으키는 전기 에너지 구가 형성되더니 두 놈에게 그대로 직격했다.

파지지지직!

거리가 가까웠던 터라 두 놈은 피할 새도 없었다.

그 공격 마법이 제법 짜릿했던지 번쩍이는 빛이 사라지고 나자 시커멓게 그을린 모습을 드러낸 두 녀석은 말없이 뒤로 쓰러져 버렸다.

콰당!

쿠당탕!

"다, 다행이다……."

쓰러진 뒤 미동도 보이지 않는 두 녀석의 모습에 나는 안도의 한숨을 내쉬며 그 자리에 주저앉았다.

심장이 크게 벌렁거리고 다리가 후들후들 떨려서 도저히 서 있을 수가 없었다.

덩치가 있는 놈이 둘이나 있어서 이걸로 쓰러뜨릴 수 있을까 걱정했는데, 한 방에 해결되어서 정말 다행이다. 팔찌의 라이트닝 볼트가 목걸이의 매직 애로우보다 몇 배나 강하다던 게 사실이었나 보다.

'혹시나 해서 마법 아이템을 늘리길 잘했지.'

저번에 납치당한 이후로 만약을 대비해 공격 마법이 걸린 아이템을 몇 개 더 착용하고 다녔는데, 그게 이 순간 아주 큰 빛을 발했다.

"그런 마법 물품을 또 가지고 있었던 거냐?"

위에서 엄마의 목소리가 들려오기에 번쩍 고개를 드니 엄마가 근처 나무 위에서 날 내려다보고 있었다.

"너무한 거 아냐? 어떻게 무기도 없이 이런 데에다 던져 놓냐? 저런 이상한 놈들이 있다는 거 알고도 일부러 목걸이 뺏은 채로 날 던진 거지?"

엄마를 보자마자 원망이 터져 나왔지만, 내 말에도 엄마는 눈 하나 깜짝하지 않았다.

"이상한 놈들이 아니라 오크다. 그리고 마법 물품이 없어야 네가 손톱을 빼 들 생각을 할 게 아니냐?"

"와~ 아니, 조인족은 무조건 손톱을 사용해야 한다는 법이라도 있어?"

내 말에 엄마가 이상한 애를 쳐다보는 시선으로 날 바라보며 한숨을 푸욱 내쉬었다.

"도대체 조인족이 왜 마법 물품 따위에 의존하려고 하는 거냐?"

"그러면 좀 어때서!"

"네 스스로가 가진 능력을 사용하지 않고 마법 물품 따위에

나 계속 의존하게 된다면 나중에는 네가 가진 능력조차 잃어 버리게 될 거다. 지금도 보렴. 넌 날개를 가진 조인족인데 허공에서 떨어진다고 금방 마법에 의존하지 않니? 그럼 날개는 뭐하러 달고 다니는 거니?"

"거, 거야… 아직 나는 거에 능숙하지 못하다 보니……."

"그런 걸 바로 변명이라고 하는 거다."

"그……."

엄마에게 뭐라고 멋지게 반박하고 싶은데, 할 말이 없으니 더욱 열 받는다.

"더 이상의 변명은 필요 없고, 그 마법 물품도 내놔."

'내 이럴 줄 알았다, 내 이럴 줄 알았어!'

"엄마, 지금 날 죽이려고 그러는 거지?"

너무 황당한 나머지 벌떡 일어나며 외쳤지만 엄마는 코웃음만 쳤다.

"널 정말 죽일 거였으면 이렇게 귀찮은 방법도 안 썼다."

"우, 우와……."

또다시 생각하는 건데, 조인족들은 정말, 저어엉~ 말 이상했다.

"그나저나 저 오크들, 이대로 그냥 둘 거니?"

"그냥 두지 뭘? 설마 무덤이라도 만들어주라고?"

속이 부글부글 끓다 보니 절로 불퉁한 말투가 튀어나왔다.

"설마, 한번 손을 쓸 땐 확실히 숨통까지 끊어놓으라고. 언제든 마무리가 깔끔해야 하는 거다."

"윽……."

엄마의 말에 나는 인상을 확 구기며 여전히 쓰러져서 미동도 않고 있는 두 이상한 생물체, 아니, 오크를 바라봤다.

"어? 잠깐… 오크? 아아, 그 오크!"

그제야 저 못생긴 얼굴 가운데에 떠억 하니 존재감을 드러내고 있는 커다란 돼지 코가 눈에 들어왔다.

오크는 내가 읽은 동화책에서 자주 등장하는 몬스터 중 하나였다. 그리고 동화책에는 친절하게 삽화까지 그려져 있었고 말이다.

"그러고 보니, 확실히 돼지 코를 하고 있네?"

"그러니? 그런데 숨통은?"

엄마의 재촉에 나는 머뭇머뭇하며 오크들을 바라봤다.

물론 놈들이 나에게 다시 덤벼든다면 나도 인정사정 볼 거 없이 공격 마법을 날려줄 거지만, 쓰러져 있는 놈들의 숨통을 일부러 끊는 건 좀… 이 아니라 엄청 내키지 않았던 것이다.

"쓰러진 놈들에게 뭘 또 그렇게까지 해? 어차피 더 이상 움직이지도 못할 텐데 그냥 이대로 냅두면 되지."

동화책에서 읽은 게 사실이라면 놈들은 날 먹이로 여긴 것이지 조인족을 원수로 여겨서 덤빈 게 아니었다. 그럼 눈앞에서 안 보이게 되면 이대로 끝이 아니겠는가?

가까이 가기도 싫어 내가 강한 거부감을 보이며 도리질을 치자 엄마가 이제는 한심하다는 눈빛으로 날 바라봤다.

"너에게 덤벼든 놈들이다. 그런데도 그냥 물러나겠다고? 저 놈들이 살아 있으면 나중에 또 너한테 덤벼들 텐데?"

"그러면 그때 또 상대하면 되지 뭐."

"나중에 만나면 또 목숨 걸고 싸울 상대를 그냥 놔두다니 네 머리에는 도대체 무슨 생각이 들어 있는지 모르겠구나. 단순히 하기 싫다고 나중에 큰 위험이 될지도 모를 존재를 놔두는 거라면 넌 정말 어리석은 거다."

"저기… 그러니까……."

뭐라고 말을 해야 할지 모르겠다. 그러니까 엄마 입장에서야 그 말이 맞다는 건 안다. 아는데, 지금 내게 문제가 되는 건 그게 아니었다.

'아우 쒸~ 치킨 좋아한다고 눈앞에 닭 있으면 다들 칼 들고 쫓아가서 닭 목을 칠 수 있는 줄 알아? 총칼이 난무하고 피 튀는 액션 영화 좋아한다고 내가 직접 총질, 칼질을 할 수 있겠냐고!'

게다가 난 이 산속에서 계속 살 것도 아니었으니 말이다.

물론 나도 급박한 상황이라면 독한 맘을 먹겠지만 지금 당장은 무리였다. 아무리 그 상대가 인간과 적대 관계인 몬스터라 해도 말이다.

결국 나는 우물쭈물거리다 한숨을 푹 내쉬며 머릿속에서 마구마구 떠돌아다니는 말 대신 다른 말을 꺼냈다.

"어우~ 어떻게 엄마가 어린 딸내미를 보고 살생을 하라고 시키냐?"

"황당한 말을 하는구나. 그게 당연한 게 아니냐? 게다가 고기를 좋아하는 네가 그따위 말을 하다니. 네가 즐겨 먹는 고기 또한 동물을 죽여야 생긴다는 걸 모르지는 않을 텐데?"

"아니 뭐… 꼭 내가 죽여야 하나?"

그런 뜻은 없었는데 말을 꺼내다 보니 어째 '내 손에 피를 묻히기 싫으니 남을 시키겠다' 라는 뉘앙스가 되어버렸다.

그렇다고 완전히 틀린 말은 아니었지만, 말하고 보니 내가 엄청 치사한 사람이 된 거 같아 더 난감해졌다.

내 말에 엄마는 코웃음을 쳤고 말이다.

"죽이지 않으면? 그럼 넌 앞으로 살아 있는 사냥감을 살아 있는 채로 뜯어먹을 거니? 그런 취향인 줄 몰랐구나."

"으아악~! 어쩜 말을 해도 꼭 그렇게! 그런 게 아니라는 거 알잖아!"

"그렇게 속 편히 투덜댈 시간이 있나 모르겠구나. 저것들이 깨어나려고 하는 거 같은데?"

"응?"

엄마의 말에 휙 고개를 돌리니 세상에나 정말 엄마의 말대로 그 오크들이 꿈틀꿈틀거리는 게 곧 정신을 차릴 것 같았다.

"으헉!"

아무리 라이트닝 볼트가 매직 미사일보다 몇 배나 강하다 해도 둘의 목숨을 끊을 정도까지는 아니었나 보다. 하기야 멧돼지도 매직 미사일 몇 발로는 끄떡없긴 했었다.

나는 얼른 주변을 휙휙 둘러보다가 놈들과 반대 방향으로 달려가기 시작했다.

"결국 저놈들은 그냥 두고 가게?"

"아, 몰라, 몰라!"

정말 어찌할 바를 몰랐기에 그냥 도망치기로 한 바로 그때, 나를 구원하는 천상의 소리가 들려왔다.

"아기씨이~!"

그때만큼 유모의 목소리가 반가웠던 적은 또 없었을 것 같다.

"유모오오~"

"생각보다 빨리 쫓아왔군. 여길 어떻게 금방 찾은 거지?"

의외라는 듯한 엄마의 중얼거림이 들려왔지만 난 이유를 알았다. 아마 분명 나에게 달려 있는 추적 장치 덕분이겠지.

걱정이 가득한 얼굴로 달려와 내가 다친 곳은 없는지 찬찬히 살펴보는 유모에게 나는 엄마와 있었던 일을 미주알고주알 다 말해 버렸다.

어떻게 된 일인지 유모가 묻기도 했거니와 나도 앞으로 어떻게 해야 할지 몰라 조금은 답답했던 것이다.

"하레츠 님이 그러셨다고요?"

"응. 엄마가 틀린 건 아니라고 생각은 하는데, 그래도 차마 무력해진 놈들을 죽이는 건… 에휴~ 엄마가 끝까지 시킬 것 같은데, 나 이제 어떻게 하지?"

난 엄마가 나에게 살생을 시키는 걸 어떻게 피할지 고민이 되어 말한 건데, 유모의 초점은 다른 데 가 있었다.

"이건 말도 안 되는 일이지요. 어떻게 마법 아이템을 다 빼앗으신단 말씀이십니까? 걱정 마세요, 아기씨. 제가 해결해 드리겠습니다."

"으응?"

"그깟 오크들은 한 방에 보내 버릴 수 있게 해드릴게요."

"으으응? 저, 저기?"

'유모, 난 지금 한 방에 보내 버린다는 것 자체가 무서워서

이러는 거거든?'

내가 원한 건 아빠한테 말해서 당장 집으로 돌아갈 수 있도록 해주겠다는 말이었건만, 돌아온 건 내 바람과 정반대되는 대답이었다.

"그리고 그까짓 오크들을 두려워하실 필요 없으세요. 그냥 그런 것들은 이 세상에서 쓸모없고, 보이면 그냥 치워야 하는 쓰레기들이라고 생각하세요."

"하아?"

"그냥 눈 딱 감고 공격 마법을 쏴버리시면 돼요."

"헐……."

아무것도 아니라는 양 태평하게 말하는 유모의 모습에 나는 잠시 할 말을 잃어버렸다. 설마 황족이나 귀족 여자애들에게 이런 교육이 보통인 건… 아니겠지?

내가 심란해하든 말든 엄마의 새로운 훈련은 다음 날에도 계속되었다.

어제 엄마한테 강렬한 뒤통수를 한 방 맞은 우리 일행도 단단히 준비를 한 모양이었지만, 엄마의 비행 속도 앞에선 무용지물이었다.

게다가 어제보다 훨씬 더 멀리까지 날아와서 우리 일행이 제때 날 찾을 수 있을지 무지하게 걱정됐다.

그렇게 엄마와 내가 도착한 곳은 엄청 큰 골짜기였다. 산이 워낙 크다 보니 거기에 있는 골짜기의 규모도 어마어마했다.

거기가 목적지인 듯 골짜기 안으로 들어간 엄마는 속도와고도를 낮춰 몇 번 주변을 선회하더니 어느 순간 허공에 멈췄다.

드디어 훈련의 시작인가 싶어 긴장으로 꼴깍 침을 삼키는데, 엄마의 날카로운 시선이 나에게 날아와 박혔다.

"왜, 왜?"

"안 뺀 거 없지?"

출발하기 전 목걸이와 양손에 찬 팔찌를 다 빼게 했으면서도 혹여 놓친 게 있는지 마지막으로 확인한 거였다.

"있는 거 다 빼놓게 했으면서 뭘……."

슬그머니 시선을 피하며 말끝을 흐리는 내 태도에 뭔가 이상함을 느낄 만도 했을 텐데, 엄마는 순순히 고개를 끄덕였다.

하기야 가벼운 셔츠와 바지 차림에, 머리도 하나로 땋아 묶고 있는 모습이었으니 엄마도 별다른 걸 발견하지 못했을 터였다.

"잘해보렴."

"우쒸……."

볼을 부풀리며 죽상을 해 보였지만 엄마의 손은 가차 없이 날 떨어뜨렸다. 그래서 난 엄마가 손을 놓자마자 얼른 날개를 펼쳤다.

오늘은 실드와 레비테이션 마법이 새겨진 팔찌가 없었기에 내 스스로의 힘만으로 착륙해야 했다.

이를 대비해 어제 열심히 착륙 연습을 했지만, 그래 봤자 겨우 반나절 정도 연습한 거라 추락하는 속도를 조금 늦추는 게 고작이었다.

덕분에 떨어진 지 십 초도 안 지났는데 벌써 내 몸은 나무

꼭대기에 도착해 있었다.

"우웃!"

실드를 칠 수 없었던 나는 얼른 양팔을 들어 무성한 나뭇가지들로부터 얼굴을 보호했다.

파샤샤삭!

나뭇가지들이 얼마나 굵고 강했던지, 온몸은 자잘한 상처투성이가 되었고 날개도 엉망이 되었다. 아가씨들이 엄청 애써서 가꿔준 날개인데, 나중에 이 꼴을 보면 눈물을 흘릴 거 같다.

하지만 내 고난은 거기서 끝이 아니었다.

겨우 무성한 나뭇가지들을 지나쳤다 싶은 순간, 아래에 있는 시커먼 인영과 눈이 따악 마주친 것이다.

'오크?!'

바로 어제 마주쳤으니 모를 수가 없었다. 그러니까 엄마는 오크들 머리 위로 날 떨어뜨린 것이다.

'우이쒸이~!'

진즉부터 머리 위로 무기를 쳐들고 있는 놈들의 모습이 내가 떨어지기만을 기다리고 있는 태세였다. 그러니 난 어쩔 수 없이 외칠 수밖에 없었다.

"윈디 핸드!"

바람으로 이루어진 거대한 손이 나타나 두 오크를 한 방에 저 멀리로 날려 버리자 허공에서 지켜보고 있던 엄마가 즉시 아래로 내려왔다.

"이리 내."

"쳇……"

"안 내놔?"

입술을 비죽이는 것 정도는 엄마한테 통하지도 않았다. 엄마의 엄한 눈초리에 나는 불퉁한 표정을 하면서도 어쩔 수 없이 허리띠를 끌렀다.

목걸이와 팔찌를 빼앗긴 나를 위하여 유모가 챙겨준 거였는데 초장에 들킬 줄이야. 하기야 엄마가 날 다짜고짜 오크의 머리 위로 던질 줄 알았나.

"정말 어리석구나. 이런 편법에 의지하는 네가 제대로 강해질 수 있을 것 같으냐?"

"다짜고짜 오크들을 상대하라고 하니까 그렇지. 그냥 호신술을 배우는 걸로 시작하면 안 되는 거야? 그런 건 열심히 할 생각 있는데."

내 말에 엄마가 인상을 찡그렸다.

"인간들이 사용하는 싸우는 기술 말인가? 조인족은 그딴 것 배우지 않아도 얼마든지 훌륭한 전사가 될 수 있다."

"와~! 말도 안 돼. 아니, 그렇다 쳐도 그건 다 큰 후에나 가능한 거잖아. 솔직히 엄마는 내가 아까 그 오크를 한 명이라도 제대로 상대할 수 있을 거라고 생각해?"

"상대할 수 없다고 생각했으면 이런 훈련은 시키지도 않았다. 너야말로 이런 거에 의존하고, 도망갈 궁리만 하지 말고 제대로 상대할 수는 없는 거냐?"

"갑자기 오크 앞에 떨어졌는데 그럴 정신이 어딨어? 그리고 도망치면 좀 어때서!"

"훈련하라고 보내놨는데 해보지도 않고 무조건 겁을 먹고 도망치는 게 잘하는 거냐?"

"그… 뭐… 그건… 아니지."

엄마의 생각에 동의할 수는 없었지만 그렇다고 내가 잘한 건 아니었기에 내키지 않았지만 수긍할 수밖에 없었다.

"그럼 이번에는 제대로 상대해 보렴. 이번에는 갑자기 머리 위로 떨어진 게 아니니 제대로 해볼 수 있겠지?"

"뭐?"

왠지 불안함을 느끼며 되묻는 나에게 엄마는 내 뒤를 손짓으로 가리켜 보이고는 냉정하게도 혼자만 하늘로 휙 하고 날아 올라가 버렸다.

그리고 안 돌아가려는 목을 억지로 돌려 돌아본 곳에는 아까 바람의 손으로 멀리 날려 버렸던 오크가 거센 콧김을 뿜어대며 이쪽을 향해 달려오고 있었다.

"취익, 취익!"

"취익!"

"우쒸~!"

엄마는 내가 상대할 수 있다고 했지만 내가 보기엔 절대 무리였다. 그래서 나는 엄마의 말은 훌훌 날려 버리고 냉큼 놈들과는 반대 방향으로 도망치기 시작했다.

엄마가 한심하다는 시선을 보내올 게 뻔했지만, 못생긴 얼굴을 흉악하게 일그러뜨리며 쫓아오는 놈들을 상대하느니 한심하다는 시선을 받는 게 백배는 낫다고 생각했다.

한… 5분 정도만.

"헥, 헥, 헥……."

입에서 연신 거친 숨이 흘러나왔다.

얼마나 헥헥거렸는지 입안이 다 마르고 목이 아파왔다. 조인족 마을에 오기 전 나름 열심히 체력을 키운다고 키웠는데, 좀 더 열심히 할 걸 그랬다.

'아오~ 저놈들은 왜 이리 빨라?'

애초에 나보다 키도 덩치도 큰 놈들을 쉽게 따돌릴 수 있을 거라 여긴 것부터가 잘못이었다.

거기다 놈들이 쉽게 따라오지 못할 코스를 선택한다고 오르막길로 달린 건 완전한 패착이었고 말이다.

놈들의 사정은 둘째 치고 내가 금방 지쳐 버린 것이다.

"취익! 취이익!"

"꾸익, 꾸익!"

나는 힘들어서 헉헉거리는데, 놈들의 괴상한 소리는 여전히 쌩쌩하게 들렸다.

"헥, 헥, 젠장… 아까, 헉… 그걸… 헉헉……."

아까 엄마에게 빼앗긴 허리띠가 그렇게 아쉬울 수가 없었다.

"취~ 이이익~!"

왠지 불길함이 느껴지는 괴성에 힐끔 뒤를 돌아봤더니 아뿔싸, 오크 한 놈이 뒤로 한껏 젖힌 팔을 앞으로 당기려 하고 있었다. 그 손에는 낡아빠진 검이 들려 있었고 말이다.

"으악!"

그 모습을 발견하자마자 나는 반사적으로 옆으로 몸을 던졌다. 그러자 몇 초 지나지 않아 바로 그 오크가 들고 있던 낡은 검이 내 옆을 스쳐 저 앞으로 날아가는 거였다.

조금이라도 늦었으면 정말 위험할 뻔했다.

하지만 그걸 피하느라 옆으로 엎어지는 통에 오크들에게 따라잡히고 말았다.

"취익~!"

얼른 몸을 일으키려 했지만 그사이 내 코앞까지 다가온 다른 오크 놈이 검을 휘둘렀다.

"으헉!"

기겁한 난 본능적으로 팔을 들어 얼굴을 가렸다.

내 손바닥 속에 든든한 마법 아이템이 존재하고 있었지만, 검이 바로 코앞에서 휘둘러지고 있었던 터라 그걸 사용할 틈조차 없었다.

이젠 정말 죽었구나 싶었던 바로 그때.

쾅!

무언가가 충돌하는 소리에 몸이 반사적으로 움찔거렸다.

그런데 어찌 된 영문인지 잠시 시간이 지나도 내 몸에는 어떤 충격이나 통증도 없는 거다.

의아함에 조심조심 얼굴을 가린 팔을 내리니 내 앞을 가로막고 있는 반투명한 초록색 실드가 눈에 들어왔다.

"어? 이, 이게 어디서?"

내가 의아해하는 것도 당연했다.

팔찌는 진즉에 엄마에게 뺏겼고, 손바닥 속에 있는 건 시동어를 외치지도 못했으니 말이다.

그러나 의아해하느라 멍청하게 있을 틈이 없었다. 오크 녀석이 또다시 검을 치켜들었던 것이다.

'헉! 저놈은 실드도 안 보이나?'

하지만 실드도 문제였다. 레벨이 낮은 거였던지, 색이 희미해지며 일렁이는 게 한 번만 더 공격을 받으면 깨질 것 같았다.

그사이 처음에 내게 검을 던졌던 오크까지 저 멀리 날아갔던 검을 들고 다가오니 완전 진퇴양난의 상태였다.

"클났다."

힐끔 하늘을 올려다봤지만 엄마의 모습은 보이지도 않았다.

'무정한 엄마······.'

속으로 툴툴거리며 나는 이를 악물었다.

쾅!

파창~!

다시 한 번, 그것도 이번에는 두 손으로 쥐고 힘껏 내려친 검에 결국 실드가 깨져 버리고 말았다.

그 순간, 나는 이를 악물고 온 힘을 다해 오른쪽에 있는 오크를 들이받았다. 놈이 충격으로 비틀거리면 그 틈에 도망갈 생각이었다.

마침 놈이 경사진 곳에 서 있었던 터라 충분히 가능하다 여기고 몸통 박치기를 시도했건만, 이게 웬 일?

놈은 약간 비틀하다 뒤로 한 걸음 내딛는 걸 끝으로 금방 균형을 잡았던 것이다. 오히려 내가 놈과 부딪친 반탄력으로 뒤로 튕겨 나와 엉덩방아를 찧고 말았다.

"취익!"

덕분에 기회를 잡은 건 또 다른 오크. 놈은 내가 엉덩방아를 찧으며 뒤로 넘어지자 이때라는 듯 한 걸음 내디디며 검을 내려쳤다.

"으힉!"

본능적으로 몸을 완전히 뒤로 눕히며 검을 피하려 했지만 20% 부족했다.

어깨부터 가슴을 지나 옆구리까지 검 끝이 내리긋고 지나가면서 촤악! 하고 피가 튀었다.

그 순간 이제 죽는구나 싶었다. 눈앞이 새하얘져 뒤이어 오크 놈이 검을 휘두르는 모습도 제대로 보이지 않았다.

한데 내 몸은 그렇지 않았나 보다.

두근!

단 한 번.

심장이 온몸에 있는 피를 모조리 빨아들이려는 것처럼 크게 부풀었다가 강하게 수축했다.

"크윽!"

그 움직임이 얼마나 강했던지, 순간 머리부터 발끝까지 번개가 관통하는 듯한 통증이 찾아왔다.

하지만 그게 끝이 아니었다. 한 번 크고 강한 박동을 보였던 심장은 이후 커다란 울림과 함께 빠른 속도로 뛰기 시작했다.

투두두두두~!

심장이 마치 100m 달리기라도 하는 것만 같았다. 얼마나 움직임이 거셌던지, 심장에서 피가 뿜어져 나와 온몸으로 흘러가는 게 느껴질 정도였다.

그리고 그 빠르고 강렬한 피의 흐름이 내 머릿속을 헤집고 다니자 갑자기 세상이 한 바퀴 비잉 돌았다. 설명은 길었지만 그 모든 게 일어난 건 한순간이었다.

"취익!"

오크의 괴성에 퍼뜩 정신을 차리자 나를 향해 날아오는 검의 모습이 보였다. 그 검을 휘두르는 놈은 방금 전에 내 어깨부터 가슴까지 검으로 좌악 긁었던 그놈이 분명했다.

녀석을 보자마자 머리로 더 많은 피가 세차게 몰려들었다. 그리고 나는 저도 모르게 놈의 검을 똑바로 지켜보고 있다가 손을 들어 검을 쳐냈다.

그와 함께 몸을 빙글 돌려 일으킨 나는 다리로 땅을 강하게 박차 나에게 검을 휘둘렀던 오크에게 달려들었다.

경악으로 크게 떠진 오크의 눈이 보였다 싶은 순간, 난 왼손을 펴서 놈의 얼굴을 잡고 달려든 속도를 이용해 힘껏 내리찍고 있었다.

오크가 무서워서 감히 상대할 엄두도 못 내고 도망치기 바빴던 내가 말이다.

오크는 내 손짓 한 방에 그대로 뒤로 넘어가 고꾸라졌건만, 난 그게 놀랍다거나 이상하다는 걸 전혀 느끼지 못했다. 오로지 내 머릿속에는 감히 내 피를 보게 한 이 오크 놈을 가만두지 않겠다는 생각밖에 없었다.

욱신거리는 통증도 내 행동에 장애가 되기보다 오히려 내 흥분을 부추겨 더 날뛰게 만들었다.

'건방진 놈. 감히 내 피를 보게 만들어? 그렇담 난 네놈의 심장을 직접 꿰뚫어… 어어? 뭐, 뭣?'

그 순간 정신이 퍼뜩 들었다.

"으헉!"

그리고 아래를 내려다본 나는 기겁하며 자리에서 벌떡 일어났다.

방금 전 나는 한 점의 망설임도 없이 놈의 심장을 꿰뚫어 버리려 하고 있었다.

머리에 뜨거운 피가 몰려 오크에게 내 피를 보게 한 대가를 몇 배로 받아내지 않고는 도저히 참을 수가 없었던 것이다.

그걸 깨닫자마자 입이 떠억 벌어졌다.

"내, 내가… 미쳤나 봐."

닭 한 마리도 못 잡는 내가 방금 전에는 아무런 거리낌도 없이 살아 있는 오크의 가슴에 손을 박아 넣으려 했으니 말이다.

"뭐, 그래도 금방 정신을 차리긴 했어."

갑자기 들려온 목소리에 나는 반사적으로 목소리가 들린 뒤쪽으로 강하게 팔을 휘둘렀다.

"음… 아직 완전히 정신 차린 게 아니었나?"

내가 휘두른 팔을 가뿐하게 막으며 묻는 엄마에게 나는 얼떨떨한 시선을 보냈다.

"까, 깜짝이야. 왜 갑자기 나타나서 놀래켜? 딴 오크인 줄 알았잖아."

엄마의 모습을 확인하자마자 안도한 나머지 다리에 힘이 풀려 그 자리에 다시 털썩 주저앉았다. 그와 함께 온몸이 덜덜덜 떨려왔다.

"어, 엄마… 내가 이상해졌어."

나는 목소리마저 덜덜 떨며 애처롭게 엄마를 바라봤지만 엄마는 별 상관없는 기색이었다.

"괜찮아. 그럭저럭 양호한 편이야."

영혼 없는 위로의 말을 툭 내뱉으며 엄마는 내 손을 잡아 올렸다.

"생각보다 짧네… 몸집이 작아서 그런가?"

손을 뒤집어보고 주무르는 것도 모자라 팔뚝까지 주물거리더니 그제야 만족한 표정으로 고개를 끄덕였다.

"그래도 제법 근육은 단단하게 잘 잡혔군."

아무렇지도 않게 자신의 볼일(?)만 보는 엄마의 모습이 어이없으면서도 조금의 동요도 없는 태평한 태도에 폭풍처럼 휘몰아치던 온갖 감정이 조금씩 진정되었다.

"뭐 하는 거야? 갑자기 내 몸은 왜 주물러 대는 건데?"

"처음으로 전투 상태에 돌입했으니 괜찮은지 확인하는 거지. 어디 몸이 불편한 데는 없어? 머리는? 어지럽지 않아?"

'어지럽기는… 엄청 큰 충격에 정신이 하나도 없구만… 도대체 전투 상태는 또 뭐… 헉! 뭐야, 손이 왜 이래?'

엄마의 말에 속으로 투덜대며 여전히 그녀에게 잡혀 있던 손을 슬며시 빼냈더니만, 그 순간 내가 지금까지 미처 보지 못했던 모습이 들어왔다.

내 손이 한눈에 알아볼 수 있을 정도로 커진 건 둘째 치고, 그 손끝에는 평생 그럴 일 없을 거라 여겼던 손톱이 길게 삐져나와 있었던 것이다.

"뭐, 뭐야! 이거 왜 나온 거야! 나 빼낸 적 없는데?"

처녀 귀신의 손톱처럼 길어진 손톱의 모습에 나는 파닥거리며 엄마를 바라봤다.

"전투 상태가 된 거라니까."

"도대체 전투 상태가 뭔데?"

'설명을 해줄 거면 알아듣게 해주든가!' 란 기색이 역력한
얼굴로 엄마에게 투덜거리자 내 눈높이에 맞춘 쉬운 설명은
옆에서 들려왔다.

"수인족들이 수인화하는 걸 말하는 거예요. 쉽게 말해 평소
보다 힘도 강해지고 움직임도 빨라지는 상태가 되는 거죠."

유모였다. 엄마가 어제보다 멀리 왔다 했더니, 이제야 찾아
올 수 있었던 모양이다.

"손톱도 길어지고?"

내가 불퉁한 표정으로 손톱이 길어진 손을 들어 보이며 묻
자 유모가 호호~ 웃으며 고개를 끄덕였다.

"네네, 모습도 달라져요. 조인족은 약간 변하는 정도지만,
묘인족은 아예 동물의 모습으로 변한다고 들었어요. 수인족에
따라 변하는 정도에 차이가 있지요. 아기씨는… 키도 많이 커
지셨는데요?"

유모의 말에 나는 내 몸을 이리저리 살펴봤다. 아깐 정신이
없어서 몰랐는데, 약간 헐렁했던 옷이 꽉 끼고 소매도 좀 짧아
졌다.

유모에 이어 엄마도 설명을 덧붙였다.

"수인화라… 그래, 인간들이 그렇게 말한다고는 들었지. 우
리는 그걸 전투 상태로 변한다고 한다만."

"어어… 그, 그럼 혹시… 그렇게 되면 평범한 사람도 갑자기

맛이 가서 피를 보고 싶어 한다거나, 눈앞에 있는 오크를 죽이려고 든다거나 하기도 해?"

내 말에 엄마의 눈이 살짝 찌푸려졌다.

"조인족이 무슨 피와 살육에 미친 집단인 줄 아냐? 단지 초기에는 갑자기 강해진 힘에 취해 흥분을 주체 못할 뿐이다. 보통 전투에 한창 빠져 있거나 목숨에 위협받는 상황에 변화를 맞이하니까. 뭐, 우리 조인족이 전투를 즐기는 경향이 강하다는 건 사실이다만."

어째 난 그게 그거라는 식으로 들렸다.

"그렇게 수인화 초기에는 힘과 흥분이 폭주해서 스스로 정신 차리기 힘든데 넌 그거 하나만은 대단하구나. 그 정신력으로 상대를 두려워하지 않고 맞서면 좋을 텐데……."

가만히 엄마 말을 듣고 있던 나는 한 가지 걸리는 느낌에 인상을 찌푸리며 물었다.

"잠깐만… 혹시, 훈련이라면서 날 오크 앞에다 던져 놓은 게 그 수인화인지 전투 상태인지로 변하게 하려는 거였어?"

그러자 엄마도 인상을 찌푸리며 고개를 끄덕이는 거였다.

"당연하지. 다른 애들은 교육장에서 적당히 손톱을 뽑아 드는데 넌 도통 할 생각을 안 하니 이렇게라도 해야지 별수 있니? 나도 적당한 오크들을 찾아다니느라 힘들었다."

"뭐시여, 그러니까… 엄마가 전부터 손톱에 그렇게 집착한 게 전투 상태 때문인 거였어? 전투 상태로 변하면 손톱을 뺄 수 있으니까?"

"그래."

"와… 도대체 그 전투 상태가 뭐길래 이 고생을 시키냐? 아까 나 정말 죽을 뻔한 거 못 봤어?"

"그 정도로는 안 죽는다."

농담이 아니라 진심으로 하는 말이 역력한 기색이라 나는 왠지 등골이 서늘했다.

"게다가 전투 상태가 되면 회복 능력이 크게 상승돼 웬만한 상처는 금방 나아버리니까. 보렴, 너도 아까 입은 상처가 많이 회복되었잖니."

그러고 보니 나 아까 오크한테 크게 베였었는데 그냥 좀 욱신욱신거리기만 했다.

엄마의 말에 유모가 황급히 다가와 쫘악 갈라지고 피가 잔뜩 묻은 내 셔츠를 보고는 기겁한 표정이 되었다.

"아, 아기씨이~!!"

"어… 근데, 별로 안 아파."

유모의 빠른 손놀림에 의해 셔츠가 벗겨지자 붉고 굵은 흉터가 그대로 드러났다. 그런데 신기하게도 상처를 입은 지 한 시간도 안 지났는데 마치 며칠이라도 지난 양 거의 아물고 있는 거였다.

"세, 세상에… 많이 아프셨지요?"

"그때는 되게 놀라서 아픈 것도 몰랐어. 게다가 곧바로 전투 상태가 되었고. 우와~ 그런데 벌써 이렇게 회복됐네."

안타까움이 가득한 유모를 달래려 배시시 웃으며 대꾸하는데, 엄마가 끼어들었다.

"만약 그전에 마법 아이템의 도움을 받지 않았다면 좀 더 일찍 수인화가 되었을 거다. 그 상처도 안 입었을지도 모르고.”

엄마의 날카로운 눈초리에 찔리는 게 있었던 나는 '대신 팔
이 부러졌을지도 몰라!' 라는 항의는 차마 할 수 없었다.

물론 그건 내가 일부러 챙긴 건 아니었지만 유모가 그 아이
템에 대해 말했어도 사양하지 않았을 테니까.

내 태도에 엄마는 한숨을 푸욱 내쉬며 말을 이었다.

“이제야 겨우 전투 상태로 변하다니. 이렇게까지 했는데도
변하지 않을까 봐 걱정까지 될 정도였다. 너는 정말 뭐든 평범
하게 되는 게 없구나.”

“그건 내가 하고 싶은 말이었거든! 아까 내가 얼마나 놀랐는
줄 알아? 어휴, 그놈의 전투 상태인지 뭔지 때 되면 어련히 알
아서 됐겠지! 그걸 꼭 지금 당장 변하게 해야 직성이 풀리나
그래? 그나저나 이거 어떻게 돌아… 응? 제대로 돌아왔네?”

엄마한테 실컷 투덜거리며 이제 다시 손톱을 넣게 해달라고
하려 했는데, 어느새 손톱은 쏙 들어가서 본래의 모습으로 돌
아가 있는 거였다.

그걸 본 엄마가 팔짱을 터억 끼며 대꾸했다.

“그때가 언제인데? 널 도와줄 사람이 없는 곳에서 갑자기
전투 상태가 되어서 폭주하면 어떻게 될지 생각해 봤어? 게다
가 한번 전투 상태가 되었다고 전투 상태를 쉽게 컨트롤할 수
있을 거 같아?”

구구절절 옳은 말이었기에 난 차마 반박하지 못하고 입만
삐죽였다. 그러자 엄마의 눈꼬리가 부르르 떨리더니 한 손을
뻗어 인정사정없이 내 뺨을 잡아 쭈욱~ 늘리는 거였다.

"아야야야~!"

"나이를 먹으면 더 똑똑해져야지, 오히려 어린애처럼 반항기만 늘어나니 어쩜 좋으냐?"

"아퍼어~!"

"아프라고 한 거다. 앞으로 전투 상태를 네가 마음대로 컨트롤할 수 있을 때까지 이 훈련은 계속될 테니까 그렇게 알아. 얼른 훈련을 끝내고 싶으면 빨리 전투 상태를 컨트롤하든가. 만약 지금처럼 제대로 안 하고 자꾸 반항하면 오크 마을에 확 던져 버릴 테다!"

평소 화를 낸 적이 한 번도 없었던 엄마였는데 내가 자꾸 반항하며 요리조리 도망칠 생각만 하자 화를 참을 수 없었던 모양이다.

"우이잉~!"

정말 조인족으로 살기 참 힘들었다.

처음 수인화인지 전투 상태인지가 되었어도 바뀌는 건 없었다. 엄마의 훈련은 여전히 계속되었고, 유모를 비롯한 내 일행이 다급히 날 찾아오는 것도 여전했다.

엄마의 훈련이 내 수인화 컨트롤을 위한 것이라는 걸 알아도 내 주변 사람들은 결코 안심하지 못했다.

목적이야 어쨌든 이 훈련이 안전한 건 아니었으니 말이다. 아니, 오히려 걱정이 커졌다.

내가 웬만한 상황에서는 수인화를 하지 못하자 엄마가 점점 더 위험한 상황에 나를 던져 넣었던 것이다.

엄마는 엄마대로 내가 한번 수인화를 했으면서도 여전히 수인화하는 걸 어려워하자 답답해하는 기색이었다.

하지만 나도 나름대로 사정이 있었다. 수인화만 되면 마치 내가 아닌 다른 존재가 된 것처럼 맛이 가버리니 거부감이 들었던 것이다.

수인화만 되면 아드레날린이 마구마구 솟구치기라도 하는지 눈앞에 있는 존재가 누구라도 정면으로 상대하는 게 전혀 무섭지 않았다. 아니, 무섭지 않은 정도가 아니라 내가 이길 수 있을 것 같았다.

게다가 놈들과 공방을 주고받다 보면 어느새 오싹오싹, 짜릿짜릿한 기분까지 즐기고 있었다.

심지어는 더 짜릿한 기분을 즐기고 싶어 무리한 공격을 감행하기도 하니 문제였다.

한번은 짜릿한 스릴에 취해 오크 두 녀석을 한꺼번에 상대하다가 옆구리를 크게 꿰뚫린 적이 있었다.

얼마나 심했는지 수인화가 되었어도 상처가 금방 아물지 못해 움직일 때마다 피를 줄줄 흘렸더랬다. 아마 잘못했다간 거기로 내장이 삐져나와 정말 위험했을 수도 있었을 텐데, 그걸 인지하지도 못하고 날뛰어댔다.

나중에 그걸 본 유모 등등이 얼마나 기겁했는지 모른다.

그렇게 전투의 짜릿함을 즐기게 되자, 상대에게 부상을 입히거나 피를 보는 것 또한 가볍게 여기게 되어 스스로의 정신 상태에 대해 겁이 났다.

이러다가는 오크의 목을 치는 것도 아무렇지 않게 여길까 무서워지기 시작한 것이다.

'물론 오크는 몬스터지만, 아무리 그래도 익숙해지고 싶지 않다구우~!'

지금도 스릴에 중독되는 거 같아 걱정인데, 이러다가는 오크 목 치러 다니는 걸 게임처럼 여기게 될 지도 모른다.

'그건 절.대. 싫어!'

아무래도 그런 심정이 수인화되는 것에 영향을 끼치는 모양이었다.

엄마가 이런 내 심정을 알게 되면 정신 상태가 허약하다느니 어쨌다느니 하며 혀를 차겠지?

유모나 자넷도 오크는 세상에서 쓸모없고 없어져야 할 존재이니 죽이는 걸로 맘 상하지 말라는 식으로 말할 게 뻔했다.

그렇게 혼자 속으로만 끙끙 앓던 나는 며칠 뒤 마법 수정구에 나타난 아빠의 얼굴을 보자마자 저도 모르게 하소연을 늘어놨다.

아무래도 그동안 알게 모르게 속으로 쌓인 게 많았던 모양이다.

"물론, 오크가 나쁜 놈이라지만 살아 있는 존재를 죽이는 데에 대한 거부감이 드는 건 당연하지 않아? 내가 이상한가? 아우~ 근데 수인화가 되면 그게 없어진다니까. 아직 죽인 적은 없지만 까딱 잘못해서 죽였다간 그에 대한 재미를 느끼게 될까 봐 무서워. 어쩌지? 내가 너무 오버하는 걸까?"

무엇이든 다 포용해 줄 것 같은 딸바보 아빠였기에, 배부른 투정을 쉽게 털어놓을 수 있었던 것 같다.

다만 나는 '임금님 귀는 당나귀 귀'처럼 속에 쌓인 이야기를 털어놓는다는 데 의의를 뒀는데, 의외로 조용히 내 말을 듣고 있던 아빠가 표정만큼 진지한 어조로 입을 열었다.

[우리 딸, 그게 옳은 거야. 피를 보는 걸 꺼려해야 하고, 생명을 해하는 걸 두려워해야 해.]

"그게 몬스터라 해도?"

[생각하기 나름이지만 아빠는 우리 아샤가 아무리 몬스터라도 생명을 쉽게 생각하지 않았으면 좋겠다. 몬스터나 짐승의 생명은 가볍게 여겨지기 쉽지. 특히나 몬스터는 우리 인간과 적대 관계에 있으니 무조건 죽여야 한다는 인식이 있긴 해.]

"그렇… 지? 에휴우~"

[하지만 그런 존재의 생명이라고 가볍게 여긴다면 다른 존재의 생명도 가볍게 여길 수 있거든. 그건 혹 나중에 사람의 생명이 될 수도 있어.]

"그런가?"

[우리 딸, 이건 꼭 명심해. 어떤 생명이든 한번 손에 피를 묻히게 되면 씻을 수 없단다. 그리고 만약 한번 했다고 해서 또다시 하는 걸 쉽게 여기면 안 돼. 피도 쌓이고 쌓이니까. 우리 딸은 평생 그런 것 따위 모르고 살면 좋을 텐데… 그래도 엄마가 틀린 게 아니라는 거 우리 딸도 잘 알지?]

아빠의 말에 난 속으로 많이 놀랐다.

기껏해야 내 말을 다 듣고 '우쭈쭈~' 하면서 무조건 다 괜찮다, 괜찮다는 식의 위로나 해줄 거라고 생각했는데—물론 그것도 무척 고마운 거긴 하지만—이처럼 고차원의 진지하고 진실한 말이 나올 줄은 몰랐다.

'오올~ 아빠가 이런 말을~!'

하긴 생각해 보면 아빠도 연륜 좀 쌓으신 분이었다.

"응응, 아우~ 잘 아니까 이렇게 고민하지."

[우리 딸~ 똑똑하기도 하지. 그리고 고민하는 게 나쁜 건 아니야. 특히나 이런 건 얼마든지 오래오래 심사숙고해도 부족한 거란다.]

"하지만 고민해도 소용없는 게, 수인화가 되면 나도 모르게 날뛰게 된단 말이지. 나도 정말 그러고 싶지 않은데, 수인화만 되면 맛이 가버려."

[익숙해지지 않아서 그래. 조인족이나 다른 수인족들이나 처음 수인화를 하면 흥분을 주체 못해서 일을 많이 저지르기도 한다더라고. 음…….]

아빠가 말을 고르는 듯 잠시 뜸을 들였다. 그러다 적당한 말이 생각난 듯 다시 말을 이었다.

[그러니까 사람으로 비유하자면 술을 전혀 안 마시던 사람이 갑자기 독한 술을 마시게 된 상황이랄까? 우리 아사가 이해할 수 있을까나?]

여기선 아직 꼬맹이 신세니 주변 사람들이 나한테 술을 마시게 할 리가 없었다.

그래서 순간 모른다고 할까 하다가, 지금 그게 중요한 게 아니었기에 그냥 넘어가기로 했다.

"알아, 알아. 내가 앤 줄 알아? 그러니까, 술 마시고 엄청 취했다는 거잖아."

[으음? 이런, 우리 딸이 벌써 그런 거 알면 안 되는데.]

"에잇! 아직 술은 안 마셔봤으니까 걱정 마. 그래서? 수인화가 된다는 게 술에 취한 거 같은 거라고?"

내가 아빠를 째려보며 뒷말을 재촉하자 아빠가 아하하 웃으면서도 선선히 내가 원하는 설명을 이어나갔다.

[그렇지. 익숙하지도 않으면서 단번에 독한 술을 마셨으니 제정신을 유지하지 못하는 거야. 아사, 너도 수인화를 해봤다니 알 거야. 그렇다고 술을 완전히 끊을 수는 없으니 익숙해질 때까지 마시는 수밖에 없다고나 할까? 물론, 진짜 술은 절대로 그러면 안 된다?]

"응."

아빠 말에 얌전히 고개를 끄덕이자 아빠의 얼굴이 헤벌쭉하게 풀렸다.

[아이고, 우리 딸, 얼굴이 예쁜 만큼 착하기까지. 우리 딸 보고 싶어서 어쩜 좋으냐.]

"응, 나도 아빠 보고 싶어."

[그래, 그래. 우리 예쁜 아사. 이제 수인화를 할 수 있게 되었다니 우선은 많이많이 연습해서 익숙해지는 수밖에 없어. 익숙해지기만 하면 엄마처럼 너도 이성을 잃지 않고 네 자신을 컨트롤할 수 있을 거야.]

아빠 말에 나는 한숨을 포옥 내쉬었다.

"하지만 익숙해지는 과정에서 계속 날뛰게 되니 문제지."

[아하하~ 그러네. 그럼 엄마에게 간절하게 부탁해. 다른 건 몰라도 아사가 흥분해서 생명을 취하는 것만은 막아달라고.

엄마도 그 정도는 납득할 거야.]

"엄마는 정신 상태가 허약해서 그런 거라고 할걸?"

[그래도 아사가 싫어하면 억지로 하게 하지는 않을 거야. 아사 엄마인걸.]

"뭐……."

확실히 가끔은 정말 엄마다운 태도를 보여서 날 놀라게 했던 분이니 아빠 말대로일 거다.

아빠 말에 고개를 끄덕끄덕하던 나는 문득 새삼스러운 시선으로 아빠를 바라봤다.

살다 보니 아빠하고 이렇게 진지한 대화를 나눌 때도 있구나 싶었던 것이다.

"아빠, 오늘 왠지 되게 멋있다. 음음, 멋져. 과연, 엄마 남편이 될 만해."

항상 고고하고 차가운 엄마와 언제나 흐물흐물, 물렁물렁해 보이는 아빠가 어떻게 전기가 통해 부부가 되었을까 의아했었는데, 오늘 아빠의 새로운 면을 보니 엄마가 이래서 인정한 건가 싶다.

솔직히 아빠의 흐물흐물한 면 때문에 허수아비 황제로 앉아 있는 건 아닌지 걱정했었다.

뭐, 재상이라는 나이젤 아저씨가 워낙 엘리트라 아저씨 덕에 그럭저럭 유지하나 보다 추측했었는데, 오늘 보니 그것만은 아닌 거 같다.

'그러고 보니 아빠가 소드 마스터였지? 오올~ 이렇게 따지고 보니 우리 아빠도 대단한 능력자였구나.'

새삼 깨닫게 되는 사실에 진심으로 감탄한 시선을 아빠에게
보냈더니 아빠가 되게 기분 좋았나 보다.

[핫핫핫, 그러엄~ 내가 누구 아빠냐? 바로 우리 아사의 아
빠가 아니겠냐? 역시, 아빠를 알아주는 건 우리 딸밖에 없다!]

뭐어, 아무리 대단한 능력자니 뭐니 해도 딸바보라는 건 여
전했지만 말이다.

제27화

피츠로이 백작성의 전투

피츠로이 백작의 집무실을 차지하고 앉은 전 차이슨 공작은 자신이 세웠던 계획을 차분하게 다시 검토하고 있었다.

현재 황제의 세력 중 굵직굵직한 존재들은 쉽게 움직이지 못하는 상황이었다.

서부군은 드미트리 제국의 수상한 움직임에, 동부군은 다이즌 공국과 노프샤 왕국의 움직임에 발이 묶여 있었고, 북부 지방의 귀족들도 요 근래 부쩍 늘어난 몬스터의 침입 때문에 많은 병력을 차출할 수 없었다.

남은 건 중앙군과 귀족 병력이었지만 이마저도 여의치 않았다.

'타우젠드 후작이 귀족들의 병력을 틀어쥔 채 움직이지 않으니 황제도 중앙군을 보낼 수 없겠지. 타우젠드 후작이 수상히 움직이는 판에 수도의 병력을 줄일 수 있겠어?'

황제와 타우젠드 후작은 절대적인 신뢰를 주고받을 수 있는 사이가 아니었다. 후작의 딸이 황제의 후비임에도 불구하고 그는 전대 황위 다툼에서 필립이 아닌 다른 황자의 편에 붙었던 자였다. 즉, 그는 자신의 이익이 걸려 있으면 얼마든지 황제와 자신의 딸을 버릴 수 있는 사람이었던 것이다.

결국 황위 다툼에서 필립이 승리하자 원래 타우젠드 공작이었던 그는 후작으로 강등되고 재산의 대부분이 몰수되었다.

하지만 만약 차이슨 공작가를 제제할 패로 적당한 조건을 가지고 있지 않았다면 절대 그 정도에서 끝나지 않았을 거다.

그런 관계였으니 그동안 둘이 잘 지내왔다 해도 경계를 풀 수가 없을 터였다.

'이럴 때 다이트무어 자작령에 진을 치고 있는 진압군을 확실하게 처리해야 해. 그들 대부분이 황제파의 세력이니 그들만 처리한다면 황제가 움직일 수 있는 폭은 더 좁아질 것이다.'

황제가 타우젠드 후작과 거래를 할 수도 있겠지만 그럴 확률은 낮았다.

자신이 살 기회를 줘서 이제껏 목숨을 이어온 후작이 저리 나오는데 황제가 자신을 굽히면서까지 거래를 제안할 리 없었다. 설사 그럴 마음이 있다 해도 거래의 성사는 쉽지 않을 거다. 타우젠드 후작은 그 기회에 더 많은 걸 받아내려 욕심을 부릴 테니 말이다.

'타우젠드 후작과 하느니 차라리 나를 선택하겠지.'

특히나 이곳에서의 세력을 확실하게 다져 놓은 후라면 황제는 어쩔 수 없으리라.

'그렇게 되면 남동부와 남서부, 남부 지방을 아우르는 차이슨 왕국이 세워지는 거야! 난 그 왕국의 초대 건국 왕으로 등극하는 것이고.'

상상만 해도 짜릿했다. 그 위대한 목표의 시작으로 공작은 피츠로이 백작성에서 대대적인 파티를 열기로 했다. 반란군 내부의 사기도 올리고 세력도 과시할 겸 열리는 파티였기에 규모가 상당했으며, 장장 일주일 동안이나 계속되었다.

피츠로이 백작성에서 대대적으로 열린 파티의 마지막 날 밤이었다.

외성에 주둔하고 있던 일반 병사들과 용병들은 잠이 들고 오직 파티가 열리고 있는 내성만이 환한 불빛을 밝히며 흥겨운 음악 소리를 흘려내는 바로 그 시각, 피츠로이 백작성으로 수많은 검은 그림자가 몰려들었다.

비록 파티가 열리고 있었지만 경계를 소홀히 할 반란군이 아니었다. 한데 어찌 된 영문인지 그날 밤에는 수많은 그림자가 피츠로이 백작 외성의 성문으로 다가감에도 불구하고 어느 누구도 알아차리지 못했다.

아니, 시커먼 그림자가 성문 앞에 당도할 즈음에는 굳게 닫힌 듯 보였던 성문이 스르륵 열리기까지 했고, 성문 안에선 또 다른 많은 수의 그림자가 그들을 맞이했다.

그들은 잠시 눈빛을 교환하고는 지체 없이 사방으로 흩어지기 시작했다. 그러고는 잠시 후 외성벽 위에서 수많은 그림자가 허공으로 날아올라 내성으로 향했다.

단순히 떠오른 것이 아니라 하늘 높이 날아오른 거였다. 그리고 그건 승승장구하고 있던 반란군과 패색이 짙었던 진압군의 전황을 단번에 뒤집은 '피츠로이 백작성 전투'의 서막을 알리는 모습이었다.

콰장창창!
콰당탕탕!
테라스로 연결되는 커다란 유리문을 산산조각 내며 웬 시커먼 인영들이 홀 안으로 날아들었다. 아니, 날아들었다기보다는 밖에서 누가 저 인영들을 힘껏, 아주 아아주~ 있는 힘껏 집어 던진 모양새였다.

그도 그럴 것이, 밖에서 날아들어 온 첫 번째 인영은 그나마 낙법을 펼쳐 멋들어진 폼으로 착지했지만, 그다음 인영은 운이 없게도 홀 안에 있던 어떤 사람 위로 떨어져 같이 나동그라졌던 것이다.

쿠당탕!
그다음 들어온 인영은 더 운이 없어 테이블 끄트머리에 발이 걸려 그대로 바닥에 강하게 패대기쳐졌다.

하지만 그는 테이블 위로 떨어지는 바람에 그 위에 있던 음식물들과 진~ 한 포옹을 하게 된 다음 타자보다는 운이 좋다고 생각할지도 모르겠다.

쨍그랑~ 챙강!

콰지직!

와그작!

투석기로 사람을 던진다면 이런 모습일까? 넓은 홀을 둘러싸고 있던 커다란 유리창들이 일제히 깨지며 그곳으로부터 수많은 인영이 쏟아져 들어오자 홀 안은 엉망진창이 되었다.

"뭐냐, 네놈들은?"

"적이다!"

"경비병!"

갑자기 쏟아져 들어온 그들 때문에 사람들이 피하려 우왕좌왕하며 경비병을 부르고 난리였다.

한데 홀 안으로 들어온 인영들은 사람들이 그러든 말든 외려 창밖을 향해 저들도 고함을 질러댔다.

"야~! 이 자식, 너 일부러 그런 거지?"

"너 죽었어! 이 자식, 일로 안 와?"

"한번 해보자 이거냐?"

그러자 그에 답하기라도 하듯 창문 밖에서 또 다른 인영들이 모습을 드러냈다.

그것도 먼저 들어온 인영들이 엄청 열 받도록 전~ 혀 꼴사납지 않은, 우아하고 느긋한 동작으로 천천히 날아 들어와 사뿐히 내려섰다.

"이런, 이런, 네놈들의 능력을 믿고 딱 맞게 던져 줬는데 꼴들이 그게 뭐냐?"

"하여간에 꼬라지들하고는… 쯧쯧, 이거야 원, 수준 안 맞아서 어디 같이 어울리겠어?"

거기다 대놓고 이죽거리기까지.

그러자 당연하게도 상대방들은 활활 불타올랐다.

"뭣이라? 여기다 던져 넣은 게 누군데?"

"나니까 이 정도지, 저는 개구리 엎어지는 것처럼 엎어질 게!"

"한번 해보자는 거야?"

"시끄러. 중간에 떨어뜨리지 않은 것만으로도 감사하게 생각하시지?"

"맞아. 네놈들 같은 덩치를 들고 오는 게 어디 쉬운 줄이나 알아?"

"거기다 우린 두 번이나 왕복해야 했다고!"

"이것들이 어디서 허약한 척이야?"

"웃기고 있네! 일부러 그런 거면서!"

"어디, 오늘 너 죽고 나 살자!"

"내 오늘이야말로 그 깃털을 몽땅 뽑아주겠어!"

"능력 있음 어디 한번 해보시지? 나야말로 네놈 꼬랑지를 뽑아주마!"

짹짹~ 꽥꽥~ 왈왈~ 멍멍~

200여 명이나 되는 인원이 패를 갈라서 큰 소리로 대거리를 해대자 시장 바닥 저리 가라 할 정도로 시끄러웠다.

덕분에 미리 홀 안으로 잠입해 들어와 어두운 구석에 숨어서 지켜보고 있던 그림자들은 한숨만 푹푹 내쉬었다.

"어째 처음부터 불안불안하더라니……."

"전 여기로 날아오는 도중에 안 싸운 게 더 신기한데요?"

"아니, 어쩌면 싸웠을지도 몰라. 그러니 열 받은 조인족이 도착하자마자 던져 버린 거 아닐까?"

"진짜 그런 걸지도."

"역시 조인족과 낭인족을 한 팀으로 묶는 건 별로 좋은 계획이 아니었어요."

"그냥 낭인족 대신 묘인족을 한 팀으로 할 걸 그랬죠?"

피츠로이 백작성에서 파티를 벌이고 있는 반란군 수뇌부들을 일망타진하기 위해 조인족이 낭인족을 데리고 밤하늘을 날아 쳐들어가는 작전은 실행하기 전까지만 해도 참 그럴듯해 보였다.

그러나 침입하자마자 처리할 인간들은 내버려 두고 저희끼리 삿대질까지 하며 싸워대는 새와 늑대 종족들을 보자니 회의가 들었다. 역시 사이가 좋지 않은 두 종족을 붙여놓은 게 잘못이었다.

하지만 그것도 잠시였다. 홀 안의 소란에 달려온 기사들과 병사들이 즉시 그들을 향해 무기를 빼어 들고 달려들었던 것이다.

"침입자를 처리하라!"

"한 놈도 살려두지 마라!"

"이놈들이 여기가 어디라고!"

그들은 침입자 중 절반이 등에 날개를 달고 있는 걸 뻔히 보면서도 전혀 주저함이 없었다.

"호오, 이것들 봐라? 제법 강단이 있는데?"

"그래, 덤벼라!"

"어디 한번 놀아 볼까나?"

"너그들, 다 죽었어!"

덕분에 새와 늑대 종족들은 저희끼리 싸우던 걸 즉시 멈추고는 인간들을 향해 씨익 웃으며 투지를 드러냈다.

푸화화화!

뚜두두둑!

"크와아앙!"

퍼어억!

쿠당탕!

탱그랑~ 챙그랑~

수인족들이 억누르고 있던 기운을 마음껏 드러내며 신체를 부풀리고 달려들자 마치 양 떼 사이에 늑대가 뛰어든 것 같았다.

반란군들은 기껏 용감하게 달려든 게 무색하게도 제대로 힘도 못 써보고 수인족들의 손짓 발짓에 그대로 나가떨어졌다.

"혹시 저놈들, 수인족을 처음 상대하는 거 아닐까요?"

"그러게… 설마 한 번도 본 적이 없나?"

"어쩐지, 조금의 거리낌도 없이 달려들더라."

지켜보던 그림자들이 얼떨떨해할 정도로 기사들과 병사들은 너무나 쉽게(?) 쓰러져 갔다.

하지만 여기에 있던 이들 모두가 맹탕은 아니었다.

"조심해! 혼자 덤비지 마라!"

"조를 짜서 덤벼라!"

게다가 숫자도 여전히 많았다. 그래 봤자 수인족들은 눈 하나 꿈쩍하지 않았지만 말이다. 아니, 오히려 더 투지가 치솟는 눈치였다.

"침착해! 두려워할 것 없다!"

"물러서지 마라! 덩치가 크고 힘센 인간이라 생각해!"

"은도금 된 무기를 사용해!"

그래도 제법 머리가 있는 사람들이 열심히 외쳤지만 수인족들을 제대로 상대하는 이들보다는 쓰러져 가는 이들이 훨씬 더 많았다.

"마법사, 마법사들은 무얼 하고 있소? 얼른 마법을 사용해 주시오!"

누군가의 외침이 아니더라도 마법사들은 진즉에 기사와 병사들을 돕기 위해 마법을 사용하려 했다.

한데 평소 자신들의 의지에 잘만 따라주던 마나가 그날따라 도통 말을 안 듣는 것이었다. 자신들이 취한 것도 아니었는데 말이다.

여러 번 주문을 외워도 안 되고, 가지고 있던 마법 아티팩트까지 꺼내 들었지만 그마저도 마법이 발현되질 않았다.

"이, 이게 왜?"

"마나가 움직이질 않습니다."

"마나역장! 누군가 여기다 마나역장을 펼친 게 틀림없습니다!"

대기나 해류처럼 항상 흐르고 있는 마나를 일시적으로 멈추게 하는 마나역장. 그 마나역장이 펼쳐진 곳에서는 어느 누구도 마법을 사용할 수 없었다.

마법도 마나를 움직여서 발현시키는 건데, 그 마나 자체가 움직이지 못하니 발현 자체가 안 되는 것이다.

마나역장을 풀려면 6서클 이상의 마법사가 와야 하지만, 반란군에게는 5서클의 마법사가 가장 높은 레벨의 마법사였다.

차선책으로 홀 안에서 마나역장을 펼치고 있는 자를 찾으려 했지만 소용없는 일이었다.

이 마나역장을 펼치고 있는 마법사들은 내성벽 위에 있었으니 말이다.

"휘유~ 역시 엘프 마법사들은 대단한데요?"

"나이가 최소 수백 살인데, 그 나이 되도록 일반 마법사급에서 놀면 어쩌냐?"

"하, 그건 그러네요."

몸을 숨긴 채 상황을 지켜보는 검은 그림자들은 그들의 포즈(?)와는 달리 목소리는 상당히 느긋했다. 하기야 그들의 임무는 만약을 대비하는 것이었으니 급할 게 없었다.

혹시 수인족들이 버거워하면 한 팔 돕겠지만, 잘하고 있으니 나설 필요가 없었다. 나중에 모든 일이 끝나면 뒷정리나 하게 될까?

"수인족들이나 잘 지켜봐."

"에이, 다들 잘하고 있는데요, 뭐."

"하하, 이거야 원. 저 빌어먹을 반란군 놈들을 눈앞에 두고도 수인족들의 경호원 노릇이나 해야 하다니……."

"모르고 들어왔냐? 그럴 거면 저기 문밖에 있는 팀이나 내성 밖에서 쳐들어오는 조에 끼지?"

"아오, 원래 그러려고 했는데 제비뽑기에서 졌단 말입니다. 아마, 저뿐만이 아니라 여기 있는 사람 대부분 제비뽑기에 져서 여기 왔을걸요?"

그 푸념조의 말에 주변에 있던 다른 그림자들이 낄낄거렸다.

"밖에 있는 애들은 신나게 날뛰는 모양입니다."

그렇지 않아도 홀 밖에서도 커다란 고함 소리와 사람들이 몰려다니는 소리, 무기 부딪치는 소리가 들려왔다.

여기서 도망치는 사람들을 담당하기로 된 다른 팀이 진즉부터 움직이고 있었던 것이다.

그림자 기사단은 피츠로이 백작성 파티의 마지막을 멋지게 마무리해 주기 위하여 정말 많은 준비를 해왔다.

"아오, 우리도 전력이 좀 더 많았으면 수인족들에게 기회를 주지도 않고 우리끼리 다 해버리는 건데……."

아줌마들 못지않게 수다 삼매경에 빠진 부하들의 모습에 그림자 팀장은 속으로 혀를 끌끌 찼다.

'이것들이 왜 내 밑으로 배정된지 알겠구만. 에휴~ 이렇게 시끄러우니 수인족들이랑 같이 놀라고 보내진 거지…….'

이놈들만 보면 여기가 피비린내 나는 전투장이 아니라 맥주 한 잔을 앞에 둔 술자리처럼 느껴졌다.

하지만 그러는 것도 잠시, 홀 안에서 제대로 서 있는 사람들이 채 백여 명도 남지 않자 팀장이 눈을 빛냈다.

"슬슬 우리도 나서자."

팀장의 말에 태평하게 늘어져 있던 이들이 순식간에 날카로운 기세를 뿜어내는 전사들로 변했다.

아무리 팀장에게 못났다고 구박받는 신세라 해도, 비밀 기사단 일원으로 작전 수행에 차출될 정도의 능력자들이었던 것이다.

그 시간, 남동부에서도 가장 남쪽에 있는 우리스 후작령에도 어둠을 틈타 수많은 그림자가 은밀하게 모여들었다.

그들의 목적지는 엔카 산맥의 한 줄기인 어느 깊은 산속의 골짜기.

골짜기 안에는 우리스 후작가에서 오래전에 개발해 놓은 거대한 규모의 광산이 있었는데, 그곳은 한밤중임에도 밝게 불을 밝힌 채 철통같은 경계를 서고 있었다.

하기야 광산이라는 것 자체가 엄청난 가치를 가진 재산이다 보니 큰 덩치에 부리부리한 눈빛을 가진 병사들에, 비록 저서클이라 해도 마법사들까지 동원해 삼엄한 경계를 펼치는 건 당연했다.

그러한 모습을 확인한 검은 그림자들은 두 무리로 나뉘어 움직였다.

한 무리는 골짜기로 이어진 절벽을 스파이더맨인 양 척척 타고 올라 광산 입구 근처로 이동해 갔고, 다른 한 무리는 경비병들에게 들키지 않게 멀찍이서 골짜기를 타고 내려와 조심스레 그들이 만들어 놓은 튼튼한 목책 근처로 다가갔다.

그리고 어느 순간, 목책 밖에 있던 그림자 중 십여 명이 품에서 마법 스크롤을 꺼내서 찢었다.

콰과과광!

쫘광!

어둠을 뚫고 십여 개의 불꽃이 일제히 크고 튼튼해 보이는 목책으로 날아와 부딪히자마자 굉음과 함께 폭발했다.

아무리 튼튼하게 지어놓은 목책이라고 해도 4, 5서클의 공격 마법이 십여 발이나 와서 부딪히자 견뎌내질 못했다. 그러고는.

"진격!"

"마음껏 휩쓸어 버렷~!"

"와아아아아~!

완전히 부서진 목책 사이로 수백의 인영이 뛰어들었다. 그들을 맞이하는 것은 목책 안에서 광산 입구를 지키는 경비병들.

"막아랏!"

"저들을 막아!"

목책 안에서 경비를 서고 있는 이들도, 숙소에서 휴식을 취하고 있는 이들도 뛰쳐나와 그들 앞을 막아섰다.

하나 빠릿빠릿하게 대응하는 광산 경비병들도 절벽 중간에서 떨어져 내려 그대로 광산 입구로 들어가는 또 다른 존재들에게는 미처 신경을 쓰지 못했다.

물론 광산 안에도 광산을 지키는 경비병들이 있었지만, 웬만한 기사들도 쉽게 찜 쪄 먹는 묘인족들에게는 상대도 안 됐다.

캬앙~!

크왕~!

"으아악~!"

"흑표범? 아니, 재규어인가?"

"갑자기 저놈들이 어디서 나타난 거야?"

완전한 동물의 모습으로 변한 묘인족은 고양이보다는 커다란 표범이나 재규어와 더 비슷했다.

하기야 표범이나 재규어나 다 고양잇과이긴 하다. 단지 네 발로 서 있는 것만 해도 1m는 훌쩍 넘는 데다 크고 강해 보이는 발톱과 이빨을 번뜩이고 있어 경비병들은 감히 상대할 엄두도 내지 못했다.

그렇게 경비병들을 가볍게 쓰러뜨리며 광산 안을 종횡무진하던 묘인족들이 광산의 중간쯤에 만들어진 널찍한 공간에 멈춰 서자 그들의 등에서 웬 작달막한 그림자가 벌떡 일어나더니 황급히 뛰어내렸다.

"크, 크헉헉… 주, 죽는 줄 알았다…….."

"나, 나도…….."

"어흑흑… 난 다시는 땅을 떠나지 않겠다고 맹세하겠어."

백여 명의 묘인족이 다시금 다른 통로로 달려가 버리자 그 공간에는 휘청거리거나 땅에 주저앉아 있는 작달막한 그림자들만 남게 되었다.

그러나 그들도 계속 그곳에 머무르지 않았다.

"자! 언제까지 그렇게 흐느적거리고 있을 건가? 얼른 우리가 할 일을 해야지!"

"맞아, 맞아. 얼른 찾아가자고!"

제일 먼저 외친 그림자의 말에 흐느적거리고 있던 다른 그림자들도 정신을 차리고 몸을 일으켰다.

광장의 벽 중간중간에 걸려 있는 횃불 아래 드러난 이들은 비록 키가 120~130㎝ 정도밖에 되지 않았지만, 떡 벌어진 듬직한 어깨와 가죽옷으로도 숨겨지지 않는 탄탄한 근육질의 몸매를 가지고 있었다.

거기에 그 몸매와 아주 잘 어울리는(?) 대형 쌍날 도끼나 커다란 해머 등등을 아주 가뿐하게 챙겨 들고 가볍게 움직이는 모습이, 키 작다고 비웃었다간 한 방에 훅 가버릴지도 모른다는 두려움이 절로 생기게 만들었다.

이들이 바로 장인 종족이라고 불리는 드워프였다. 반란군들에게 한 방 먹이기 위하여 와준 이종족들은 엘프와 수인족뿐만이 아니었던 것이다.

그들은 몸의 컨디션이 얼추 회복되자, 각자 십여 명씩 팀을 이뤄서는 묘인족들처럼 사방으로 흩어졌다.

이미 커다란 재규어의 모습을 한 묘인족들이 광산 곳곳을 누비며 헤집어놨기에 드워프들 앞을 가로막는 이들은 얼마 없었다.

뭐, 가끔 있는 이들도 살벌해 보이는 대형 쌍날 도끼와 해머를 휘두르며 우르르 달려드는 드워프 형님들께 금방 처리되었다.

커다란 재규어 두 마리가 달릴 수 있을 정도로 넓은 공간이었기에, 작달만한 드워프 형님들은 여러 명이라도 자유롭게 공간을 누빌 수 있었다.

이들은 장애물 달리기 경주를 하듯 광산 안을 누비는 묘인족들과는 달리, 광산 안에 있는 문이란 문은 모조리 열고 안을 확인했다. 마치 무언가를 찾는 것처럼 말이다.

광산 내부는 얼마나 규모가 큰지 채굴장뿐만이 아니라 채굴된 광물을 보관하고 씻고 다듬고 가공하는 시설이 다 갖춰져 있었다.

거기에 더해 그 안에서 일하는 존재들의 숙소까지 있어 튼튼한 문으로 가로막힌 공간이 아주 많았다.

개중에는 커다란 자물쇠로 든든히 잠겨 있는 문도 다수 존재했지만, 드워프 형님들 앞에서는 큰 문젯거리가 아니었다.

콰앙~!

튼튼해 보이는 쇠문에 걸린 자물쇠를 한 드워프가 커다란 도끼로 내려치자 단번에 부서졌다.

"여기가 맞을라나?"

"맞아야지. 허탕을 친 게 벌써 몇 번째야?"

문 앞에 모인 드워프들이 투덜투덜대며 동강 난 자물쇠를 치워 버리고 굳게 닫힌 문을 열자 불빛 아래 커다란 방이 모습을 드러냈다.

제일 먼저 보이는 건 방 한가운데에 설치된 기다란 나무 탁자였다. 작업대로 사용되고 있는지 그 위에는 수많은 작업 도구가 질서 정연하게 놓여 있었다.

그다음 보이는 건 탁자 주위 여기저기에서 몸을 일으키며 갑작스러운 방문자를 향해 시선을 돌리는 드워프들.

"찾았다!"

자물쇠를 치우고 문을 열어젖히느라 제일 앞에 서 있던 방문 드워프가 그들과 시선이 마주치자마자 고함을 내질렀다.

"뭐? 여기야?"

"여기가 맞아?"

그의 고함에 뒤에 있던 또 다른 방문 드워프들이 다급히 문 안쪽으로 고개를 들이밀었다.

"여, 여긴 어떻게?"

안에 있던 드워프 중 한 명이 놀람과 얼떨떨함과 긴장이 뒤섞인 목소리로 물었지만, 방문 드워프들은 미처 대답할 시간도 없다는 듯 그들을 확인하자마자 방 안으로 뛰어 들어와 안에 있던 드워프들을 얼싸안았다.

놀랍게도 안에 있던 모든 드워프들의 발에는 튼튼해 보이는 족쇄가 채워져 있었다.

비참한 동족의 모습에 분노를 터뜨리는 이들도 있었지만, 그들을 구출하는 것이 우선이었기에 경거망동하지는 않았다.

지금 이들이 쳐들어온 광산은 금보다 100배는 더 비싸며, 금보다 1,000배는 발굴하기 힘들다는 희귀 금속, 미스릴이 나오는 광산이었다.

철과 섞으면 강도가 훨씬 높아지며, 마나에 민감해 마나를 다루는 마법사와 전사에게 최고의 무기 재료로 손꼽히는 게 바로 미스릴이었다.

그러나 미스릴은 그 대단한 가치와 쉽게 발견하기 어려운 희귀성 말고도 다루기가 극히 어렵다는 것으로도 유명했다.

웬만한 대장장이로는 제대로 다루기 어렵다는 이 금속을 그나마 잘 다루고 가공할 수 있는 이들이 바로 장인 종족으로 일컬어지는 드워프였다.

일반 제품도 '드워프제'라는 말만 들어가면 몇 배로 가치가 높아지는데, 금보다 100배는 더 비싼 미스릴을 드워프가 직접 가공하여 제품을 만들어낸다면 그 가격이 얼마나 할까?

아마 일반 서민은 상상도 못 할 가격일 거다.

그랬기에 이 광산은 우리스 후작의 재산 목록 중 1호였고,

이 안에 갇혀 있는 이종족 노예 드워프들은 재산 목록 2호라고 할 수 있었다.

우리스 후작은 다른 이익도 물론 있었지만 이 드워프 노예를 지속적으로 확보하기 위하여 차이슨 공작과 손을 잡았던 것이었다.

하지만 그로 인하여 우리스 후작은 자신이 그렇게 중요하게 여겼던 재산 목록 1호와 2호를 몽땅 잃어버리게 되었다.

뭐, 그가 잃어버리게 되는 건 재산 목록 1호와 2호만이 아니었지만 말이다.

그리고 피츠로이 백작성과 우리스 후작가의 광산이 침입당하고 있는 그 시간, 황성 못지않게 크고 화려한 차이슨 공작가의 본성에도 수천의 그림자가 까맣게 몰려들고 있었다.

차이슨 공작의 본성에는 반란군에게 항복한 귀족의 가족들이 모여 있었고, 그들을 보호하기 위한 경비가 철통처럼 세워져 있었다.

거기에 자금력이 풍부한 차이슨 공작가답게 수많은 마법진까지 깔려 있어 철옹성이 따로 없었다.

하지만 아무리 대단한 철옹성이라 해도 하늘에서 농구공만한 불덩어리로 이뤄진 소나기나 백여 개의 번개가 동시에 내리치는 수준의 고위 마법 앞에서는 아무 소용이 없었다.

그리고 모든 경비가 무력해진 성으로 들이닥친 건 무자비한 황제의 그림자 기사단과 수천 황제군의 창검이었다.

아직 해가 뜨기 전인 이른 새벽, 필립은 갑작스러운 호출을 받고 마법 통신실로 달려갔다.

물론 그의 기상 시간이긴 했지만 새벽부터 감히 황제를 오라 가라 할 수 있는 존재는 얼마 없었다.

특히나 황제가 연락을 받자마자 부리나케 뛰어가게 만들 사람은.

막 황제에게 보고할 게 있어 서류를 챙겨 들고 오던 나이젤은 복도에서 자신에게는 일절 눈길 한 번 안 준 채 쌩~ 하니 지나가는 필립의 모습에 난감한 얼굴이 되었다.

"가능한 한 일찍 돌아오셔야 합니다!"

돌아오는 답변은 없었지만 필립은 분명 들었을 거다.

소드 마스터라는 게 어디에서 딱지치기로 딴 게 아닐 테니까.

하지만 그래 봤자 자신의 부탁대로 일찍 돌아올 거라고는 생각지 않았는데, 채 30분도 지나지 않아 필립이 집무실 문을 열고 들어왔다. 그것도 잔뜩 가라앉은 표정으로.

덕분에 '웬일이냐~!' 며 호들갑을 떨어보려 했던 나이젤은 본의 아니게 그의 눈치를 살펴야 했다.

"무슨 일 있으셨습니까?"

"하레츠가……."

"하레츠 님이 왜요?"

"하레츠가 우리 아사를 일 년 더 데리고 있겠대."

"예에?"

"크흑~ 그동안 우리 딸이랑 같이 못 있는 것도 겨우 참았는데, 여기서 일 년을 또 어떻게 참으란 말이야!"

"하. 하. 하……."

나이젤도 난감한 표정이 되었다.

그동안 사랑하는 딸내미를 보지 못한 스트레스로 신경이 날카로웠던 상관을 모시느라 엄청 힘들었는데, 그 기간이 일 년이나 늘어난다는 소식에 암담해졌던 것이다.

특히나 지금부터 보고해야 할 사항처럼 황제의 심기를 거스르는 것이라면 더더욱.

"우리 딸 생일 때도 오지 말라니, 너무하지 않아? 내가 우리 딸 5살 생일을 얼마나 기대하며 준비하고 있었는데."

정말 안타깝다는 표정으로 길게 한숨을 내쉬는 필립에게 나이젤은 떨어지지 않는 입을 힘겹게 열었다.

"폐하."

그 부름에 필립의 날카로운 눈초리가 나이젤에게 향했다. 나이젤의 부름에 안 좋은 느낌을 받았던 것이다.

"일단 독수리, 올빼미, 여우팀이 모두 성공했다 합니다."

"일단?"

"…전 차이슨 공작을 비롯한 몇몇 인물을 놓쳤답니다."

필립의 눈빛이 일순 차가워졌다.

"전대 차이슨 공작은?"

"자결한 시신을 발견했다 합니다. 그 곁에는 전 황후와 전 황태자의 시신도 함께 있었구요."

"흠."

"전 차이슨 공작에 대한 수배령은 내려놨습니다만… 정말 송구합니다."

자신의 잘못인 양 깊숙이 허리를 숙이는 나이젤은 거들떠보지도 않은 채 곰곰이 생각에 잠겨 있던 필립이 잠시 후에야 천천히 입을 열었다.

"아쉽지만 하는 수 없지. 하아, 정말 오우거 심줄만큼이나 끈질긴 인간이야."

"그 인간 때문에 내성 전체를 마법역장으로 감싸기까지 했는데, 도대체 어떻게 빠져나갔는지 모르겠습니다. 그림자 기사단도 제일 먼저 그 인간을 찾으려 했는데 도통 보이지 않더랍니다."

"참 내, 어디서 구멍이 뚫린 거지?"

"이 일로 귀족들을 압박하려 했는데, 전 차이슨 공작을 놓치는 바람에 어렵게 되었습니다."

게다가 반란 진압 이후를 생각해 계획해 놨던 일들까지 크게 차질을 빚게 되었으니 나이젤의 얼굴이 어두운 것도 당연했다.

그러나 잠시 후 고개를 든 필립은 외려 눈을 빛내며 미소까지 지었다. 비록 극한으로 차가워 보이는 눈빛과 미소였지만 말이다.

"아니, 차라리 잘됐어. 솔직히 이번 일이 성공해 타우젠드 후작이 너무 움츠러들까 걱정했었는데, 숨통이 트였으니 열심히 발버둥 칠 거 아니야?"

"그렇지요."

앞을 가로막고 있던 큰 벽이 무너진 데다, 전 차이슨 공작의 종적을 놓친 덕에 황제는 원하는 만큼 귀족을 압박할 수 없게 되었다.

게다가 이번 반란 진압에 소극적이었던 귀족들 또한 황제와

척지게 되었으니, 살아남기 위해 그들은 필시 타우젠드 후작을 중심으로 똘똘 뭉칠 거다.

타우젠드 후작 또한 전보다 더 절실하게 1황자를 황태자로 만들려고 할 테고 말이다.

"움직임이 많아지면 그만큼 약점이 노출되기도 쉽지. 어차피 그도 언젠가 치우려고 했었는데 시기가 빨라진다고 나쁠 건 없잖아."

"그건 그렇지만, 아무리 멍청한 놈이라도 당분간은 신중하게 처신할 겁니다."

"인내하며 준비하는 거야말로 우리 특기 아니었어? 그런 걱정 말고, 우리 아사도 늦게 돌아오는데 그사이에 청소 도구나 대대적으로 정비하자고."

최대의 정적을 놓쳤음에도 한 점의 흔들림도 보이지 않는, 아니, 오히려 더 눈을 빛내는 필립의 모습에 나이젤은 과연 주군이라 생각하며 깊숙이 고개를 숙였다.

"주군의 뜻대로."

"어찌 이럴 수가… 어떻게… 어떻게 이럴 수가 있단 말이냐! 어떻게!"

이른 아침, 타우젠드 후작은 자신에게로 날아온 급보를 듣고는 얼굴이 허옇게 질렸다.

"반란군 수뇌부를 일망타진했다니! 어쩌면 좋으냐… 이젠 망했다, 우린 망했다고!"

타우젠드 후작의 계산에는 황제의 대승 따윈 없었다. 아마 전투를 주시하고 있던 어느 누구도 예상치 못했을 거다.

한데 이런 모든 이의 예상을 깨고 황제가 완전히 기울었던 승패를 단번에 뒤집은 것이다.

그것도 단 한 번의 전투로!

남부 지방 곳곳에는 아직 반란군의 병력이 남아 있었지만, 거의 모든 수뇌부가 제압당했으니 반란은 이제 끝이 났다고 봐도 무방했다.

자신의 머리를 쥐어뜯으며 중얼거리던 타우젠드 후작은 힘없이 의자에 털썩 주저앉았다.

"어떻게 그럴 수가 있지? 말 좀 해봐라, 어떻게 이럴 수가 있느냐 말이다."

기운이 다 빠진 타우젠드 후작이 자신의 심복들을 향해 중얼거리듯 묻자 심복 중 한 명이 주춤주춤 고개를 들며 조심스레 입을 열었다.

"혹시… 힘이 없는 척하면서 반란군의 수뇌부가 한자리에 모이길 기다렸던 게 아닐까요?"

그 말에 타우젠드 후작의 눈초리가 치켜 올라갔다.

"그걸 누가 모르느냐? 척 보면 다 알 수 있는 뻔한 계획이잖느냐! 지는 척하면서 상대방이 경계를 풀고 한자리에 모이게 만든 다음 일망타진하는 거! 그걸 추측이라고 지껄여?"

후작의 호통에 말을 꺼낸 심복이 움츠러들었다.

"좋은 계획이지. 얼마나 훌륭한 계획이야? 그러나 이런 계획도 적을 일망타진할 수 있는 전력이 있어야 할 수 있는 거잖아! 한데 진압군은 그런 전력이 아니었어. 소드 마스터인 황제와 쉬퍼스 후작은 움직이지도 않았다고! 설마 류니드 공작이 움직인 건가?"

후작의 추측에 다른 심복이 조심스레 대답했다.

"아닙니다. 류니드 공작을 감시하는 눈의 보고로는 움직이지 않고 계속 자신의 군영에 머물러 있었답니다."

"그럼 도대체 누가, 어떻게 수뇌부들을 싹 쓸어버린 거야? 설마 황제의 비밀 전력이 그렇게 강했단 말인가?"

반란군 수뇌부들이 일망타진된 피츠로이 백작성은 철저하게 통제되어 그곳에서 전투가 어떻게 일어나고, 어떻게 진행되었는지에 대한 정보도 완벽히 차단되었다.

단지 피츠로이 백작성에서 반란군을 일거에 쓸어버렸다는 것과 그렇게 일망타진된 반란군 수뇌부들의 머리를 황성으로 보냈다는 것만 알려왔을 뿐.

그러니 후작이 아무리 머리를 쥐어뜯으며 추측에 추측을 더했어도 설마 이종족이, 그것도 다섯 종족이나 힘을 보태줬다는 건 꿈에도 짐작하지 못했다.

"아무래도 그랬던 것 같습니다."

심복이 조심스레 동의하자 타우젠드 후작이 고개를 푸욱 숙였다. 그와 함께 심복들도 입을 다물어 타우젠드 후작의 집무실에 적막이 내려앉은 바로 그때.

똑, 똑, 똑

"실례합니다."

집사가 조심스러운 표정으로 집무실 문을 두드리고 들어왔다.

"뭔가?"

별일 아니면 가만 안 놔두겠다는 기색이 그득한 어조로 묻자 집사가 공손히 고개를 숙이며 대답했다.

"여러 귀족분이 찾아오셨습니다만… 어찌하올지?"

황제가 승리했다는 소식을 들은 귀족들이 놀라서 부리나케 달려온 모양이다.

타우젠드 후작의 꼬임과 압박으로 다들 반란 진압군에 참여하지 않았으니, 진압군의 승전 소식은 그들에게도 청천벽력 같은 소식이었다.

특히나 황제가 내건 그 파격적인 조건들을 생각한다면 엄청난 대형 뇌성벽력이었다.

거기까지 생각한 후작이 번뜩 고개를 들었다.

"이런, 하필이면!"

"예?"

후작의 답을 기다리던 집사가 놀라 되묻는 실례를 저질렀지만, 후작은 번뜩 떠오른 생각 때문에 알아차리지 못했다.

"황제가 노린 게 바로 그거였구나! 우리가 파병을 안 하니까 이때다 싶어 파격적인 조건을 내걸고, 황제파란 황제파는 깡그리 긁어서 지원군으로 보냈어! 이번 전쟁에서 자기가 이길 걸 분명히 알고 말이지. 이제 이번 전투에 참여한 황제파의 모든 놈들은 공에 따라 작위가 승작이 될 것이고 영지가 주어질 거야!"

특히나 전 황태자파가 결사적으로 막고 1황자파가 슬그머니 외면하는 바람에 공이 있는데도 불구하고 여전히 그에 걸맞은 작위나 영지를 받지 못했던 황제파의 인물들이 이번 기회로 모두 승작이 될 테고 영지도 하사받게 될 거다.

"그렇다는 건, 황제파의 힘이 커진다는 소리… 헉!"

이제는 자신 때문에 반란 진압에 참여하지 못했다고 원망할 귀족들이 문제가 아니었다.

그보다 훨씬, 훠어얼~ 씬 더 큰일이 산산조각 나게 생겼으니 말이다. 바로 1황자가 황태자가 되고 3황비가 황후가 되며 자신이 다시금 공작이 되는 일 말이다.

"헉! 어어억~"

갑자기 뒷목이 몹시 뻐근하다 느끼며 눈앞이 핑그르 도는 바람에 후작은 뒷목을 잡고 뒤로 넘어갔다.

"후, 후작님!"

"가, 각하!"

타우젠드 후작이 뒷목 잡고 쓰러지는 바람에 후작가 사람들은 혼비백산이 되어 뛰어다녔고, 덕분에 아침부터 득달같이 후작가를 찾아온 귀족들은 속으로 이를 득득 갈면서도 조용히 물러날 수밖에 없었다.

그러나 몇 시간 후, 후작가로 또다시 날아든 급보에 하얀 띠를 이마에 두른 채 드러누워 있던 타우젠드 후작이 벌떡 일어났다.

"그게 사실이냐?"

"재상부에서 흘러나온 이야기니 정확할 겁니다. 아직 반란 진압이 끝나지 않아 공개적으로 밝히지는 않을 거라고 합니다만, 전 차이슨 공작이 도망친 건 확실합니다."

심복의 보고에 타우젠드 후작이 환호성을 질렀다.

"살았다! 역시 차이슨 공작이다! 당장 마차를 대기시켜라! 황궁으로 가야겠다!"

어차피 반란은 완전히 실패했는데, 차이슨 공작이 도망쳤다고 뭐가 달라지는지 도통 이해가 안 가는 심복이었다.

그래 봤자 반란자로 낙인찍혀 수배될 신세, 그런 그가 뭘 할 수 있다고 다 죽어가던 후작까지 기사회생시킨 걸까?

그의 심정이 그대로 얼굴에 드러났던지 같이 있던 선배(?) 심복이 후배(?) 심복의 등을 툭 쳤다.

"이해가 안 가?"

"아, 예. 죄송합니다."

"뭐, 죄송할 것까지야. 그냥 간단한 거야. 전 차이슨 공작이 살아남았다는 건 그가 다른 귀족들을 끌어들여 일을 벌일 위험이 남아 있다는 소리니까."

"네? 에이, 아무리 전 차이슨 공작이 대단했다 해도 이제 다 끝장났는데 무슨 수로요?"

"하지만 과연 차이슨 공작이 그냥 몸만 뺐을까? 설사 그렇다 해도 그의 머릿속에는 웬만한 귀족들의 약점이 들어 있을 걸? 그러니 어떤 귀족에게서 어떤 협력을 받아 어떤 일을 벌일지는 아무도 모르는 일이지."

"아~"

"그렇기에 황제는 이번 반란을 성공적으로 진압했다 해도 함부로 귀족들을 압박하지 못할 거다. 잘못 눌렀다간 귀족들이 합심해서 전 차이슨 공작의 뒤를 밀어주면 큰일이니까. 전 차이슨 공작도 그걸 이용할 게 분명할 거고."

"그렇군요."

"그래, 차이슨 공작이 잡혔다면 우리 후작님도 정말 끝나는 거였지만, 공작이 도망친 덕에 살았어. 이제는 그가 최대한 늦게 잡히길 빌며 그사이에 힘을 쌓아야 할 거야."

"그럼, 이제부터는 시간 싸움이군요."

"그렇지. 아마 지금부터 꽤나 바빠질 거야. 게다가 당분간은 황제의 심기를 거스르지 않는 선에서 최대한 조심스레 움직여야 할 테니 더 힘들어지겠지."

선배(?) 심복의 말에 후배(?) 심복이 고개를 끄덕였다.

제28화

첫 여정, 새로운 인연

새하얀 눈발이 날리던 게 엊그제 같은데 벌써 완연한 봄이다.

앙상한 가지만 남아 있던 나뭇가지에는 벌써 짙은 초록빛이 된 나뭇잎이 흔들렸고, 사방에서 흐드러지게 핀 봄꽃이 부드러운 바람에 살랑거렸다. 이제 조금만 더 있으면 난 북궁으로 돌아갈 거다.

'이야~ 엄마한테 날벼락을 맞을 때는 막막했는데, 그래도 시간이 흐르기는 흐르네? 국방부 시계도 흐른다는 말은 진리였어.'

엄마에게 청천벽력 같은 선고를 들은 건 재작년 가을, 그러니까 내가 조인족 마을에 와서 봄, 여름, 가을, 이렇게 세 계절을 보냈을 때였다.

처음 엄마네 마을로 올 때 일 년만 있기로 하고 온 거라 겨울만 지나면 집으로 돌아갈 거라 여기고 있던 내게, 엄마는 지나가는 말투로 툭 내뱉었다.

"참, 필립에게는 네가 일 년 더 여기서 훈련한다고 말해놨다."

"잉?"

순간 이해를 못 해 고개를 갸웃하는 내게 엄마가 아주 친절하게 청천벽력을 내려줬다.

"일 년 정도 더 여기에 머물면서 훈련하라고."

"으에에엑~! 아니, 왜?? 이제 전투 상태는 대충 익숙해졌잖아?"

눈을 둥그렇게 뜨며 경악하는 내게 엄마는 어이없다는 기색을 내비쳤다.

"그건 익숙해진 게 아니라 이제 겨우 초보 딱지를 달게 된 거다."

"초보 딱지를 뗐다는 걸 잘못 말한 거 아니야?"

"네 상태로는 초보 딱지 떼려면 멀었다."

"우익……."

난 여전히 오크 명줄 따는 걸 두려워했고, 엄마는 그걸 심히 못마땅해했다.

아빠의 조언을 듣고 엄마에게 진지하게 부탁을 해봤지만, 단칼에 거절당했으니까. 뛰어난 조인족 전사가 되려면 손에 피를 묻혀봐야 한다는 게 엄마의 지론이었다.

하지만 천만다행이도 나에게 그런 불행한 사태는 일어나지 않았다.

내 정신력이 원체 뛰어나서 그런지, 아무리 수인화로 흥분에 취해 있어도 오크의 명줄을 따기 직전에 정신을 차렸던 것이다.

스스로가 봐도 신기할 정도로, 어떤 상황에서든 최소 마지막 한 방을 남겨놓고는 정신을 차렸다.

엄마는 처음에는 대단한 정신력이라고 감탄하더니, 나중에는 혹시 정신이 너무 허약해 흥분 상태에서도 명줄 따는 걸 견디지 못하니까 외려 전투 상태가 풀리는 게 아닐까 의심하기 시작했다.

나도 엄마의 생각이 바뀌었다는 걸 알아차리긴 했지만, 그래 봤자 뭐가 달라지겠나 싶었다.

한데 이렇게 뒤통수를 맞을 줄이야.

"어쨌든 전투 상태를 어느 정도 다룰 수 있게 되었으니 된 거 아니야?"

"전투 상태가 될 수 있다고 진정한 조인족이 된 줄 아니? 진정한 조인족이 되고 싶으면 바람도 다룰 수 있어야 한다."

"넹? 그건 또 뭐래요?"

눈을 둥그렇게 뜨고 묻는 내게 엄마는 직접 보여줬다.

엄마가 슬쩍 한 손을 들자 갑자기 어디서 시작된 건지 모를 바람이 불어오더니 엄마의 주위를 부드럽게 휘감아 도는 것이었다.

"어? 어? 어어어?"

"봤니? 이게 바로 바람을 다루는 거다."

엄마의 주위를 휘감아 돌던 바람은 엄마의 손짓을 따라 나에게 불어와 내 머리를 솟구치게 하더니 아래로 내려와 내 발목 주위를 뱅글뱅글 맴돌았다.

"이걸… 엄마가 한 거라고? 어떻게?"

"잘."

엄마의 대답에 나는 나도 모르게 인상을 왕창 찡그렸다.

"그거, 농담이지?"

내 말에 엄마가 팔짱을 끼며 피식 웃었다.

"네가 내 피를 이어받긴 한 모양이다. 나도 옛날에 내 어머니께 똑같이 말했거든."

"엥? 그럼 엄마가 바람을 어떻게 다루냐고 물었을 때 외할머니도 '잘'이라고 대답하신겨?"

엄마가 또다시 피식~ 웃었다.

"그래."

"그래서 엄마가 농담이냐고 물으니까 외할머니는 뭐라고 대답하셨는데?"

"그럼 나보고 숨쉬기는 어떻게 하는 거냐고 설명해 보라고 하시더군."

"엑…… 그, 그러니까… 잘?"

난감한 표정으로 우물쭈물 내뱉은 내 대답에 엄마가 참지 못하겠던지 쿡쿡거리고 웃었다.

내 놀란 눈초리에 얼른 표정을 고치기는 했지만, 그렇다고 없던 일이 되지는 않았다.

"우와~ 엄마도 웃을 줄 아는구나?"

지금껏 무덤덤하거나 찡그리거나 약간 화난 기색이거나 어이없는 기색만 봤던—이렇게 말하니 내가 되게 서글픈 신세 같다—터라 엄마의 웃는 모습은 엄청 놀라웠다.

"흠흠, 어쨌든 그래서 바람은……."

거기까지 말하던 엄마는 문득 가볍게 한숨을 내쉬더니 다시 말을 이었다.

"결국 때가 되어 스스로 알아서 깨닫는 수밖에 없긴 해. 나한테도 어느 날 문득 바람이 느껴졌거든. 하지만."

잘 나가다 왜 '하지만'이란 단어가 붙는 건가 싶어 불안한 시선으로 엄마를 바라봤더니, 마찬가지로 날 바라보는 엄마가 다시 한 번 푹 한숨을 내쉬며 입을 열었다.

"전투 상태도 어렵게 어렵게 맞이하고, 전투 상태를 컨트롤하는 데도 오래 걸린 네가 과연 바람을 쉽게 다룰 수 있게 될지 걱정이다. 혹, 훈련을 지금보다 더욱더 열심히 하면 되려나 싶어서 필립한테 널 일 년 동안 더 데리고 있겠다고 한 거지."

"꾁! 뭐, 뭐야. 그럼 일 년 더 있는 것도 모자라 훈련도 빡세게 시킬 거라는 거야?"

"그래."

"너무한 거 아니야?"

"그러게 왜 이렇게 둔한 아이로 태어난 거냐?"

"우쒸이~! 난들 원해서 이러나?"

그렇게 해서 일 년 더 조인족 마을에서 머물게 된 것도 모자라 훈련도 좀 더 빡세졌다.

전보다 더 이른 시간부터 오크에게 던져지고, 잠시 휴식 겸 점심을 먹고 나면 곧바로 그동안 중단했었던, 조인족 꼬맹이들 교육장에 가서 애들이랑 멧돼지를 상대해야 했으니 말이다.

거기다 이제 슬슬 나도 아빠 딸내미로서 교육을 받아야 한 답시고 저녁에 공부까지 하게 되었다.

처음에는 두 과목으로 시작된 공부가 반년이 지나자 세 과목이 되었고, 이제는 다섯 과목으로 늘어났다.

물론, 대학까지 졸업한 나에게 다섯 과목 정도야 힘든 일은 아니지만 다섯 살부터 공부를 시작해야 한다니 너무 우울했다. 이 정도면 전생의 한국 강남 애들 못지않을까나?

'잠깐, 그러고 보니 나도 로열패밀리잖아?'

산속에서 별생각 없이 지내다 보니 아빠가 황제라는 걸 깜빡하고 있었다.

'에휴우~ 잘난 부모님을 만난 건 진짜 좋은 일이지만, 그 잘난 부모님의 딸내미로 사는 건 힘들다니까.'

하지만 6세의 생일을 몇 달 앞둔 지금까지도 내가 바람을 다루기는커녕 바람을 느끼는 것도 하지 못하자 엄마는 한숨을 내쉬기 시작했다.

특히나 요즘에는 아예 바람을 느끼게 될 때까지 데리고 있을까 고민하는 눈치라 은근슬쩍 날 불안하게 만들었다.

언제 바람을 느낄 줄 알고 그때까지 여기서 죽치고 있단 말인가.

그래, 엄마가 마음의 결단을—나에게 안 좋은 쪽으로—내리기 전에 빨리 시간이 지나가길 조마조마한 마음으로 기다리고 있던 어느 날 오후였다.

다른 날들과 마찬가지로 꼬맹이 교육장에서 커다란 멧돼지

를 상대한 후에 저녁을 먹으러 가는데 누군가 내 쪽으로 다가
왔다.

설마 나에게 볼일이 있을 거라고는 생각지 않았기에 무시하
고 있었는데, 그 누군가가 내 어깨를 톡톡 두드리며 말을 건네
는 거였다.

"잠깐 나 좀 보자."

"으응?"

의아해하며 고개를 돌린 난 뜻밖의 인물이 서 있는 걸 보고
놀라움을 감추지 못했다.

"어라라?"

꼬맹이 교육장에서 같이 훈련을 받았던 터라 얼굴은 알지만
말 한 번 섞어본 적이 없던 애였다.

그나마도 작년 봄에 바람을 느낄 수 있게 되어 상급 훈련장
으로 옮겨갔던 터라 다시는 볼 일이 없을 거라 생각했는데.

"뭐냐, 너?"

같이 훈련받을 때도 어쩌다 눈이 마주치면 무시하는 시선으
로 내려다보거나 휙~ 고개를 돌려 버려 사람을 기분 나쁘게
만들던 녀석이었다.

그런데 전투 실력은 뛰어나서 교육장에서 수위를 다툴 정도
라 나는 정말 원하지 않았는데, 절로 녀석의 이름까지 알게 되
었다.

코데로.

난 속으로 코다리 찜이라고 불렀지만.

깔끔하게 잘생긴 녀석의 외모로는 코다리를 연상시킬 수 없

었지만, 그래도 녀석의 붉은 기가 도는 갈색의 머리가 코다리랑 비슷했다.

그런 녀석이 날 찾아오다니. 별로 반갑지 않았기에 절로 띠꺼운 표정이 되어 묻자 녀석도 인상을 찌푸렸다.

볼일만 아니었다면 여기에 오고 싶지 않았다는 기색이었다.

하지만 녀석은 불만을 토해내는 대신 차분한 목소리로 입을 열었다.

"잠깐 이야기 좀 하자."

거의 일 년 가까이 마주치지 않은 사이 녀석은 크게 성장해 사람이라면 17, 8세라고 우겨도 믿을 정도였다.

'얘는 뭘 먹고 지냈기에 이렇게 쑥쑥 자랐대?'

나도 수인화를 할 수 있게 되고 나서부터는 성장이 빨라져서 이제는 또래 평균 체격에 가까워져 있었다.

물론 여전히 또래 중 '작은 편'이라는 이야기를 듣긴 했지만, 그래도 '너무 외소하다'란 타이틀을 벗게 되어 내심 좋아했었는데, 얘는 훨씬 더 커져 있었다.

모르는 사람이 보면 얘랑 나랑 동갑이라는 걸 절대 못 믿을 거다.

"뭔데?"

그로 인해 더 못마땅한 기분이 들었던 터라 입에서 나온 말은 곱지 못했다. 어차피 얘랑 나랑은 썩 좋은 사이가 아니었으니 녀석도 그에 대해 뭐라 할 수 없었을 터.

역시나, 코데로는 별 상관없다는 듯 자신의 할 말만 했다.

"여기서는 좀 곤란해. 내 개인적인 일이라."

코데로가 슬쩍 바라본 건 내 옆에 찰싹 달라붙어 있는 유모와 제이, 케이였다.

그래 봤자 내가 신경 써줘야 할 일이 아니었기에 '싫음 말아라' 하고 돌아서려 했는데, 유모가 먼저 나섰다.

"다녀오세요, 아기씨."

엄마네 마을에 와서 또래 조인족 애들이랑 전혀 어울리지 못하는 날 은근히 걱정하고 있었던 유모였기에 지금이 기회다 싶었던 모양이다.

요 근래 꼬맹이 교육장은 엄마 없이 다니고 있었던 덕에 유모가 등을 떠미니 내 앞을 가로막을 사람은 아무도 없었다.

"중요한 일이야."

게다가 녀석도 진지한 얼굴로 이렇게 나오자 슬쩍 호기심이 생긴 나는 내키지 않은 표정으로 천천히 고개를 끄덕였다.

코데로는 유모 등이 들을 게 정말 염려되었는지 제법 멀찍한 곳까지 이동하고 나서야 발을 멈추고 입을 열었다.

"네 도움이 필요하다."

참 유별나다 생각하면서도 나는 고개를 끄덕였다.

"그래, 그래. 도움이 필요하니까 날 불렀겠지. 근데 너보다 약한 내가 뭔 도움을 줄 수 있겠냐?"

"넌 나보다 인간 세상에 대해서 잘 알겠지? 혹시 호빙 영지라는 곳이 어디 있는 줄 알아?"

"호빙 영지?"

얘한테 영지에 대해 질문을 받다니 되게 얼떨떨해 정말 인간 세상에서 말하는 영지가 맞냐는 눈빛을 보이며 되물었더니 녀석이 고개를 끄덕였다.

"그래. 인간들의 영역에 있는 마을 말이다. 이 산맥 근처에 있다고 들었는데 정확한 방향이랑 거리를 알고 싶어서."

"헐……."

정말 의외였지만 녀석이 맞다고 하니 나는 반사적으로 기억을 더듬었다. 요 근래 받고 있는 수업 중에는 나라 안의 귀족 가문에 대한 것도 있었던 것이다. 하지만 호빙이라는 가문은 모르겠다.

"귀족 작위가 어떻게 되냐?"

그래, 좀 더 힌트를 얻고자 물었더니 오히려 코데로 녀석이 고개를 갸웃하며 되묻는 거였다.

"작위? 그게 뭐지?"

'아, 이 코다리 찜 같은 녀석!'

"영지라며? 그럼 귀족 가문의 영지일 텐데, 작위가 당연히 있겠지. 공작, 후작, 백작, 자작, 남작. 이런 거 못 들었어?"

내 말에 코데로 녀석의 얼굴에 난처한 기색이 어렸다.

"기억이 잘… 나지 않는데. 그거 꼭 알아야 알 수 있는 건가?"

"난 몰라서 유모에게 물어보려고. 그러나 대단한 곳이 아니면 유모도 모를 수 있어. 그런데 거기는 왜 알려고 하는 거야?"

"나쁜 일로 알려고 하는 건 아니다."

내 질문에 녀석이 단호한 표정으로 말했다.

'얼씨구?'

"너한테 나쁜 게 아닐지라도, 남한테는 나쁠 수도 있는 거거든? 게다가 유모가 모르면 다른 방법으로 찾아야 하는데, 중요

한 일이 아니라면 유모 선에서 막힌단 말이다. 그래도 괜찮은
거냐? 그럼 말고."

슬쩍 협박이 들어간 말에 녀석이 갈등 어린 기색을 보이더
니만 잠시 후에 어렵사리 입을 열었다.

"이유를… 너만 알고 있겠다고 맹세한다면."

"만약 그 이유가 옳지 못한 거라면 난 듣는 즉시 엄마에게
일러 버릴 거다."

내가 내민 조건에 녀석의 인상이 찡그려졌지만, 다른 방법
이 없었던지 어쩔 수 없다는 표정으로 고개를 끄덕였다.

"좋아. 하지만 만약 그게 아니라 한다면 어떤 내용이든 입을
다물어주기야."

도대체 무슨 일인데 이렇게까지 하는 건가 싶었지만 일단
고개를 끄덕였다. 그러자 녀석이 주저하며 입을 열었다.

"사실, 오늘 낮에 북쪽으로 넘어갔다가 우연치 않게 블랙 오
크들에게 습격당하는 인간들을 발견했다. 내가 발견했을 때는
너무 늦은 상태라 겨우 마지막에 남은 한 명만 구할 수 있었는
데, 그 인간이 호빙 영지라는 곳에 산다는군. 그래서 데려다주
려고."

"헐… 너 간덩이가 부었구나?"

내 말에 녀석의 인상이 찡그려졌지만 뭐라 반박하지는 못
했다.

그도 그럴 것이, 이 코다리 녀석이 갔다는 곳은 아직 성년이
되지 못한 조인족에게는 금지 구역 중의 특급 금지 구역이었
으니까.

모클러 산맥을 남북으로 나눠놓는다면 조인족 마을은 남쪽 끄트머리 지점에 있다.

그렇기에 조인족 영역도 남쪽 부분에 해당했는데, 얘는 지금 조인족 영역을 벗어나 저~ 멀리 있는 남의 영역까지 갔다 왔다는 소리였다.

내가 듣기로는, 북쪽에는 조인족도 쉽게 상대하지 못하는 엄청 대단한 몬스터들은 물론, 비행 몬스터도 많아 성인 조인족이라도 함부로 가지 못한다고 한다.

거길 아직 머리에 피도 안 마른 애송이 녀석이 다녀왔으니, 이 사실을 어른들이 알았다간 한바탕 난리가 날 거다.

"거길 간 것도 모자라 블랙 오크를 너 혼자 상대한 거냐?"

"내가 간덩이가 좀 부은 건 사실일지 몰라도, 미치지는 않았다. 그냥 기회를 엿보다가 겨우 남아 있는 인간만 잽싸게 낚아채고는 그대로 도망쳤을 뿐이야."

"너도 네 간이 부었다는 걸 아는구나? 아무리 그래도 그 블랙 오크가 떼거지로 있는 델… 하지만 대단하긴 하다. 그리고 사람을 무사히 구했다니 장하기도 하고. 그 사람은 진짜 천운이군."

블랙 오크는 말만 오크지, 절대 오크가 아니었다.

작년 가을, 딱 한 번 우연찮게 블랙 오크를 본 적이 있었는데, 그때 블랙 오크는 혼자서 일반 오크 전사 30여 마리를 아주 거뜬하게 처리하고 있었다.

그 당시 오크 전사가 딱 그만큼만 있었기에 거기서 끝났지, 만약 50여 마리 정도 있었더라도 충분히 상대했을 거다.

이제 수인화를 어느 정도 컨트롤할 수 있는 수준의 나와 소드 익스퍼트 초급 수준에 올랐다는 제이, 케이, 이렇게 셋이 힘을 합해도 오크 전사 10여 마리를 상대하는 게 고작인데 말이다.

　그런 블랙 오크에게, 그것도 한 마리도 아니고 여러 마리였다면 아무리 많은 사람이 있었더라도 상대하지 못했을 거다. 아빠가 있었다면 모를까.

　"그래서 그 사람은?"

　"영역 외곽에 있는, 내가 아는 작은 동굴에 데려다놨어. 마을 안에 데리고 오는 건 안 될 테고, 그렇다고 거기 계속 놔둘 수도 없으니 인간 마을로 데려다주려고."

　"네가? 지금?"

　놀란 내 물음에 녀석은 선선히 고개를 끄덕였다.

　"멀지만 않으면. 게다가 지금 그 인간을 데려다줄 사람이 나밖에 더 있어?"

　"그건 위험하지 않겠냐? 그냥 벌 받을 각오하고 어른들께 말씀드리는 게 어때?"

　"봐서."

　'그래, 일단 좀 보자.'

　우선 그 호빙인지 호빗인지 하는 영지가 어디에 있는지 확인부터 하고, 웬만큼 멀면 그냥 어른들께 알려 버릴 생각이었다.

　"알았어. 잠깐만 기다려."

　유모가 알고 있을지는 회의적이었지만 나는 따로 믿는 구석이 있었다. 바로 유모가 내 수업을 위하여 챙겨온 지도.

제국의 각 지방이 굉장히 자세히 그려져 있어 웬만한 영지의 이름은 다 나와 있었던 것이다.

그러니 잘하면 호빙인지 호빗인지 하는 영지도 찾을 수 있을 거라 여겼는데, 지도를 볼 것까지도 없이 그 영지를 유모가 알고 있었다.

"아, 호빙 영지요? 모클러 산맥 너머에 있는 남작 영지예요."

"헤에, 남작 영지인데 어떻게 알고 있네?"

"북부 지역에서는 제법 오래된 가문인 데다 뢰블레 왕국의 국경 지대에 있어 육로로 뢰블레 왕국으로 가려면 지나치는 곳이거든요. 나중에 주변 나라에 대해서 배울 때 자세하게 배우실 거예요."

"그, 그래? 어쨌든, 그러면 영지가 제법 크려나?"

"그래 봤자 남작 영지인데요. 영지 자체는 크지 않아요. 단지, 호빙 남작 가문에서 직접 상단을 만들어 뢰블레 왕국과 무역을 하고 있는 덕에 북부 지역에서도 부유한 편이긴 해요."

"그 영지가 유모가 보여준 지도에 나와 있어?"

"그럼요. 좀 이따 수업할 때 보여드릴까요?"

"아니, 지금 볼래. 아, 아까 걔랑 같이 봐도 되지?"

"음… 상관없을 것 같네요."

난 몰랐지만 유모가 내 수업을 위해 가지고 온 지도는 3급 극비에 속하는 자료였다.

그걸 단지 수업에 사용하기 위해 가지고 올 수 있다니. 원래 황족 수업을 위해서는 그래도 되는 건지, 아니면 나만 특별한 건지.

뭐, 지금 나는 그걸 모르고 있었으니 아무렇지도 않게 여기고 있었지만 말이다.

유모의 허락하에 통나무집에서 코데로와 함께 지도를 살펴봤더니, 과연 호빙 영지가 지도에 그려져 있었다.

"오오, 다행히 멀지 않네."

우리나라와 뢰블레 왕국의 국경선은 모클러 산맥의 서쪽 끄트머리에 걸쳐 있었는데, 호빙 영지는 모클러 산맥과 국경 사이에 자리하고 있었다.

문제는 조인족 마을에서 거기로 가려면 산맥을 넘어야 한다는 것.

"야야, 봐봐. 여기가 우리 조인족 마을이고, 여기가 호빙 영지야."

유모가 옆에 있으니 자세한 이야기를 할 수 없어 손가락으로 양쪽을 가리키며 우회적으로 산맥을 넘어가야 한다는 뜻을 전달했는데, 녀석이 고개를 갸웃거리는 거다.

"무슨 소리지? 우리 마을은 종이 위에 있지 않고 여기에 있다."

이 자식은 애초부터 지도라는 게 뭔지 몰랐던 거다.

'아오~ 이 자식, 누가 코다리 아니랄까 봐. 그런 거면 처음부터 이게 뭐냐고 묻든가, 뭘 다 아는 것처럼 가만히 보고만 있어?

"됐다. 네가 조인족이라는 걸 깜빡했다. 잠깐 기다려."

녀석을 제쳐 놓고 혼자 지도를 살펴본 나는 코다리를 끌고 구석으로 갔다.

"호빙 영지로 가려면 산맥을 넘어야 해. 그냥 어른들에게 알리지?"

"산맥 넘는 것 정도는 괜찮아."

"야, 너……."

"안전한 루트를 알아. 거길 통해 벌써 여러 번 왔다 갔다 했는데도 별일 없었어."

"진짜냐?"

"그래, 아까 그 인간을 데려온 것도 그곳을 통해서였어. 산과 산 사이에 나 있는 좁은 골짜긴데, 거길 통해서라면 산맥을 넘는 것도 얼마 안 걸려. 지금 출발하면 어두워지기 전에 도착할 수 있을 거다."

"산맥만 넘으면 끝나는 줄 아냐? 여기서 호빙 영지는 정확히 북서쪽 방향에 있는데, 직선상으로도 음… 이 마을에서 올코트 산봉우리까지의 거리의 5배가 넘는다고. 그나저나 그 사람은 영지에만 내려주면 자기네 집에 찾아갈 수 있대?"

"모르겠는데? 아무래도 인간은 너무 허약하니까……."

그런 것도 알아보지도 않고 오늘 당장 데려다주려 했다니, 한심함에 혀가 절로 차진다.

'그나저나 약한 건 질색하는 녀석인 줄 알았더니, 종족이 달라서 그런가?'

"야, 아무래도 안 되겠다. 내가 그 인간을 직접 만나보고 계획을 짜야겠어. 어떻게 넌 아는 게 하나도 없냐?"

내가 녀석을 째려보며 툴툴거리자 녀석은 아주 당연하다는 듯 말하는 거였다.

"그거야 난 조인족이니까."

"아, 네~ 너 잘났다. 어쨌든 빨랑 앞장서. 참참, 그 사람 식사는 챙겨줬어? 혹시 오늘 밤을 거기서 지새워야 할지 모르는데, 모포는 있고?"

"…식사는 점심때 육포를 조금……. 그런데 충격이 커서 그런지 잘 못 먹더군. 그리고 모포 따위를 내가 가지고 있을 리없잖냐."

"아이고~ 그걸 아주 당당하게 말하냐? 물은 당연히 챙겨줬겠지?"

"날 뭐로 보는 거냐? 물은 기본이지."

"그나마 다행이구나. 불은 퍼줬고?"

"불? 그게 왜 필요하지?"

"아이구, 두야~"

아까까지만 해도 녀석을 만난 게 그 사람의 천운이라 생각했는데, 지금 보니 오히려 그 사람이 불쌍하게 생각되었다.

얼른 떠오르는 물품들을 마구마구 챙겨 보자기에 싸 들고는 녀석의 등을 꾹꾹 밀어댔다.

"야, 야, 빨랑빨랑 가자."

지금 혼자 있는 그 사람도 그 사람이지만, 유모한테는 애랑요 근처에 갔다 올 거라고 거짓말을 해놨으니 서둘러야 했다.

"그리고 이것 너가 들고 가. 나 무겁다."

보따리는 코다리에게 떠넘겼다.

코다리는 불만스러운 표정이었지만, 도움을 받는 상황이라조용히 보따리를 받아 들었다.

"그럼 가자."

조인족 영역 외곽 쪽에 있다고 해서 혹시나 했는데, 도착해 보니 거의 영역 밖이었다.

그것도 산 아래쪽 부분.

'참 내, 이 자식은 영역 밖으로 나가는 게 금지라는 건 알고 있나?'

하기사, 산맥도 지 맘대로 넘나드는 놈이니 그런 거에 아랑 곳할 리가 없었다.

'이걸 그냥 확 꼰질러 버려?'

땅에 내려서서 저 먼저 걸어가는 코다리의 등을 바라보며 중얼거렸지만, 일단 그건 나중의 일이었기에 나도 서둘러 녀석의 뒤를 따라갔다.

녀석은 커다란 덤불 뒤로 쓱 들어가 사라졌는데, 얼른 뒤따라 가보니 덤불과 바위로 교묘하게 가려진 곳에 자그마한 동굴 입구가 보였다.

'헐, 이런 덴 또 어떻게 찾은 거야? 얼마나 돌아다녔으면……'

동굴은 입구가 작은 만큼 안도 그리 넓지는 않았다. 성인 남자 다섯 명이 들어가면 꽉 찰 정도?

산짐승들이 보금자리로 삼은 적은 없었던 곳인지 약간 습했지만 누린내는 나지 않았다.

그리고 안쪽에는 코다리 녀석과 함께 자그마한 인영이 서 있는 게 보였다.

"에엥?"

그 존재를 보자마자 나는 눈을 휘둥그레 떴다.

그럴 수밖에 없는 것이, 이런 어두운 산속에서는 정말 보기 힘든 인간 여자아이였던 것이다.

대략 15세 전후로 보였는데, 한마디로 청순가련형의 미소녀였다.

불안한 기색이 어려 있는 커다란 하늘색 눈동자는 소녀를 위로해 주고 싶게 만들었고, 많은 고생으로 초췌해진 얼굴은 도와주고 싶은 마음이 뭉클뭉클 샘솟게 만들었다.

그녀는 코다리 찜 녀석에게 바짝 다가선 채 그의 소매를 꼬옥 잡고 있었는데, 우리가 오기 전까지 울고 있었는지 눈이 빨갛게 부어 있었다.

하긴 지금도 훌쩍훌쩍하고 콧물 넘기는 소리가 들리는 걸 보니 울고 있다가 코다리가 들어오자 그제야 안심하고 진정하고 있는 중이었나 보다.

"흐끅, 저, 저기… 이분은?"

갑자기 등장한 나 때문에 놀랐는지 떨리는 목소리로 코다리 찜에게 묻는데, 목소리도 되게 여렸다.

"걱정 마. 내가 아는 녀석이야. 널 도와주러 왔어."

"아아, 네에… 저, 저기, 안녕하세요?"

"응. 안녕?"

주춤주춤 코다리에게서 손을 떼고 고개를 숙여 보이는 소녀에게 마주 대답해 주면서도 내 시선은 코다리 녀석을 향해 있었다.

당혹한 표정을 보니 아마 지금까지 소녀가 울고 있을 줄은 몰랐던 모양이다. 아니, 그럼 이 어두컴컴한 동굴에서 혼자 언제 올지도 모를 놈을 기다리고 있는데 안 무섭게 생겼나?

그런데 난 그에 대해 코다리 녀석을 타박할 정신이 없었다. 놀랍게도 소녀를 향한 녀석의 눈빛이나 행동에 제법 다정한 기색이 어려 있는 거였다.

'헐… 뭐냐, 이거?'

소녀도 예쁘긴 했지만, 솔직히 미모만 따진다면 조인족들도 빠지질 않으니 얼굴 보고 소녀한테 반했을 것 같지는 않은데 말이다.

'나한테는 처음부터 되게 못마땅한 시선을 던지더니만, 얘가 뭘 잘못 먹기라도 했나?'

하지만 그건 그거고, 일단 소녀부터 진정시켜야 할 거 같아 나는 보따리를 풀면서 코다리에게 지시했다.

"야야, 일단 불 피우게 나뭇가지 좀 주워 와라. 바짝 마른 걸로 좀 많이 가지고 와. 밤새 피울지도 모르니까."

"뭐? 내가 왜?"

"그럼 허약해 빠진 내가 가리?"

이 녀석이 날 뒤에서 허약한 놈, 희멀건 날개라고 부른 걸 똑똑히 기억하고 있었던 내가 놈을 째려보며 묻자 녀석이 못마땅한 표정이었지만 순순히 밖으로 향했다.

아마 이 주변을 잘 아는 녀석일 테니 오래 걸리진 않을 거다. 아직 해도 완전히 지지 않아 어둡지도 않았고.

그 여자애는 코다리가 밖으로 나가려고 하자 다시 불안한 표정으로 울먹거렸지만, 코다리가 그걸 알아챘는지 막 동굴 밖으로 나가기 전에 돌아보며 말을 건넸다.

"금방 올게. 이번엔 진짜야. 그리고 쟤도 있잖아. 쟤랑 놀고 있어."

'와! 얘 진짜 내가 알던 그 코다리 찜 맞아?'

난 코다리의 말에 조금 밝아진 얼굴로 고개를 끄덕이는 여자애와 코다리를 번갈아 보며 볼을 꼬집어야 할지, 눈을 비벼야 할지 고민했다.

하지만 코다리의 모습이 사라지자마자 또다시 침울해지는 소녀를 그냥 내버려 둘 수가 없었기에 입을 열었다.

"저기, 이름이 뭐야?"

"네? 아, 네… 저기… 릴리 드 호빙이… 요."

그 여자애는 날 힐끔 보며 머뭇거리다 끝에 '요' 자를 붙였다.

내가 척 보기에 자신보다 어려 보이니 존대를 사용하고 싶지 않았지만, 존대를 안 하자니 불안했나 보다.

그에 나는 편하게 반말하라는 말은 생략한 채 다른 말을 꺼냈다.

"저녁은 먹었어?"

"네? 아, 네… 코데로 님이 남겨주신 게 있어서 좀 먹었어요."

"육포를 줬다던데, 그걸로 되겠어?"

자세히 보니 핏기가 없는 입술이 바짝 말라 있었다.

"물은? 챙겨줬다던데."

"아, 저기… 아까 다 마셔서……."

그러면서 릴리라는 소녀가 주춤주춤 가리키는 쪽을 보니,

조인족 애들이 밖에 나돌아 다닐 때 애용하는 나무로 된 자그마한 물통이 있었다.

'으휴, 진짜 코다리 찜 같은 놈.'

물이라도 넉넉하게 챙겨줬을 거라 생각한 내가 바보였다.

나중에 또 물 찾으러 나가면 귀찮을까 봐 물도 충분하게 챙겨 오길 잘했다.

나는 우선 물통부터 꺼내 릴리에게 물을 따라줬더니, 과연 얼른 받아 허겁지겁 마시는 것이었다.

저 작은 물통 가지고 지금까지 버텼던 데다 계속 울고 있었을 테니 얼마나 목이 말랐겠는가.

"천천히 마셔. 혹시나 싶어서 많이 챙겨 왔어. 아, 그거 마시고 이것도 좀 먹어."

그 후로 꺼낸 빵이랑 과일 등등을 보자 눈을 빛내며 얼른 다가와 받아 들었다. 양 볼이 빵빵해지도록 빵을 우겨넣는 것을 보니 배도 많이 고팠나 보다.

빵 하나를 꾸역꾸역 다 집어넣고 급히 씹던 소녀는 내 시선을 알아채더니 얼굴이 빨개지며 급히 삼키려 하다 사레가 들려 다급히 가슴을 두드렸다.

"아이고~ 그냥 편히 먹지."

"켁, 켁, 죄, 죄송……."

"괜찮으니까 진정해."

등을 두드려 주며 말해봤지만 오늘 처음 본 애 앞에서 편히 있을 리가 없었다.

릴리의 사레는 금방 풀리지 않아서 한참을 두들기다 보니 애 얼굴은 시뻘게졌고, 눈에는 다시 눈물이 가득 차올랐다.

그런데 하필 그때 코다리 녀석이 돌아온 것이었다.

"뭐야, 무슨 일이야?"

눈물이 가득한 눈을 보고는 단번에 인상을 굳히며 날 노려보는 모습에 기가 찼다.

"사레 좀 들린 거 가지고 정색할 필요 없거든? 잘됐네. 네가 애 좀 안정시켜라. 난 불을 피우마."

내가 말을 채 끝내기도 전에 녀석이 다가와 얼른 릴리의 팔을 잡는 모습에 헛웃음이 나올 정도였다.

하지만 코다리 녀석의 존재가 릴리에게는 든든했던지, 내가 코다리가 가지고 온 나뭇가지들로 불을 피우고 돌아보니—당연히 마법 아이템을 이용했다—완전히 안정된 얼굴로 앉아 있었다.

물론, 나와 시선을 마주치자 창피함에 다시 얼굴이 빨개졌지만, 그래도 아까보다는 나에 대한 경계심이 풀려 있는 상태였다.

"고, 고마워요."

"뭘~ 음식도 넉넉히 챙겨 왔는데 더 먹지?"

"많이 먹었어요."

릴리가 안정을 되찾고, 모닥불도 타닥타닥 타올라 온기를 뿜어내자 동굴 안이 제법 온화해졌다.

그리고 나서야 나는 릴리에게 좀 더 자세한 이야기를 청할 수 있었다. 릴리도 완전히 안정을 되찾은 덕에 침착한 얼굴로 입을 열었다.

"우선 제 이름은 아까도 말씀드렸다시피 릴리 드 호빙이라 합니다. 북부 지역에 있는 호빙 남작 가문 출신이에요."

예법 수업을 들었던 덕에 나는 그녀의 이름을 듣고 몇 가지를 알아낼 수 있었다.

"흠… 중간 네임이 '드'네? 음음, 그러면… 남작의 직계는 아니고 방계?"

"아? 네, 네, 잘 아시네요?"

솔직히 '드'는 중간 네임 중에서 기사 작위들이 사용하는 'K'를 제외하고 가장 낮은 등급이었다. 귀족 가문의 핏줄이지만 작위를 물려받을 가능성이 거의 없는 이들이나 단승 귀족, 영지가 없는 몰락 귀족들이 사용하는 거였으니까.

기억을 더듬느라 저도 모르게 물어보긴 했지만, 사실 그걸 직설적으로 물어보는 건 큰 실례였다. 하지만 릴리 양은 오히려 반색하며 고개를 끄덕였다.

"네네, 현 호빙 남작님께선 제 백부님이 되세요."

인간 세상에 대해 잘 아는 것처럼 보이니 되게 반가웠던 모양이다.

"그렇구나. 그럼 여긴 어떻게 온 건데?"

"그건요……."

릴리양의 아버지는 호빙 남작가에서 운영한다는 상단의 단주라고 했다.

"그래서 저도 작년부터 상단 일을 돕기 시작했는데, 그동안은 서류 작업만 했던 터라 무역이 진행되는 모습을 직접 체험해 보고 싶어서 이번에 처음 아버지를 졸라 뢰블레 왕국에 갔다가 돌아오는 길이었어요."

돌아오는 길에 일정이 늦어져 지름길로 간답시고 모클러 산맥 끝자락에 있는 골짜기를 타고 넘으려 했다가 오크의 습격을 받았다나?

무력이 없는 탓에 마차 안에서 시녀와 웅크린 채 덜덜 떨고 있는 사이, 몬스터들이 상단 무사들을 다 처리하고는 마차 문을 뜯어내 자신과 시녀를 끌어내 죽이려 하는 절체절명의 순간.

하늘에서 이 코다리 녀석이 짠! 하고 나타나 몬스터들을 떨치고 자신을 구해냈다는 것이었다.

"그랬구나. 정말 큰 고생했네."

내 말에 릴리가 침울한 표정으로 고개를 숙였다.

"아니에요. 그래도 전 멀쩡하잖아요. 다른 분들은……."

"어쩔 수 없지. 정말 운이 나빴는걸."

침략한 몬스터가 블랙 오크였으니, 그건 천재지변 같은 일이나 다름없었다.

"넌 이 코다리 녀석을 만났으니 진짜 운이 좋았던 거야."

하도 속으로 코다리, 코다리라고 불렀더니 나도 모르게 불쑥 그 단어가 튀어나왔다.

"내 이름은 코데로다."

솔직히 그 단어를 내뱉자마자 아차 싶었는데, 슬쩍 인상을 찌푸리며 정정해 주는 코데로의 폼을 보니 분명 코다리가 뭔지 모르는 게 분명했다. 그래서 나는 대놓고 그 단어를 언급해 줄 수 있었다.

"코다리나 코데로나."

"엄연히 다르다."

"알게 뭐냐? 네가 언제 나한테 네 이름을 알려준 적이라도 있니? 코다리라고 불러준 것만으로도 감사하시지?"

"뭣?"

잠시 릴리를 잊은 채 녀석과 투닥댔더니만, 갑자기 풋~ 하는 소리가 들려왔다. 의아함에 시선을 돌렸더니 릴리가 붉어진 얼굴로 얼른 사과를 해왔다.

"아, 죄송해요. 두 분이 너무 사이좋아 보이셔서… 마치 사이좋은 남매를 보는 것 같아요."

"으엑! 끔찍한 소리. 너무 무시무시한 오해를 하니까 소름이 막막 돋잖아. 얘랑 나는 엄청 사이가 안 좋다고."

동의한다는 듯 고개를 끄덕이는 코다리 녀석을 째려본 뒤 나는 목을 가다듬고 말을 이었다.

"그러고 보면 넌 정말 행운아인 줄 알아. 위험할 때 코다리 녀석이 도와준 것도 그렇지만, 너를 돕기 위해 얘가 나한테 찾아와서 부탁까지 했으니까. 얘랑 나는 평소에 말 한마디 안 섞는 사이거든."

"네에? 정말인가요?"

고마움과 감격으로 물든 커다란 하늘색 눈동자가 녀석을 향하자 녀석이 괜히 헛기침을 하며 고개를 돌렸다.

'오호~ 이것 봐라?'

혹시나 했었는데, 지금 반응을 보니 아무래도 진짜 코데로가 릴리한테 반한 거 같았다.

'뭘 보고 반한 거지? 조인족이 아니라서 연약해 보이는 모

습에 심장이 찡~ 해진 건가?'

뭐, 나쁠 건 없다. 아니, 오히려 이걸로 녀석의 약점을 잡을 수 있을 것 같으니 잘된 일일지도.

'으흐흐~ 넌 이제 두고 보자.'

그렇게 속으로 벼르고 있는데, 릴리가 조심스레 물어왔다.

"저어… 그럼, 저는 어떻게 해야 하나요? 오늘은 일단 여기서 밤을 보내야겠지만, 내일은 돌아가야 할 텐데……. 여기서 호빙 영지가 많이 먼가요?"

"그래서 물어볼 게 있어. 넌 영지 근처 아무 데나 내려 주면 혼자 집을 찾아갈 수 있는 거냐?"

"네? 저기… 남작성 근처까지 데려다주시면 가능할 거 같긴 하지만, 다른 곳이라면……."

"애매하네. 솔직히 지도에서 방향과 거리는 대충 알아냈지만, 한 번도 가본 적이 없어서 자신이 없거든. 바로 남작성에 도착할 수 있으면 좋은데, 까딱 잘못해서 방향이 틀어져 다른 마을에 도착할 수도 있으니까. 그럴 때 너 혼자 찾아갈 수 있는 건지……."

내 말에 릴리가 난처한 표정을 지었다.

하기야 이제 겨우 15살쯤 된 여자애가 홀로 사방으로 돌아다녀 봤을 리가 없겠지.

아무래도 쉽게 생각하면 안 될 거 같아 난 코다리 녀석의 옆구리를 쿡쿡 찌르며 작게 속삭였다.

"어이, 네가 혼 좀 나고 말지?"

"가벼운 꾸중으로 끝날 거 같냐?"

"그건… 아닐 거 같다."

"나도 좋은 일 하고 혼나고 싶지 않다."

금지 구역을 어른들 몰래 드나든 건 크게 혼나 마땅한 일이었지만, 그 덕에 또 한 생명을 구할 수 있었으니 차마 얌전히 벌을 받으라고 할 수 없었다. 비록 사심으로 한 일이라 해도 말이다.

'근데 아무리 혼나는 게 무섭다고 이렇게 우리끼리 하는 게 옳은 건 또 아닌 거 같은데? 걍 저 녀석 몰래 엄마에게 확 꼰질러 버려?'

한데 속으로만 생각하고 있던 걸 녀석이 눈치챈 모양이다.

"만약 네가 도울 맘이 없다면 그냥 지금이라도 나 혼자 저 애를 데리고 출발하겠다."

'이 시키가 코흘리개 어린애도 아니… 아니, 꼬맹이가 맞군.'

덩치가 큰 데다 말투도 딱딱해서 얘가 아직 예쉬보다도 어린 꼬맹이라는 걸 잊고 있었다.

녀석은 내 눈치가 조금이라도 이상하기만 하면 즉시 자신이 말한 걸 실행할 태세라 나는 길게 한숨을 내쉬며 고개를 끄덕거렸다.

녀석이 혼나는 건 좋지만 그 때문에 괜히 릴리에게 피해가 가게 할 수는 없으니 말이다.

저 녀석이 아무리 나이에 비해 뛰어난 실력을 가지고 있다 해도 그건 신체적인 능력일 뿐이다.

지도도 볼 줄 모르는 녀석이 릴리만 데리고 날아간다니 내가 불안해서 안 되겠다.

그런데 문득, 지도 하니까 떠오르는 게 있어서 나는 다시 코다리에게 속삭였다.

"야, 그리고 보니 이 근처에 인간 마을이 있잖아?"

지도에는 안 나와 있지만, 여기 산 아래에는 사람들이 살고 있는 마을이 있었다.

북부 지역 지도를 처음 본 날, 유모가 조인족 마을과 그 근처 마을에 대해 이야기해 준 적이 있었다. 조인족과의 교류를 위하여 아빠가 만든 곳이라나?

"유모에게 부탁하면 걱정 안 하고 쟤 데려다줄 수 있을걸? 비밀 유지도 가능하고."

말하다 보니 제일 좋은 방법인 거 같았는데, 이 코다리 녀석이 단칼에 거부했다.

"그럴 필요 없어. 내가 하루 안에 데려다줄 수 있는데 뭐하러 번거롭게 일을 벌이지?"

"잉? 야, 그게 제일 간단한 거 아니야?"

"됐어. 내가 데려다줄 거니 다른 이야기할 거 없어."

"하아?"

아무래도 이 녀석은 무조건 자기가 직접 갈 생각인가 보다.

'단순히 책임감인 거야, 아니면 인간 마을에 가보고 싶어서 그러는 거야?'

혹시 이 녀석, 릴리의 집이 어딘지 알고 싶어서 그러는 건 아닌지 모르겠다.

이유야 어쨌든, 녀석이 이렇게 단호하게 나오니 내가 한발 물러설 수밖에 없었다.

"에휴~ 그럼 불편하겠지만 오늘 밤만 여기서 보내. 아무래도 너 데려다주려면 나도 준비가 필요하니까."

"네, 네. 저는 괜찮아요. 모포도 챙겨주셨고, 모닥불도 있어서 충분히 따뜻한걸요. 그동안 노숙도 몇 번 해봤으니 걱정 안 하셔도 돼요. 먹을 것도 있고……."

자기 때문에 코다리 녀석이 난감한 입장이 되었다는 걸 눈치챈 릴리가 열심히 끄덕거렸다.

"그래도 너 혼자 있으라고 하긴 불안하니까……."

내가 같이 있으려고 했는데 코다리 녀석이 끼어들었다.

"내가 있지. 나야 밤에 슬쩍 빠져나오는 것 정도는 어렵지 않지만, 넌 아니잖아?"

틀린 말은 아니었다. 엄만 몰라도 유모는 내 위치를 얼마든지 추적할 수 있었고, 내가 마을 밖에 있다는 걸 알면 득달같이 찾아올 터였다.

"그래, 그래. 네가 있는 게 낫겠다."

나는 그것 말고도 고민할 게 많았던 것이다.

우선 돌아가면 날 기다리고 있을 유모에게 뭐라 변명할 것이며, 내일 어떻게 시간을 내서 릴리를 데려다줄 것인지 등등.

'아아, 오늘 밤은 고민 때문에 잠 못 이루게 생겼네.'

맨날 별생각 없이 유모나 엄마가 정해준 일정대로만 지낸 탓인가, 밤새 고민해도 적당한 변명거리가 떠오르질 않았다.

아침이 밝아와 코데로와 릴리한테 가야 할 시간이 다가왔음에도 생각해 내지 못하자 마음만 급해진 난 반쯤 포기한 심정으로 엄마에게 말을 꺼냈다.

"엄마, 나 오늘 일이 있어서 훈련 못 할 거 같아."

"그래? 알았어."

'으잉?'

마치 동전 넣고 버튼만 누르면 즉시 물건을 내놓는 자동판매기인 양 금방 튀어나온 쿨한 엄마의 답변에 순간 내가 당혹스러울 정도였다.

"그, 그걸로 괜찮은 거야?"

"뭐가?"

"…내가 이런 말 하긴 뭣하지만, 너무 쉽게 허락해 주는 거 같아서."

"볼일이 있으니까 있다고 한 거 아냐? 볼일이 있으면 훈련을 못 할 수도 있는 거지."

순간, 할 말이 없었다. 엄마 말이 틀린 것도 아니고, 지금 이 순간 참 반가워야 할 말이지만 그러지 못하는 이 이율배반적이고 오묘한 감정은 뭔지.

결국 뭔 일이 있으면 항상 떠올리는 '조인족이라 그런가 보다' 란 말을 이번에도 떠올리며 나는 고개를 끄덕였다.

잠도 못 자고 고민한 걸 너무 아까워하며 말이다.

하지만 그게 나쁜 것만은 아니었다. 허무할 만치 쉽게 엄마한테서 허락을 받아낸 덕에 오히려 유모에게 할 적당한 멘트까지 쉽게 떠올랐던 것이다.

뭐어, 변명거리라기보다는 잠시 상황을 모면할 임시방편이었지만 말이다.

'어제저녁에도 그랬는데…….

내가 갑자기 이것저것 물건들을 챙겨서 다른 조인족 애랑 밖에 나갔다가 돌아왔으니 무슨 일인지 유모가 물어온 건 당연한 일이었다.

하지만 그때는 고민만으로도 머리가 꽉 차서 '나중에, 나중에 말해줄게'라고 넘어가 버렸었다. 그걸 지금 또다시 사용하게 되었던 것이다.

"유모, 어제 일이 해결이 안 되어서 오늘 또 걔랑 나갈 거야. 엄마한테는 허락받았으니까 걱정 말고."

"저희가 도와드리면 안 될까요?"

"음, 이건 전적으로 걔 사정이라, 다른 사람을 데려오는 걸 꺼려해서 말이지."

코데로를 들먹이자 유모가 한발 뒤로 물러났다.

"큰일이나 위험한 일은 아니신 거죠?"

"우리끼리 할 수 있는 정도인데, 뭘."

배시시 웃으며 두루뭉술하게 넘어가자 유모가 불안한 빛을 보였지만, 엄마한테까지 허락받았다고 하니 고개를 끄덕였다.

그 순간, 아마 유모도 울 엄마의 성격을 깜빡했을 거다.

엄마 덕분에 유모도 수월하게 넘기자 나는 거리낌 없이 아침을 챙겨서 코데로와 릴리가 있는 동굴로 날아갔다.

오늘 하루 시간을 벌었으니 빨리 애들이랑 계획을 짜서 출발해야 했다.

서두른다고 서둘렀지만, 유모에게 붙잡혀 있었던 데다 길을 좀 헤맸던 탓에—한 번 가본 걸로 단번에 찾아갈 능력자가 아니라서—동굴에 도착했을 때는 늦은 아침이 되어버렸다.

"여~ 잘 잤어?"

"좋은 아침입니다."

잠자리가 불편했을 텐데도 어제보다 훨씬 편안한 안색이 된 릴리가 자리에서 일어나 정중하게 인사를 해왔다. 코다리 녀석은 앉은 채로 고개만 까딱해 보였지만 말이다.

녀석이 제법 신경을 쓴 것인지 여전히 잘 타오르는 모닥불 위에는 멧돼지 새끼가 한창 구워지고 있었다. 가죽도 안 벗긴 통째로 말이다.

"혹시나 해서 물어보는 건데, 저거 릴리한테 주려고 굽는 거지?"

"당연하지."

당연한 걸 왜 묻느냐는 기색으로 날 보는 코다리 녀석에게 나는 아주아주~ 한심하다는 얼굴로 입을 열었다.

"저렇게 전~ 혀 손질도 안 한 짐승을 사람이 먹을 수 있을 거라고 생각하는 멍청이는 난생처음 봤네."

"뭐?"

"가죽도 안 벗긴 거 보니 피도 하나도 안 뺐네. 내장도 제거 안 하고, 씻지도 않은 그런 걸 어떻게 먹냐, 이 멍충아!"

물론, 나도 지금껏 남이 요리해 준 것만 먹었으니 정확하게 알 리 없었지만 그래도 얘보단 나았다.

혹시, 릴리가 날 보자마자 벌떡 일어나 반긴 건 저 멧돼지 구이를 차마 먹을 엄두가 나지 않았기 때문이 아닐까?

"너, 양념은 했냐?"

가죽도 안 벗기고 통째로 굽는 중인데 양념을 했을 리가 있

나. 아니, 어쩌면 양념이 뭔지 모를지도 모른다.

내 말에 당황한 표정으로 어찌할 바를 몰라 하는 코다리 녀석에게 쯧쯧 혀를 차준 뒤 들고 있던 보따리를 풀었다.

"넌 나에게 정말 감사해야 해. 이럴 줄 알고 내가 아침 챙겨 왔다. 릴리 양, 너도 저건 신경 쓰지 말고 이거 먹어."

"네, 네, 감사합니다."

코데로가 신경 쓰이는지 쭈뼛쭈뼛대긴 했지만, 릴리의 눈에는 확실히 안도의 기색이 담겨 있었다.

나도 아침을 안 먹고 날아온 터라 빵을 하나 집어 들고는 릴리에게 슬쩍 코다리 녀석을 눈짓으로 가리켜 보였다.

얄미운 녀석이긴 하지만 녀석도 이번 여행에 중요했으니 아침을 잘 챙겨줘야지.

게다가 나보다는 릴리가 챙겨주는 게 훨씬 좋을 테니 일부러 그녀에게 넘겼다.

다행히 릴리도 눈치가 나쁘지 않아 금방 알아듣고는 빵과 과일을 챙겨 얼른 코데로에게 다가갔다.

"코데로 님도 시장하실 텐데 이거 좀 드세요."

"흠, 뭐……."

'아이고, 저 못 이기는 척 받아 드는 것 좀 보게나…….'

릴리는 코데로가 받아주는 게 마냥 좋았는지 그 옆에 앉아 물을 따라주고 다른 음식도 펼쳐 주기까지 했다. 아무래도 지난 밤새 둘이 제법 친해진 모양이다.

'쟤네는 기껏 친해져 놓고, 릴리가 집에 돌아가면 어떻게 되는 거지?'

잠시 고개를 갸웃거렸지만, 이후의 일은 나와 상관없는 일이었기에 곧 떨쳐 버리고는 본론을 꺼냈다.

"나 오늘 저녁까지는 시간 낼 수 있어. 그래서 말인데 언제 출발할 거야?"

코데로는 원래 데려다주는 건 저 혼자 하려고 했지만, 혼자만으로는 어렵다는 걸 알게 되자 같이 가는 걸로 마음을 바꾼 눈치였다.

물론, 녀석이 저 혼자 간다고 했어도 난 협박을 하든 거래를 하든 해서 쫓아갔을 거다. 얘 혼자 보내는 게 오히려 더 걱정이 되니까.

하여간 그런 분위기였기에 내가 꺼낸 말에 코데로는 순순히 대답했다.

"상황이 어떻게 될지 모르니까 빨리 출발하자. 혹시 준비할 거 있냐?"

"응. 나도 처음 가는 길이니 혹시 몰라 이것저것 챙겨가려고. 참, 한 명 더 데리고 가도 되지?"

내 질문에 코데로의 인상이 찡그려졌다.

"아무리 나라도 두 명을 데리고 비행하는 건 좀 어렵다."

"걘 내가 데리고 갈 거니까 걱정 마."

"네가?"

물론 난 여전히 덩치가 작고 바람도 못 다루긴 하지만, 그래도 코다리 놈에게 가능하겠냐는 시선을 받으니 괜히 기분이 나빠졌다.

"방법이 있거든? 어쨌든 한 명 더 합류하는 거에 더 이의는 없지?"

"뭐, 네가 데리고 갈 수만 있다면야… 하지만 혹 중간에 지쳐 나가떨어지면 놓고 가버릴 테다."

"헤에~ 너 혼자 잘 찾아갈 자신은 있고?"

"윽……."

내 말에 코데로 녀석이 얼굴을 굳히더니 할 말이 없는지 들고 있던 빵만 우적우적 씹어 먹었다.

'짜식이, 그래도 자신의 부족함을 절절히 깨달은 모양이네.'

"그럼, 넌 준비하는 데 오래 걸리냐?"

"아냐. 같이 갈 애보고 준비해서 이쪽 방향으로 오라고 했어. 식사 다 하고 데리러 가면 돼."

아무리 이것저것 준비해 간다고 해도 우리끼리만 가려니 불안해서 만약을 대비해 제이도 데려가기로 했다. 내 대신 짐을 챙겨올 겸 해서 말이다.

내가 아침부터 너무 이것저것 챙기면 수상히 여긴 유모가 뒤를 쫓을지 모르니 유모의 눈을 피하려 제이에게 목록을 건네줬다.

게다가 제이의 전투 실력은 유모도 인정할 정도로 뛰어났고, 내 곁에서 머물게 된 후로 꾸준히 교육을 받아왔으니 같이 가면 많은 도움이 될 터였다.

처음에는 케이를 데리고 갈까 했지만, 내가 품에 안고 있기에는 덩치가 너무 커서 제이로 바꿨다.

불안한 마음에 이것저것 챙기라고 한 게 많아 보따리도 제법 클 테니, 줄일 수 있는 건(?) 줄여야겠다고 생각한 거였다.

한데 잠시 후 숲에서 만난 제이의 손에는 아무것도 없었다. 단지 허리에 그녀의 애검만 살포시 걸려 있을 뿐.

"어라? 내가 챙기라고 한 건?"

설마 유모에게 들켜서 다 빼앗겼나 싶어 가슴이 덜컥 내려 앉는데, 이런 내 불안을 씻어주듯 제이가 배시시 웃으며 조끼 안쪽에서 웬 주머니를 하나 꺼내 드는 거였다.

"일단 다 챙겨왔습니다만, 확인해 보시겠어요?"

아니, 겨우 내 주먹 두 개 정도 크기의 주머니에 넣어봤자 얼마나 들어간다고 다 챙겼다고 하는지 황당했다.

하지만 제이가 주머니를 거꾸로 뒤집자 그 안에서 수많은 물건이 주르르륵~ 쏟아져 나오는 거였다.

'헉! 이 무슨 마법 같은 일이!'

"짐이 너무 크면 이동하는 데 불편할 뿐만이 아니라 유모님 께 들킬 것 같아 마법 주머니에 챙겨왔습니다."

'헤에, 진짜 마법이었어?'

여긴 마법이 많이 발달해 여기저기 사용이 되더니만, 이런 것에도 마법이 사용되는 줄은 지금 처음 알았다.

'에잇! 유모도 참, 이런 거 있었음 진작 좀 가르쳐 주지.'

제이는 하는 행동이 기특한 만큼 물품들도 잘 챙겨 왔기에 나는 만족한 표정으로 고개를 끄덕였다.

"좋아, 잘했어. 그럼 출발할까?"

내가 제이를 데리고 갈 수 있다고 자신만만하게 대답할 수 있었던 이유는 마법 아이템 때문이었다.

내가 비행을 할 수 있게 된 이후, 내 안전에 대해 많이 염려를 하던 아빠가 제일 먼저 만들어서 건네줬던 마법 아이템.

"자, 이거 차."

"네? 웬 팔찌인가요?"

"마법 아이템이야. 미리 말하는데 빌려주는 거야. 마을에 도착하면 돌려줘야 해."

실드와 레비테이션이 새겨진 팔찌는 세 개나 있었기에 내가 하나를 챙겼어도 제이와 릴리에게 빌려줄 수 있었다.

레비테이션으로 허공에 떠 있는 제이라면 많은 힘을 들이지 않고도 충분히 내가 데리고 날아다닐 수 있을 터였다.

그리고 혹 무슨 일이 있을지 모르니 만약을 대비해 릴리에게도 빌려줬다.

코데로 녀석은 내가 제이를 만나 물품을 확인한다 어쩐다 하며 자꾸 꾸물거리니까 화를 냈지만, 난 첫 여정이었기에 나름 만반의 준비를 갖추지 않고서는 떠날 수가 없었다.

덕분에 우리가 하늘 높이 날아오른 건 거의 점심때가 다 되어서였다.

"참 내, 네가 자꾸 꾸물거리니까 너무 늦어졌잖아!"

녀석은 바람을 불러 우리를 허공에 띄우면서 한 소리 했지만, 난 한 귀로 흘리며 내 품에 다소곳하게(?) 안긴 제이를 바라봤다.

"불편하지 않지?"

"네, 아사 님께선 힘들지 않으세요?"

"나도 괜찮아. 어차피 허공에 떠 있는 널 붙잡는 건데."

"야! 딴짓하지 마. 이제 출발할 거니까."

"그래, 그래."

코데로가 그동안 안전 루트로 이용했다는 계곡은 산속 깊은 곳에 있어 입구를 찾기도 어려웠거니와, 정말 비좁았다.

성년이 된 조인족 한 명이 날개를 펴면 겨우 통과할 정도의 너비였는데, 그렇게 좁은 계곡이 끊어질 듯 구불구불 산맥 너머까지 쭈욱~ 이어져 있었다.

여기저기에서 형성된 골짜기들이 우연치 않게 연결되어 생긴 듯한데, 그렇게 만들어진 곳을 찾아낸 코데로도 참 대단했다.

하지만 난 녀석에게 감탄하거나 주변을 보며 놀라워할 여유가 요~ 만큼도 없었다.

길이 구불거리는 것만으로도 난코스인데, 폭이 좁은 탓에 조금만 바위가 튀어나오거나 나무가 자라고 있으면 그게 다 앞을 가로막는 장애물이 되었던 것이다.

거기다 코데로 녀석은 한시가 급하다고 배려도 없이 바람으로 날 팍팍 밀어대고 있어서 여차하면 절벽에 부딪힐까 겁이 나 등 뒤로 식은땀이 줄줄 흘렀다.

그나마 예전 저택 주위의 숲에서 놀이 삼아 장애물 코스 비행을 즐겼기에 다행이지, 그런 경험이 없었다면 난 분명 몇 번이고 절벽에 부딪혔을 거다.

'우쒸! 내가 바람을 다룰 수 있다면 훨씬 나았을 텐데. 바람 다루지 못하는 조인족 어디 서러워서 살, 으힉!'

품에 제이가 안겨 있었기에 차마 그 애가 불안해할까 속으로만 투덜거리던 난 눈앞에 또다시 튀어나온 나무를 피해 황급히 솟구쳐 올랐다.

'아우쒸! 얼마나 더 가야 하는 거야!'

그렇게 온 신경을 곤두세우고 있던 상태였기에, 나는 갑자기 저 멀리서 들려온 괴성에 간 떨어질 만큼 화들짝 놀라 버렸다.

쿠아아아~!

"으헥!"

슬프게도 그 괴성에 비명성을 터뜨린 건 나뿐이었다. 그리고 그걸 코데로 녀석이 들었고.

"무섭냐? 겁쟁이 같긴. 걱정 마. 웬만큼 큰 놈들은 여기가 좁아서 들어오지도 못할 테니까."

녀석의 목소리는 이 극악의 난코스를 지나가면서도 여유가 철철 흘러넘치고 있었다.

"쳇!"

무섭지 않다고 큰소리치고 싶었지만, 간이 쫄아든 건 사실이었기에 뭐라 대꾸하지는 못했다. 하지만 확실히 코데로 말은 맞을 것 같았다.

나한테도 좁게 느껴지는 곳이었으니, 우리보다 덩치가 큰 녀석들은 들어오지 못할 터다.

하지만 세상에는 예외라는 말도 있었다.

크아아아~!

쿠워억!

까마귀 울음소리를 좀 더 굵게 하고 길게 늘인 듯한 괴성이 우리 쪽으로 점점 다가오자 나는 불안해지기 시작했다.

크악~!

쿠웍, 쿠워억!

"야, 소리가 이쪽으로 다가오는데?"

결국 불안함을 견디지 못하고 코데로를 불렀지만 녀석은 여전히 여유로웠다.

"괜찮아. 여차할 땐 계곡 아래로 내려가면 되니까. 지금은 여기를 빨리 지나가는 것에만 신경 써."

이 상황에서도 침착하다니, 역시 금지 구역을 제 앞마당처럼 돌아다니는 녀석다웠다.

덕분에 나도 조금은 안심이 됐는데, 잠시 후 우리 머리 위로 시커먼 그림자가 드리워지니 또다시 불안감이 커졌다.

캬아악!

크억! 크억!

오늘 처음 들어보는 소리였지만 괴성에 투기와 살기가 가득하다는 건 알겠다.

그 소리에 절로 몸이 움찔움찔해 난감한데, 잠시 후에는 괴로움이 가득 찬 비명 소리와 함께 커다란 무언가가 뚝 떨어지는 거였다.

그것도 하필이면 우리가 가는 방향 앞쪽에.

공간이 넓었으면 좌우로 회피해 볼 수도 있었을 텐데, 여기는 덩치 큰 놈들은 들어오기 힘들 만큼 좁은 곳.

결국 피할 곳은 하늘 쪽이었다.

"젠장!"

바로 앞으로 떨어지는 커다란 덩치를 피해 코데로가 가파르게 급상승을 하자 바짝 붙어 따라가던 나도 상승할 수밖에 없었다.

그러나 계곡을 벗어나 하늘로 솟구쳐 올라가니 커다란 생물체가 떠억 버티고 있는 거다.

"익룡?"

얼핏 언젠가 공룡 전시장에서 봤던, 하늘을 날아다니는 공룡인 줄 알았다. 하나 금세 생김새가 다르다는 걸 깨달았다.

물론, 손을 대신한 피막 날개와 두 다리를 가지고 있다는 건 익룡과 같았지만, 악어처럼 뭉툭하고 길쭉한 얼굴은 익룡과는 전혀 딴판이었다.

"와이번!"

내 품에 안겨 그것의 모습을 본 제이가 낭패 어린 표정으로 중얼거렸다.

전체적으로 어두운 회색빛을 띤 그건 커다란 말 두세 마리를 합쳐놓은 것만큼 덩치가 컸다.

그런 녀석 한 마리만 있어도 난감했을 텐데, 한 마리가 더 있었다.

아마 허공에서는 방금 떨어진 것과 얘네가 1 대 2로 맞붙어 싸우고 있었던 모양이다.

"서둘러!"

코데로는 녀석들을 제대로 보지도 않고 잽싸게 방향을 틀었다. 그래서 나 또한 얼른 시선을 돌리고 코데로의 뒤를 따라 날아가는데, 정말 반갑지 않은 소리가 들려왔다.

크억, 크억!

크어억~!

아까부터 계속 들려왔던 괴성의 뒤를 이어 커다란 날개가 퍼덕이는 소리까지.

"쫓아옵니다!"

내 품에 안겨 있던 터라 뒤를 볼 수 있었던 제이가 외치자 코데로가 욕설을 내뱉었다.

"젠장! 왜 하필 오늘 와이번과 그리핀이 패싸움을 벌인 거냐!"

아까 계곡으로 떨어진 게 그리핀이라는 거였나 보다. 패싸움이라는 게 진짜인지, 저~ 멀리서도 여전히 동시다발적으로 괴성이 들려오고 있었다.

"코데로, 저 와이번이라는 애 많이 세지?"

"강하지 않은 놈이었다면 내가 이렇게 꽁지가 빠져라 도망쳤겠냐?"

코데로의 음성에는 아까와는 달리 긴장감 감돌고 있었다.

"우리가 교육장에서 상대하던 멧돼지에 비해?"

"훨씬 세! 비교도 안 될 정도로 세! 보면 모르냐?"

뭘 자꾸 물어보냐는 듯 짜증이 가득한 외침이었다.

"뭐, 나도 그럴 거라 생각은 했어."

그런데 그때, 제이가 다급하게 외쳤다.

"아사 님, 저들이 불덩어리를 쏘려고 합니다. 옵니다! 피하세요!"

제이의 외침에 코데로는 하강했고, 나는 상승했다. 그리고 잠시 후 우리가 있던 곳으로 커다란 불덩어리가 지나갔다.

"저놈이 불덩어리도 쏴?"

"네. 앗! 한 녀석이 코데로를 쫓아가는데요?"

"안 되겠다. 마법 아이템들 꺼내서 제일 강한 놈으로 쏴! 아니, 그냥 네가 알아서 쏴라!"

"넵! 윈디 피스트!"

제이는 이미 진즉부터 준비하고 있었는지 내 말이 떨어지기가 무섭게 외쳤다. 뒤에서 쾅~! 하는 무시무시한 소리가 들려왔지만 난 뒤돌아보고 싶은 마음을 내리누른 채 앞으로 날아가기만 했다.

"아사 님, 오른쪽으로!"

"오키."

내가 오른쪽으로 꺾어지자마자 제이가 다시 외쳤다.

"파이어 볼!"

정말, 코데로 녀석은 내 준비성에 대해 깊이 감사해야 한다.

혹시나 몰라서 제이에게 공격 마법이 걸린 아이템은 몽땅 쓸어 오라고 했는데, 이렇게 잘 사용하지 않는가.

"아사 님, 저 녀석들 별로 타격을 안 입었는데요?"

"전혀?"

"에… 조금… 요? 잠시 비틀거리기는 했지만 곧 정신을 차렸습니다."

내 이럴 거 같아서 있는 거 싹 쓸어 오라고 한 거다.

"그럼 챙겨온 거 다 때려 버려!"

"넵!"

내가 알기로 아이템만 커다란 가방으로 하나 가득이던데, 그런 걸 이럴 때 써야지 언제 써먹겠는가. 원래 이런 건 제때제때 써줘야지, 안 그럼 덩~ 되는 법이다.

"라이트닝 볼트! 아사 님! 아래로요! 매직 미사일! 코데로,

뒤 조심! 윈디 커터!"

제이의 손 안에 있는 자그마한 주머니에서는 아이템들이 끝없이 빠져나왔다가 들어갔다.

마법 두서너 방은 거뜬히 버티던 녀석들이었지만, 끝없이 이어지는 연속 공격에 결국 버텨내질 못했다.

"아이스 미사일!"

제이가 한 녀석에게 아이스 미사일을 날리자, 미사일은 녀석의 이마로 날아가 커다란 얼음 덩어리를 형성하며 얼어붙어 버렸다.

크어어억~!

그 얼음덩어리가 얼굴의 전체에 두껍게 얼어붙어 놈은 괴성을 지르며 얼굴을 흔들었지만, 얼음은 쉽게 떨어지지 않았다.

앞을 제대로 보지 못한 채 버둥대기만 하던 놈은 제이의 공격 마법을 몇 대 더 얻어맞고는 결국 슬픈 괴성과 함께 추락해 버렸다.

역시, 공격력이 약하면 물량으로 밀어붙이는 게 정답이었다.

한 녀석이 그렇게 추락하고 나자 다른 한 녀석이 멈칫하더니 곧바로 하늘 높이 솟아올라 저 멀리로 사라져 갔다. 녀석도 더 버티기는 힘들었던 모양이다.

"아사 님, 나머지 한 놈이 도망가 버렸습니다."

"굿 잡!"

나 또한 잔뜩 긴장한 채 요리조리 녀석들의 공격을 피하느라 엄청 지친 상태였다.

만약 그 녀석이 포기하지 않고 끝까지 나를 잡으려 들었다면 내가 먼저 추락했을지도 모른다.

"에구구~ 죽겠다……. 야, 코데로! 우리도 내려가서 쉬자!"

때맞춰 내 곁으로 날아온 코데로에게 앓는 목소리로 말을 꺼내자 그도 두말 않고 찬성했다.

"그래."

코데로도 나 못지않게 엄청 피곤한 얼굴이었다. 하기사, 내가 마법 공격을 사용할 수 있다는 걸 알자마자 스스로 나서서 와이번 녀석들의 시선을 끌고 교란시키느라 나보다 몇 배는 더 곡예비행을 펼쳤으니 힘든 게 당연했다.

"근데 여기가 어디냐?"

와이번의 공격을 피하려 정신없이 날아다녔더니 우리가 이동 통로로 사용하고 있던 계곡은 어느새 보이지도 않게 되었다.

"아~ 몰라, 몰라. 일단 내려가서 쉬었다가 나중에 찾아. 지금은 찾을 기운도 없어."

하지만 코데로는 쉴 생각만 간절했는지 완전 기운 빠진 목소리로 그리 내뱉으며 아래로 내려가기 시작했다.

길을 아는 유일한 녀석이 저리 말하며 먼저 내려가니 별수가 있는가.

게다가 쉬자는 이야기를 먼저 꺼낸 게 나였기에 두말 않고 녀석을 따라 아래로 내려갔다. 어차피 점심때도 훨씬 지나서 배도 엄청 고팠던 것이다.

그러나 땅에 내려서기도 전에 보이는 광경에 나는 다시금 몸의 긴장감을 일깨웠다.

"아사 님."

"응. 코데로!"

제이의 부름에 난 고개를 끄덕임과 동시에 코데로를 불렀다.

하지만 코데로는 시큰둥한 기색이었다.

"봤어! 그런데 뭐?"

"뭐긴 뭐야! 일단 내려가 봐야지. 저건 우리 때문이잖아."

우리가 발견한 건 아까 우리의 공격에 의해 땅으로 추락한 와이번 녀석이었다.

그 녀석은 공격 마법을 신나게 맞고 땅에 추락까지 했으면서도 여전히 살아서 움직이고 있었다.

문제는 그 대단한 놈 앞에 한 인영이 보인다는 거였다.

와이번의 덩치가 워낙 크다 보니 그 앞에 있는 인영이 정말 작아 보였다.

와이번은 날아오르지 못했지만 땅 위에서 움직이는 것은 큰 무리가 없는지 똑바로 선 채 인영을 향해 위협적인 모습을 취하고 있었다.

우리도 우리지만 저 사람도 정말 운이 없다.

하필 오늘 저곳에 있다가 갑자기 하늘에서 뚝 떨어진 와이번을 상대하게 되었으니 말이다.

크억~ 크억~!

진저리가 나는 와이번의 괴성까지 들리자 더 볼 것도 없다 싶어 나는 제이에게 물었다.

"제이, 아이템 남은 거 있지?"

"더 좋은 게 있습니다."

제이가 주머니에서 꺼내 보인 건 종이 두루마리. 난 그걸 보자마자 뭔지 알아챘다.

"마법 스크롤! 그것도 챙겨 왔었어?"

"네, 혹시나 몰라 몇 개 가지고 왔습니다."

"잘했어."

미처 생각지 못했는데 알아서 챙겨 오다니, 정말 기특하다.

"그런데 한 가지 문제가 있습니다."

"뭔데?"

"저 사람이 와이번과 너무 가까이 붙어 있습니다. 이건 강력한 폭발을 일으키는 거라 저 정도면 폭발에 휩쓸릴 겁니다."

제이의 말에 나는 반사적으로 코데로를 쳐다봤다.

틈을 봐서 낚아채는 데 뛰어난 실력(?)을 가진 녀석이 아니던가. 하지만 코데로는 내 시선에 못마땅한 표정을 지어 보였다.

"난 지금 빈손이 아니다."

"그럼 내려놔."

"저 아래가 안전하다고 어떻게 장담해?"

"에라이……."

분명 하기 싫어서 핑계를 대는 거라 여기고 녀석에게 한마디 하려는데, 코데로의 품에 안겨 있던 릴리가 끼어들었다.

"저, 저는 괜찮아요오……."

다 죽어가는 목소리를 꺼낸 릴리가 핼쑥한 얼굴로 애써 미소를 지어 보이려 했다.

코데로의 품에 안겨 난생처음 곡예비행을 하느라 제정신이 아니었을 텐데도 괜찮은 척하려 애쓰는 기색이었다.

"괜찮긴 뭐가. 됐어, 넌 신경 쓰지 않아도 돼."

"하아, 안 돼요오… 저 때문에… 하아, 코데로 님… 좋으신 분이라 분명… 하아, 도와주고 싶으실 텐데…….

아무래도 릴리는 코데로가 어려움에 처한 사람을 보면 그냥 지나치지 못하는 착한 사람이라고 믿고 있는 모양이다.

정말 크나큰 오해였지만 그 말에 반박은 못 하고 요상한 표정으로 얼굴만 굳히고 있는 코데로가 웃겨서 그냥 입을 다물어줬다.

"저, 전 정말 괜찮으니까아…….

"괜찮다네. 어쩔 거냐, 좋으신 분?"

웃음을 참느라고 애썼지만 내 통제를 벗어나 부들부들 떨리는 입꼬리는 어쩔 수가 없었다.

코데로가 노려봤지만 오히려 그 눈길 때문에 하마터면 웃음을 터뜨릴 뻔했다.

그럴 때 코데로 녀석이 뭘 떠올렸는지 갑자기 씨익 웃었다.

"뭐, 낚아채는 건 낚아채더라도 틈이 있어야지. 내가 뭔가 하려면 누군가가 저 녀석의 시선을 끌어줘야 해."

그러면서 날 보는 폼이 딱 '그건 너야!' 라고 하는 듯했다.

"안 됩니다! 차라리 제가 하겠습니다. 마법 스크롤이야 릴리 양도 사용할 수 있지 않습니까?"

즉각 제이가 반박하고 나섰지만 코데로는 어깨만 으쓱일 뿐이었다.

그도 그럴게 아무리 제이가 잽싸다 해도 하늘을 날 수 있는 내가 더 빠르고, 더 자유롭게 움직일 수 있었다.

게다가 반쯤 넋이 나간 릴리한테 마법 스크롤을 맡기는 것도, 저 애 혼자 두는 것도 불안한 일.

제이는 릴리와 스크롤을 담당하고, 나는 시선을 끄는 역할을 하는 게 최선이었다.

"걱정 마. 가까이 가지 않을 테니까. 게다가 여차하면 난 이걸 쓰면 되고."

내가 찬 팔찌는 같은 기능을 가진 세 팔찌 중 성능이 제일 좋은 거였다.

뭐니 뭐니 해도 나이젤 아저씨의 스승님이라는 그 수염만 풍성한 할아버지가 직접 만들어준 거였으니까.

그런데 우리가 이렇게 결정을 내리고 움직이기 전에 그 인영이 먼저 움직였다.

"어라, 저 녀석!"

코데로의 놀란 음성에 고개를 돌리니 인영이 용감하게도 검을 부여잡은 채 와이번을 향해 달려들고 있었다.

"서두르자!"

그 모습이 꼭 '와이번에게 검 한 번 찔러보고 죽겠다!' 고 하는 걸로 보여 나는 마음이 다급해졌다.

"릴리 양을 저에게 넘기세요. 아사 님, 이 마법 아이템 받으시고요."

어차피 제이나 릴리나 둘 다 레비테이션을 사용하고 있었기에 허공에서 손을 놓는다고 해도 추락할 일은 없었다.

"너무 높아. 차라리 네가 내 손을 잡아. 내가 둘 다 내려놓고 오는 게 더 빠르겠다."

"그렇게 해. 저 애는 내가 지원할게."

코데로의 제안에 나는 제이가 마법 아이템을 목에 걸어주자 그녀를 코데로의 손에 넘기고는 황급히 와이번이 있는 곳으로 향했다.

그러고는 보이는 광경에 눈을 휘둥그레 떴다.

막 와이번의 날개 겸 앞발이 휘둘러지는 걸 피해 몸을 낮춰 와이번의 품으로 파고든 인영이 땅을 강하게 박차고 솟구쳐 올라 와이번의 턱 아랫부분을 향해 검을 찔러 올리는 거였다.

그건 자포자기해서 아무렇게나 검을 휘두르는 행동이 아니었다.

크왁!

와이번이 그 긴 목을 옆으로 누이며 피하자, 인영은 이미 그럴 줄 알았다는 듯 자연스럽게 와이번의 가슴을 발로 차 그 반동으로 몸을 뒤로 날렸다.

덕분에 곧바로 와이번이 몸을 틀며 채찍처럼 강하게 휘둘러 온 꼬리 공격을 어렵지 않게 피할 수 있었다.

"헐, 대단하잖아?"

인영은 이제 겨우 15, 6세쯤 되어 보이는 소년이었는데도, 그 커다란 와이번을 앞에 두고도 두려워하는 기색이 없었다.

오히려,

'어째, 투지를 불태우는 것도 아니고 되게 짜증스러워하는 분위기 같은데?'

강한 몬스터를 앞에 두고 아직 성인도 안 된 애가 그럴 리가 없을 테니 나는 내가 착각한 거라 여기고 소년이 뒤로 물러난 틈에 얼른 끼어들었다.

"매직 미사일!"

크악~!

타이밍 좋게 나선 덕에 곧바로 소년을 따라가며 다시 앞발을 휘두르려던 와이번이 얼굴에 매직 미사일을 얻어맞고 주춤거렸다.

한데 그 틈을 타 그 소년이 다시금 달려들었다.

"뭐, 뭐 저런……."

뭐 저런 애가 다 있나 싶어 기막혀 하는 순간, 나는 또 다른 것에 경악해 입을 떠억 벌렸다.

놀랍게도 소년이 들고 있던 검에 시퍼런 빛이 어려 있었던 것이다.

"거, 검기?"

멀찍이서도 잘 보일 정도로 선명한 색이었다.

'헉! 저 정도면 제이랑 케이보다 한 수 위잖아?'

제이와 케이도 얼마 전에 익스퍼트 경지에 올라 검에 희미한 빛을 두를 수 있게 되었다.

그것도 진도가 엄청 빠른 거라고 알고 있었는데, 저 애는 벌써 뚜렷한 색을 보이니 제이와 케이보다 더 대단하다는 이야기가 아닌가.

소년은 그 시퍼런 검기가 뚜렷하게 어린 검을 쥐고 다시 허공으로 뛰어올랐다.

그리고 이번엔 와이번이 피하기도 전에 녀석의 아래턱을 그어버렸다.

푸학~!

아래턱이 좌악~ 벌어지며 터진 수도관에서 물 쏟아지듯 피가 쏟아져 나오기 시작했다.

와이번이 어떻게든 해보고 싶었던 듯 몸부림을 쳤지만, 그의 생명이 피와 함께 빠져나가는 걸 막지는 못했다.

결국 와이번의 커다란 노란 눈에서 생기가 점점 사라지더니 잠시 후 그 커다란 몸이 서서히 앞으로 기울어졌다.

쿠웅~!

와이번이 앞으로 쓰러질 걸 미리 예상이라도 한 듯 너무나 가뿐한 몸짓으로 자리를 피하는 녀석을 멍하니 바라보는데 코데로가 다가왔다.

"뭐, 뭐냐, 저 녀석?"

소년이 와이번의 아래턱을 갈라 버리는 모습을 본 모양이었다.

"모르지. 야, 넌 저게 가능하냐?"

"…분하지만 아직 못 해."

"헤에……."

나는 솔직히 그 말에 안심했다. 다시 한 번 말하지만 코데로는 나와 동갑이었던 것이다.

지금도 얘는 나보다 뛰어난데, 더 뛰어났다면 난 천재들 세상에 똑 떨어진 범재가 된 기분이었을 거다.

"어쨌든, 내려가 보자."

"왜?"

"너 안 힘드냐? 난 이제 완전 탈진이야. 우리 쉬려고 왔다가 이렇게 된 거였잖아. 거기다 이미 릴리와 제이도 밑에 내려가 있고."

또 우리 때문에 예상치 못하게 와이번을 상대했던 애가 괜
찮은지도 확인하고 싶었다.

"쳇쳇……."

제29화

기분 참 거시기한 날

우리가 땅으로 내려올 때까지 소년은 쓰러져 있는 와이번 앞에 가만히 서 있었다.

코데로와 비슷한 키를 가지고 있었지만, 체격은 코데로가 더 좋아 보였다.

코데로는 '운동 좀 한 몸'으로 보이는 반면, 소년은 길쭉길쭉, 늘씬늘씬한 타입이었으니까.

그런데도 소년의 뒷모습에서는 뭔가 강한 사람 같은 포스가 팍팍 풍기고 있어 함부로 말을 걸기가 어려웠다.

'아까 와이번을 처리하는 모습을 봐서 그런가?'

그러나 그것도 잠시.

가까이 다가가자 보이는 소년의 몰골에 나는 깜짝 놀라 다짜고짜 말을 걸었다.

"얘, 너 괜찮니?"

말은 그렇게 했지만, 전혀 안 괜찮아 보였다.

맨땅을 몇 번이고 구른 듯 머리끝부터 발끝까지 엉망이었고, 내 부름에 돌아본 얼굴은 핼쑥했다.

심지어 그의 왼팔에서는 그때까지도 피가 뚝뚝 떨어지고 있었다.

급박한 상황이라 소매를 찢어 대충 싸맨 듯한데, 지혈이 제대로 안 됐는지 상처를 감싼 천 조각에도 핏물이 잔뜩 배어 있었다.

"세상에, 이 피 좀 봐. 상처가 얼마나 심한 거야? 어디 좀 봐봐."

역시, 아무리 실력이 뛰어나다 해도 와이번을 상대했는데 별일 없었을 리가 없었다.

지금 처음 본 사이였지만, 그런 상태를 발견한 난 다급히 소년에게 다가가 팔을 붙잡았다.

소년이 크게 움찔하는 걸 느꼈지만, 정신이 상처에 팔려 있던 나는 아파서 그런 거라고만 여겼다.

"아, 미안. 너무 세게 잡아서 아팠어?"

그렇게 말하며 소년의 팔을 잡은 손에서 힘을 슬쩍 빼는데, 뒤에서 코데로가 따끔하게 한마디 해왔다.

"실력도 없는 게 어디 낯선 이에게 함부로 다가가는 거냐? 걔가 공격이라도 했으면 어쩔 뻔했어?"

그리고 어느새 다가온 제이가 그 말에 동의했다.

"코데로의 말이 맞습니다. 제가 저쪽에서 보고 얼마나 놀란 줄 아세요?"

놀라서 급히 뛰어왔는지 붉어진 얼굴로 숨을 고르며 다가서는 제이의 모습에 나는 머쓱하게 웃어 보였다.

"아.하.하… 미안. 너무 생각 없이 행동했지? 음, 너도 나 때문에 놀랐겠다, 미안. 그래도 상처는 봐주고 싶은데, 괜찮을까?"

걱정하는 제이의 마음은 알지만 그렇다 해도 소년을 이대로 놔둘 수는 없었다.

다행히 소년도 대답은 없었지만 그의 팔을 잡은 내 손을 뿌리치지도 않았다.

그걸 긍정의 뜻으로 받아들인 내가 조심스레 붉게 물든 천 조각을 풀려고 하는데, 제이가 나섰다.

"잠시만요. 아사 님, 제가 할게요."

아무래도 내가 불안했던 모양이다.

하기야, 나는 곁다리지만, 제이는 정식으로 치료 수업을 받고 있으니 그녀가 하는 게 훨씬 나을 터였다.

한데 막상 제이가 소년의 팔에 감긴 천에 손을 대려고 하자 외려 소년이 슬쩍 비켜서는 것이었다.

"필요 없다."

"뭐?"

"응?"

'야, 너 방금 전까지는 가만있었잖아?'

얼떨떨해서 멍하니 보고 있는 사이, 제이는 예의상으로라도 한 번 더 권해보지도 않은 채 깔끔하게 뒤로 물러났다.

"당사자가 필요 없다면야, 알았어."

이건 마치 그러기를 바랐다는 태도다.

"이봐, 이봐, 알긴 뭘 알아!"

제이의 말에 소년까지 쿨하게 가버릴 태세로 몸을 돌리자 안 되겠다 싶어 내가 황급히 나섰다.

이제 와서 내버려 둘 거였으면 처음부터 참견하지 않았을 거다.

"기다려! 너 말이야, 그 상처 그냥 두면 안 된다고!"

소년의 손을 붙잡으며 말하자 이의는 제이에게서 나왔다.

"아사 님, 본인이 싫다고 하는데요."

"쓰읍! 환자는 치료를 거부할 권리 따윈 없는 거야. 내가 상처를 치료할 테니 너는 약이랑 붕대 좀 꺼내 줘."

제이는 불만스러운 표정으로 소년을 힐끔 바라봤지만, 내가 눈을 부라리자 하는 수 없다는 듯 가죽 주머니를 열었다.

제이가 치료 물품들을 꺼내는 걸 확인하고 몸을 돌린 나는 나를 빤~ 히 바라보고 있던 소년과 시선이 정면으로 마주쳤다.

그제야 보게 된 소년의 눈동자는 신비한 자줏빛이었다.

이 세계 사람들은 아빠를 비롯해 참 다채로운 색의 눈동자를 가지고 있었지만, 밝은 자주색 눈동자는 또 처음이었다.

붉은빛이 도는 눈동자가 신기하기도 하고, 그의 진한 금발 머리와 제법 잘 어울리는…….

'아차! 지금은 그걸 감상하고 있을 때가 아니지.'

나는 얼른 고개를 저어 정신을 차리고는 소년의 눈을 똑바로 마주하며 단호하게 말했다.

"상처 좀 보자! 갈 때 가더라도 치료는 하고 가!"

다행히 제이한테 그랬던 것처럼 내 손길을 피하지는 않았지만, 언제 또 마음이 바뀌어 가버릴지 몰랐기에 나는 급히 소년의 상처를 싸매고 있던 천을 풀었다.

그러자 드러난 상처는 척 보기에도 꽤나 심했다.

어깨 아래에서 팔뚝까지 마치 뭔가에 잡아 뜯기기라도 한 듯 너덜너덜한 환부가 보기만 해도 엄청 아플 것 같았다.

이러니 피가 멎지 않고 계속 흘렀지.

그런데도 본인은 신음은커녕 인상조차 찡그리지 않다니, 절로 혀가 내둘렀다.

"이런 상처를 치료도 안 하고 그냥 가려고 했니? 세상에, 꿰매기도 힘들겠다. 제이, 이거 포션을 사용해야겠어."

내 말에 옆에 있던 제이가 슬쩍 넘겨다보고는 고개를 끄덕였다.

"그래야겠는데요."

그런데 그때, 말없이 우리의 대화를 듣고 있던 소년이 고개를 저어 보였다.

"이미 포션 한 병을 마셨기에 또 사용할 수 없다."

"포션을 마셨는데도 이 상태라고? 혹시 마신 게 하급 포션? 그럼 우리 건 중급이니 조금은 사용해도 될 거야."

이 세계에는 포션이라는 '만병통치'를 넘어 기적이라고 불러도 무방할 약물이 존재한다.

당장 사망에 이를 중상을 입거나 중환에 걸려도 이 포션만 마시면 단숨에 거동이 가능할 정도로 회복이 되었기에, '여벌의 목숨'이라고 불리기도 했다.

하지만 과하게 쓰면 생명체가 선천적으로 가지고 있는 자가 회복력을 잃어버릴 수 있다는 단점이 있었다.

이는 넘어져서 무릎이 좀 까지기라도 한다면 절름발이가 되거나 심하면 생명을 잃게 된다는 소리였으니 적정량을 지키는 건 필수였다.

소년도 그걸 알기에 자신이 복용한 사실을 말해준 거일 터였다.

"내가 마신 건 중급이었다. 그리고 이건 포션을 마셔서 얼추 아물어가고 있었는데 갑작스레 강한 힘을 사용하는 바람에 또다시 터져 버린 거고."

소년의 말에 나는 속이 뜨끔했다.

그에게 갑작스레 강한 힘을 사용할 일이라는 게 와이번을 상대한 일 외에 또 있겠는가.

"중급 포션을 이미 마셨다니, 그러면 약으로만 치료해야겠네요. 아사 님, 일단 지혈제부터 뿌리세요."

한데 그때, 상처를 치료하는 데 흥미가 없어 저쪽으로 물러나 있던 코데로의 목소리가 끼어들었다.

"그거 오래 걸리냐? 나 배고픈데."

힐끔 시선을 돌리니 코데로 옆에 릴리가 서 있는 것이 보인다.

아마 자신도 자신이지만, 아직까지 식사를 하지 못한 릴리를 챙겨주려고 했던 것 같은데, 그 말에 릴리가 반색하며 말을 받았다.

"그럼 제가 식사를 준비할까요?"

아무것도 안 하고 어정쩡하게 서 있는 와중 자신이 할 수 있는 일거리가 보이자 내심 반가웠던 모양이다.

릴리의 반응에 '어? 이게 아닌데……' 란 기색을 보이는 코데로 녀석을 비웃기라도 하듯 제이가 얼른 릴리의 제안을 받아들였다.

"어머, 그래주시면 고맙지요. 필요한 건 다 챙겨 왔으니 어려운 건 없을 거예요."

그러면서 다른 방해(?)가 들어올 새라 빠르게 주머니에서 줄줄이 물건을 꺼내는데, 마침 제이가 꺼내는 물품들 중 내 눈에 띄는 게 있었다.

"아, 제이. 거기 물통 좀 줘."

"목마르세요?"

"나 말고."

싱긋 웃으며 제이에게 물통을 건네받자마자 나는 그대로 소년에게 내밀었다.

"피를 많이 흘렸으니 목마를 것 같아서."

의아한 표정으로 쳐다보기에 설명까지 덧붙여 줬는데, 내밀고보니 그의 왼팔은 나에게 잡혀(?) 있었고, 오른손으로는 검을 들고 있었다.

소년은 처음부터 검을 쥐고 있었지만, 일단 늘어뜨리고 있는 데다 초면인 내가 안심하고 검을 집어넣으라고 하는 것도 우스운 일 같아 그냥 모른 체하고 있었다.

그런데 이제 와 그게 걸림돌이 되다니…….

지금이라도 검을 넣으라고 해야 하나, 아니면 물통을 나중에 건네줘야 하나 고민하고 있는데 의외로 소년이 선뜻 검을 집어넣더니 물통을 받아 드는 거였다.

꿀꺽꿀꺽 시원스레 물을 마시는 폼을 보니 되게 목이 말랐던 모양이다.

소년이 물을 마시는 사이 나는 그의 왼팔에 지혈제를 뿌린 뒤 제이가 가르쳐 주는 대로 물에 적신 천으로 상처 주변을 조심조심 닦아냈다.

소년의 팔은 늘씬한 편이긴 해도 자잘한 근육이 꽉꽉 들어차 있어 돌덩이만큼 딱딱했다.

거기에 여기저기 흉터들까지.

하기야, 아까 검을 쥐고 있는 폼이나 단번에 검집에 집어넣는 폼이 수도 없이 해본 것처럼 너무 자연스러웠다.

'과연, 대단…….'

뛰어난 실력을 가지고 있다는 건 그만큼 많은 노력을 했다는 것이 아니겠는가?

소년에게 감탄하고 있던 나는 그가 싹 비운 물통을 내밀자 자연스레 생긋 웃어줬다.

"다 마셨어?"

그랬더니만 묘한 표정으로 날 빤히 바라보던 소년이 물어왔다.

"왜 나에게 이렇게까지 해주지?"

하지만 그 질문에 나는 고개를 갸웃거렸다.

"에엥? 내가 그런 소리를 들을 정도로 뭔가 거창하게 해준 건 없는 것 같은데? 다친 사람을 봤는데 모른 체할 수는 없잖아?"

"네 일행은 그랬다만?"

그 말에 나는 난감한 웃음을 흘릴 수밖에 없었다.

"하.하.하……. 뭐어……. 으음, 기분 나빴다면 미안. 내 일행이 나쁜 뜻이 있어서 그런 건 아니야."

상처에 바를 약과 붕대를 건네주는 제이의 눈치를 슬쩍 살피며 대답하자 제이가 자신은 아무렇지 않다는 양 생긋 웃어 보였다.

소년도 덤덤하게 대답했고.

"신경 쓰지 않는다. 오히려 난 네가 이상하다고 생각했을 뿐. 넌 원래 그렇게 눈앞에 있는 모든 사람을 도와주고 싶어 하는 성격인가?"

"에이, 설마. 난 그렇게까지 착한 사람이 아니야."

한국에서 살았을 때는 길에 쓰러져 있는 분들을 봐도 못 본 척 그냥 지나친 경우가 대부분이었다. 그냥 119에 신고라도 해줄 수 있는 일이었는데도 말이다.

예전 생각에 씁쓸하게 웃으면서도 손으로는 조심조심 상처에 약을 바르는데 소년이 다시 물어왔다.

"그럼 왜?"

"그냥… 도와주고 싶었다고나 할까? 뭐어, 미안한 마음도 있고."

솔직히 걸쩍지근한 마음이 없었다면, 나도 이렇게 적극적으로 도우려고 하지 않았을지도 모른다.

"미안한 마음? 뭐가?"

"음……. 사실, 저 와이번이 여기 떨어진 건 우리 때문이거든. 물론, 일부러 여기로 떨어뜨리려고 한 건 아니야. 어쩌다 보니 그렇게 되었지. 근데 와이번이 땅에 떨어지고 나서 네가 처리했잖아. 우리 때문에 괜히 와이번을 상대하게 된 게 미안하기도 하고, 혹 그 때문에 다친 건 아닌지 걱정이 되기도 하고……."

"흐음? 그건 네 잘못이라고 할 수 없다. 단지 운이 없었을 뿐이다."

"알아. 그렇다고 모른 체하기도 어렵더라고."

"이상한 녀석이군."

'그건 내가 할 말이다.'

도움을 받았으면 그냥 고맙다고 하면 될 걸, 이상한 녀석이라니.

내가 보기엔 오히려 얘가 이상한 녀석이었다.

소년에게 불퉁한 마음이 들자 붕대를 감는 손에 절로 힘이 들어갔다.

한데, 때마침 소년이 고개를 돌려 날 바라보는 것이었다.

그 시선에 마음이 찔린 나는 어색하게 웃어 보이며 입을 열었다.

"저기, 출출하지는 않아?"

소년이 갑자기 뭔 소리를 하는 거냐는 시선으로 바라봤지만, 완전히 생뚱맞은 질문은 아니었다.

그게 당황해서 얼결에 꺼낸 거라고 해도 말이다.

소년의 핼쑥한 얼굴빛이나 아까 되게 목말라 하던 걸 보면 배고픔을 느껴도 이상한 게 아니었다.

그런 와중에 저쪽에서 솔솔 맛있는 냄새도 풍겨왔으니 더욱더 배고프지 않겠는가.

나도 배가 고픈데.

그래서 '너도 시장할 게 분명하다'란 시선으로 똑바로 바라봤더니 머뭇거리던 소년이 천천히 고개를 끄덕였다.

"그럼 식사도 하고 가. 혹시 싫거나 불편하면 거절해도 상관없지만, 이렇게 만난 것도 인연인데 같이 먹자."

그렇게 말하며 슬쩍 소년의 손을 잡아끌자 이번에는 순순히 따라오는 거였다.

그게 또 왠지 기특해서 나는 얼른 일행 곁으로 가 소년을 앉히고 나도 그 옆자리에 주저앉았다.

그러자 먼저 와 있던 제이가 빵을 건네줬다.

"아사 님, 이거 드세요."

확실히, 모닥불까지 피우니 좋은 점이 많았다.

따뜻한 차를 마실 수도 있고, 막 구워진 치즈와 소시지를 올린 빵을 먹을 수도 있었으니 말이다.

소년에게 먼저 빵과 차를 챙겨주고 나서 나도 내 몫의 빵과 차를 얼른 챙겨 들었다.

성격 급한 코데로는 벌써 하나를 다 해치우고 또 다른 빵을 하나 집어 들고 있었다.

그러면서도 순순히 따라온 소년이 신기했는지 그를 바라보다 불쑥 질문을 던졌다.

"그런데 넌 왜 여기 혼자 있는 거냐? 인간 혼자 여기까지 오는 게 쉬운 일이 아닐 텐데."

다행히, 소년도 경계가 많이 누그러졌는지 쉽게 입을 열었다.

"일행은 산 밑에 있다."

"뭐야, 일행을 잃어버리고 혼자 헤매던 중이었냐?"

"아니다. 단지 주어진 과제를 수행하던 중이었다."

"과제?"

"적당한 몬스터 한 마리를 잡아서 일행이 기다리는 곳까지 가져가는 것."

소년의 말에 코데로가 고개를 갸웃거렸다.

"으응? 혹시 그게 너네 성년식이냐? 우리도 몬스터 한 마리 잡아오는 걸로 성년식을 치르는데."

조인족들이 최대로 멋지게 보이고 싶어 필사적이 되는 행사 라고 들었다.

코데로의 말에 소년은 가볍게 어깨를 으쓱이며 대꾸했다.

"성년식은 아니고, 본가에서 기사 수련을 받을 자를 뽑기 위 한 테스트다."

'본가? 기사 수련?'

그 범상치 않은 단어에 내가 움찔하는 순간 옆에서 헛바람 을 들이켜는 소리가 들려왔다.

시선을 돌리니, 마침 내 쪽으로 시선을 돌리던 릴리와 정면 으로 눈이 마주쳤다.

아무래도 우리 둘이 같은 생각을 한 듯했다.

코데로는 우리 반응을 보고 눈치 빠르게 물어왔다.

"우리 성년식만큼이나 중요하다는 소리야?"

지향점이 달랐지만, 일생에서 중요한 행사라는 점은 비슷할 거 같았다.

"중요도로 본다면 아마도?"

"뭐야, 그럼 우리랑 같은 거잖아? 너네도 매년 그런 일을 치른다는 거지?"

"매년은 아니고, 3년에 한 번씩. 그리고 매번 내용은 바뀐다고 한다. 올해는 몬스터를 잡아오는 과제가 선택된 거고."

단지 본가에서 수련할 기사를 뽑으려고 성년도 안 된 어린 애를 혼자 이 위험한 몬스터가 많은 산속에 집어넣는 집안이라니, 절대 평범한 곳은 아닐 거다.

그걸 아는지 모르는지 코데로 녀석의 목소리는 마냥 밝았지만.

"그래? 호오, 그럼 넌 운이 되게 좋은 거군? 우리 덕에 저렇게 큰 와이번을 잡았으니."

코데로 녀석이 은근슬쩍 '우리 덕'이라고 하는 거 보니 아무래도 소년을 의식하고 있는 것 같았다.

하기야, 코데로는 또래에서 능력이 뛰어난 걸로 손꼽히는 녀석인데, 자신과 덩치도 비슷한 애가 더 뛰어난 실력을 가진 걸 봐버렸으니 그럴 만도 했다.

"너희들이 와이번을 떨어뜨려 준 덕에?"

"그렇지."

"그 덕에 내가 기껏 잡아놓은 몬스터가 피떡이 되어 사라져 버렸지."

"에?"

"뭐?"

곧 이어진 소년의 영문 모를 말에 코데로와 나는 저도 모르게 되물었다.

"그러니까, 저 와이번이 정확히 내가 잡아놓은 몬스터 위로 떨어져서 그 몬스터를 깔아뭉개 버렸다는 말이다."

"뭐어? 진짜?"

"헐, 그런 우연이⋯⋯."

'그래서 얘가 그때 와이번 앞에 있었던 거였구나.'

우리가 와이번과 쫓고 쫓기던 공방을 벌이던 곳은 꽤 높은 상공이었다. 대충 어림잡더라도 20층짜리 아파트보다 훨씬 더 높았을 거다.

그 높이에서 떨어진 저 커다란 덩치에 깔렸으니, 아마 그 밑에 있는 게 무엇이었건 제 형체를 유지할 수 없었을 거다.

"뭘 잡았는데?"

"빅 베어."

빅 베어는 한마디로 커다란 곰이었다.

3~4m의 키에 투실한(?) 몸매를 가지고 있는 녀석은 대형 멧돼지의 돌격을 한 손으로 가뿐하게 막을 정도로 힘이 세고, 털가죽은 더 두꺼워서 내 손톱으로는 긁힌 상처조차 내기 어려웠다.

그런 녀석을 잡았다는 소리에 나와 코데로는 저도 모르게 숨을 들이켰다.

아까 와이번을 처리할 때 확인하긴 했지만, 얜 정말 대단한 실력자였다.

"하, 하지만 와이번이 더 강한 몬스터니 오히려 행운이라고 봐야 하는 거 아니야?"

코데로의 말에 소년은 천천히 고개를 저어 보였다.

"아니. 몬스터를 잡는 건 스스로의 힘만으로 해내야 한다. 저 와이번은 너희들에게 이미 여러 번 공격을 당한 뒤 추락한 거라 마무리를 내가 했다 해도 소용없을 거다."

"뭣? 그게 뭐야. 어떻게든 잡으면 되는 거지."

그 말에 코데로가 당혹한 표정으로 외쳤다.

코데로도 소년의 중요한 행사가 틀어진 것에 대해 꺼림칙한 마음을 가지고 있었던 모양이다.

"그 과제 언제까지냐?"

"오늘 해 지기 전까지."

"뭐어?"

오늘 해 지기 전까지라면, 이제 세 시간 정도 남았다.

아직 하지도 아닌 데다 여긴 산이라서 해가 빨리 저물곤 하니까.

"아니, 그런데 왜 이렇게 태평해? 시간도 얼마 안 남았는데 서둘러야지! 당장 일어나! 본의는 아니지만, 이렇게 된 거 우리가 도와주마. 네 실력이면 웬만한 건 금방 잡겠지?"

코데로가 벌떡 일어나며 팔을 걷어붙였지만 소년은 고개를 저었다.

"아까 말했잖아. 몬스터를 잡아서 일행이 있는 곳까지 끌고 가는 그 모든 과정이 과제인 거야. 그 과정 어디에서건 도움을 받으면 안 되는 거지."

"…몬스터를 찾는 것도?"

"응."

"혹시 그 과제 다시 도전할 수 있는 거냐?"

조인족의 성년식은 다음 해 재도전이 가능하긴 했다.

비록 비웃음은 좀 당하지만, 그렇게라도 해서 더 큰 몬스터를 잡기만 하면 그 비웃음을 얼마든지 경탄으로 바꿀 수 있었기에 가끔 그렇게 하는 경우가 있다고 했다.

하지만 소년은 고개를 저었다.

"불가능해. 아까 말했다시피 테스트는 3년에 한 번만 치러지는데, 거기에 응시 가능한 연령이 16세부터 18세거든."

그런데 그때, 조용히 대화를 듣고만 있던 릴리가 무지 조심스러운 어조로 끼어들었다.

"저, 저어… 호, 혹시, 류니드 공작가분이신가요?"

"직계는 아니지만, 뭐……."

소년의 긍정에 릴리가 경악한 얼굴로 자리에서 벌떡 일어나 치맛자락을 잡은 채 무릎을 굽혀 보였다.

"아앗, 이런 실례를……. 죄송합니다. 소개가 늦었습니다. 저는 호빙 남작가의 릴리 드 호빙이라 합니다."

"음, 난 료우. 우리 가문의 가법에 따라 성은 아직 말할 수 없어."

"네, 괜찮습니다. 류니드 공작가의 가법은 유명하니까요."

소년은 여전히 자리에 앉은 채였지만, 릴리는 상관없다는 표정을 지어 보였다.

그러자 문득 소년이 우리를 돌아봤다.

"너희들도 날 료우라고 불러도 좋아."

소년이 그렇게 나오니 나도 가만있을 수가 없었다.

그렇다고 릴리처럼 예의를 차리고 싶지는 않아 그냥 앉은 채로 소개를 하려 했는데, 그보다도 먼저 제이가 입을 열었다.

"저는 그냥 제이라고 불러주세요. 그리고 이분은 아사 님, 저쪽은 코데로라고 합니다."

제이가 우리를 소개하는 사이, 갑작스러운 릴리의 행동에 당황한 코데로가 내 곁으로 슬그머니 다가와 옆구리를 쿡쿡 찔렀다.

"뭐, 뭐냐? 왜 릴리가 저애한테 쩔쩔매는 거야?"

"인간 세상은 아버지가 누구냐에 따라 그 가족의 지위가 정해지는 거라서. 저 소년의 아버지가 릴리네 아버지보다 더 지위가 높기 때문에 자동적으로 릴리가 저자세로 나가는 거지."

릴리는 남작 가문의 사람이었고, 료우는 공작 가문의 사람이었으니 저리 쩔쩔매는 건 당연했다.

사람이 아닌 이는 이해할 수 없었지만.

"그러는 게 어딨어? 릴리는 릴리고, 릴리 아버지는 릴리 아버지인 거지."

"인간 세상은 원래 그래. 근데, 지금 그게 문제가 아니잖아?"

"그, 그렇지?"

"에휴, 난감한걸? 아니, 원래 난감했지만."

혹시나 했더니, 역시나 류니드 공작가였다.

류니드 공작가는 우리나라에 대해서 배울 때 제일 먼저 배운 귀족 가문이었다.

공작 가문이자 서쪽 국경을 지키고 있는 변경백 가문인데, 두 가지로 유명한 가문이기도 했다.

하나는 소드 마스터를 배출한 '나라 제일의 무가'라는 것이 었고, 두 번째가 가문의 후계자를 뽑는 방식이 독특하다는 것이었다.

소드 마스터를 한 명이라도 배출하는 것도 정말 대단한데, 류니드 공작가는 당대에 두 명이나 배출하는 기염을 보였다.

현 류니드 공작과 그의 후계자인 쉬퍼드 후작.

그런데 공작가가 당대에 소드 마스터를 두 명이나 배출할 수 있었던 것은 그 가문의 후계자를 뽑는 방법 덕이라는 이야기가 있었다.

다른 가문에서 보기 힘든 일이기도 했기에 더 유명했다.

가문의 직계, 방계, 여자, 남자 할 것 없이 일정한 나이가 된 아이들은 본가에서 시험을 치른다고 한다.

무슨 시험인지까지는 알려지지 않았는데—아마 료우가 수행하고 있던 과제겠지만—그 시험을 통과한 이들만이 본가로 들어가 기사 수업을 받을 수 있단다.

그리고 거기서 실력을 인정받으면 곧바로 류니드 공작가의 성을 받게 되며, 그중 가장 뛰어난 실력을 가진 자가 공작의 후계자가 된다고 했다.

실제 쉬퍼스 후작도 그렇게 해서 공작의 후계자가 된 거라고 하니, 이 시험이 공작가의 아이들에게 얼마나 중요한 기회인지 모를 수 없었다.

근데 지금 코데로와 내가 그 기회를 망쳐 버린 거였다.

그것도, 일생에 단 한 번 있다는 기회를.

"야, 야, 넌 인간 세상에 대해 잘 알고 있잖아. 방법이 없는 거냐?"

그걸 알기에 코데로가 내 옆구리를 쿡쿡 찌르며 물어온 걸 테지만, 나는 그보다 료우의 태도가 마음에 걸렸다.

"그런데, 넌 괜찮은 거야? 이번 과제를 잘 수행해서 공작가로 들어가길 원했던 거 아니야?"

료우는 마치 남의 일인 것처럼 뜨뜻미지근하게 굴고 있었던 것이다.

과연, 내 질문에 답하는 태도도 시큰둥하기만 했다.

"별로. 단지 날 키워준 사람이 너무 열렬하게 원해서 왔던 것뿐, 솔직히 나는 관심 없었다."

"뭐야, 이 자식!! 기껏 걱정해 줬더니만."

"과제를 제대로 수행하지 못해서 큰일 났다거나 난감하다고 말한 적 없다만?"

료우의 말에 코데로의 분노에 찬 시선이 나를 향했다.

"야! 이거 중요한 거라며?"

그건 내가 묻고 싶은 말이었다.

류니드 공작가 사람이라면 그 시험이 마치 한국의 수능만큼이나 중요할 텐데, 상관없다니.

'아니, 물론 대학에 갈 생각이 없는 분들이야 상관없긴 하겠지만……'

얘는 지금 서울대에 입학할 실력을 가지고 수능 날 시험장에 못 가도 상관없다고 말하는 꼴이 아니던가.

조금이라도 더 좋은 대학을 가기 위하여 아등바등하다 결국 점수에 맞춰 대학 원서를 넣은 나로서는 상당히 짜증나는 녀석이었다.

　그런데 더 짜증나는 건, 시험장에 못 가게 된 사정에 내가 일조를 했다는 사실이었다.

　특히나, 그동안 엄청난 노력을 해왔다는 걸 증명하는 돌덩이처럼 딴딴한 그의 팔뚝이라든가, 흉터투성이인 손등이라든가, 굳은살이 단단히 박인 손바닥을 봐버린 탓에 짜증이 더 커진 난 결국 참지 못하고 입을 열었다.

　"너 말이야, 그 뛰어난 검술이 아깝지 않아? 그 실력을 쌓기까지 열심히 노력해 왔을 텐데, 이번 일이 어떻게 되든 상관없다면 왜 그렇게 노력을 한 거야?"

　"글쎄? 그냥 날 키워준 사람이 하라고 해서 한 거였고, 하다 보니 여기까지 왔다."

　"그럼 본가에서 기사 수업을 받지 않을 거면, 앞으로 뭘 할 건데? 혹시 다른 하고 싶은 일이라도 있어?"

　녀석을 자극하고 싶어 꺼낸 말이었지만, 료우는 이번에도 시큰둥하게 어깨만 슬쩍 으쓱해 보일 뿐이었다.

　'뭐야, 이 녀석. 설마 속으로는 뜨끔했는데 티를 안 내는 건 아니겠지?'

　하지만 그렇다고 보기에는 애 눈빛이 너무나 덤덤했다.

　결국 진짜 생각 없는 애 붙들고 괜히 나만 열 내는 거 같아 더 기분이 가라앉아 버린 난 그쯤에서 입을 다물었다.

　어떤 말을 더 꺼내봤자, 벽을 보고 말하는 기분일 것 같아서였다.

'제가 관심 없다니, 뭐……'

그래도 가라앉은 기분은 어쩌지 못해 약간은 불퉁한 표정으로 빵을 입안으로 우겨넣는데, 이런 날 물끄러미 바라보던 료우 녀석이 뜬금없이 질문을 던졌다.

"내가 대단한가?"

"응?"

"아까 네가 그랬잖아. 내가 뛰어난 실력을 가지고 있다고. 네가 보기에 그게 대단한 정도인지 궁금해서."

"대단하지. 그 나이에 벌써 그 정도라니."

진심이 담긴 내 대답에 료우가 고개를 끄덕이더니 다시 물었다.

"넌 강한 자가 좋은가?"

'이건 또 무슨 소리야?'

여기서 갑자기 왜 내 취향에 대한 질문이 튀어나오는지 모르겠다.

하지만 질문이 어려운 것도 아니었기에 날 떨떠름한 기분이었지만 순순히 대답했다.

"응. 난 사람은 최소한 자기 신변은 지킬 줄 알아야 한다고 생각하거든."

"그래서 내가 이 과제를 수행하길 원하는 건가? 그래서 공작가로 들어가길?"

'아니, 뭐, 꼬옥~ 들어가길 바란 건 아닌데……'

그렇다고 '아니'라고 딱 잘라 말하기도 애매했다.

뭔가 핀트가 살짝 어긋나 있는 요점이 걸쩍지근했지만, 난 그냥 대충 고개를 끄덕였다.

"그냥 아깝다는 거지. 그 실력이면 공작가의 양자는 얼마든지 될 수 있을 텐데……. 하긴, 이건 네 일이니 내가 참견할 건 아니지만."

"그런가? 네가 그렇게까지 말하니 한번 해보지."

산뜻한 표정으로 자리에서 일어나며 하는 말에 나는 순간적으로 어리벙벙해졌다.

'거기서 왜 그 말이 나오는데? 이건 내 소원이 아니거든?'

결국 내 말대로 되긴 했는데, 뭔가 내가 실수한 것 같다는 기분이 든다.

그런 찝찝한 기분에 뭐라도 해야 할 것 같았는데, 코데로가 불쑥 끼어드는 바람에 그냥 넘어갔다.

"뭐냐, 너? 이제 시간도 얼마 없다면서 몬스터는 언제 찾아서 언제 잡게?"

"어차피 여긴 몬스터가 흔해 빠진 곳이다. 일부러 찾아다니지 않아도 내 일행이 있는 곳으로 가다 보면 도중에 몇 마리는 만날 터. 그중 적당한 녀석으로 한 마리 잡아가면 과제는 해결할 수 있어."

"그걸로 돼? 아까는 빅 베어를 잡았다며?"

"그 정도의 몬스터를 잡아가지 못하는 건 아쉽지만, 괜찮을 거다. 이번 시험을 치르는 녀석들 중 나만 한 실력자는 못 봤으니 웬만하면 합격할걸?"

이 녀석만 한 실력자가 많지 않은 건 사실일 테지만, 본인의 입으로 말하며 합격을 자신하니 은근히 짜증났다.

그것도 잘난 체하는 어조가 아니라 있는 사실을 그대로 말하는 듯 덤덤한 어조라 재수 없다고 핀잔을 줄 수도 없어 더더욱 짜증이 나는 기분이었다.

코데로도 나와 같은 심정인 듯 콧등이 씰룩거렸다.

그런데 그때, 조용히 대화를 지켜보고만 있던 제이가 슬쩍 나섰다.

"모든 일이 잘 풀린 거 같아 다행이네요. 그래서 말인데 료우 씨, 여기가 모클러 산맥의 어디쯤인지 정확한 위치를 알고 계신가요?"

"아……."

그러고 보니 나도 그걸 물어보려고 했는데, 이것저것 일이 겹치는 바람에 깜빡하고 있었다.

제이가 잊지 않고 챙겨서 다행이라고 내심 생각하는데, 료우 녀석이 멀뚱하게 제이를 바라보더니 쌈빡하게 고개를 저었다.

"몰라."

"뭐어? 아니, 넌 여기가 어딘지도 모르고 왔냐?"

답답하다는 듯 코데로가 료우를 향해 버럭 외친 말에 나는 속으로 한숨을 내쉬었다.

'얘야, 우리도 남 말 할 처지가 아니란다.'

다행히 료우는 그걸 지적하지 않았다.

"그래, 몰라. 산 밑까지는 단체로 마차를 타고 왔는데, 출발할 때도 행선지를 말해주지 않은 데다 밖을 볼 수도 없었거든.

도착해서도 간단한 설명과 함께 산속으로 들어가야 했고, 여기가 모클러 산맥이라는 것도 지금 알았어."

'아, 이 녀석도 진짜 도움 안 되는 녀석이네.'

"코데로, 그냥 네가 위에 올라갔다 와야겠다."

내 말에 코데로가 폭~ 하고 한숨을 내쉬었다.

"하는 수 없지. 그런데 나도 이 근처는 처음이라 시간이 좀 걸릴지도 몰라."

"해 지기 전까지만 돌아와."

그런데 그때, 슬슬 돌아갈 준비를 하던 료우가 끼어들었다.

"그러면 나랑 같이 가는 건 어때?"

"너랑? 너랑 같이 가서 뭐하게?"

"나는 몰라도 우리를 여기로 데려온 자들이라면 여기가 어딘지 정확하게 알 수 있을걸?"

료우의 말에 나는 솔깃했다.

코데로만 무작정 기다리고 있는 것보다는 또 다른 방법을 시도하고 있는 게 더 좋을 테고, 여차하면 료우를 인도해 온 사람들에게 릴리를 부탁할 수도 있을 거였다.

그러나 코데로는 별로 내키지 않는 눈치였다.

"네 일행이 있는 데까지 가려면 너무 오래 걸리지 않아? 넌 중간에 몬스터도 잡아야 하잖아."

"최대한 빨리 달려간다면, 몬스터를 잡는 시간까지 감안한다 해도 두 시간은 안 걸릴 거다. 뭐, 너희들이 따라올 수 있다는 전제하에서 말이지."

"따라갈 수 있습니다. 료우씨가 빠르다 해도 얼마든지 따라

갈 수 있으니 걱정 마시지요."

제이가 자존심 상한다는 표정으로 끼어들었다.

제이도 2년 동안 나 때문에 험한 산속을 헤집고 뛰어다녀야 했으니 산속에서 빠르게 이동하는 것에 자신감이 생길 만했다.

제이가 충분히 할 수 있다고 나섰기에 나는 료우와 같이 가기로 결정하고는 코데로를 설득했다.

"코데로, 어차피 네가 다녀올 동안 가는 거야. 네가 먼저 찾으면 그냥 너 따라갈 거고, 늦으면 료우네 일행을 만나서 확인해 볼 거니까."

코데로에게는 우리가 가는 방향을 알려줄 거고, 나는 비행해서 료우를 따라갈 테니 코데로는 언제든 어렵지 않게 우리를 찾을 수 있을 거다.

릴리도 내 결정에 반색했다.

"그거 괜찮은 생각이네요. 물론, 코데로 님이라면 금방 길을 찾으실 수 있겠지만, 코데로 님이 안 계실 때 저희만 있는 것도 불안하니까요."

아무래도 릴리에게 나나 제이는 코데로나 료우에 비해 별로 믿음직스럽지 못한가 보다.

'뭐어, 그럴 만도 하지. 어? 잠깐. 그러고 보니 우리가 료우를 따라간다면 내가 릴리를 안고 가야 하잖아? 헉, 난감……'

문득 떠오른 생각에 무지 난감한 표정으로 코데로를 바라봤더니, 코데로도 마침 날 못 미더운 표정으로 보고 있었다.

"너, 혹시 릴리를 떨어뜨린다거나 하는 건 아니겠지?"

"하.하.하……. 팔찌가 있잖아, 팔찌가. 저기, 근데 갈 때 가더라도 나 허공에 띄워준 뒤에 가라."

"젠장, 내가 너한테 릴리를 맡기게 될 줄이야."

그 말에 이마에 핏줄이 빠직~ 서는 느낌이었지만, 실력이 딸리는 건 사실이었으니 뭐라 반박을 하지 못하겠다.

'아우~ 정말, 실력 없는 사람 어디 서러워서 살겠나. 빨리 바람을 느낄 수 있게 되든지 해야지 원⋯⋯.'

내 심정이야 어떻든 그렇게 결론이 나자 움직이는 건 순식간이었다.

코데로가 먼저 릴리를 품에 안은 나를 허공에 띄워 놓은 채 휑하니 날아가자, 아래에서는 료우와 제이가 빠르게 달려가기 시작했다.

물론, 이제 해가 지기까지는 세 시간도 안 남았으니 머뭇거릴 틈이 없었지만, 그보다는 둘 사이에 달리기 경쟁이 붙은 분위기였다.

코데로뿐만이 아니라 저 둘도 서로를 의식하고 있었나 보다.

'저 녀석도 녀석이지만, 제이에게도 저런 면이 있을 줄이야. 혹시 케이도 여기 데려다 놓으면 경쟁심에 불타오르려나?'

근데 검술은 몰라도 달리기는 제이가 좀 더 빨랐다.

확실히 2년여 동안 산속에서 달리기 훈련을 한 게 효과가 있었던 모양이다.

둘의 경쟁심은 얼마 후 오랑우탄처럼 생긴 몬스터를 만났을 때도 이어졌다.

료우가 먼저 나무에 매달려 있다가 자신을 덮치려고 뛰어내리던 오랑우탄의 심장을 단번에 꿰뚫어 버리고는 제이를 향해 슬쩍 웃어 보이자, 곧바로 제이가 보란 듯이 그 오랑우탄의 동료들에게 아이템으로 공격 마법을 날려 버린 것이었다.

'쟤네도 참······.'

그 마법에 맞아 목숨을 잃은 녀석은 없었다.

그래도 한 번에 다섯 마리나 되는 애들을 쫓아버릴 수 있었기에 제이는 당당하게 료우를 바라보며 코웃음을 쳐줄 수 있었다.

'몬스터를 잡는 건 혼자 힘으로 해야 한다더니, 방해꾼들을 막아주는 건 괜찮은가 보지?'

그 후 료우는 커다란 오랑우탄을 등에 짊어지고도 가뿐하게 앞으로 내달렸고, 그 덕에 우리는 예상보다 빨리 목적지에 도착할 수 있었다.

"이야, 벌써 도착했네."

마치 커다란 야영장처럼 천막들이 여기저기 세워져 있었고, 그 앞의 넓은 공터에는 꽤 많은 사람이 모여 있는 게 보였다.

과제를 수행할 수 있는 시간이 끝나가고 있기 때문인지 료우처럼 엉망인 몰골로 몬스터를 끌고 오는 소년들의 모습은 물론, 진즉에 도착한 듯 깔끔한 모습의 소년들도 보였다.

그리고 그들을 도와주고 상황을 정리하는 어른들까지.

"헤에, 저기야?"

료우가 걸음을 멈추자 나도 릴리를 데리고 허공에서 내려왔다.

"응."

"마치 용병단 주둔지 같아요."

"호오, 릴리가 그런 것도 알아?"

"아무래도 상단 일을 하다 보니 몇 번 용병대에 방문한 적이 있었거든요. 분위기가 거기와 비슷……. 아, 죄송합니다. 감히 공작가 분들을 보고……."

내 질문에 재잘거리던 릴리는 아차 싶었던지 료우에게 급히 사과를 건넸다.

하기야, 공작 가문 사람들을 평민의 집단과 비교하는 건 계급사회에서는 엄청난 실례이긴 했다.

"괜찮아, 상관없어."

그나마 료우가 보통 귀족 같지 않아서 다행이라고나 할까.

정말 아무렇지도 않은 표정으로 척척 걸어가는 료우의 뒤에서 안도의 한숨을 내쉬던 릴리는 문득 생각났다는 표정으로 날 돌아봤다.

"그런데 코데로 님이 늦으시네요. 우린 벌써 도착했는데……."

"그러게. 그 계곡을 찾기가 힘든가? 뭐, 해가 지기 전까진 우리에게 돌아온다 했으니 곧 오겠지."

"그럼 다행일 텐데……."

둘이서 그렇게 속닥이며 료우의 뒤를 따라가려는데 내 뒤에서 있던 제이가 갑자기 내 팔을 잡았다.

"아사 님."

"응?"

돌아보는 나에게 당혹한 표정으로 제이가 막 입을 열려는 그때였다.

"아기씨!!"

여기서 들을 거라고는 조금도 예상치 못한 목소리에 획~ 하고 고개를 돌리니.

'오마낫!'

유모가 서 있는 거였다.

그 옆에는 어디서 많이 본 조인족 아저씨가 있었고, 그 아저씨 손에는 코데로의 뒷덜미가 잡혀 있었다.

"코, 코데로 님?"

당혹감에 가득 찬 릴리의 목소리에 코데로가 낭패 어린 표정으로 고개를 돌려 버렸다.

"칫."

아직 못 온 게 아니라, 이미 잡혀서 먼저 와 있었던 거였다.

그래도 오늘 하루 정도는 괜찮을 줄 알았는데, 생각보다 빨리 들켰다.

덕분에 나는 료우와 릴리한테 작별 인사도 제대로 하지 못한 채 코데로와 함께 그 자리에서 조인족 마을로 돌아가야 했다.

그로 인해 릴리에 대한 부탁도 제대로 하지 못했는데, 다행히 뒤처리를 하느라 남은 유모가 류니드 공작가 사람들에게 잘 부탁해 뒀다고 했다.

'다행이지. 뭐, 우리가 데려다줘도 되긴 하지만 릴리도 류니드 공작가 사람들이랑 안면 트는 것도 나쁘지 않을 테니.'

나중에 알게 된 거지만, 우리는 그놈의 와이번 때문에 모클러 산맥 서쪽 끄트머리에 가 있었다.

원래는 북쪽으로 갔어야 했는데 말이다.

하마터면 릴리를 집에 데려다주기는커녕 산속만 신나게 빙빙 돌다 올 뻔했는데, 료우를 만난 덕에 릴리가 무사히 집에 갈 수 있게 되었다.

'흠, 그렇게 생각하면 료우가 도움이 되긴 된 거네? 별로 고맙지는 않지만……'

"아기씨, 제 말 듣고 계신 거죠?"

유모의 잔소리를 제대로 듣는 척하고 있었는데, 잠시 딴생각을 하다 보니 표정이 약간 흐트러졌나 보다.

"그럼, 그럼. 듣고 있어. 반성도 하고 있고."

"아기씨이~!"

'앗, 너무 대충 대답했나?'

"와이번을 만났다니, 정말 위험하셨다고요. 아가씨와 일정 거리 이상 떨어지면 경보를 울리게끔 해놔서 다행이었지, 안 그랬으면 큰일 날 뻔했어요."

'헛, 그런 게 있었을 줄이야. 어쩐지~'

내 몸에 추적 장치가 달린 건 알고 있었지만, 저녁때까지 시간을 벌어놨으니 그 전에 일부러 찾지는 않을 거라고 생각하고 있었는데 말이다.

그 경보에 유모 일행은 당장에 추적 장치를 작동시켰고, 위치를 알자마자 조인족들에게 부탁해 뒤를 쫓았던 것이다.

때마침 계곡을 찾기 위해 날아오고 있던 코데로와 조우한 덕에 한발 앞서 류니드 공작가 사람들 야영지에 도착할 수 있었단다.

"그래도 어떻게 제이는 데리고 가셨네요. 마법 아이템들도 잘 챙기시고. 그건 잘하셨어요."

유모의 목소리에 체념이 서리고 온기가 돌아오는 거 보니 슬슬 잔소리가 끝날 모양이다.

"내가 대비성 하나는 좋잖아. 아마 여건만 되었으면 케이도 데려갔을걸?"

"호호, 그건 그렇지요."

"그래서 말인데, 이번 일로 제이보고 뭐라 하면 안 돼. 그럼 나 크게 삐질 거야."

나야 잔소리를 들어도 할 말 없지만, 제이는 나 때문에 간 게 아닌가.

그러니 이로 인해 혼나는 건 두고 볼 수 없었기에 내가 할 수 있는 최대의 협박을 늘어놓자 유모의 표정에 난감함이 어렸다.

내가 언급을 안 했으면 정말 제이를 혼내려고 했었나 보다.

"제이는 내 말을 최우선으로 들어주고, 이번 일도 그에 충실한 거잖아. 잔소리 정도는 나도 이해해 주겠는데, 다른 건 절대로 안 돼."

단호함이 실린 내 말에 유모가 가볍게 한숨을 내쉬며 고개를 끄덕이는데, 자넷이 들어와 고했다.

"아기씨, 족장님이 오셨습니다."

"족장 씨가?"

족장 씨가 왔다는 말에 나는 긴장감으로 침을 꼴깍 삼켰다.

코데로와 나는 조인족 마을에 도착하자마자 갈라졌었다.

나는 유모와 함께 통나무집으로 와서 잔소리를 들어야 했고, 코데로는 그의 아버지와 함께 족장에게 끌려갔다.

성년도 안 된 상태로 멋대로 영역 밖으로 나간 걸 들켰으니 상당한 벌을 받게 될 거라며 한숨을 푹푹 쉬던 코데로를 떠올리며 난 긴장감에 침을 꿀떡 삼켰다.

코데로가 받을 처벌이 결정되어 이제 나에 대한 처벌을 내리러 족장 씨가 온 거라고 생각했던 것이다.

같은 잘못을 저지른 애들을 따로따로 불러내 처벌한다는 게 의아했지만, 조인족 마을에서 황당하고 어이없고 의아했던 일이 한두 번이던가.

그래서 이번 일도 그런 일 중 하나일 거라 여겼다.

뭐, 결론적으로 내 예상은 맞았다.

단지, 방향이 조금 많이 어긋났을 뿐.

"마을을 대표해서, 마을의 아이를 도와준 것에 대한 감사를 표하려고 왔다."

"에엥?"

그 말을 듣는 순간 이건 또 뭔가 싶었다.

내 앞에 서 있는 족장 씨는 분명 내가 여기 온 첫날 날 심하게 놀려먹었던, 울 엄마의 친부라는 바로 그 사람이 맞는 거 같은데.

"혹시, 엄마의 친부가 아닌 다른 분이십니까? 족장님의 얼굴이 너무 잘생겨서 그분의 얼굴을 그대로 베꼈다든지?"

"그게 무슨 어이없는 소리냐?"

족장 씨 옆에 같이 있던 엄마가 황당하다는 듯 말했지만, 그것이야말로 내가 하고 싶은 말이었다.

"아니, 그렇잖아. 코데로랑 같이 잘못했으니 비슷한 벌을 받을 거라고 잔뜩 긴장하고 있었는데, 고맙다는 인사를 받고 있으니 말이야."

"으음? 설마~ 우리 마을 애도 아닌 너에게 내가 벌을 내릴 수 있을 리가 없잖아?"

"에엥? 이건 또 무슨 소리? 그럼, 엄마는 이 마을 사람이 아니었던 거야?"

족장의 말에 나는 당황해서 엄마를 바라봤지만, 대답은 족장한테서 나왔다.

"하레츠는 이 마을 사람이 맞아. 하지만 넌 비록 하레츠가 낳았지만 이 마을 사람이 아니야."

'뭐어?'

어째 난 완전한 타인이라고 차갑게 선이 그어진 느낌이었다.

물론, 조인족들이 이해 못 할 황당한 소리나 행동을 자주 하기는 하지만, 이 말은 그렇게 치부하고 넘길 수가 없었다.

그렇게 넘기기도 전에 예상외의 큰 충격으로 다가왔으니까.

'어, 어라?'

어쩌면 이 말을 족장 씨가 해서 더 큰 충격을 받았는지도 모르겠다.

조인족들은 아무리 남처럼 지낸다 해도, 인간쪽에서 보면 내 외조부가 아니던가.

물론 여기서 평생 살고 싶은 생각 따위 눈곱만큼도 없었지만, 그래도 나름 엄마네 마을이라고 정을 붙이려고 하는데 이 따위 말이라니.

덕분에 아주 쬐에끔~ 있던 정도 확 떨어져 버렸다.

그와 함께 엄청 서운해지는 거였다.

이게 '못 먹는 떡 남 주는 건 더 싫은 마음이려나?

"왜, 우리 마을 사람이 되고 싶냐? 그럼 성년이 되어서 오든지. 원한다면 얼마든지 받아주마. 난 온다는 사람 거부 안 하고, 간다는 사람 안 막거든. 하지만 현재 필립이 네 양육권을 가지고 있는 이상, 네가 성년이 되어 우리 마을로 오기 전까지 넌 필립네 마을 사람이야."

내 심정을 알아챈 듯 히죽 웃으며 선심 쓰는 것처럼 말하는 족장이 정말 얄미워 보였다.

그러니까, 엄마랑 아빠가 따로따로 떨어져 사는 상황이라서 내 양육권을 아빠가 가지고 있다는 건 알고 있었다.

엄마는 인간인 아빠가 조인족인 나를 양육하는 걸 돕기 위해 정기적으로 방문하는 거였고.

'그래도 둘 다 내 부모잖아? 그런데 뭘 이 마을 사람이네, 저 마을 사람이네 하며 따지는 거지?

그것도, 아직 어린애를 데리고 그런 걸 따지는 게 이해가 되지 않고 웃기기까지 했다.

"잠깐. 그럼 아까 코데로가 있어서 마을 분들이 출동해 준 거였어요? 만약 나만 영역 밖으로 나갔다면 우리 일행이 알아서 해야 하는 거였어요?"

"아니. 네 유모가 정식으로 도움을 요청해서 간 거였는데, 코데로가 같이 있어서 겸사겸사 끌고 온 거였어. 넌 네 아버지의 부탁으로 잠시 우리 마을에서 보호해 주고 있는 거였으니까."

족장의 말을 이해 하지 못해 '뭔 소리냐?' 란 시선으로 봤더니 그가 다시 설명해 줬다.

"만약 코데로만 나갔다면 알아서 돌아올 거라고 여기고 신경 안 썼겠지. 우리 조인족이야 애들이 어느 정도 크면 자기 일은 알아서 하라고 놔두거든."

그러니까 결국 난 이 마을 애가 아니라 뭔 일 생길까 봐 철저하게 살피는 거고, 코데로는 맘대로 하라고 놔두는 거라고?

뭔가 이해할 수 없으면서도 한편으로는 기분이 되게 안 좋았다.

"어쨌든 타인인 네가 우리 마을 애에게 도움을 베풀어 준 것에 대한 감사는 확실히 전했다."

'아~ 난 정말 조인족이랑 안 맞는 거 같아. 뭐냐고, 이 이상한 사상은.'

그래서 그런지 기껏 족장씩이나 되는 사람에게서 감사의 말을 받았는데도 기분이 좋기는커녕 걸쩍지근하기만 했다.

'에휴~ 빨랑 아빠한테 가고 싶다아~'

눈을 호강시켜 주던 족장 씨의 잘생긴 얼굴도 더 이상 보고 싶지 않았다.

며칠 뒤, 나는 별로 마을의 잡일을 맡아 하고 있는 코데로를 만날 수 있었다.

그래도 한 번 모험을 같이하며 대화도 많이 한 덕인지 코데로는 전과는 달리 호의가 담긴 표정으로 먼저 인사를 해왔다.

"여~ 넌 별일 없었나 보네?"

"족장씨가 나는 이 마을 애가 아니라고 벌을 주지도 않더라."

그때의 생각에 다시금 기분이 가라앉아 투덜댔더니 코데로가 고개를 끄덕였다.

"아~ 네 양육권은 인간인 아버지한테 있었지? 흠, 여러모로 난처하겠군. 얼른 성년식을 치르고 마을로 와."

'별로 오고 싶지 않다만⋯⋯. 아니, 그 일로 더 오기 싫어졌어.'

코데로야 호의를 갖고 말한 거겠지만, 조금도 반갑지 않았다.

한데 코데로와 이야기하다 보니 자연스레 떠오른 사람이 있었다.

"그러고 보니, 릴리는 집에 잘 갔나 모르겠네."

"으⋯⋯. 그때 일찍 들키지만 않았어도 집을 알 수 있었을 텐데⋯⋯."

역시, 이 녀석 릴리네 집을 알아낸 다음 나중에 기회가 되면 가보려고 했던 거 같다.

"연락하고 싶으면 편지라도 쓸래? 편지 전달해 주는 거 정도야 내가 힘써줄 수 있어. 릴리가 쓴 편지, 읽고 싶지 않아?"

이왕 인연이 되어 둘을 알게 된 데다 코데로와도 친해졌으니 끝까지 도와주려고 말을 꺼냈다.

그런데 이 코데로 녀석이 생각보다 정말 쓸모없는 녀석이었다.

"편지? 그게 뭐냐?"

'네가 지도도 뭔지 몰랐던 걸 깜빡했다.'

"그러니까 종이에다 네가 릴리에게 하고 싶은 말을 글로 적어주면 그걸 릴리에게 보내주겠다는 소리야. 그럼 릴리가 그걸 읽고 너에게 하고 싶은 말을 글로 써서 나에게 주면 내가 다시 너에게 가져다준다고. 그렇게 서로 안부나 소식을 주고받고 싶지 않아?"

"난 인간의 글 따위 몰라."

그 말에 기껏 도와주겠다고 나선 내가 바보같이 느껴졌다.

"그래, 왠지 그럴 거 같았다. 무식한 조인족 같으니라구."

"뭣?"

코데로 녀석이 눈을 부라렸지만, 나는 시큰둥하게 손을 저어 보였다.

"됐어. 혹시 나중에라도 하고 싶으면 이야기해. 글 정도야 네가 조금만 신경 쓰면 배울 수 있겠지? 여긴 인간들과 계속 교류를 한다고 하니. 거기다 우리 엄마는 계속 나한테 왔다 갔다 할 테니까, 원한다면 언제든 엄마한테 이야기해."

코데로가 내 말에 뭔가를 진지하게 생각하는 거 보니 그럴 마음이 아예 없지는 않은 모양이다.

"근데 할 거면 빨리해라. 릴리 나이의 인간 소녀는 슬슬 첫사랑을 할 시기거든."

"뭣?! 그런 말은 빨리해 줘야 할 거 아냐!! 아우 씨, 인간의 글을 아는 게 누구더라?"

그날 이후 만나는 건 지금이 처음이라는 걸 지적해 주고 싶었다.

하지만 이미 딴생각으로 머릿속이 가득 찬 코데로에게 말해

봤자 소용없을 것 같아 그냥 얌전히 입을 다물었다.

'좀 있으면 조인족이 쓴 연애편지를 보게 될지도.'

과연 어떻게 쓸지 궁금하다.

제30화

돌아왔다. 돌아는 왔는데…

번쩍~!

눈부신 빛이 사라지자마자 가벼운 울렁증이 사라지기도 전에 절절한 감정이 담긴 목소리가 들려왔다.

"딸아아~!!"

그 목소리에 난 자동적으로 두 팔을 활짝 벌리며 그 품으로 뛰어들었다.

"아빠아~!!"

"우리 딸, 보고 싶었어!"

"응, 응, 나도 아빠 너무너무 보고 싶었어."

아빠의 든든한 품에 안기니 드디어 돌아왔다는 실감이 났다.

어째 예전에 납치당하고 돌아왔을 때보다 지금 아빠가 더 반가웠다.

"우리 아사가 안 본 사이에 많이 컸네? 이제는 아빠가 안고 다니지 못하겠구나."

아빠의 어조에는 아쉬움이 역력했지만, 나는 기분 좋은 미소를 보였다.

조인족 마을로 떠나기 전에는 아빠가 팔뚝으로 내 엉덩이를 받치며 안아 들었는데, 지금은 내가 아빠의 허리에 매달려 있었다.

"우리 딸 이러다 금방 시집간다고 어느 놈팽이 하나 데려오는 거 아니야?"

뭐, 완전히 가능성이 없지는 않았다.

현재 내가 11, 2살 정도로 보이니, 이대로만 자란다면 2년 후쯤에는 적어도 16, 7세 정도로 보일 거다.

뭐, 그래 봤자 또래 아이들이 이성으로 보일지는……

'연상의 남자를 찾아봐야겠군.'

하지만 이 생각 대신 나는 배시시 웃으며 아빠가 듣고 싶어 하는 말을 꺼냈다.

"걱정 마, 걱정 마. 나는 아빠가 제일 좋아!"

"그치? 아사야, 남자는 아빠 빼고 절대 믿으면 안 돼요. 남자는 다 속이 시커먼 늑대란다. 혹 괜찮아 보이더라도 꼭 아빠한테 검사를 맡아야 한다?"

아빠의 말에 기꺼이 고개를 끄덕여 주려고 했는데, 방해하는 사람이 있었다.

"아사 시집 안 보내려고 벌써부터 수 쓰는 거냐?"

"닥쳐, 나이젤!"

나이젤 아저씨였다.

내가 제법 많이 성장한 것에 비해 아빠나 나이젤 아저씨는 하나도 변하지 않았다.

"이런, 그럴 수는 없는걸? 난 대부로서 우리 공주님의 풋풋한 사랑을 응원한다고."

"죽고 싶지?"

"우리 공주님한테 인사도 못 하고 죽을 수는 없지. 우리 공주님, 정말 오랜만이지?"

"안녕, 아저씨?"

여전히 아빠의 품에 안긴 채 나는 손만 살랑살랑 흔들었다.

물론, 제대로 인사하고 싶었지만, 아빠가 꼭 안고 놔주지 않았기에 이게 최선이었다.

"돌아온 걸 환영해. 우리 공주님 오랜만에 봤더니 진짜 많이 컸네. 이제는 레이디라고 불러야 되겠어."

뭐, 나이젤 아저씨야 별 뜻 없이 칭찬의 의미로 꺼낸 말이었을 텐데 그 말에 아빠가 민감하게 반응했다.

"너, 혹시 아사한테 눈독 들이는 건 아닐 테지?"

한기가 도는 눈빛과 함께 음산하게 깔리는 아빠의 목소리에 나이젤 아저씨가 펄쩍 뛰었다.

"무슨 소리야?!"

"풋풋한 사랑 어쩌고저쩌고 하는 거 보니 수상해. 넌 하레츠의 미모에 감탄한 녀석이잖아."

'호오, 나이젤 아저씨가 그랬단 말이지?'

아빠의 눈이 가늘어지고 내 시선까지 그를 향하자 나이젤 아저씨가 극구 부인했다.

"절대 아니다! 내 마나에 맹세코 우리 공주님한테 조금이라도 이상한 마음 품은 적 절대 없어!"

아무리 아빠와 편하게 지내는 나이젤 아저씨라 해도 나나 엄마에 대한 이야기에 잘못 얽혔다간 큰일 난다.

"두고 보겠어."

"예이, 예이."

뭐어, 나이젤 아저씨 또한 아빠와 하루 이틀 지낸 사이가 아니었기에, 발 빠른 대처로 그쯤에서 마무리 지을 수 있었다.

"으아아~ 이게 얼마만이야? 으음~ 공기 냄새도 틀려~ 진짜 집에 돌아왔구나. 오옷, 여긴 그대로네? 아앗, 이 의자 되게 반갑다."

오랜만에 돌아온 덕분인지 저택의 구석구석, 가구 하나하나가 그렇게 반가울 수가 없었다.

여기저기 촐랑거리며 뛰어다니다 가구를 쓰다듬어 보고 크게 기지개를 켜며 공기를 마시는 둥 부산스럽게 움직이자 즉각 유모의 부름이 들려왔다.

"아기씨이~"

"하하, 저리 좋을까. 진즉 데리고 올 걸 그랬어."

하나 최종 보스인 아빠가 그저 흐뭇하게 웃고만 있으니 그 앞에서 잔소리를 꺼낼 수 있을 리가 없었다.

그때, 나이젤 아저씨가 문득 생각났다는 듯 입을 열었다.

"그러고 보니 아사 생일이 다음 달이잖아. 슬슬 아사도 준비시켜야지?"

나이젤 아저씨가 꺼낸 말에 흐물흐물 풀어져 있던 아빠의 얼굴이 진지한 표정으로 돌아왔다.

"흠, 그렇지. 아사, 아빠가 할 말이 있어."

"으응?"

아빠의 손짓에 따라 얌전히 아빠의 맞은편 소파에 앉자 아빠가 진지한 표정으로 말을 꺼냈다.

"우리 딸, 다음 달이 생일이지? 그래서 아빠가 우리 딸을 위해 아주 멋진 생일 파티를 준비하고 있어."

내가 조인족 마을에 있었던 때를 제외하고는 매년 직접 챙겨줬으면서 새삼스럽게라고 생각하던 중 언뜻 떠오르는 게 있었다.

"혹시, 나에 대해 발표한다는 거?"

"발표가 아니라 데뷔를 시키는 거지."

"좋게 말해봤자 어차피 사람들에게 내 존재를 보이는 거잖아."

나는 가볍게 투덜거리며 길게 한숨을 내쉬었다.

집에 돌아온 기념으로 당분간 집에서만 뒹굴뒹굴거리려고 했는데, 아무래도 불가능할 것 같다.

이 세계에는 포션이라는 만병통치약이 있어도 영유아 사망률이 굉장히 높았다.

그래서 황족이나 귀족 가문에서는 아이가 태어나도 당장에 '우리 집에 애가 태어났습니다~!' 하고 공표를 하지 않고 5년을 기다렸다.

만약 슬프게도 5살이 되기 전에 아이가 사망하게 되면 그 아이는 '태어난 적도 없는 존재'가 되는 거였고, 무사히 자라 5살이 되면 그제야 정식으로 가문의 이름을 주고 아이가 태어났다고 공표하는 것이었다.

마치 한국의 돌잔치처럼 말이다.

원래는 나도 5살 생일에 해야 했지만, 조인족 마을에 가 있는 바람에 1년 미뤄지게 되었다.

"그런데 그거 꼭 해야 해? 어차피 5살 생일은 지나갔고, 꼬맹이들이나 하는 걸 내가 하려니 웃길 거 같아."

"무슨 소리! 아빠는 우리 딸이 정식으로 황녀가 될 이날만을 기다려 왔는데 웃기다니. 아빠가 그날을 위해 벌써 예쁜 드레스랑 왕관이랑 준비해 놨단다."

'내가 없는데 어떻게?'란 질문을 하는 건 바보 같겠지?

신체 사이즈 따위는 나와 항상 같이 있었던 유모가 미리 알려줬을 게 뻔했다.

머릿속에서 벌써부터 나한테 그 드레스를 입히고 왕관을 씌우고 있는지 아빠의 얼굴이 헤벌쭉~ 해졌다.

"우리 아사, 그렇게 입히면 정~ 말 예쁠 거야. 하레츠가 못 오는 게 무척 아쉽구나. 그 장면을 마법 영상구로 찍어서 나중에 꼭 보여줘야겠다. 그러니 우리 딸은……."

"나 뭐?"

풀어진 얼굴이 다시 진지 모드로 돌아오며 슬그머니 말끝을 흐리는 아빠의 태도에 뭔가 불안해져서 쳐다봤더니, 아빠가 싱긋 웃으며 말을 이었다.

"내일부터 수업받자."

"으엑, 무슨 수업? 공부라면 지금도 많이 하고 있는데, 하긴 뭘 또 해?"

"음, 좀 특별한 공부?"

아빠의 말에 나는 유모가 질색하는, 얼굴 괴상하게 일그러 뜨리기를 실행했다.

"아빠, 아빠 딸은 그냥 전처럼 우리끼리만 생일 축하하고, 귀찮은 건 나 빼고 알아서 해줬으면~ 하는 자그마한 소망이 있는데?"

"아빠는 우리 딸을 많은 사람에게 멋지게 소개하고픈 소망이 있는데, 이번에는 우리 딸이 아빠의 소망을 들어주면 안 될까?"

"윽⋯⋯."

'아우 쒸~ 그렇게 나오면 또 내 맘이 약해지잖아?'

나에게 폭포수 같은 사랑을 쏟아부어 주는 아빠가 저리 나 올 땐 나도 거절하기가 어려웠다.

하긴, 냉정히 따져 봐도 아빠 딸로 살아가려면 이런 데에 익 숙해져야 할 터였다.

아무리 아빠가 나에게 바다처럼 넓은 관용을 베푼다 해도, 아니, 그렇기에 최소한 기본은 하는 게 도리일 거다.

"알았어. 그럼 내가 뭘 하면 되는데?"

내 말에 아빠와 나이젤 아저씨는 흐뭇하게 웃어 보였고, 다 음 날 나는 유모의 손에 이끌려 웬 우아한 두 부인 앞에 서게 되었다.

'헐……?'

색색의 봄꽃들이 흐드러지게 핀 아름다운 정원에서 티타임을 가지고 있던 두 부인은 내가 등장하자마자 자리에서 일어나 나를 맞이했다.

"어서 와요. 기다리고 있었어요."

"처음 만나는 데도 이야기를 많이 들어서인지 왠지 친근한 느낌이네요."

설마, 특별한 수업 선생님이 아빠의 법적 부인들일 줄이야.

"아기씨, 인사드리세요. 1황비님과 3황비님이십니다."

온화한 목소리로 소개하는 유모가 지금은 무지 얄미워 보였다. 내 선생님이 이분들인 거 알고 있었으면 진즉에 말해줬어야지.

그래야 내가 마음의 준비를 할 거 아닌가 말이다.

'아빠가 비밀로 하라고 시켰나?'

언젠가는 만날 거라 생각은 했지만, 이리 느닷없이 조우하게 되다니 기분 참 거시기하다.

어쩐지, 생전 처음으로 마차를 타고 북궁을 나섰는데도 새로운 경험에 즐겁기는커녕 뭔가 걸쩍지근하더라.

그리고 그 걸쩍지근한 기분은 처음 보는 궁 앞에 내렸을 때 더 커졌다.

아마, 두 황비와의 만남을 앞두고 있어서 그랬나 보다.

삐걱거리는 얼굴 근육을 움직여 간신히 예의 바른 미소를 지어 보인 나는 유모에게 배운 대로 살짝 무릎을 굽히며 입을 열었다.

"처음 뵙겠습니다. 아사하힐이라고 합니다."

'좋아, 목소리도 괜찮았어.'

아직 정식으로 성을 받기 전이니 이름만 언급했고, 아빠의 부인이라고 해도 '황후' 가 아니었기에 극상의 예를 갖출 필요는 없었다.

단지 연장자에 대한 존중을 보이는 정도면 오케이.

"반가워요. 나는 엘레인이라고 불러주겠어요?"

"나는 비앙카라고 불러줘요. 정말 폐하의 머리색을 물려받았네요."

"감사합니다."

밝은 갈색 머리에 사람 좋아 보이는 인상을 가진 쪽이 1황비였고, 은발 머리에 단아한 외모를 가진 쪽인 3황비였다.

두 부인께선 첫 대면부터 이름을 허락하며 호감을 팍팍 드러냈지만, 그녀들이 거북한 나로서는 떨떠름하기만 할 뿐이었다.

그래서 남들에게는 잘만 허락했던 내 애칭은 입에 담지 않은 채 예의 바른 미소만 지어 보였다.

아빠가 내 생일 파티 전에 이들을 만나게 한 거 보니 친하게 지내라는 의미 같지만, 그런 아빠의 의도조차 못마땅했다.

그래도 두 황비의 앞이라 티는 내지 못하고 속으로 아빠와의 나중을 기약하고 있는데. 1황비가 입을 열었다.

"그리고, 그대에게 소개해 주고 싶은 사람이 한 명 더 있답니다."

두 명으로도 부족해서 한 명 더 추가냐~ 싶어 속으로 한숨을 내쉬는데, 다행히 새로 등장한 사람은 아빠의 법적 부인이 아니었다.

별로 안 반갑다는 건 동일했지만.

"마리엔, 이리 오너라."

1황비의 부름에 앞으로 나선 이는 이제 20살이 되었을까 말까한 아가씨였다.

밝은 갈색 머리와 단정한 외모, 밝고 싱그러운 분위기는 1황비의 젊은 모습을 보는 것 같았다.

그리고 아주 익숙한 은보랏빛 눈동자는 아빠를 떠올리게 만들었다.

"내 딸 마리엔이에요. 앞으로 아사하힐과 함께하며 이것저것 도와줄 거예요."

두 황비는 내심을 잘 갈무리했는지 부드럽고 호의적인 시선만 보내왔는데, 이 아가씨는 신기하다는 기색을 그대로 보이고 있었다.

"만나서 반가워. 네 이야기는 많이 들었어. 난 네 언니인 마리엔 벨 레 헬게르트 아카제브라고 해. 그냥 마리엔이라고 불러줄래?"

정말 딱 이름만 부르라고 하는 거였으면 좋았을 텐데, 이건 '마리엔 언니' 라고 부르는 뜻이었다.

그래서 나는 그녀의 요청을 슬쩍 외면했다.

"네, 아사하힐이라고 합니다."

'어우~ 언니라니, 차마 못 부르겠어~'

몇 살 차이가 안 났으면 예쉬 때처럼 안면 까고 말을 놨을 텐데, 이 아가씨한테는 차마 그러질 못하겠다.

"그런데, 네가 정말 다음 달이면 6살이 되는 게 맞아? 전혀 그렇게 보이질 않는데?"

"조인족은 보통 사람들보다 성장이 빠르거든요. 저도 또래에 비하면 작은 편이에요."

"정말? 말로는 들었지만, 실제로 보니 안 믿겨져."

"뭐어, 그럴 수도 있지요."

반갑지 않은 사람이 호감을 보이며 자꾸 말을 걸어오니, 이것도 꽤나 부담스럽다.

"자아, 자아. 소개가 끝났으면 이제 자리에 앉자꾸나. 언제까지 서서 이야기를 할 셈이니?"

먼저 자리에 앉은 1황비의 말에 마리엔 황녀가 퍼뜩 정신을 차렸다.

"어머, 내 정신 좀 봐. 자아, 자아. 아사하힐도 여기 앉아."

세 여인은 평소 친분이 있었던지 편안한 분위기로 방긋방긋 웃고 있었다.

'그거 참⋯⋯.'

남의 사생활 가지고 이래라저래라 할 입장은 아니지만, 이분들은 어떻게 이렇게 친하게 지낼 수 있는 지 신기하다.

물론, 이 나라의 법이 일부다처제를 허용하고 있다고 하지만, 법은 법이고 마음은 마음 아니겠는가?

그런데 단순히 서로 예의를 갖추는 정도가 아니라 정말 친하다는 오라를 풀풀 풍기고 있으니, 아빠의 사랑은 독차지하고 있는 주제에 이들을 불편해하는 내가 왠지 미안할 지경이었다.

'아오오~ 왜 내가 미안하다고 생각해야 하는 거얏!! 난 내가 나쁘다거나 잘못이라고는 절대 생각 안 할 거야. 원래 이게 정상인 거 아냐? 게다가 나도 최소한 이들에게는 예의를 갖출 거였다고.'

속으로 그런 생각을 하고 있었으니 자리가 편안할 리 없었다.

하지만 조금 전에 도착한 데다가 난 여기에 교육받으러 온 입장이었으니 내 맘대로 자리를 뜰 수도 없었다.

"낯선 사람들이랑 같이 앉아 있으려니 불편하지요? 게다가 교육을 받으러 왔으니 편하지 않을 거예요."

내색하지 않으려 했는데, 아무래도 조금 티가 났나 보다.

'사회생활을 안 한지 오래되어서 좀 풀어졌나?'

"괜찮습니다."

그래도 애써 미소 지으며 대답하자 3황비가 후후 웃으며 말을 이었다.

"세상에, 우리가 뭐라 알려줄 것도 없네요. 이렇게 예의가 바른데요."

"그러게요. 하긴, 우리가 뭐 대단한 걸 알려주는 것도 아니에요. 단지 이런 분위기를 경험하게 해주는 정도인 걸요, 그러니 아사하힐도 그냥 안면 있는 이들과 티타임을 가지러 왔다고 편히 생각해요."

"네."

예의 바르게 방긋방긋 웃고는 있었지만, 불편한 마음은 어디 가질 않아서 점심 식사 때 먹은 음식이 뭐였는지, 그 맛은 어땠는지가 하나도 기억에 남질 않았다.

게다가 속도 더부룩해서 평소의 반도 못 먹었다.

결국 점심 식사를 마치고 돌아가기 위해 마차를 타자마자 나는 폭신한 좌석 위로 엎어졌다.

"아구구~ 완전 탈진이야, 탈진. 이런 짓을 앞으로도 매일 해야 하다니……."

긴장하고 있었던 탓에 목과 어깨도 뻐근해 엎어져 있는 상태로 어깨를 톡톡 두드리자 제이가 얼른 다가와 어깨를 살살 주물러 주기 시작했다.

"아, 거기, 거기. 조금만 살살. 아으~ 시원하다."

예의고 체통이고 다 던져 버린 태도였지만, 내 상태를 짐작한 듯 유모는 잔소리 대신 호호 웃어 보였다.

"많이 힘드셨지요? 그래도 제법 의젓하시던데요? 두 황비님께서도 감탄하시던 눈치셨어요."

"아~ 몰라, 몰라. 유모도 너무해. 거기다 던져 넣을 거였으면 마음의 준비라도 하게 미리 말해줬어야지. 내가 얼마나 놀란 줄 알아?"

"죄송해요. 미리 말씀드리면 절대 안 하신다고 하실 거 같아서……."

"윽, 내가 뭐 어린앤 줄 알아?"

"네, 네. 정말 잘못했습니다."

유모는 나를 너무 잘 알았다.

아마 그녀 말대로 미리 말해줬다면 아빠한테 안 간다고 떼를 썼겠지.

"그래도 이런 경험이 아기씨께 필요하다는 거 잘 아시죠? 정식으로 황녀의 자리에 오르시면 이런 일도 많이 하셔야 할 거예요."

"알아, 알아."

"게다가 1황비님과 3황비님은 정말 좋으신 분들이에요. 마리엔 황녀님도요."

"뭐어, 다정하긴 하더라⋯⋯."

"그렇죠? 폐하께서 엄한 분들에게 아기씨를 맡기셨겠어요? 그것도 아기씨를 데뷔시킬 생일 파티 전에."

일반 국민들은 몰라도 귀족 이상의 집안에서 영유아 사망률이 높은 이유는 단순한 질병 때문만이 아닐 거다.

그렇기에 아이가 태어나서 5세의 생일을 맞이할 때까지는 산모와 아이의 근처에는 사람들의 출입이 엄격히 제한되었다.

즉, 5세의 생일 전에 만나는 이들은 믿을 만한 아군이라는 뜻이었다.

아빠는 1황비와 3황비가 나에게 그런 존재가 되어줄 거라 여겼나 보다.

게다가 아무래도 아빠는 이번 생일 파티를 아예 내 사교계 데뷔 파티로 만들려고 하는 것 같다.

그러니 내 몸가짐과 품위에 이렇게 신경 쓰는 거겠지.

하기사, 나도 11, 2살로 보이는 외모로 6살 생일 파티를 여는 것보다는 차라리 사교계 데뷔 파티를 여는 게 더 나을 거 같다.

그렇게 되면, 파티 이후로는 내가 정식 황녀로 움직이게 된다는 소리.

"그래~ 황녀로 살려면 아빠 외에도 내 편이 되어줄 황실 어른이 필요하긴 하겠지."

"마리엔 황녀님에게도 배우실 게 많을 거예요."

"아라써~ 아라써~ 매일매일 얌전히 1황비궁에 출석하면 될 거 아녀."

마치 어린애처럼 입술을 내밀며 툴툴거렸지만, 지금만큼은 무조건적인 포용력을 보여줄 참인지 유모는 계속해서 미소만 보였다.

하지만 난 봤다.

유모의 눈가가 꿈틀거리는 걸.

'흥. 그래 봤자…….'

라고 생각하면서도 나는 슬그머니 일어나 자리에 똑바로 앉았다.

아무리 한 귀로 듣고 한 귀로 흘리는 내공을 쌓았다 해도 여전히 유모의 잔소리는 피하고 싶던 것이다.

한데 나를 따라서 내 옆에 얌전히 자리를 잡고 앉는 제이를 보자니 문득 내 곁에 없는 케이가 떠올랐다.

"그래, 케이는 잘 하고 있대?"

"네. 지금처럼만 계속 잘 해준다면 제법 우수한 성적으로 기사단에 입단할 수 있답니다. 머리와 눈 색만 아니라면 황금 그리폰 기사단도 노려볼 수 있었을 거라며 훈련교관들이 안타까워한다더군요."

케이는 내가 조인족 마을을 나서기 전 한발 먼저 황궁으로 돌아와 황궁기사단 견습 기사 훈련소에 들어가 있는 상태였다.

제이야 같은 여성이라 그다지 구애될 일이 없었지만, 남성인 케이는 달랐다.

지금까진 유야무야 넘어갔지만, 앞으로를 생각해서라도 내 곁에 당당히 머물 수 있는 명분이 필요했던 것이다.

그게 아니라 해도 난 제이와 케이에게 당당한 신분을 주고 싶었다.

특히나 케이는 머리색 때문에라도 든든한 배경은 꼭 필요했다.

그래서 겸사겸사 아빠의 도움을 얻어 케이를 황궁기사단 소속 견습 기사로 집어넣었다.

완전 특혜 입단이었지만, 어차피 케이의 실력은 거기에 들어가기 충분할 정도였고 내 수호 기사로 만들기 위한 포석이었기에 거리낌 없이 아빠의 권력을 남용했다.

황족의 호위 기사는 황궁 기사 이상인 자만 할 수 있다는 법규에 따른 거였다.

"참, 케이네 양부를 나중에 한번 볼 수 있을까? 그래도 케이를 양자 삼아줬으니 고맙다고 인사했으면 좋겠는데."

아빠는 통 크게도 케이를 견습 기사 훈련소에 집어넣을 때 어느 후작의 양자로 입양까지 시켜줬다. 그것도 후계자로.

군대에 말뚝 박은 귀족이라 영지는 없지만 그래도 후작이라는 작위가 어딘가?

비록 아빠가 시키는 대로 한 거라 해도 내 입장에서는 너무 너무 고마운 분이었다.

"이번 아기씨 생일 파티 때 참석할 테니 그때 인사하시면 되겠네요."

"그래? 그거 잘됐네. 제이네 양부는 지금도 자주 보는데 케이네 양부는 그러지 못하겠지? 저기, 내가 미처 신경을 못 쓰더라도 유모가 절기마다 선물 좀 챙겨서 보내줘."

"호호호, 걱정 마세요. 하지만 후작님은 아기씨께 도움이 되는 것만으로도 영광으로 생각할걸요? 참, 제이네 양부께도 선물을 챙겨 드릴까요?"

"그래야지. 한쪽만 챙기면 좀 서운할 수도 있고, 사실 나이젤 아저씨와는 더 친하니까 더 잘 챙겨줘야 하는 거잖아."

그랬다.

제이의 양부는 나이젤 아저씨였던 것이다.

아쉽게도 제이는 나이젤 아저씨의 작위까지는 물려받지 못하지만, 그래도 재상의 양녀라는 타이틀만으로도 든든한 배경이 되어줄 터였다.

"좀 아쉽긴 해. 제이가 마법사가 되면 나이젤 아저씨의 뒤를 이을 수도 있을 텐데."

"전 마법사는 싫습니다. 마법사가 되려면 아사 님의 곁을 떠나야 하는데, 그러느니 차라리 마법사가 되지 않겠습니다."

"그래, 그래. 알았어."

가디언은 주인에게 집착하는 경향이 있다고는 들었는데, 제이와 케이는 유독 내 곁에서 떨어지는 걸 싫어했다.

세상에 태어난 지 얼마 안 되었을 때야 사방이 낯설었으니 그렇다지만, 이제는 슬슬 익숙해질 때도 되었는데 말이다.

케이도 내 곁을 떠나느니 기사 따윈 안 한다고 얼마나 고집을 부렸는지 모른다.

기사가 안 되면 영영 내 곁에 있을 수 없다는 말에 어쩔 수 없이 기사단에 들어간 거였다.

'참 내, 다른 사람들은 못 들어가서 안달인데…….'

케이를 생각하다 보니 자연스레 케이와 비스무리한 녀석이 떠올랐다.

"그러고 보니, 료우는 시험에 합격했을라나?"

중얼거리듯 나온 내 질문에 제이가 뾰로통한 표정으로 대답했다.

"확 떨어졌으면 좋겠지만, 그 실력이라면 합격했을 겁니다."

"헤에, 제이는 료우가 싫은가 봐?"

"아사 님께 너무 건방지잖아요. 감히 제가 뭐라고. 나중에 다시 만나면 절대 가만 안 둘 거예요."

"음, 검술 실력은 료우가 한 수 위인 거 같던데?"

"그래서 저 요즘 검술 훈련 열심히 받고 있어요."

"뭐야, 요즘 갑자기 검술 훈련의 강도를 장난 아니게 올린다 싶었더니, 그런 이유가 있었단 말이야? 그 남자애 잘생겼어?"

건너편, 유모의 옆자리에 앉아 있던 자넷이 눈을 반짝이며 끼어들었다.

"글쎄요… 제가 보기에는 케이가 더 잘생겼습니다."

"호오, 그런데도 신경이 쓰인다는 거야?"

"신경이 쓰인다기보다는 거슬립니다."

"호오, 호오, 그런 거야? 우리 제이한테도 아기씨와 케이 외에도 신경이 가는 사람이 생겼단 말이지?"

자넷은 제이의 반응이 무지 재미있는 모양이었다.

"저와 비슷한 또래로 보였는데, 제가 그보다 실력이 낮은 게 분합니다. 저도 스승님들께 제법 칭찬을 듣는 편인데, 그래서 저도 모르는 사이 자만했나 봅니다."

'얘야, 넌 나보다 나이가 어리거든?'

아마 검을 쥔 시간만 해도 료우가 10배는 더 많을 거다.

하지만 자넷은 제이의 반응이 마냥 재미있나 보다.

"그래, 그래. 그렇게 해서 썸이 시작되는 거지."

"안 돼. 그러면 우리 제이가 아까워."

"호호호, 그게 뭐예요, 아기씨~"

역시 수다란 이렇게 편한 사람들과 해야 하는 거다.

그런데 그때, 우연히 돌아본 마차 창밖 너머 저쪽에 반가운 얼굴이 보였다.

"어라? 마차 좀 세워봐."

갑작스럽게 튀어나온 내 말에 주변 사람들은 당혹한 표정이 었지만 두말 않고 마차를 세웠다.

어차피 마차는 천천히 달리고 있었기에 멈추는 것은 금방이 었지만, 나는 그새를 못 참고 마차 문을 벌컥 열었다.

"여어~ 예쉬~!!"

마침 예쉬 일행도 막 지나가는 마차를 보고 있던 차였기에 내 부름을 들은 예쉬는 곧바로 반응을 보였다.

나에게 손짓을 해보인 뒤 같이 있던 일행에게 양해를 구하 고는 마차로 다가왔던 것이다.

"예쉬랑 같이 있는 저 애들은 뭐지? 시종은 아닌 거 같은데?"

예쉬가 양해를 구하는 데다, 시종과 기사, 병사들이 그들 주변에 둘러서 있는 걸 보니 신분이 제법 높은 것 같았다.

"귀족가의 영식들로 황자님의 공부친구들입니다. 황자님도 슬슬 여러 영식들과 교분을 쌓으실 때잖아요."

"여어~ 오랜만이다. 언제 온 거야?"

마차 가까이 다가온 예쉬가 창밖으로 얼굴을 내밀고 있던 내게 인사를 해왔다.

"어제. 너한테 곧 전갈을 보내려고 했는데, 그 전에 만났네? 오랜만에 보니 너 되게 많이 컸다."

예쉬는 한눈에 봐도 키가 훌쩍 커 있었다.

얼굴도 아직 앳된 기색이 남긴 했지만, 전에 비해 한층 여유 있고 듬직해 보였다.

"남 이야기를 할 게 아닌데, 아가씨? 전에도 나이에 비해 많이 크다고 생각했는데, 이제는 나랑 한두 살 정도밖에 차이가 안 나는 거 같아."

"나야 조인족이잖아."

"그런데 네가 어쩐 일이야? 북궁을 다 나오고?"

"생일 파티 때문에. 그때 아빠가 날 정식으로 사람들에게 소개한대."

불만 가득한 어조로 불퉁하게 내뱉었지만, 예쉬는 내 어투보다는 내용에 놀라움을 표했다.

"오~ 드디어!! 네 5살 생일 때 황궁에 없어서 어떻게 된 건가 싶었는데, 폐하께서는 네가 조인족이라는 걸 감안하셔서 아예 처음부터 사교계에 데뷔시킬 생각이셨구나? 축하한다."

"별로 축하받고 싶지 않아. 그놈의 파티 때문에 난 매일 1황비님 궁에 가야 한다고. 지금도 거기서 점심 먹고 오는 길인데, 으아~ 뭘 먹었는지도 기억이 안 나. 세상에나, 내가 1황비님, 3황비님에 마리엔 황녀와 함께 식사를 한 거 알아? 불편해서 몸서리 칠 뻔했어."

"푸하하~ 아니 왜? 엘레인 님과 비앙카 님은 친절하고 다정하신 분들인데. 마리엔 누님도 그렇고."

"너 되게 잘 아는구나?"

"잘 안다기보다는, 자주 뵙는 편이지."

"잘됐다. 그럼 내일부터 너도 와라. 나 진짜 어떻게 하질 못하겠다. 이걸 어떻게 한 달이나 하냐구. 너라도 오면 좀 편해지지 않을까?"

"하핫~ 아무리 내가 간다고 해도 그 자리에서 네 성격을 드러낼 수나 있겠냐? 게다가 나도 당분간 점심 식사는 선약이 있어서."

그러면서 저쪽에서 기다리고 있는 일행을 눈짓으로 슬쩍 가리켜 보였다.

아무래도 저 애들이 매일 찾아오는 모양이다.

"친구들?"

"음… 겸사겸사?"

애매한 표정으로 웃으며 그리 말하니 나는 더 이상 묻지 않았다.

"하는 수 없지. 때를 봐서 식사나 같이 하려고 했는데, 너나 나나 그럴 여유가 없어 보이네."

"하하~ 미안. 그래도 네가 식사 때 어떻게 하는지 한번 보고 싶으니 시간 되면 1황비님 궁에 방문하마. 아, 어마마마도 모시고 가야지~"

"야! 돼써, 돼써~! 두 분만으로도 힘들거든? 도와주지는 못할망정 날 더 괴롭힐 셈이냐!!"

"왜에~ 어마마마도 정말 다정하신 분이야. 게다가 너하고는 예전에 서신까지 주고받았잖아, 네 생일 파티 때 참석하실 텐데, 미리 얼굴 익히면 좋지 뭘 그래?"

"그… 어우 야~ 내가 그 두 분이 다정하지 않아서 힘든 거라고 생각하니?"

예쉬한테는 미안하지만, 예쉬네 어머니도 불편한 건 마찬가지였다.

내 난감함이 가득한 표정에 키득키득 웃던 예쉬가 곧 미안한 표정으로 작별을 고했다.

"아, 그럼 난 일행이 기다리고 있어서 이만 가봐야겠다. 참참, 이번 생일 선물은 특별히 멋진 걸로 준비하마."

발걸음은 일행들에게로 향하며 몸을 돌려 손을 흔드는 예쉬에게 나도 마주 손을 흔들어 줬다.

"맘에 안 들면 바꿔 달라고 할 거다!"

예쉬가 어느 정도 멀어지자 내가 탄 마차도 천천히 출발했다.

그때까지도 여전히 창밖으로 예쉬의 모습을 바라보던 나는 그가 일행과 만나는 모습을 보며 중얼거렸다.

"흠, 예쉬가 황자라서 그런가? 어째 무리의 대장 같은 느낌이야."

"그건 당연한 일이지요. 게다가 예쉬 황자님은 현명하시고 성품도 좋으셔서 많은 영식들이 따른다고 합니다."

"황자라서 좀 띄워주는 감이 있긴 하겠지만, 애가 나이에 안 맞게 똑똑하고 성격이 좋은 건 사실이지."

일행의 맨 앞에서 당당하게 걸어가는 뒷모습을 바라보자니 왠지 섭섭하다.

전에야 같이 놀 사람이 나밖에 없어서 자주 놀았다지만, 이제는 저렇게 '친구&수하'들이 잔뜩 생겨났으니 앞으로 나랑 놀려고 하겠는가.

예쉬에게 친구가 생긴 건 좋은 일이지만, 덕분에 나만 심심하게 되었다.

…고 생각했건만.

"이게 뭐야아~!!"

북궁으로 돌아오자마자 유모가 아주아주 부~ 드러운 미소를 지으며 내미는 스케줄 표를 받아 본 나는 어이가 없었다.

"유모, 나 어제 집에 돌아왔거든?"

"파티가 겨우 한 달밖에 안 남았잖아요."

배시시 웃어 보이는 유모가 미워진다.

"아우, 너무한 거 아니야? 아침부터 나한테만 비밀로 해서 사람을 기함하게 만들더니. 내가 아까 식사도 제대로 못 한 거 못 봤어?"

"네에, 네에~ 그래서 아기씨 좋아하시는 간식을 준비하고 있답니다아~"

사람을 아침부터 진이 다 빠지게 만들더니만, 오자마자 또 수업을 할 거란다.

그것도 저녁까지.

게다가 내일부터는 오늘보다 더 이른 시간부터 이런 빡빡한 일정이 시작된다.

그놈의 파티 때까지.

"아무리 그래도 그렇지, 조인족 마을보다 더 빡세게 시키는 건 너무한 거 아니냐고."

"이제 곧 정식으로 황녀님이 되실 텐데, 누구보다 멋진 황녀님이 되시려면 그에 걸맞는 지성과 품위를 갖추셔야지요."

"지성과 품위는 무슨……."

"아기씨의 첫 데뷔 파티라고 폐하께서 직접 에스코트 하신다던데요? 다른 황녀님 데뷔 파티 때는 그런 것도 없으셨는데……."

"읔."

"게다가 아기씨 데뷔 파티 첫 춤 파트너까지 하신대요."

"으으윽……."

"설마, 폐하와의 첫 춤 때 폐하의 발등을 밟는 불상사라도 생기면……."

"아쒸!! 아라써, 아라따구!!"

유모는 내 약점을 너무나 잘 알았다.

아빠를 들먹이니 차마 못 한다고 배 째라는 말이 안 나왔다.

"아우~ 이게 뭐야? 집에 돌아와 봤자 좋을 게 하나도 없잖아!!"

그날 저녁, 식사를 함께하기 위하여 북궁을 방문한 아빠를 난 뚱한 표정으로 맞이했다.

오후에 쉴 틈도 없이 이어지는 수업 때문에 잠시 잊고 있었던 감정이 아빠의 얼굴을 보는 순간 다시 떠올랐던 것이다.

그와 함께, 그런 아빠 때문에 이 고생을 한다는 생각을 하자 욱! 해버렸다.

"하.하.하, 우리 딸 표정이 안 좋네. 수업이 많이 힘들어?"

"아빠, 솔직히 말해봐. 내 수업 일정 짠 사람 누구야?"

"응? 그게……."

"아니, 누가 짰든 상관없겠다. 결국 최종적으로 허가한 사람은 아빠일 거 아냐?"

"하.하.하……."

"나한테 말도 없이 다짜고짜 두 황비를 만나게 한 것도 모자라, 빡센 수업까지 시켰단 말이지?"

"따, 딸아, 그게 말이지……."

"너무한 거 아냐?"

내 빡빡한 일정이 혹 아빠에 대한 감정을 떠올리지 못하게 하려는 술책이 아닌지 의심이 될 정도였다.

"나이젤이 그 정도면 괜찮다고."

그래, '어쩜 이럴 수 있냐~'라는 심정으로 바라봤더니, 아빠가 다급했던지 옆에 있던 나이젤 아저씨를 끌어들였다.

어쩌면, 한발 슬쩍 물러서서 상황을 재밌게 구경만 하는 나이젤 아저씨가 얄미웠는지도 모르겠다.

"으응? 나, 난… 유모가 충분히 할 수 있다고 보고를 해서……."

그러자 화들짝 놀란 아저씨는 치사하게 유모를 걸고넘어지는 것이었다.

"네, 넷?"

"유모가 그랬단 말이야?"

자신은 어쩔 수 없이 지시를 따르는 것인 양 지금까지 계속 안쓰러운 시선을 보내며 응원해 주고 간식도 챙겨준 유모가 설마 주동자였을 줄이야.

"아기씨, 그래도 멋진 황녀가 되시려면……."

유모는 황급히 날 달래려 입을 열었지만, 배신감이 가득한 내 얼굴에 난감한 표정으로 말끝을 흐렸다.

지금은 어떤 말도 소용없다는 걸 깨달은 것이다.

멋진 황녀 운운은 애초에 안 먹혔고, 그나마 효과가 있는 건 아빠를 들먹이는 거였는데 지금은 그 약발도 떨어졌다.

"우리 딸, 많이 힘들면 수업을 줄여줄까?"

"얼마나?"

"어, 얼마? 음… 그, 그건… 나이젤 아저씨가 줄여줄 거야."

즉흥적으로 꺼낸 제안이었던 듯 아빠가 난감한 표정으로 나이젤 아저씨에게 공을 넘겼지만, 나이젤 아저씨도 난감하긴 마찬가지였다.

"음, 음, 음… 유모가 보기에는 어떤가?"

"저, 저기… 지금 하시는 수업은 다 아기씨께 꼭 필요한 건데요."

"그럼 급한 거 아니면 두 번 할 거 한 번으로 줄여주면 되잖아!!"

"그래도……."

보다 못한 내가 제안을 해봤지만, 유모는 양보를 안 하려고 들었다.

"그럼 1황비궁에 가는 걸 줄여줘!"

이것마저 해주지 않는다면 나는 아빠의 체면이고 뭐고 거실에서 드러눕기라도 할 생각이었다.

'아님 확 1황비궁에 가서 드러누울까?'

그런 각오로 세 사람을 바라봤더니, 어째 세 사람의 시선이 묘~ 했다.

그들은 저희들끼리 시선을 주고받다가 잠시 후 대표로 아빠가 입을 열었다.

"딸, 왠지 아빠를 못 믿는 거 같아 서운하다. 그들은 사정이 있어 그 위치에 있는 것일 뿐, 나에게는 타인이나 마찬가지야. 아빠의 가족은 엄마와 우리 딸뿐이라니까."

나이젤 아저씨도 거들었다.

"그럼, 그럼. 그건 이 아저씨도 보증한다. 아사 넌 5황자와는 친하게 지내잖니. 다른 사람들도 그렇게 신경 쓰지 말고 5황자처럼 대해주렴."

'이익! 갑자기 그 이야기는 왜 꺼내는 건데? 그리고 사람 감정이라는 게 어디 맘대로 되남?'

톡 까놓고 말해, 예전에 끝난 사이라고 해도 남자친구의 전애인이 다시 눈앞에 나타난다면 신경 안 쓰이는 여성이 어디 있겠는가.

아, 우리 엄마 같은 사람 빼고.

한데 이분들도 참, 그냥 놔두면 나도 어쩔 수 없다는 거 알고 감정을 가라앉히든 억지로 익숙해지든 할 텐데 자꾸 자리를 깔아주니 발을 뻗게 된다.

"좋아. 그럼 나도 아빠 말 믿고 신경 안 쓸 테니까, 아빠도 나중에 내가 어떤 남자애랑 손잡고 있어도 별 사이가 아니라고 하면 내 말을 믿어줘!"

"뭐? 뭐냐, 어떤 녀석이야!"

"아닙니다. 그런 존재는 전혀 없었습니다."

내 말에 아빠가 매서운 시선을 유모에게 던졌고, 유모는 화들짝 놀라며 즉각 부인했다.

"정말이냐?"

"맹세코 정말입니다. 전에 보고 드렸던 그 조인족 아이 또한 아기씨와 과한 신체 접촉은 없었고, 류니드 공작가의 소년도……."

"누가 지금 이야기래? 나중이라고 했잖아, 나중!!"

이러다간 지금까지 내가 보기만 했던 애들까지 줄줄이 언급될 판이라 내가 빽 소리치며 끼어들자, 아빠의 시선이 나를 향해 돌아왔다.

"아사야, 아빠가 어제도 말했지? 남자는 아빠 빼고 절~ 대 믿으면 안 되는 존재란다. 네가 별 사이가 아니라 해도 남자란 놈들은 네 손 한 번 잡은 거로, 아니, 네가 웃는 모습 한 번 보여준 거 가지고도 착각해서 제멋대로 하는 놈들이에요. 그러니 별거 아니라고 그냥 넘어가지 말고 다 아빠한테 이야기해 줘야 한단다. 알았지?"

'아고~ 예시를 잘못 들었네……'

예전도 아니고 바로 어제 아빠한테 단단히 주의를 받았는데 도 그와 비슷한 이야기를 꺼낸 내 실수다.

하지만 아빠의 상황과 비스무리한 예시가 나한테는 남자애 밖에 더 있겠는가?

다른 예시를 찾고 싶어도 이미 엎질러진 물.

그래서 난 불퉁한 표정으로 입을 열었다.

"수업 줄여주면."

이야기가 엉뚱한 데로 흘러갈 뻔했지만, 애초에 수업을 줄 여보려고 시작한 거였으니 목적은 달성해야 하지 않겠는가.

"조케스터!"

역시 아빠가 짱은 짱인가 보다.

끝까지 수업을 안 줄여줄 것 같던 유모도 아빠의 부름에 한 발 물러났던 것이다.

덕분에 난 신성어 수업이랑 산술 수업이 두 번에서 한 번으 로 줄어들게 되었고, 1황비궁을 방문하는 것도 일주일에 하루 는 쉴 수 있게 되었다.

물론, 파티 전까지라는 조건이 붙었지만, 파티 이후에는 1황 비궁을 드나들 생각이 없었으니 그 정도로 만족했다.

그래도 파티가 있을 때까진 휴일을 제외하고 황비궁을 매일 가야 하는 건 변하지 않는 사실이었다.

다음 날 방문한 1황비궁은 여전히 불편하기만 해서 한 달을 어떻게 견딜지 걱정을 많이 했는데, 그것도 일주일 정도 지나니까 조금은 익숙해졌는지 그냥저냥 버틸 만했다.

여기에는 두 황비의 태도가 많은 도움이 되었다.

그녀들은 연륜이 있어서 그런지 나에게 호감을 보였지만 내게는 그들과 같은 감정을 일절 강요하지 않았던 것이다.

내 불편함을 인정해 주는 분위기라고나 할까?

덕분에 그녀들과 나 사이는 '적당한 거리감을 둔 친근한 관계' 정도까지는 진행될 수 있었고, 나도 딱 그 정도가 마음에 들었기에 전보다는 한결 편하게 1황비궁을 방문할 수 있었다.

이 정도라면 생일 파티 이후에도 계속 그들과의 친분을 유지할 수 있겠다 생각하던 어느 날이었다.

그날도 점심 식사를 끝내자마자 나는 오후 수업을 핑계로 곧바로 자리에서 일어나려고 했다.

한데 다른 때라면 순순히 나를 보내줬을 세 사람이 오늘은 배시시 웃기만 할 뿐이었다.

의아해서 바라봤더니, 뭔가 기대하는 표정으로 마리엔 황녀가 입을 열었다.

"오늘은 조금만 천천히 가. 보여줄 게 있거든."

"보여줄 거요?"

"응. 아사하힐도 보면 정말 좋아할 거야."

'뭔데 그러는 거지?'

어쩐지, 오늘 날 맞이하는 세 여인이 자꾸 묘한 미소를 지어 보이더라.

그러나 나와 별 상관없는 일이라면 관여하고 싶지 않아 그냥 모른 체하고 있었는데, 나에게 보여줄 게 있었다니.

"원래는 두 분이 보여주실 거였는데, 내가 보여주고 싶어서 두 분께 부탁드렸어."

들뜬 마리엔 황녀가 나를 이끌어 가며 입을 열었다.

"네에."

그녀가 날 데리고 간 곳은 응접실 같은 곳이었지만, 응접실 이라고 하기에는 가구의 배치가 미묘했다.

소파는 한쪽 구석으로 밀려나 있었고, 그 옆에는 삼면으로 되어 있는 커다란 전신 거울이 위치해 있었다.

게다가 공간 가운데에는 흰 천을 뒤집어씌운 무언가가 10여 개나 서 있었다.

"혹시, 보여주고 싶다고 하신 게 저거인가요?"

"응, 저게 뭔 줄 알아?"

알 리가 있나.

"후훗, 기대하시라~!"

내가 천천히 고개를 저어 보이자 오히려 자신이 기대감에 눈을 빛내며 마리엔 황녀는 대기하고 있던 시녀들에게 눈짓 했다.

그녀들에 의해 한가운데에 놓여진 흰 천이 조심스레 벗겨지자 감춰져 있던 아름다운 드레스가 드러났다.

"우와~ 너무 예쁘다. 아사하힐, 황제께서 특별히 준비하셨다더니 너한테 정말 잘 어울리겠는데?"

탄성 가득한 마리엔 황녀의 말에 나는 드레스를 살펴보기는

커녕 황당한 기분으로 그녀를 돌아보았다.

"네? 이게 제 드레스인가요? 제 드레스가 왜 여기에?"

나는 드레스의 모습이 보이자마자 마리엔 황녀가 자신이 입을 드레스를 보여주는 줄로만 알았던 것이다.

"왜긴? 어마마마와 3황비께서 네 샤프롱 역할을 맡아주셨으니 당연한 거지. 내일부터는 본격적으로 파티를 위한 준비에 들어갈 거야. 벌써 너와 나를 위하여 피부에 좋은 미용 재료들을 잔뜩 준비해 놨대. 기대해도 좋아. 어마마마의 시녀들 솜씨는 최고거든."

잔뜩 들뜬 그녀와는 반대로 나는 떨떠름한 기분이 들어 입을 다물었다.

그녀들이 날 도와주는 건 알고 있었지만, 설마 이렇게까지 하는 줄은 몰랐다.

그리고 그건 내가 원하는 수준을 넘어서는 것이었다.

"저어, 그렇게까지 해주시지 않아도 괜찮아요. 너무 잘해주셔서 부담스러울 정도인데요."

'마사지가 별거야? 그냥 피부에 좋은 거 얼굴에 처바르고 누워 있음 되는 거지.'

나는 피부 관리사 분들이 들으면 어이없어할 생각을 태연하게 하며 내 뒤에 얌전히 서 있는 유모를 힐끔 바라봤다.

이 상황을 유모가 알면서도 또 입 다물고 있었던 건지, 아니면 유모도 모르고 있었던 건지 확인하기 위해서였다.

만약 또 알면서도 입 다물고 있었던 거면 이번에는 정말 가만 안 있을 거라고 결심하는데, 갑자기 착 가라앉은 마리엔 황녀의 목소리가 들려왔다.

"아사하힐, 내가 많이 거북해?"

"네?"

"나는 예쁜 동생이 생겨서 무척 기뻤는데, 아사하힐은 내가 싫은 거 같아."

마리엔 황녀가 갑자기 진지한 어조로 말을 꺼내자 주변에 있던 시녀들은 물론, 유모까지도 눈치 빠르게 슬그머니 자리를 피해줬다.

"싫지 않아요."

"하지만 어마마마나 나를 꺼려하고 있지?"

직설적으로 물어오니 나는 순간 대답을 못 하고 입을 다물었다. 그러자 마리엔 황녀가 그럴 줄 알았다는 표정으로 씁쓸하게 웃으며 입을 열었다.

"어마마마와 비앙카 님, 그리고 내가 이름을 허락했어도 아사하힐은 한 번도 우리를 이름으로 불러준 적이 없잖아. 우리를 부를 일이 있으면 슬며시 호칭을 피했고. 그렇지?"

뭐, 일주일이 넘게 그랬으니 모를 수가 없었을 거다.

그럼, 내가 그러길 원하는 걸 알고 그냥 받아들여 줬으면 좋았을 텐데 말이다.

"사실, 나도 이런 말할 자격이 없긴 해. 나도 전 1황녀였던 레오니 언니를 싫어했거든. 전 1황비님과도 사이가 안 좋아서……."

1황녀면 1황녀지, 전 1황녀는 또 뭔가 싶었다.

"그래서 레오니 언니가 타국으로 결혼하러 가게 되었을 때는 잘됐다고 생각했어. 하지만 막상 언니가 없어지니까 쓸쓸하더라. 황녀는 나와 레오니 언니 이렇게 단 둘뿐이었거든. 브랜트 오라버니와 예쉬… 아, 그러니까 너도 황실계보는 알지? 브랜트 오라버니는 2황자시고, 예쉬는 4황자야. 하여간 둘과는 친한 편이지만, 아무래도 황자다 보니 자매끼리의 편한 수다는 떨지 못하겠더라고."

그녀의 말을 가만히 듣고 있던 나는 다시 한 번 고개를 갸웃거렸다.

'어라? 예쉬는 5황자 아니었어?'

브랜트라는 황자는 몰라도 예쉬가 5황자인 건 확실히 알고 있었는데, 4황자라고 하니 어리둥절해졌다.

설마, 마리엔 황녀가 착각하고 있는 건 아닐 테고.

그러는 와중에도 이어지는 마리엔 황녀의 말을 계속 듣고 있었다.

"그래서 난 아사하힐을 만나게 되어 정말 기뻤어. 이번에야말로 정말 친한 자매가 되고 싶었는데, 아사하힐에게 미움을 받을 줄이야."

"미워하지 않아요."

"하지만 좋아해 주지도 않을 거잖아."

'그렇게 말하면 할 말이 없는데…….'

이런 걸로 빈말은 하고 싶지 않아 머뭇거렸더니, 마리엔이 폭~ 하고 한숨을 내쉬었다.

"하긴, 아사하힐에게는 폐하 옆에 어마마마나 다른 황비님이 있는 게 이해하기 어려운 일이지?"

마리엔 황녀의 말에 나는 나도 모르게 눈을 동그랗게 떴다.

그건 이 나라의 법으로 허용된 일이었으니 그걸 받아들이지 못한 날 이상하게 봐도 할 말이 없는데, 오히려 이해해 주다니.

그러다 곧 이어지는 황녀의 말에 나는 고개를 끄덕였다.

"아사하힐이 조인족이라서 어마마마나 내가 좀 알아봤거든. 아무래도 조인족은 인간들과는 문화가 다를 테니까. 아니나 다를까, 조인족은 일부일처제라며? 그러니 폐하의 곁에 황비님이 네 분이나 계시는 게 이상하고 거북할 거야. 거기다 아사하힐 어머니도 포함하면 다섯인가?"

'어, 잠깐. 황비님이 네 분이라고? 다섯 명 아니었어?'

뭔가 내가 알고 있던 것과 미묘하게 다른 정보가 하나둘 흘러나오자 머리가 혼란스러워졌다.

'돌아가면 확실하게 확인해 봐야겠군.'

내 머릿속 한편에선 딴생각을 하는 사이에도 마리엔 황녀의 말은 계속 이어졌다.

"친언니라는 게 거북하면 그냥 친척 언니, 아니면 같은 동네에 사는 언니라고 생각해 주면 안 될까?"

두 손을 모으고 간절한 표정으로 말하는 마리엔 황녀의 모습에 나는 얼떨떨하기까지 했다.

내가 데면데면하게 굴면, 이 아가씨도 그냥 '너는 너, 나는 나'라고 생각하고 지내면 될 게 아닌가.

설마, 아빠가 친하게 지내지 않으면 가만두지 않겠다고 협박한 것도 아닐 테고, 옆에 친모도 있겠다, 뭐가 부족해서 나를 붙잡으려 하는 건지 이해가 안 갔다.

게다가, 나중에 아빠가 날 편애하는 모습을 보면 외려 날 미워하게 될지도 모르는데.

그래서 난 나중에 알게 돼서 바뀔 마음이면 차라리 지금 내가 밝혀서 이렇게 친해지려 애쓰는 걸 막아야겠다 싶었다.

"아바마마가 제 생일 파티 때 에스코트해 주신다고 하셨어요."

"우와~ 폐하가 네 에스코트를? 좋겠다~ 하기야, 내 사교계 데뷔 때는 브랜트 오라버니가 해주셨지. 음음, 그때 날 에스코트해 주신 오라버니가 너무 멋지셔서 나는 무척 만족했었어."

'뭐, 뭐니, 얘?'

내 예상에 저런 반응은 없었다.

'너는 그래? 나는 이랬는데~'라는 식이라니.

그녀가 연륜이 있어서 감정을 능숙하게 감추는 걸까?

덕분에 오히려 내가 당혹감을 감추지 못한 채 그녀를 바라보자 마리엔 황녀가 피식 웃었다.

"오늘은 아사하힐의 새로운 표정을 많이 보네? 항상 예의바르게 웃어 보이는 모습만 봐서 그런가, 이런 모습이 훨씬 보기 좋다. 많이 놀랐나 봐."

"네, 솔직히요."

내가 순순히 긍정하자 마리엔 황녀가 가볍게 웃어 보였다.

"내가 이래서 아사하힐이 좋아. 가식적이지 않고 솔직하거든. 황궁에서 보기 힘든 장점이지."

"가식적이지 않다니, 전혀 아닌데요. 저도 조금은······."

정말 가당찮다는 표정으로 입을 열었지만, 마리엔 황녀는 외려 나를 보고 순진한 아기를 본다는 표정으로 웃었다.

"설마~ 내가 보기에 아사하힐은 나보다도 훨씬 솔직한걸. 게다가······."

슬쩍 말끝을 흐린 마리엔 황녀가 나에게 다가와 내 손을 덥썩 잡았다.

"이렇게 다정한 마음씨를 가지고 있는데, 어찌 친해지고 싶지 않겠어?"

"네에? 제가요?"

나는 정말 어이없다는 표정을 그대로 보이며 반문했다.

전생, 현생 합해서 이런 말은 처음 들어봤다.

'세상에나, 오래 살다 보니 이런 말도 다 들어보네?'

"그래. 폐하의 편애로 내가 마음이 상할까 걱정해 준 거잖아. 그러니 착한 게 아니면 뭐야."

'아니, 딱히 댁을 걱정한 게 아니라, 그로 인해 나에게 피해가 올까 신경 쓴 건데······.'

"폐하의 사랑을 독차지한다고 해서 내가 미워할 거란 걱정은 안 해도 좋아. 뭐, 솔직히 서운하지 않은 건 아니지만, 아사하힐이 없었어도 내가 폐하께 사랑받을 일은 없었을 테니까. 여긴 좀 복잡한 사정이 있거든."

"사정이요?"

"음, 그건 비밀~ 나중에 엄~ 청 친해지기 전에는 말해주지 않을래. 뭐, 그건 그렇고. 지금 나에겐 어마마마가 계시고 다정한 황비님들에 오라버니와 동생도 있으니까 괜찮아. 거기에 친한 여동생까지 있어주면 더 좋겠지만."

나를 향해 한쪽 눈을 찡긋해 보이는 마리엔 황녀를 보니 이 아가씨가 너무 착한 건지, 내가 속이 좁은 건지 모르겠다.

게다가 계속 이렇게 호감을 팍팍 풍기며 부딪혀 오니, 솔직히 마음도 조금은 흔들렸다.

'아~ 그래도 언니라고 부르는 건 싫은데.'

그때 문득 괜찮은 생각이 떠올랐다.

'아까! 마리엔 황녀가 내가 조인족이라서 일부다처제를 이해할 수 없을 거라고 했었지?'

그 이상하고 이해하기 어려운 조인족 문화가 이 순간 득템처럼 여겨졌다.

나는 속으로 회심의 미소를 지으며 말을 꺼내기 시작했다.

"조인족에게는 언니나 동생이라는 게 없어요. 부모님도, 성년이 된 후에는 서로 이름을 부를 정도인걸요. 뭐, 저는 아바마마 덕분에 그 정도는 아니지만……."

"우와, 진짜?"

"그러니 조부모님이라는 개념도 없어요. 인간식으로 제 외조부 되시는 분도 '너는 너, 나는 나'라고 이름 부르게 하시는걸요."

"말도 안 돼."

"인간들의 문화와 정말 많이 다르지요. 그래서 언니라고 부르는 게 저에게는 많이 거북해요. 그냥 서로 이름을 부르는 게 편하지만… 그러니 같은 동내에 사는 언니가 아닌, 그냥 나이 차이가 좀 나는 친구로 여기는 건 쉬울 거 같아요."

날개를 가지고 있긴 하지만, 스스로는 인간이라 생각하면서도 나는 천연덕스럽게 그렇게 말했다.

'뭐, 100% 거짓말은 아니잖아? 우헤헤~ 앞으로 무슨 일 있으면 조인족이라서 그렇다고 밀어붙여야징~!'

아무리 나에게 호감을 가졌다 해도, 나와 친구처럼 지내는 건 내키지 않았는지 마리엔 황녀는 계속 고민하는 눈치였다.

그녀를 이해 못할 건 아니었다.

이건 초등학교 5학년짜리가 고등학교 3학년보고 친구하자는 격이었으니, 그냥 무시해 버려도 할 말이 없었다.

비록 그 초등학교 5학년 애가 순식간에 쑥쑥 월반을 해서 내년 즈음에는 고등학교 1학년이 되어 있을 거라 해도 지금은 꼬맹이가 아니던가.

게다가 마리엔 황녀는 한창 감수성이 예민하고 풋풋한 방년 19세의 아가씨로, 그 나이에는 한 살 차이도 엄청 크게 느껴질 터였다.

뭐어, 나도 단지 그녀를 '언니'라고 부르는 일만 없으면 되었던 터라 그쯤에서 입을 다물었다.

'언니라고 부르느니 차라리 격식 차려서 황녀님이라고 불러주는 게 낫지.'

마리엔 황녀와 호칭 문제가 정리되는 듯 보이자 나는 왠지 가슴이 한결 가벼워지는 느낌이었다.

나도 모르는 사이 그녀들과의 호칭 문제로 스트레스를 받고 있었던 모양이다.

'이거, 직설적으로 물어봐 준 걸 고마워해야겠는걸?'

여전히 어찌할까 고민하는 마리엔 황녀는 자신에 대한 내 호감도가 조금은 높아졌다는 걸 알려나 모르겠다.

다른 때보다 대략 두어 시간 늦게 황비궁을 빠져나온 나는 마차에 오르자마자 유모를 빤~ 히 바라봤다.

마리엔 황녀 덕에 한결 편해진 건 좋았지만, 그건 그거고 이건 이거였으니까.

내 노골적인 시선에 유모가 어색한 미소를 지어 보였다.

"왜 그러세요, 아기씨?"

"유모, 나한테 할 말 없어?"

"네에? 무슨 말씀이신지?"

"뭔가 찔리는 게 있어 보이는데 뭘. 솔직히 고백하는 게 어때? 자수해서 광명 찾자."

"호호호, 아기씨도 참……."

유모가 잠시 멈칫거렸지만, 금방 배시시 웃으며 슬그머니 넘어가려 하는 거다.

그래서 나는 그녀를 똑바로 바라보며 정색을 해 보였다.

"유모, 내가 요즘 유모한테 은근히 감정이 생기려고 하거든? 만약, 이번에도 끝까지 입 다물고 있으면 난 앞으로 딴 아가씨들하고만 놀 거야."

이건 진심이었다.

유모의 모든 행동이 나를 위해서라는 걸 잘 알고 있지만, 그래도 그걸 받아들일지 거부할지에 대한 선택권은 나에게 있어야 하는 게 아니겠는가.

물론, 내가 아직 어린애였으니 그런 거겠지만, 아무리 그래도 사전에 어떤 설명도 없이 들이밀어진 상황을 무조건 받아들이길 바라는 태도는 좀 화가 났다.

특히나, 그놈의 생일 파티 때문에 그런 태도가 심해져 슬슬 한계라고 생각하던 차에 또 그런 일이 벌어지자 더는 그냥 넘기기 싫었다.

아니, 아예 이번 기회에 확실히 말해놔야겠다 싶어 끝까지 정색을 풀지 않았더니 결국 유모가 회피하지 못하고 이실직고 했다.

"죄송해요, 아기씨. 많이 화나셨어요?"

"응. 그러니까 상황을 이야기해 봐. 왜 파티 준비까지 1황비 궁에서 해야 하는 거야?"

팔짱까지 떠억 낀 채 유모를 빤~ 히 바라보자 유모가 조심스럽게 입을 열었다.

"1황비님께서 부탁하셨어요. 파티 준비를 같이하다 보면 조금이라도 더 가까워질 수 있지 않겠느냐고 하시면서……."

유모의 말에 나는 폭~ 한숨을 내쉬었다.

"너무한 거 아니야? 유모는 내가 불편해하는 거 뻔히 알고 있잖아? 그런데 나한테 말도 없이 1황비님의 부탁을 들어줬단 말이지? 이제 보니 유모는 내 편이 아니라 1황비님 편이었네?"

처음에는 이렇게까지 나갈 생각은 아니었는데, 말하다 보니 슬슬 열이 나서 나도 모르게 말을 꽈배기처럼 배배 꼬아 버렸다.

다행히 목소리 톤은 덤덤하게 흘러 나왔지만, 그 말에 유모의 얼굴에서 핏기가 싸악~ 가셨다.

"아기씨이~ 정말 그렇게 생각한 건 아니시죠?"

같이 마차에 타고 있던 자넷도 내가 화가 많이 났다는 걸 눈치채고 조용히 숨을 죽였다.

평소 그녀의 성격이라면, 분위기가 다운될 기미가 보이자마자 나서서 전환시키려 했을 텐데 말이다.

"응. 유모는 언제나 내 편이라고 굳게 믿고 있었지. 그래서 충격이 커."

"아, 아기씨~ 전 언제나 아기씨 편이에요. 이번 일도 황비님께선 그냥 아기씨가 싫다고 하시면 말 좀 잘해 달라는 것뿐이었어요. 그리고 저는 황비님이 직접 아기씨께 말씀드리는 게 좋겠다고 말씀드렸는걸요."

"그래도 알고 있으면서도 나한테 말 안 하고 있었잖아."

"그건, 그렇지 않아도 거리를 두시는데 황비님께서 말씀하시기 전에 제가 잘못 언급했다가 아기씨께서 혹 언짢아하실까 걱정되어……."

죄스럽다는 표정으로 대답하는 유모의 모습을 보니 내 마음도 편치 않았다.

유모의 잔소리는 싫지만, 나에게 잔소리를 날릴 때의 당당한 그녀의 모습이 제일 보기 좋았던 것이다.

그에 나는 씁쓸한 표정으로 한 번 더 한숨을 내쉬었다.

"에휴~ 그래, 유모는 날 너무 잘 알아서 탈이야. 근데 그렇게 하면 내가 서운해할 걸 왜 몰랐대?"

"죄송해요."

"응. 이번에는 많이 미안해해. 나 정말 서운했어."

그리 말하며 나는 몸을 틀어 마차의 창틀에 팔뚝을 얹고 그 위에 턱을 올려놨다.

말로써 뭐라 하는 건 그 정도로 끝냈지만, 대신 온몸으로 서운하다는 걸 좀 더 오랫동안 어필하기 위해서였다.

이 정도는 해줘야지 유모가 다음부터는 나한테만 입 다물고 있는 일은 없을 게 아닌가.

뭐, 본의 아니게 많이 끓어올랐던 열기도 좀 식힐 필요도 있었고.

그렇게 겸사겸사 무겁게 침묵이 깔린 마차 안을 모른 체 내버려 두고 있던 나는 마차가 북궁의 숲에 들어섰을 때에야 지나가는 말투로 입을 열었다.

"그런데."

"네."

내가 입을 열자 유모가 기다렸다는 듯 반색하며 대답했다.

"예쉬가 왜 4황자야?"

"네에?"

그 다음 질문에 난감한 표정이 되었지만, 내가 다시 빤~ 히 쳐다보자 황급히 변명조로 말을 꺼냈다.

"말씀드리지 못하는 게 아니라, 그걸 물어보실 줄은 몰라서 놀란 거예요. 그건 어떻게 아셨어요?"

왠지 이유가 그것만이 아닌 것 같았지만, 나는 일단은 믿어주는 척 넘어갔다.

"마리엔 황녀가 자신과 친한 황자들을 잠깐 언급했는데, 거기서 예쉬 이름이 나왔거든. 그런데 걔를 4황자라고 하더라고. 예쉬는 5황자 아니었어? 예쉬네 엄마는 5황비시고."

내 말에 유모는 '그랬군요~'란 표정으로 고개를 끄덕이더니 천천히 설명해 주기 시작했다.

"5황자셨지만, 정확히 1년 전에 4황자가 되셨어요. 1년 전 공작 가문이었던 차이슨 가가 여러 귀족과 작당을 해서 반란을 일으켰거든요."

생각지도 못한 유모의 설명에 나는 눈을 둥그렇게 떴다.

"반란? 그, 아빠를 황제 자리에서 강제로 끌어내기 위해 무기 들고 일어나는 거?"

"네."

"허억! 설마 아빠가 폭군이라거나?"

내 말에 옆에 있던 자넷의 얼굴이 허옇게 질리고 유모가 펄쩍 뛰었다.

"그 무슨 말씀이십니까! 절대 아닙니다. 오히려 차이슨 가주가 간악무도한 자였지요. 왜, 아기씨를 납치한 것도 바로 그자가 한 짓이었답니다."

"으응? 그거 황태자 녀석이 꾸민 거 아니었어? 난 그럴 거라 짐작하고 있었는데."

"'전' 황태자랍니다. 그리고 아기씨가 틀리신 건 아니에요. 그자가 '전' 황태자의 사주를 받고 움직인 거니까요. '전' 황후와 '전' 1황비가 바로 그 차이슨 가문 출신이잖아요."

"그랬어? 아니, 그런데 갑자기 왜 차이슨 가문이 반란을 일으킨 거야? 어차피 가만히 기다리고 있었으면 황태자가 자연히 황제가 되었을 텐데."

"'전' 황태자라니까요."

"그래, 그래. 어쨌든 전에는 황태자였잖아. 그러니 차이슨 가주가 간악무도하든 간신이든 기다리고 있으면 될 텐데, 갑자기 왜 막나가고 싶어졌대?"

"이 인간이 얼마나 간악무도한 자였냐면요, 앞으로는 깨끗한 척은 다하고 뒤로는 돈을 벌려고 황명을 어기고 있었대요. 왜, 아기씨도 거기서 다른 조인족 아이와 묘인족 아이를 보셨잖아요."

"아~"

유모의 말에 그제야 잊고 있었던 잿빛 머리의 아이와 빨간 머리의 아이가 떠올랐다.

그 애들은 잘 지내고 있으려나 모르겠다.

"그렇게 죄 없는 이종족 아이들을 납치해선 비싼 값에 노예로 팔아서 돈을 벌었던 거지요. 얼마나 나쁜 놈인가요. 폐하께서는 아기씨를 구출함과 동시에 그의 엄청난 죄상을 낱낱이 밝혀내셨답니다. 그래서 그자가 견디지 못하고 반란을 일으킨 거예요. 그대로 있으면 황명을 어긴 죄로 엄벌에 처해지는 것은 물론, 전 황태자와 전 황후의 지위도 위험했거든요."

천만다행이도 아빠가 폭군은 아니었나 보다.

나는 속으로 안심하며 고개를 끄덕였다.

"헤에~ 그랬구나. 하지만 반란은 실패했나 봐?"

"당연하지요. 폐하께서 어떤 분이신데요. 감히 폐하께 반기

를 든 어리석은 자들이 한군데 모이길 기다렸다가 단번에 일
망타진해 버리셨답니다. 그 일로 백성들 사이에서 폐하의 명
성이 자자하지요."

"오올~ 그래?"

유모의 설명에 내가 호응하자 분위가 좀 살아난다 싶었던지
자넷도 끼어들었다.

"정말 어리석은 녀석들이지요. 감히 폐하께 반기를 들다니.
그냥 얌전히 몸을 낮췄으면 목숨은 보전했을 텐데……."

"죽고 싶으면 뭔들 못할까. 하여간, 그렇게 해서 황후 자리
는 공석이 되었고, 2황비셨던 엘레인 님이 1황비님이 되셔서
황후 대행을 맡고 계세요. 그런 연유로 5황비셨던 아난 님도
4황비님이 되신 거구요."

"참, 그러고 보니 그때 공을 세우셔서 크레스포 백작님이 큰
영지를 받지 않으셨어요?"

"크레스포 백작?"

자넷이 말하는 백작 이름을 어디서 들어본 거 같아 고개를
갸웃거렸더니, 유모의 눈초리가 가늘어졌다.

"아기씨이~ 전에 알려드렸었잖아요. 현 크레스포 백작께선
예쉬 황자님의 외조부시라고요. 설마, 잊어버리신 건가요?"

"아~ 맞다. 그랬었지? 그, 큰 상단을 운영한다던?"

"맞습니다. 다행히 그건 기억하고 계셨군요."

"난 이름과 지명에만 좀 약할 뿐이라고. 여기는 이름들을 왜
이렇게 복잡하게 붙이는 건지 원……."

'그런 건 정말 한국이 최고인 거 같아. 보통 세 글자라니, 얼

마나 기억하기 좋아?'

나는 나름 사실을 말한 거였지만, 유모에게는 변명으로 들렸나 보다.

"안 되겠어요. 제가 황비님들의 집안에 대해 한 번 더 정리해서 설명 드릴게요. 곧 있을 파티에서 다 뵙게 될 텐데 거기서 누군지 몰라 실수하시면 절대 안 되지요."

유모가 점점 가까워지는 북궁을 바라보며 열의를 불태웠다.

"윽……"

그놈의 공부가 뭔지, 아까까지만 해도 약했던 유모의 기가 다시 번쩍번쩍하고 살아나 버렸다.

내가 그렇게 별로 즐겁지 않은 나날을 보내는 사이, 수도의 귀족들 사이에서는 황궁에서 날아온 한 장의 초대장 덕에 한바탕 술렁임이 일어나고 있었다.

황녀 생일 파티!

현 황실에 아직 미혼이라 황궁에서 머물고 있는 황녀는 1황녀 마리엔이 유일했다.

그러나 그녀의 생일은 9월이었는데, 최근 날아온 생일 파티의 날짜는 6월이었다.

이건 즉, 새로운 황녀가 나타났다는 소리였다.

그리고 드디어, 생일 파티 당일.

나는 새벽부터 유모와 시녀 아가씨들에게 달랑 들려서 1황비궁으로 직행했다.

그들이 깨워도 내가 안 일어나고 버텼더니만 아예 시트로 둘둘 감아 마차에 태운 것이다.

'쳇, 예쉬네 외할아버지가 밉다!'

크레스포 백작 이름을 제대로 기억했다면 내가 여전히 유모에게서 우위를 차지하고 있었을 텐데 말이다.

"그런 거 안 해도 내 피부는 절대적으로 매끈매끈하고 윤기가 자르르~ 흘러."

유모의 품에 폭 싸여서 투덜댔지만, 유모와 시녀 아가씨들은 꿈쩍도 안 했다.

"매끈매끈하고 윤기가 자르르~ 흐르는 피부에서 광택이 나도록 해드릴게요."

"아니, 피부에서는 휘광이 번뜩일 거구요, 머리카락에서는 광택이 날 겁니다."

"그런 거 안 해도 되거든은~"

나는 여전히 졸려서 말끝이 축축 늘어졌건만, 다른 아가씨들은 이른 아침부터 쌩쌩했다.

"아기씨는 아~ 무엇도 안 하셔도 돼요. 그냥 가~ 만히 누워서 주무세요. 저희가 다 알아서 해드릴게요."

자넷이 살살 꼬시는 어투로 입을 열기에 나는 막 감기는 눈을 간신히 뜨며 대꾸했다.

"진짜지? 이거 해봐라, 저거 해봐라 그러면 나 확 도망가 버린다!!"

"아휴~ 그럼요, 그럼요. 어차피 아기씨가 입으실 거랑 착용

하실 거랑 모두 다 세팅해 놨으니 그런 걱정은 전~ 혀 안 하
셔도 됩니다."

나도 여자라서 예쁜 옷 입고 치장하는 걸 좋아했지만, 그걸
두 시간 넘게 달아보고 바꿔보고 걸쳐 보고 하다 보니 진저리
가 나버렸다.

파티 드레스 하나에 따라붙는 부속물(?)들이 그렇게나 많은
줄 이번에 처음 알았다.

그나마 드레스를 아빠가 미리 정해놔서 다행이었지, 만약
드레스까지 골라야 했으면 난 안 한다고 땡강을 부렸을지도
모른다.

아마 당분간은 북궁에 있는 내 드레스 룸을 쳐다보기도 싫
을 것 같다.

내가 길게 한숨을 내쉬며 몸을 추욱~ 늘어뜨리자 유모가
가볍게 웃었다.

"처음이라서 그래요. 다들 아기씨가 데뷔를 하게 되셔서 들
떴고, 처음이니 최고로 예쁘게 꾸며드리고 싶어서 열의가 대
단했거든요."

"첫 성장이셔서 어떤 게 잘 어울릴지 몰라 이것저것 여러 가
지를 시도해 본 탓도 있어요. 이제 대충 감을 잡았으니 다음부
터는 지금처럼 힘드시진 않으실 거예요."

유모의 뒤를 이어 조앤까지도 저리 말하니 계속 투덜댈 수
가 없었다.

그러고 보니 조앤도 나이를 몇 살 더 먹었다고 예전의 그저
명랑, 발랄하기만 한 모습은 사라지고 한층 진중해진 분위기

를 풍기고 있었다.

"그랴, 그랴, 부디 그러길 바라."

"뭐어, 갑자기 아가씨가 더 크신 탓도 있긴 해요. 북궁에 막 돌아오셨을 때만 해도 좀 더 앳된 느낌이셨는데, 한 달 만에 키가 또 훌쩍 크셔서 이제는 예쉬 황자님과 동년배라고 해도 믿을 정도라니까요."

"그 한 달 동안 날 너무 굴려대지만 않았어도 더 컸을걸."

"호호호~ 아기씨도 차암~ 거뜬히 해내셨으면서, 뭘 엄살 이세요~"

그렇게 아가씨들이 나를 살살 달래는 동안 마차는 어느덧 1황비궁에 도착했고, 미리 대기하고 있던 황비궁의 시녀들이 우리를 맞이했다.

"어서 오세요. 필요한 준비는 다 해놨습니다."

황비궁 시녀의 말에 우리 쪽 사람들은 마치 전투라도 앞둔 양 결연한 표정으로 고개를 끄덕이며 그들에게 합류했다.

내가 조인족으로 태어나서 좋은 점이 여러 가지가 있지만, 오늘 그중에 하나를 더 추가하기로 했다.

바로, 바로.

코르셋을 못 한다는 것!!

"냐하하하~~"

내가 코르셋을 들고 안타까워하는 유모를 보고 깔깔 웃자 유모의 눈초리가 날카롭게 올라갔다.

"아기씨이~!! 아직까지도 그렇게 웃으시면 어떻게 해요?"

그래서 기꺼이 다시 웃어줬다.

"오~ 호호호호~"

"어휴, 제발 다른 사람들 앞에서는 그렇게 소리 내어 웃지 말아주세요. 게다가 코르셋을 하지 못하게 된 게 뭐가 좋아서 그렇게 웃으세요? 이건 여자의 자존심이라고요."

"유모는 이런 말 못 들어봤어? '자존심이 밥 먹여 주냐?' 란 말?"

"그런 황당무계한 말은 어디서 들으셨대요? 그냥 아기씨가 만드신 거 아니에요?"

"으윽… 마, 만든 거래도……. 으흡~ 그 말이… 맞는 거 같아……."

"마리엔 님, 조금만 더 참으세요. 이제 다 됐어요!! 한 번 더 세게 배를 들이미세요!"

"흐으읍!!"

내 옆에서 대리석 기둥을 꽉 붙잡은 채 뒤에서 시녀들이 코르셋 고리를 채우는 걸 버티고 있던 마리엔이 무척 부럽다는 시선으로 나를 바라봤다.

"수, 숨을 쉬기가 힘들어……."

보고 있는 나도 함께 숨이 막히는 기분이었다.

코르셋에 달린 고리를 힘겹게 다 채우고 나자 마리엔 황녀의 배와 허리가 쏙 들어가 낭창낭창해 보였지만, 조금도 부럽지 않았다.

저래서야 어디 뭘 먹을 수나 있겠나.

사실, 나는 배가 고프다고 떼를 써서 간단하게 쿠키와 과일 몇 조각으로 허기를 때울 수 있었지만 마리엔 황녀는 그것조차 먹지 못했다.

아마, 오늘 아침에 눈을 뜬 이후 지금껏 물 몇 모금 마신 게 다일 거다.

그렇게 굶고 허리는 잔뜩 죄여 숨쉬기도 힘들면서 파티장에 서는 아무렇지도 않은 얼굴로 웃어 보이기까지 하겠지?

"어우~ 나는 절대 못 할 거 같아."

"무슨 말씀이세요. 익숙해지시면 얼마든지 하실 수 있습니다."

지금이라도 어떻게든 코르셋을 입히고 싶은 기색이 역력한 유모의 대답에 나는 나도 모르게 몸을 부르르 떨었다.

나도 여자지만 여자들이란 참 위대하다.

"나 원, 아직 가슴도 없는 나한테 코르셋이 왜 필요해?"

"가슴이 없으니 필요하지요. 아휴, 이걸 입으셔야 허리도 날씬해 보이시는데……."

이 시대의 코르셋은 약간 긴 올인원이라고 할 수 있겠다.

즉, 허벅지 중간 부분부터 가슴까지 올라오는 형태였던 것.

한데 뒤쪽이 날개뼈 부분까지 올라오다 보니 등에 날개를 달고 있는 나는 입는 게 불가능했다.

설마 여기서도 기둥을 붙든 여자의 등 뒤에서 다른 여성들이 코르셋을 입혀주는 모습을 보게 될 줄은 몰랐던 터라 기겁하고 있던 나에게는 정말 희소식이었다.

그나마 여기 코르셋은 18세기의 유럽처럼 여성의 허리를 20인치 아래가 될 때까지 조이는 건 아니었지만, 그래도 숨쉬기 힘들 만치 조여 댔다.

"뭐, 상관없잖아? 내가 입을 드레스가 몸매를 강조하는 형태도 아닌데 뭘."

"그래도요⋯⋯."

유모가 엄청 아쉬운 얼굴로 코르셋을 바라봤지만, 난 어림없다는 표정으로 코웃음을 쳤다.

아빠가 나를 위해 특별히 준비했다는 드레스는 예쁜 하늘색 드레스였다.

쉬폰처럼 얇고 비단처럼 부드러운 소재의 천을 여러 장 겹친 데다, 치마폭이 넓어 자연스럽게 흘러내리는 치맛자락이 무척 풍성해 보이는 스타일이었다.

제일 안쪽에 있는 천은 짙은 청색이었는데, 그 위를 반투명한 은색의 천이 세 겹이나 덮여 있어서 드레스를 겉에서 볼 때는 연한 하늘색으로 보였다.

그것도 은빛으로 반짝반짝 빛나는 연한 하늘색 말이다.

10대 초반의 소녀가 입기에 딱 좋은 맑고 밝은 이미지의 색이라 마음에 쏙 들었다.

허리에는 포인트를 주기 위하여 너비가 넓은 진한 청색의 띠를 감고 뒤로 커다란 리본을 매었다.

그 위로 가느다란 백금 사슬을 몇 겹이나 겹쳐서 두르자 우아하고 고급스러운 분위기가 흘렀다.

머리는 반 묶음을 하고 뒤통수 부분에서 예쁘게 땋아 모양을 만들어 붙였는데, 그건 제법 청순하고도 차분한 분위기를 자아냈다.

거기에 유모와 시녀 아가씨들이 고심에 고심을 더해 골라

낸 액세서리들까지 착용하고 나자 내가 봐도 감탄이 나올 정도였다.

이건 내 예상인데, 본판이 제대로 받쳐 주지 못했어도 옷발과 화장발로 다 커버가 되었을 거 같다.

내가 스스로의 모습을 보고 감탄할 정도였으니, 아빠의 눈에는 나에게서 반짝반짝 빛이 났나 보다.

"어헉~!! 우, 우리 아사~ 너~~ 무 너무 예쁘구나. 하레츠가 이 모습을 봐야 하는데."

감동이 줄줄 흘러내리는 듯한 아빠의 반응에 나는 배시시 웃으며 그 앞에서 뱅그르르~ 한 바퀴 돌아줬다.

"괜찮아?"

"괜찮다 뿐이냐. 우리 아사만큼 예쁜 사람은 본 적이 없다. 아, 네 엄마 빼고."

1황비궁에서 채비를 끝낸 뒤, 두 황비와 마리엔 황녀, 그리고 나는 본궁으로 이동했다.

내 생일 파티가 본궁에서 열리기도 했거니와, 파티가 열리기 전 아직 만나보지 못했던 황족들과도 안면을 트기 위해서였다.

그런데 본궁에 도착하자마자 우리를 마중 나왔던 카버 시종장 아저씨가 나만 따로 데려가는 거였다.

혹시나 싶었더니, 과연 아빠의 서재에서 아빠랑 나이젤 아저씨가 기다리고 있었다.

"정말 예쁜데, 우리 공주님? 아니, 이제는 황녀님이라고 불러야 하나?"

아빠의 호들갑에 이어 나이젤 아저씨마저 감탄한 표정으로 입을 열었다.

그의 칭찬에 나는 피식 웃으며 입을 열었다.

"화장 기술의 위대함? 날 이렇게 만들려고 유모랑 시녀들이 정말 고생 많이 했어요."

"무슨 소리. 넌 원래 예뻤어. 자자, 우리 딸 이거 좀 써보자. 이 아빠가 너에게 드디어 이 보관을 씌워주는구나."

감개무량한 목소리로 날 부르는 아빠의 손에는 커다란 보관이 들려 있었다.

과장 좀 보태서 내 주먹만 한 푸른색의 탄자나이트가 정중앙에 자리해 있는, 백금으로 만든 보관이었다.

섬세한 줄기가 우아한 문양을 이루며 뒤엉켜 다이아몬드로 감싸인 탄자나이트 보석을 떠받치고 있었는데, 그 우아한 모습에 절로 탄성이 흘러나왔다.

게다가 수많은 작은 다이아몬드들이 보관의 사방 곳곳에 박혀 있어 어떤 각도에서도 빛을 받아 반짝거렸다.

"우와~ 그거 내가 해도 돼? 내가 하기엔 너무 대단해 보이는데?"

"이건 네 거야. 처음부터 우리 딸에게 씌워주기 위해 만들었는걸."

나만 따로 부른 이유가 이 보관을 씌워주기 위해서였나 보다.

아빠의 키가 커서 내가 무릎을 굽히지 않아도 얼마든지 머리에 왕관을 쓸 수가 있었지만, 아빠의 흐뭇함과 기대감, 그리고 감격 어린 표정에 절로 무릎이 살짝 굽혀졌다.

"드디어 우리 딸이 정식으로 황녀가 되는구나. 우리 아사하힐. 넌 이 세상에서 가장 고귀한 황녀가 될 거다."

'아, 거… 되게 쑥스럽네.'

황성 안의 수많은 파티 홀 중에서도 가장 웅장하고 화려한 파티 홀에 모인 수많은 귀족의 얼굴에는 의혹이 흐르고 있었다.

황제의 이름으로 열리는 파티였으니 일단 오기는 왔는데, 어느 누구도 오늘 파티의 주인공에 대해 정확하게 알지 못했던 것이다.

아무리 아이가 5세가 되기 전까진 공식적으로 알리지 않는다 해도 웬만하면 소식이 알음알음 퍼져 나가게 마련이었다.

그게 황족이라면 더욱더.

한데 이번 파티의 주인공은 마치 하늘에서 뚝 떨어진 것처럼 갑자기 등장했으니 사방에서 추측이 난무했지만 어느 하나 그럴듯하게 들어맞는 건 없었다.

아름다운 음악 소리가 울려 퍼지고, 화려하게 차려입은 사람들이 서로서로 웃음을 머금고 대화를 나누고 있었지만, 사람들은 어서 빨리 황제가 등장해 자신들의 의문을 풀어주길 기다리고 있었다.

그리고 드디어.

"황제 폐하 납시오."

시종의 커다란 외침과 함께 황족의 출입 때만 사용되는 거대한 문이 열렸고, 때를 맞춰 홀 안에 있던 모든 이들이 황좌가 있는 단상을 향해 허리를 숙였다.

잠시 후, 황제를 비롯한 황족들이 모두 단상에 올라 자리를 잡았는지 황제의 목소리가 들렸다.

"모두 고개를 드시오."

"황공하옵니다, 폐하."

황제의 명에 한 번 더 깊숙이 허리를 숙인 사람들은 조심스레 몸을 펴며 황제의 주변을 살폈다.

그러자 그들은 금방 발견할 수 있었다.

황제의 바로 옆에 선, 처음 보는 소녀의 모습을 말이다.

"오늘은 짐에게 참으로 기쁜 날이오. 사랑하는 딸의 생일을 맞아 드디어 그대들에게 소개할 수 있게 되었으니 말이오. 정식으로 소개하겠소. 짐의 딸 아사하힐 레하흐 레 하레츠 아카제브 황녀라오."

'헉!!'

'허억…….'

'저, 저런!'

여기저기서 숨을 들이켜는 소리가 들렸다. 표정이 경악에 물들고 눈을 크게 치뜨는 사람들도 있었다. 평소 자기감정을 드러내지 않는 게 귀족다운 거라고 생각하는 이들이 말이다.

그들이 놀란 이유는 두 가지였다.

첫째로 하늘에서 뚝 떨어진 것처럼 갑자기 나타난 황녀의 이름이 '레하흐 레'라는 것.

현 황제의 두 번째 이름도 '레하흐'였다.

두 번째 이름은 황족 혹은 황족의 피를 이은 자들만 사용할 수 있는 이름이다.

그런 특별한 자만이 쓸 수 있는 두 번째 이름에 황제의 이름을 물려줬다는 건 그만큼 황제가 총애한다는 뜻이었다.

게다가 중간 네임이 '레'다.

황제와 황태자, 황후만 사용할 수 있는 '엘' 다음으로 황위 계승권을 가진 자만이 사용할 수 있는 네임.

황제와 4황비 사이에서 태어난 것으로 알려진 2황자도 한 급 낮은 '바'를 사용하고 있건만, 지금 나타난 황녀는 친모가 황후나 황비가 아닌데도 '레'를 달고 있는 것이었다.

후나 비의 자녀가 아니면 황족으로 인정하지 않는 황실 법도조차 무시할 만큼 황제의 사랑이 대단하다는 뜻.

하기야, 평소 자녀들에게 무심하기로 소문난 황제가 직접 소개하는 것도 모자라 손수 에스코트까지 하고 있었으니 분명 남다르기는 했다.

한데 그 모든 걸 떠나서 귀족들을 가장 놀라게 한 건, 바로 황제의 에스코트를 받고 있는 어린 황녀의 등에 날개가 있다는 것이었다.

'조인족?'

'조인족이라니⋯⋯.'

제국 역사상 전무했던 일이다.

갑자기 등장한 황녀에 대한 수많은 추측이 나돌았지만, 조인족에 대한 이야기는 감히 나오지 못했다.

이전부터 황궁에서 흘러나온, 북궁의 주인에 대한 소문을 들은 자들이 많았음에도 말이다.

'어떻게 이런 일이⋯⋯.'

조인족은 노예로 여겨졌다.

현 황제가 황명으로 바꿔놓긴 했지만 귀족들의 인식은 바뀌지 않았다.

그러니까 전 차이슨 공작이 이종족을 잡아서 노예로 매매할 수 있었던 게 아니겠는가.

비록 그로 인해 차이슨 공작 가문은 사라졌지만, 사람들의 인식이라는 게 하루아침에 변할 수 있는 게 아니었기에 귀족들의 눈에는 노예의 핏줄이 감히 지고한 황족의 자리에 서 있는 걸로 보였다.

황제가 정부의 자식을 데리고 와서 '레'의 이름을 붙이는 건 억지로라도 용납할 수 있었다. 황제의 정부가 귀족 핏줄이라면 말이다.

하지만 노예의 핏줄은 아니었다.

이건 목에 칼이 들어온다 해도 납득할 수 없었다.

게다가 제국법상 계승 귀족의 핏줄이면 몰라도, 단승 귀족 이하의 핏줄은 귀천상혼법이 적용되었다.

쉽게 설명하자면, 아버지가 황제라도 어머니가 단승 귀족 이하의 계급을 가지고 있으면 자녀의 계급도 단승 귀족 이하의 계급을 가진다는 소리였다.

그에 따르면, 지금 이 황녀랍시고 나온 계집아이는 어머니가 노예니 그에 따라 노예라고 봐야 했다.

이건 1황자파든 중도파든 같은 생각이었다.

심지어는 이제 막 황제파에 발을 들이밀려는 귀족들도 그 생각에 동조했다.

하.지.만.

생각만 그랬을 뿐이었다.

반란의 진압을 성공적으로 이루어 순식간에 황권을 강화시킨 황제 앞에서 함부로 입을 놀릴 수 있는 이는 없었던 것이다.

게다가 황제의 입은 웃고 있었지만 그의 눈은 살벌하게 번뜩이고 있어 귀족들은 같은 생각을 떠올릴 수 있었다.

'지금 나서면 무조건 죽.는.다.'

그런데 이때, 단 바로 아래쪽에 서 있던 재상이 나섰다.

"폐하, 제가 한 말씀 올려도 되겠습니까?"

'재상이?'

'그대도 인정하지 못하는군.'

'그래, 그대도 귀족이었지. 확실히 인정하지 못한다고 말하시오!'

이 순간, 나이젤이 평민 출신이라며 깔봤던 과거는 편리하게 잊고 있는 이들이었다.

"무슨 말을 하고 싶은 건가?"

귀족들의 소리 없는 응원 덕분인가, 황제의 경고성 어린 목소리에도 재상은 한없이 부드러운 미소를 지으며 말을 이었다.

"날개를 가지신 것을 보아하니 황녀님의 모친께서는 조인족이신가 봅니다."

"그래서?"

"현 제국법상 부모 중 한 명이 계승 귀족 이상이 아니면 귀천상혼에 적용됩니다. 이종족은 황명에 의하여 기사 작위를 가진 것과 동일시 여겨지나, 기사 작위는 귀천상혼에 적용됩니다."

'응? 왠지 좀 이상한데?'

'이봐요, 재상. 지금 그 말이 아니잖소?'

'노예라니까! 황명이 아무리 그래도 노예라고.'

뭔가 좀 이상하게 돌아가는 분위기에 귀족들이 열심히 속으로 외쳤지만, 들어 주는 사람이 없었다.

재상의 말에 황제는 피식 웃으며 입을 열었다.

"그러나 이종족 내에서 직책을 맡고 있으면 계승 귀족과 동일시 여겨지지. 황녀의 외조부는 은회색 날개 부족의 족장. 그러니 제국법상 황녀는 귀천상혼에 적용되지 않는다."

황제의 선언에 나이젤이 두 손을 앞으로 모으고 깊숙이 허리를 숙였다.

무관이 아닌 문관이 황제에게 보이는 극상의 예였다.

"새로운 황녀 전하의 탄생을 감축 드리옵니다."

나이젤이 폼 잡고 큰 목소리로 축하 인사를 건네자 기다렸다는 듯 황제파 귀족들도 일제히 예를 갖추며 우렁찬 목소리로 외쳤다.

"감축 드리옵니다!"

그러니 1황자파나 중도파의 귀족들만 가만있을 수 없었다.

그들은 어쩔 수 없이 허리를 숙이면서 속으로 한목소리로 외쳤다.

'이것들이 짰구나!!'

'어쩐지……'

하지만 황제가 공식적으로 선언한 데다 귀족들이 공식적인 자리에서 축하 인사를 건넸다.

즉, 이건 서류에 도장까지 다 찍힌 것과 마찬가지였다.

그리하여 그날 아카제브 제국에 날개 달린 황녀가 탄생했다.

외전

필립&하레츠 이야기

"으윽, 하아, 하아… 하윽, 하아, 하아……."

한 걸음 내디딜 때마다 신음과 지친 호흡이 절로 흘러나왔다.

걸음을 내디딜 때는 물론, 숨을 쉴 때마다 옆구리가 욱신거려 될 수 있는 한 조심스레 숨을 쉬고 싶었지만, 몸이 마음대로 움직여 주지 않았다.

하기야 커다란 부상을 입은 상태로 지금까지 움직여 준 것만으로도 대단한 일이었다.

옆구리를 부여잡은 손이 축축한 걸 보니 피가 다시 흐르고 있는 모양이다.

시간이 얼마나 흘렀는지도 모르겠다.

반나절은 지난 것 같기도 하고 한 시간도 안 지난 것 같기도 하고.

상처로 인한 열이 점점 심해지는지 머리가 몽롱해져 제대로 돌아가지도 않았다.

당장에라도 드러눕고 싶었지만, 그랬다간 그냥 몬스터의 만찬상이 되어버릴 거다.

'뭐, 지금도 다 차려진 밥상이긴 하지'

문득 키들키들 웃음이 흘러나왔다.

무슨 행복과 부귀영화가 기다리고 있다고 이렇게 기를 쓰고 살려고 하나… 하는 생각이 들어서였다.

자신이 죽으면 슬퍼해 줄 이가 한 사람이라도 있을까?

'나이젤이라면 울어줄지도… 슬프다기보다는 나에게 공을 들였던 게 억울해서 말이야. 물론 그 녀석도 살아날 경우의 이야기지만……'

다급해서 기절한 녀석을 그냥 근처에 대충 숨겨두고 왔는데 괜찮으려나 모르겠다.

하기사 지금은 필립 자신도 코가 석자라 남의 처지를 생각해 줄 여유 따윈 없었다.

'그러고 보니, 이런 상태로 헤매고 다니는데도 아직까지 무사하다는 게 신기하군.'

아무리 머리가 몽롱한 상태라고는 하지만 지금 자신이 엄청 운이 좋다는 건 알 수 있었다.

한밤중에 몬스터 천국이라고 하는 모클러 산맥 안을—비록 끝자락이라 해도—피 냄새를 풀풀 풍기며 걸어 다니는데도 그 흔하다는 오크 한 마리도 안 보였다.

하지만 그 행운에 감사할 마음은 없었다.

자신이 여기에 와 있는 것 자체가 황제와 귀족들이 작당해 자신을 죽이려 했기 때문이었으니까.

'내 죽음을 명분으로 다이즌 공국과 협상을 할 셈이겠지.'

냉궁이라 불리는 북궁에 갇혀 살던 자신을 갑자기 다이즌 공국에 사자로 보낼 때부터 뭔가 이상하긴 했다.

'제국 입장에서는 제법 그럴듯한 방법이긴 하지. 그래도 제국인데 다이즌 공국에 빌미를 잡혀 숙이고 들어가느니, 황자를 다이즌 공국 영토 내에서 죽여서 그 죽음을 빌미로 협상하는 게 훨씬 나았겠지.'

비록 그 황자가 '저주 받은 황자' 라 해도 황자는 황자.

아카제브 제국 입장에서야 필요 없는 황자를 처리하면서 명분까지 얻을 수 있으니 일석이조 아니겠는가.

'목말라……. 죽기 전에 물이라도 실컷 마셨으면 소원이 없겠네.'

지금처럼 한밤중에 숲 속에서 물가에 가는 건 위험하다는 소리를 어디선가 들은 것 같지만, 상관없었다.

어차피 살아서 돌아가 봤자 반기는 사람도 없고, 또다시 이런 자리에나 밀어 넣어질 터.

그렇게 되느니 그냥 지금 여기서 마른 목을 실컷 축이고 지친 몸을 쉬다가 마지막을 맞이했으면 좋겠다고 생각한 그때였다.

한 손은 옆구리를 부여잡고, 한 손으로는 검을 지팡이 삼아 휘청이며 걷고 있던 필립의 열에 들뜬 얼굴에 축축한 공기가

와 부딪혔다.

그와 함께 코에 스미는 비릿한 물 냄새.

'아?'

반가운 습한 내음에 반쯤 감겼던 필립의 눈이 번쩍 떠졌다.

'어디지? 어디야?'

휘청거리면서도 아까보다 좀 더 빨라진 발걸음이 물 내음이 나는 방향으로 향했다.

기를 쓰며 무성하게 우거진 수풀을 헤치고 나아가니 갑자기 시야가 확 트이며 찰랑이는 물이 가득 들어찬 넓은 웅덩이가 나타났다.

"무, 물이다. 물이야~!!"

밤하늘에 떠 있는 달을 그대로 품은 수면의 모습에 필립은 다짜고짜로 그대로 뛰어들었다.

첨벙~

차가운 물을 온몸에 뒤집어쓰니 살 것 같았다.

그가 뛰어든 덕에 커다란 물보라가 일며 물이 일순 진흙탕이 되어버렸지만, 필립은 아랑곳하지 않고 벌컥벌컥 물을 들이켰다.

진흙들도 같이 입안으로 흘러들어 왔지만, 그것마저도 달갑게 느껴졌다.

꿀꺽, 꿀꺽, 꿀꺽~

지금까지 마셔 본 음료 중에서 가히 최상의 맛이었다.

꿀꺽, 꿀꺽, 꿀꺽~

그 맛에 반해 얼마나 물을 마셔댔는지, 흡족할 만큼 물을 마시고 나자 배가 **빵빵**하게 불러 있을 정도였다.

"하아… 읔."

목마름과 배고픔이 단번에 해결되어 흡족한 한숨을 내쉬다 다시금 욱신거리는 옆구리에 신음을 토해냈다.

하지만 그 정도로 행복한 기분이 사라지지 않았기에 필립은 옆구리를 부여잡으면서도 실실 웃음을 흘렸다.

잠시 후, 만족스러운 기분으로 조심스레 물가를 **빠져나온** 그는 근처 바닥에 털썩 주저앉았다.

그제야 눈앞의 광경이 제대로 들어왔다.

호수라기엔 작고 웅덩이라기엔 좀 많이 큰 연못이었다.

하지만, 머리 위로 시야가 확 트여 드넓은 밤하늘이 보이는 풍경은 제법 아름다웠다.

'아아… 뭐, 마지막으로 보는 풍경치곤 나쁘지 않군.'

초승달과 함께 어우러져 밝게 빛나는 별들을 잠시 감상하던 그는 다시금 시선을 내려 큰 연못 주위를 바라본 뒤 만족스럽게 웃었다.

그리고 그 미소를 그대로 간직한 채 조심스레 자신의 뒤에서 다가오는 거대한 기척에게 말을 건넸다.

"네가 내 마지막을 장식해 줄 놈이냐? 뭐, 그다지 나쁘지는 않구나."

이왕 이렇게 가게 된 거, 그래도 오크나 고블린 같은 녀석들보다는 저렇게 강하고 멋진 놈의 손에 가게 된 것도 마음에 들었다.

그래서 필립은 저항은커녕 다시 밤하늘로 시선을 돌리며 자

신에게 커다란 이를 드러내며 덤벼드는 거대한 샤벨 타이거를
맞이했다.

크허헝~!!

부디 녀석이 단번에 자신의 목숨을 끊어 고통 없이 갔으면~
하고 바라고 있는데.

투칵~!!

'응? 투칵?'

뭔가 좀 상황에 안 맞는 이상한 소리에 필립은 밤하늘에 고
정시켰던 시선을 돌렸다.

그리고 그 순간, 그는 숨 쉬는 것마저 잊게 되는 감동이 무
엇인지 난생처음으로 깨달을 수 있었다.

'아아.'

아름다운 여신이 그 자리에 오롯이 서 있었던 것이었다.

그녀의 발밑에 쓰러진 커다란 샤벨 타이거는 눈에 보이지도
않았다.

은빛으로 빛나는 커다란 날개를 활짝 펼친 채 빨려 들어갈
듯이 깊고 아름다운 하늘색 눈으로 자신을 무심히 내려다보
는, 아름다운 여신의 고고한 자태에 필립은 말을 잃었다.

그리고 필립은 그 여신이 자신에게 손을 내밀었을 때, 그녀
야말로 자신의 유일무이한 여신이 될 것임을 직감적으로 깨달
았다.

뭐, 다음 순간 비명을 내지르기는 했지만 말이다.

"끄헉~!!"

여신께서 곱고 가녀린 손을 내밀어 자신의 팔을 잡은 것까

지는 좋았는데, 그 뒤에 다짜고짜 인정사정없이 강한 힘으로 그를 일으켜 세웠던 것이다.

덕분에 잠시 잊고 있던 온몸의 상처가 일제히 고통을 호소했으니—특히나 옆구리의 상처가—필립은 자신도 모르게 비명을 토해낼 수밖에 없었다.

여신의 앞에서 잘 보이지는 못할망정, 첫 인상을 그렇게 망쳐 버리게 된 걸로 필립은 한동안 얼마나 상심했는지 모른다.

나중에 알았지만, 옆구리에는 검상뿐만이 아니라 심한 타박상으로 인하여 갈비뼈 세 대에 금이 간 상태였었다.

그 상태라면 숨 쉬는 것도 고통스러웠을 텐데, 그 몸을 해서는 깊은 산속을 세 시간 넘게 헤매고 다녔다는 것을 알고 사람들이 혀를 내둘렀다고.

필립은 자신의 여신을 만나게 해주기 위해 신께서 인도하신 거라고 여겼지만 말이다.

뭐, 착각은 자유니까.

실상을 이야기하자면, 하레츠가 자신의 성년식을 멋지게 치르고 싶어서 필립을 이용한 거였다.

수인족이라면 어느 부족이든 다 비슷하게 성년식을 치르는데, 그건 바로 성년이 된 아이들이 자신의 힘만으로 몬스터를 사냥해 와 자신이 한 명의 당당한 수인족임을 증명해 보이는 것이었다.

이건 원래 스스로 자립할 수 있다는 걸 증명하는 게 목적이었는데, 오랜 세월 동안 진행되다 보니 더 크고 더 강한 몬스터를 잡아와 자신의 강함을 증명하는 게 목적으로 바뀌어 버렸다.

하기야, 숲 속이나 산속에서 사는 수인족들이 자신의 힘을 증명하기 위해 가장 손쉽게 할 수 있는 게 몬스터 잡아 오기밖에 더 있겠는가.

자기들끼리 싸우는 거 빼고 말이다.

이제 막 성년이 된 하레츠도 가능한 한 크고 강한 몬스터를 잡고 싶었다.

그러나 이곳에 몬스터가 많다 해도 '어디 튼실한 놈 없나~' 하고 눈에 불을 켠 채 사방으로 기운을 흘리고 다니는 애송이 사냥꾼 앞에 모습을 드러낼 멍청한 녀석은 별로 없었다.

몬스터들도 나름대로 생존 본능이 잘 발달해 있었던 것이다.

게다가 하레츠도 죽을 마음은 없었기에 자신이 상대하기 힘든 강한 몬스터의 영역은 피했다.

덕분에 몇 날 며칠 동안 허탕만 친 그녀는 그날 밤에는 아예 작정을 하고 먼 곳까지 원정을 나왔다가 운 좋게도(?) 피 냄새를 폴폴 풍기며 어기적어기적 걸어가던 필립을 발견한 것이었다.

그 모습을 보자마자 하레츠는 '바로 이거다~!' 하고 무릎을 쳤다.

저런 모습의 필립이라면 몬스터들이 군침을 흘리며 달려들 만했다.

그러니 자신은 멀찍이서 필립을 지켜보고 있다가 괜찮은 놈이 나타나면 그걸 사냥하면 될 게 아닌가.

정말 좋은 아이디어라고 스스로의 생각에 감탄하며 하레츠는 하늘 높은 곳에 뜬 채로 조심스레 필립의 뒤를 따라갔다.

자신의 마음에 차는 몬스터가 나타날 때까지는 필립이 계속 미끼 역할을 해줘야 했기에 어중간한 녀석들은 뒤에서 조용히 처리하면서 말이다.

그랬기에 필립이 상처 입은 몸으로 산속을 헤매고 다녀도 무사할 수 있었던 것이다.

그렇게 해서 드디어, 하레츠는 마음에 드는 사냥감을 발견할 수 있었다.

최소 50살은 된, 길이가 3m 정도 되는 샤벨 타이거 정도면 상급이었다.

녀석은 필립에게 정신이 팔려 허공 높은 곳에 떠서 지켜보고 있는 하레츠는 전혀 눈치채지 못했다.

놈이 슬그머니 수풀을 헤치고 나와 필립의 꽁지에 따라붙자 멀찍이서 주변을 맴돌며 기회를 엿보고 있던 약한 몬스터들이 필립을 포기하고 사라졌다.

샤벨 타이거는 그 커다란 몸집을 유연하고 은밀하게 움직이며 필립이 연못에 당도할 동안 면밀히 그를 관찰하기 시작했다.

그리고 그가 연못에 뛰어들었다가 다시 나오자 모습을 드러냈다.

그게 때를 기다리고 있던 하레츠에게 '날 잡아보소~!' 하며 뒤통수를 드러내는 꼴이라는 걸 모른 채, 샤벨 타이거는 특식 좀 먹으려고 했다가 세상을 하직하고 말았다.

생각 외로 쉽게, 그것도 가죽에 별 상처를 내지 않고 사냥감을 포획한 하레츠는 무척 기분이 좋았다.

'이놈의 가죽으로 무얼 할까~' 하는 즐거운 고민을 하면서 이번 사냥에 도움을 준 인간을 바라보니, 녀석은 마치 덜 떨어진 약골처럼 몬스터를 본 두려움에 넋이 나간 채로—자신에게 한눈에 반해 넋이 나간 거라고는 꿈에도 생각 못 하는 하레츠였다—널브러져 앉아 있는 거였다.

평소라면 이렇게 덜떨어지고 부실한 약골 따윈 쳐다보지도 않았겠지만, 이번 사냥에 큰 도움을 준 녀석이었기에 하레츠는 기분 좋게 녀석에게 손을 내밀었다.

은회색빛 날개 부족은 은원이 확실했으니 녀석에게 다친 걸 치료할 수 있는 약과 식량을 제공하고, 안전한 장소까지 데려다 준 뒤 빠이빠이 해야지~ 라고 생각하면서 말이다.

한데 기가 막히게도 기껏 선심을 베풀어 부축해 일으켜 줬더니—갈비뼈에 금이 간 환자는 그렇게 함부로 다루면 절대 안 된다—이 덜떨어진 약골이 엄청 고통스러워하는 것이었다.

겨우 이 정도의 상처로 고통스러워하다니 역시 약골이다 싶어 속으로 혀를 끌끌 찼다.

하지만 그래도 선심을 쓴 김에 녀석의 고통이 가라앉을 때까지 기다려 줬다.

한데 이 녀석이 그런 은혜도 모른 채 갑자기 자신의 손을 덥썩 마주잡으며 이렇게 외치는 거였다.

"나와 결혼해 주시오!!"

"뭐?"

순간 무슨 말을 들은 건지 머리에서 이해가 되질 않았다.

녀석은 이쯤에서 그냥 실수였다고, 헛소리를 했으니 잊어달라고 해야 했다.

그런데 오히려 놈은 더욱더 진지하게 외치는 것이었다.

"당신에게 한눈에 반했소. 평생 당신만 보며 살 테니 나와 결혼해 주시오. 당신을 위해서라면 황족 자리도 다 버리고 이 산속으로 들어와서 살 용의도 있소!"

'뭐 이런 놈이 다 있어?'

난생 처음 청혼을 받게 된 하레츠의 심정은 '기가 막힘' 이었다.

'덜떨어진 약골 주제에, 장차 은회색빛 날개 부족의 위대한 전사가 될 나에게 뭐가 어쩌고 저째?'

하레츠는 그 말을 머리로 이해하는 즉시 두 번 생각지도 않고 그대로 팔을 휘둘렀다.

그리고 그녀의 가벼운 손짓에 필립은 솜 인형이라도 된 양 뒤로 날려갔다.

휘릭~!

풍덩~!!

그렇게 필립이 하레츠에게 한 첫 번째 청혼의 결과는 필립이 연못에 처박혀 그대로 기절해 버리는 것으로 끝나고 말았다.

그 후, 그 일로 인해 필립의 부상이 심해지는 바람에 하레츠는 어쩔 수 없이 그를 마을로 데리고 가 며칠이나 돌봐줘야만 했다.

하레츠는 그 사건을 악연의 시작이라며 한숨을 내쉬었지만, 필립은 그것이야말로 진정한 인연의 시작이었다며 기념으로 삼고 있다나 어쨌다나.

『날개 달린 황녀님』 3권 끝